ALIÉNOR D'AQUITAINE

Née en 1909 à Château-Chinon (Nièvre), Régine Pernoud, qui a passé son enfance à Marseille, fait ses études à Aix-en-Provence et à Paris où elle entre à l'Ecole des Chartes et à l'Ecole du Louvre. Docteur ès lettres avec une thèse sur l'histoire du port de Marseille au XIIIe siècle, elle consacre désormais ses travaux au monde médiéval.

A son premier ouvrage — Lumière du Moyen Age *(1945) — est décerné en 1946 le Prix Femina-Vacaresco de critique et d'histoire. Suivront les deux tomes d'une* Histoire de la bourgeoisie en France *(1960-1962), puis diverses études notamment sur* Les Croisés *(1959), vus dans leur vie quotidienne :* Les Croisades; Les Gaulois; *la littérature médiévale et de grandes figures de l'époque :* Aliénor d'Aquitaine *(1966),* Héloïse et Abélard *(1970),* La Reine Blanche *(1972),* La Femme au temps des cathédrales *(1980),* Christine de Pisan *(1982).*

Régine Pernoud, qui a commencé sa carrière au Musée de Reims *et a été conservateur aux* Archives Nationales *où elle a réorganisé le* Musée de l'Histoire de France, *dirige actuellement le* Centre Jeanne-d'Arc à Orléans.

La chronique scandaleuse s'est emparée très tôt du personnage d'Aliénor d'Aquitaine; très tôt, puisque au XIIIe siècle déjà le facétieux Ménestrel de Reims lui attribuait des aventures avec Saladin! Les Français ne lui auraient-ils pas gardé rancune d'avoir abandonné la couronne de France pour celle d'Angleterre ? Quoi qu'il en soit, la réputation fâcheuse qu'on lui a faite aura marqué, pour la postérité, une personnalité féminine hors pair, dont l'existence aura eu pour cadre non seulement l'Occident européen de l'Aquitaine à la Saxe et à la Sicile, mais le Proche-Orient avec Antioche et Constantinople.

Avec le recul de l'histoire, et à la lumière des textes de son temps, la personne et l'action d'Aliénor d'Aquit... ...ent un relief étonnant. A trav... ...ord et le Midi, entre la po... ...vieux contes celtiques; on... ...sation occidentale — celle ... ...evalerie, de Tristan et Ise... ...cette femme lettrée s'est... ...politi-que : deux fois reine... ...appli-quer l'épithète de « g... ...omme à telle autre reine d'Anglete... ...ur ses enfants et petits-enfants peu-

(Suite au verso.)

plèrent non seulement les cours de France et d'Angleterre, mais la Sicile, la Castille et jusqu'à l'Empire germanique.

Admirablement attentive à son temps, toujours prête à faire face aux situations si tragiques fussent-elles, elle se montra, au cours d'une vie particulièrement mouvementée, capable d'organiser la défense d'une forteresse, d'administrer non seulement son duché, mais tout un royaume, de prévoir l'importance qu'allait prendre, au XIIIᵉ siècle, la bourgeoisie des villes.

Les textes contemporains, si sobres soient-ils, nous laissent entrevoir la femme passionnée, la mère vigilante, la reine énergique qu'elle sut être. Au total, selon l'expression de l'un d'entre eux, « une femme incomparable ».

Le livre si riche et si remarquable que lui a consacré Régine Pernoud, a été couronné par le Grand Prix littéraire de la Ville de Bordeaux et par le prix Historia.

Paru dans Le Livre de Poche :

HÉLOISE ET ABÉLARD.
LA FEMME AU TEMPS DES CATHÉDRALES.
LA REINE BLANCHE.
CHRISTINE DE PISAN.

RÉGINE PERNOUD

Aliénor
d'Aquitaine

NOUVELLE ÉDITION

ALBIN MICHEL

A ANDRÉ CHAMSON

qui sait encore parler dans la langue d'Aliénor,
cette évocation de la Reine des Troubadours.

PRÉFACE

Aliénor d'Aquitaine a été comparée tantôt à Messaline et tantôt à Mélusine. Inutile de s'appesantir sur Messaline, mais l'assimilation à Mélusine n'est guère plus sympathique : il s'agit de la femme-fée des légendes poitevines, que son époux, inquiet de ses disparitions mystérieuses, suit une nuit, et qu'il a la pénible surprise de retrouver changée en serpent.

Réputation fâcheuse donc, que nous confessons avoir nous-même adoptée sans autre vérification, dans un précédent ouvrage. Mais ayant eu l'occasion d'approcher le personnage d'un peu plus près, il nous est arrivé ce qui arrive souvent (et surtout en matière d'Histoire du Moyen Age, encore si mal défrichée !) lorsqu'on passe d'une connaissance hâtive et de seconde main à l'examen des documents : nous nous sommes trouvé devant une Aliénor très différente de ce que nous imaginions. Une personnalité féminine hors pair, ayant dominé son siècle – et quel siècle : celui de l'Art roman dans sa splendeur, de l'Art gothique à sa naissance, celui qui voit à la fois s'épanouir la chevalerie et s'affranchir les cités bourgeoises, le grand siècle de la lyrique courtoise, avec les troubadours dans le Midi et, dans le Nord, les débuts de la littérature romanesque, Tristan et Yseult, et les créations d'un Chrétien de Troyes.

7

Or, à la lumière des textes du temps, Aliénor apparaît pleinement digne de cette toile de fond. Mieux : cette toile est en partie son œuvre, car Aliénor a joué un rôle éminent dans la politique comme dans les lettres, et son influence s'est étendue jusqu'au domaine économique et social. Que la postérité n'ait retenu de cette femme deux fois reine, mère de deux rois, qui a défié l'empereur, menacé le pape et gouverné son double royaume avec la plus clairvoyante maîtrise – qu'une aventure de jeunesse, il y a là, sans doute, matière à réflexion.

Le lecteur en jugera. Nous n'avons pas voulu alourdir cet ouvrage de notes et de références, mais nous citons nos sources en fin de volume. Précisons en tout cas que dans les dialogues et paroles rapportées il n'y a pas une phrase, pas un mot de notre invention : tout est tiré des textes du temps ; c'est assez dire que le présent travail ne vise aucunement au roman et, suivant pas à pas une vie romanesque s'il en fut, reste simple étude d'historien.

II

DU PALAIS DE L'OMBRIÈRE...

Maïstre, gran benanansa
Podetz aver si sofretz...
Gran be vos venra de Fransa
Si atendre lo voletz

CERCAMON.

Maître, d'un peu de patience
Pouvez avoir grand bienfait...
Grand bien vous viendra de France
Si attendre le voulez.

C'EST au son des cloches de la cathédrale Saint-André de Bordeaux qu'Aliénor d'Aquitaine fait son entrée dans l'Histoire. Ce dimanche 25 juillet 1137, son mariage avec l'héritier du trône de France est célébré en grande solennité. La rumeur d'une foule en fête massée aux abords de l'édifice parvient jusqu'au cœur où deux trônes sont dressés sur une estrade drapée de velours. Aliénor est assise sur l'un d'eux, très droite dans sa robe d'écarlate ; elle porte le diadème d'or que vient de poser sur sa tête celui qu'elle épouse, Louis, futur Louis VII. Celui-ci — un jeune homme un peu frêle — a l'air d'un adolescent grandi trop vite. Il a seize ans. A eux deux, les jeunes époux totalisent une trentaine d'années, car Aliénor n'a guère plus de quinze ans : les chroniques la font naître en 1120 ou 1122. Mais toute son attitude révèle la jeune princesse sûre d'elle-même, sûre d'une beauté printanière dont elle a pu, déjà, apprécier le prestige, et aucunement intimidée d'être le point de mire de tous les regards, ceux des barons, des prélats et du peuple. Elle saura répondre avec aisance aux acclamations lorsque, la cérémonie terminée, elle apparaîtra dans l'encadrement du portail pour prendre, avec Louis de France, la tête du cortège qui les mènera vers le palais de l'Ombrière. Et sur tout le parcours, le long des rues décorées de tentures et de guirlandes, jonchées de feuillages que la chaleur étouffante a desséchés, éclateront les acclamations frénétiques de ses sujets, prompts à l'enthousiasme et ravis de voir une jeune duchesse si gracieuse et de si bonne mine ; tandis que, de son époux, on ira murmurant, d'ailleurs avec sympathie, ce mot qui sera répété sur son passage pendant tout le cours de son existence : « Il a plutôt l'air d'un moine. »

* *
*

Grande date dans l'Histoire, ce mariage de l'héritier de France avec l'héritière d'Aquitaine. En 1137, il y a cent cinquante ans tout juste que le « duc des Francs », Hugues Capet, s'est imposé sur le trône, en se faisant reconnaître roi par les barons réunis à Senlis, à la mort du dernier descendant de Charlemagne. Débuts difficiles d'une dynastie promise à un avenir qu'elle n'eût osé espérer : pendant plus d'un siècle, ses successeurs, comme lui-même, n'ont eu d'autre ambition que celle de se survivre, de se transmettre la couronne de père en fils. Ne bénéficiant pas du prestige impérial comme la lignée carolingienne, ils ont fait figure, en Occident, d'énergiques parvenus qui, misant sur la durée — la grande force du temps — ont réussi à se maintenir à la tête du royaume parce que, seigneurs entre d'autres seigneurs, ils ont su tirer parti du serment féodal, ce lien personnel, d'homme à homme, qui sur toute l'étendue du territoire unit entre eux grands et petits barons en un réseau de droits et de devoirs réciproques — vaste filet tressé maille à maille, et pour nous difficilement démêlable tant le résultat diffère de l'État centralisé tel que nous le connaissons. En faisant, l'un après l'autre, sacrer roi leur fils de leur vivant, en obtenant de leurs vassaux qu'ils lui rendent hommage, Hugues Capet et ses successeurs ont créé une dynastie; ils ont fait oublier qu'à l'origine Hugues a été élu par ses pairs — ses égaux.

Mais que représente au juste leur pouvoir, dans un royaume de France qui déjà se dessine à peu près dans ses limites actuelles [1] ? Un pouvoir moral que leur confère le sacre, un droit d'arbitrage dans les démêlés des vassaux entre eux, un devoir de police là où se produisent pillages et abus de force, mais rien qui évoque un pouvoir souverain, celui d'un monarque comme Louis XIV ou d'un empereur comme dans le Saint Empire. Un grand nombre de seigneurs — les ducs de Normandie, par exemple, ou les comtes de Champagne — qui se reconnaissent vassaux du roi de France, possèdent des domaines plus étendus et plus riches que le sien. Le roi ne règne à la manière dont nous l'entendrions de nos jours que dans son domaine

1. Si l'on excepte une partie de l'Est — la rive gauche du Rhône et de la Saône, la rive droite de la Meuse et de l'Escaut, approximativement — soumise à l'Empire.

personnel, où il possède des fiefs qu'il administre directement et dont il perçoit les ressources. Or, ce domaine, à l'époque du mariage aquitain, se réduit à une bande de territoire qui s'étire depuis le cours de l'Oise, à la hauteur de Soissons, jusqu'à Bourges ou environ : l'Ile-de-France, l'Orléanais, une partie du Berry. Lorsque le roi régnant, Louis VI, a pu s'assurer entre Paris et Orléans la possession directe de la forteresse de Monthléry, il en a eu autant de joie que si on lui avait « ôté une paille de l'œil ou brisé les portes d'une prison où il eût été enfermé[1] ». Cela donne la mesure des ambitions auxquelles il peut prétendre.

Or, en regard de ce chétif domaine, que signifie le titre de duchesse d'Aquitaine que porte Aliénor ? Les ducs d'Aquitaine sont aussi comtes de Poitiers et ducs de Gascogne. Leur autorité s'étend sur dix-neuf de nos départements : de l'Indre aux Basses-Pyrénées. Des barons, puissants eux-mêmes, sont leurs vassaux : dans le Poitou, les vicomtes de Thouars, les seigneurs de Lusignan et de Châtellerault sont d'importants personnages ; on verra un Lusignan porter la couronne de roi de Jérusalem ; de plus petits barons, ceux de Mauléon et de Parthenay, ceux de Châteauroux et d'Issoudun, dans le Berry, de Turenne et de Ventadour dans le Limousin, et ces seigneurs gascons aux noms sonores, ceux d'Astarac, d'Armagnac, de Pardiac ou de Fézensac, et bien d'autres encore, jusqu'aux Pyrénées — pour ne rien dire des comtés de la Marche, d'Auvergne, de Limoges, d'Angoulême, de Périgord, ou de la vicomté de Béarn, fiefs tous étendus et riches, composent au duc d'Aquitaine une véritable cour, lui rendent hommage, lui doivent aide et conseil. Autant dire que par le

1. Au dire de son historien et confident Suger.

mariage avec Aliénor le roi de France exercera une influence directe sur des régions où son autorité ne pouvait être que théorique.

Accroissement de pouvoir politique qui se double, comme nous dirions en notre temps, d'un appréciable progrès au plan économique. Nous évaluons difficilement aujourd'hui, en une époque de budgets, de salaires monnayés, d'états précis, les ressources d'un roi féodal. C'est avec surprise que l'on constate que, si le roi possède trente fermes à Marly, un four de verrier à Compiègne, des granges à Poissy et des moulins à Chérisy près de Dreux, s'il lève une taxe sur le marché d'Argenteuil et sur les pêcheurs du Loiret aux environs d'Orléans, les habitants de Senlis se trouvent quittes avec lui quand ils lui ont fourni, pour ses cuisines, les casseroles, les écuelles, l'ail et le sel pendant ses séjours dans la ville. Ses ressources sont ainsi faites d'une poussière de droits qui souvent nous paraissent infimes. Du moins doit-on conclure qu'en une époque où la plus grande partie des revenus est fournie en nature, où les fruits de la terre sont la principale source de richesse, les ressources royales seront augmentées par ce mariage à proportion de l'étendue du domaine de l'épouse.

Or le domaine aquitain, plus vaste que l'Ile-de-France, est plus riche aussi. « Opulente Aquitaine, écrit un moine du temps, Hériger de Lobbes, ...douce comme le nectar grâce à ses vignes, semée de forêts, regorgeant de fruits, pourvue surabondamment en pâturages. » Largement ouverte sur l'Océan, ses ports sont prospères. Bordeaux, de toute antiquité, La Rochelle depuis peu (car c'est une création médiévale) exportent le vin et le sel ; Bayonne s'est fait une spécialité de la pêche à la baleine. Tout un ensemble de richesses grâce auxquelles, depuis longtemps, les ducs d'Aquitaine — certains se sont intitulés : «ducs de toute la monarchie des Aquitains» — passent pour avoir un train de vie plus fastueux que celui du roi de France.

* *
*

Aussi bien étaient-ils conscients de l'importance des événements, les convives réunis dans ce palais de l'Ombrière pour le vaste banquet qui suivit la cérémonie religieuse à Saint-André de Bordeaux : près d'un millier d'invités, sans compter la foule de peuple qui, aux alentours et dans les basses-cours du château, allait avoir ce jour-là sa part des énormes quartiers de viandes et des pièces de vin distribués à tout venant, comme c'était la coutume lors des mariages princiers.

Ce palais de l'Ombrière, dont le nom évoquait une fraîcheur rassurante en cet été torride, était situé à l'angle sud-est du grand quadrilatère que formaient les remparts de la vieille cité romaine, entre le cours de la Peugue et celui de la Devèze, dont on devine aujourd'hui encore le tracé; car Bordeaux au XIIe siècle s'étend dans le rectangle compris entre la place de la Bourse, la rue de la Vieille-Tour, la place Rohan et cette place du Palais dont le nom vient précisément de celui de l'Ombrière. C'était une forteresse puissante, dominant les rives de la Garonne des hauteurs de son donjon, l' «Arbalesteyre» : une grosse tour rectangulaire (18 mètres sur 14) aux murs épais, flanqués de contreforts. L'actuelle rue du Palais-de-l'Ombrière passe juste au centre de ce qui fut la cour du château, qui subsistait encore au XVIIIe siècle, ainsi que la salle principale, l'une et l'autre entourées d'une courtine longue de cent mètres environ et renforcée de deux tours, l'une en demi-cercle, l'autre en hexagone.

Il faut les imaginer, cette salle et cette cour, toutes bourdonnantes d'un monde affairé qui circule entre les tables, pages et écuyers empressés à trancher les viandes et à verser à boire aux invités. Pour assister à ce mariage, toute la fleur de la noblesse d'Aquitaine est rassemblée, non seulement les grands vassaux comme un Geoffroy de Rancon, sire de Taillebourg, mais aussi ces petits seigneurs qui apparaissent au hasard des chartes et dont on retrouve les noms en parcourant la campagne, un Guillaume d'Arsac, un Arnaud de Blanquefort, ou de ces petits châtelains des forteresses lointaines de Labourd ou de Lomagne. Et le roi de France, de son côté, a voulu pour son fils une escorte imposante : quelque cinq cents chevaliers et non des moindres, puisque parmi eux se trouvent de puissants feudataires comme Thibaut, comte de Champagne et de Blois ; Guillaume de Nevers, comte d'Auxerre et de Tonnerre ; Rotrou, comte du Perche, et le sénéchal du royaume, Raoul de Vermandois. Avec eux étaient venus les principaux prélats d'Ile-de-France, comme Geoffroy de Lèves, évêque de Chartres — que devait accueillir à Bordeaux, au dire d'un chroniqueur, « le clergé de toute l'Aquitaine ». Surtout, l'ambassade qui par vaux et par chemins avait accompagné, sous le soleil de juillet, le jeune héritier de France, se trouvait avoir à sa tête le confident du roi, l'abbé Suger en personne — et cela dit assez l'importance que revêtait, aux yeux de Louis VI, le mariage de son fils avec l'héritière d'Aquitaine.

Mariage d'ailleurs assez précipité, au contraire des alliances de ce temps, qui se nouent souvent lorsque les intéressés sont encore au berceau.

Trois mois plus tôt, en effet, vers la fin d'avril 1137, des messagers s'étaient présentés au château royal de Béthisy, où résidait alors le roi de France. Ils venaient lui apprendre la mort de Guillaume, duc d'Aquitaine, leur suzerain. Mort inattendue s'il en fut : Guillaume avait trente-huit ans et paraissait en pleine vigueur lorsqu'il avait quitté ses États, peu auparavant, pour accomplir le pèlerinage de Saint-Jacques-de-Compostelle ; mais il n'avait pu parvenir jusqu'au sanctuaire où il souhaitait passer les fêtes de Pâques ; le Vendredi saint, 9 avril, une maladie, que les chroniques ne précisent pas, avait cloué au sol ce géant, d'une force physique légendaire et d'un appétit imperturbable, que l'on disait capable d'engloutir, en un repas, la ration de huit personnes.

Devant la mort, sa grande préoccupation avait été pour sa fille aînée, Aliénor. Il avait perdu sept ans auparavant son unique fils, Aigret. Aliénor demeurait seule héritière du vaste et lourd domaine aquitain, avec ses voisins redoutables comme les comtes d'Anjou, qui guettaient une occasion d'agrandir à leur profit leur frontière commune, et ses vassaux turbulents, entre autres les petits seigneurs gascons, par tradition insubordonnés et avides d'indépendance.

C'est en exécution de ses dernières volontés que quelques-uns de ses compagnons de pèlerinage, rebroussant chemin, avaient gagné l'Ile-de-France. La mort du duc avait été tenue secrète dans l'intervalle : il fallait prévenir toute tentative de révolte ou d'émancipation. Ils se pliaient aux usages féodaux en venant en informer le roi de France, car c'était de toute façon au suzerain de protéger sa vassale et de la marier si elle était veuve ou fille ; mais de plus ils avaient à transmettre l'offre du duc d'Aquitaine qui, au moment de mourir, avait souhaité que sa fille épousât l'héritier de France.

Mieux que personne, le roi Louis VI, qui avait passé toute sa vie à mater les petits seigneurs pillards ou indignes, et dépensé des trésors d'énergie pour s'assurer la possession pacifique de misérables mottes de terre, était capable d'apprécier l'importance d'une offre qui étendait au-delà de tous ses espoirs l'influence royale et faisait entrer l'un des plus beaux domaines du royaume dans l'orbite de la Maison de France. Il était alors malade, gravement malade : ce qu'on appelait le «flux du ventre» — une attaque de dysenterie. Déjà, deux ans auparavant, le même mal avait cloué au lit l'infatigable lutteur. Il s'en était remis, mais cette fois son état était visiblement grave, si grave qu'il avait déjà fait appeler à ses côtés l'abbé de Saint-Denis, Suger, son confident de toujours. Celui-ci, au reçu du message des seigneurs aquitains, avait aussitôt convoqué, selon l'usage, les conseillers royaux. Leur avis avait été unanime : il fallait accepter l'offre, y répondre sans tarder, et ne rien ménager pour flatter l'orgueil aquitain et faire honneur à la jeune duchesse.

Suger avait aussitôt fait diligence pour les préparatifs du départ. Il était homme à penser à tout, ce petit moine énergique, fils de serfs devenu conseiller du roi de France, dont l'activité était stupéfiante. Quelque cinq cents chevaliers — la plus importante ambassade et la première envoyée vers les régions d'Aquitaine depuis l'accession au trône de la lignée capétienne — cela impliquait beaucoup de relais à prévoir, et des chariots et des bêtes de somme, et tout l'attirail des bivouacs, avec les tentes en pavillon et les cuisines portatives. On aimerait avoir des détails sur cette chevauchée, connaître, par exemple, les cadeaux emportés à l'intention de la jeune épouse et de son entourage.

Une chronique contemporaine, la Chronique de Morigny, déclare avec emphase qu'il faudrait «la bouche de Cicéron et la mémoire de Sénèque pour exposer la richesse et la variété de ces présents et le faste déployé pour ces noces» : ce qui nous laisse désagréablement sur notre faim. Suger lui-même, racontant la vie de Louis VI, se contente de mentionner d'«abondantes richesses»... Il est beaucoup plus prolixe quand il détaille les dons faits par le roi à l'abbaye de Saint-Denis dans son testament rédigé vers le même temps : une Bible précieuse à la reliure enrichie d'or et de pierreries, un encensoir d'or de quarante onces, des candélabres d'or pesant cent soixante onces, un calice d'or enrichi de pierres précieuses, dix chapes de soie, et une superbe hyacinthe, héritée de sa grand-mère, Anne, fille du duc de Kiev, et qu'il voulait voir sertir dans la couronne d'épines du grand Christ de Saint-Denis.

Quoi qu'il en soit, ces préparatifs allaient être vivement menés et, le 17 juin, veille du départ, Suger fit appeler Hervé, son prieur, sur qui allait reposer la charge de l'abbaye en son absence. Il l'emmena dans la crypte de la basilique et lui désigna, à droite de l'autel, l'endroit où, si l'événement se produisait en son absence, serait creusée la tombe du roi. Suger pensait à tout.

Le même jour, Louis VI faisait ses adieux à son fils. Le mal empirait, qui rendait son gros corps inerte et le laissait épuisé, haletant, le front en sueur. A cet héritier sur qui reposait l'espoir du royaume et que peut-être il ne reverrait pas, il fit ses dernières recommandations : «Protège les clercs, les pauvres et les orphelins en gardant à chacun son droit.» Et le jeune Louis, très ému, reçut à genoux ses paroles d'adieu : «Que le Dieu tout-puissant par qui règnent les rois, te protège, mon cher enfant, car, si la fatalité voulait que vous me fussiez enlevés, toi et les compagnons que je t'ai donnés, rien ne me rattacherait plus à la royauté et à la vie. »

On pouvait faire confiance au jeune homme pour garder pieusement dans sa mémoire semblables paroles. Louis le Jeune, à seize ans, manifestait toute la gravité, tout le sérieux qu'on pouvait demander à un futur roi ; parfois même, son père l'eût souhaité un peu moins méditatif et un peu plus batailleur. Dans son enfance, ne se croyant pas appelé à régner, il avait été, à l'abbaye de Saint-Denis, un écolier studieux dont la piété édifiait les moines eux-mêmes. Il n'avait pas d'autre rêve que de mêler quelque jour sa voix à la leur, pas d'autre préoccupation que les exercices de grammaire et le chant des psaumes. Un matin, brusquement, il avait été arraché à cette vie d'études et de prières. Suger l'avait fait appeler : son père le mandait à ses côtés en toute hâte, car Philippe, son frère aîné, était mort. Un stupide accident : le garçon regagnait à cheval le palais de la Cité avec quelques compagnons et venait de traverser à gué un bras de la Seine quand un porc, échappé d'une ferme des environs, s'était fourvoyé sous les pas de sa monture ; celle-ci avait pris peur, s'était cabrée, et le jeune homme, bien qu'excellent cavalier, avait été projeté par-dessus l'encolure de la bête. Lorsqu'on le releva, il n'avait plus que quelques instants à vivre. Le drame s'était déroulé en quelques secondes. Trois jours plus tard, on enterrait sous les voûtes de Saint-Denis ce jeune Philippe qui avait porté les espoirs du royaume, et Louis se voyait arraché à ses perspectives d'études tranquilles et de vie consacrée dans quelque cloître. Son père, le 25 octobre 1131, l'avait amené avec lui à Reims ; et Louis, à neuf ans, avait, sceptre en main, reçu l'hommage des principaux vassaux qui lui avaient juré fidélité.

Puis il avait sagement regagné l'abbaye royale et repris ses études. Et voilà qu'à nouveau on l'en arrachait aussi soudainement que la première fois, pour lui apprendre qu'il allait épouser l'héritière d'Aquitaine. Résigné à faire ce qu'il n'avait pas choisi, chevauchant jour après jour sous l'égide de l'abbé Suger jusqu'à Bordeaux et au palais de l'Ombrière.

Assis auprès de cette éblouissante jeune fille en robe d'écarlate qui était devenue son épouse, Louis, comme les chevaliers qui l'entouraient, se sentait un peu déconcerté par l'entourage ; l'exubérance de la foule, plus hardie, plus court-vêtue que celle qui peuplait les domaines d'Ile-de-France ou de Champagne, le parler de langue d'oc qu'ils comprenaient mal, les manières plus bruyantes, les exclamations plus chaleureuses — tout cela les laissait un peu interdits, et ce n'est que lentement, au cours du banquet, dans l'atmosphère de joie générale, que se comblait la distance entre gens du Nord et gens du Midi. Les vins de Guyenne, servis en abondance par les écuyers et les pages des maisons seigneuriales, jouaient un rôle efficace en la circonstance — et aussi les chants des troubadours qui retentissaient sans arrêt, scandés des sons du tambourin et des applaudissements des convives. Toute la gaieté méridionale s'y donnait libre cours sous les yeux de la jeune duchesse d'Aquitaine, très à son aise dans un rôle de maîtresse de maison qu'elle était habituée à remplir à la cour de son père. Elle était belle, elle le savait ; on le lui avait déjà dit souvent, en vers et en prose. Le destin qui, en quelques semaines, l'avait faite duchesse et lui promettait aujourd'hui la couronne royale de France, l'avait à peine surprise : elle savait bien qu'elle n'accorderait sa main qu'à quelque haut seigneur, et les ducs d'Aquitaine se considéraient volontiers comme les égaux de leur souverain. Ce souverain se présentait à elle sous l'aspect d'un jeune homme un peu frêle, un peu effacé, mais sympathique. Et Aliénor, très sûre d'elle-même, s'amusait de constater, aux regards que le jeune prince levait sur elle, qu'il était éperdument amoureux.

*
* *

Les fêtes du mariage allaient se prolonger plusieurs jours, selon la coutume du temps. Le va-et-vient était continuel entre Bordeaux et les hauteurs de Lormont où les tentes dressées pour la suite royale apparaissaient de loin, taches éclatantes piquées dans la verdure. Sans cesse, les petites barques qui assuraient le passage d'une rive à l'autre de la Garonne — car il n'y avait pas encore de pont à Bordeaux à l'époque, et cela faisait l'étonnement des barons du Nord — traversaient et retraversaient le fleuve. Seul, dans cette atmosphère étourdissante, Suger gardait le visage soucieux. La pensée du vieux roi qui agonisait là-bas, sur les rives de la Seine, plissait son front ; il avait de longs entretiens avec l'archevêque de Bordeaux, Geoffroy du Loroux ; tous deux firent écourter les fêtes autant qu'on le pouvait sans trop décevoir la population de la ville et des alentours et les barons venus de leurs lointains domaines de Gascogne ou du Poitou faire honneur à leur suzerain.

C'est dans l'étourdissement des fêtes, des cadeaux dont on la comblait et quand résonnaient encore flûtes et tambourins qu'Aliénor fit ses adieux à sa jeune sœur, à sa maisonnée et au palais de l'Ombrière où s'était écoulé le plus clair de sa vie de jeune fille ; sans doute, si rieuse et si résolue qu'elle fût, eut-elle en se retournant un long regard pour la cité qui lui apparaissait à contre-jour dans le soleil couchant, quand elle eut à son tour traversé la Garonne : Bordeaux avec ses remparts remplis d'ombre et, se découpant sur le ciel doré, les clochers de sa cathédrale et de ses neuf églises, les colonnes de l'antique palais Tutelle tout proche de la ville et, plus loin, les anciennes abbayes : Saint-Seurin, Sainte-Eulalie, Sainte-Croix, près du rivage — tout ce coin de terre vénérable qu'on pouvait embrasser d'un coup d'œil au creux du fleuve arrondi et paisible, et d'où venaient les récits qui avaient bercé sa petite enfance : saint Étienne qui était apparu à une pauvre femme de la ville, l'olifant de Roland que Charlemagne lui-même avait déposé sur l'autel de Saint-Seurin, et la vieille cantilène :

Bonne pucelle fut Eulalie
Bel eut le corps et plus belle son âme...

La longue file de cavaliers s'étira sur la route en direction de Saintes. Ce n'est qu'après avoir passé la Charente, au château de Taillebourg, que Louis et Aliénor se retrouvèrent seuls dans la chambre nuptiale préparée à leur intention.

...AU PALAIS DE LA CITÉ

Sant Jacme, membre us del baro
Que denant vos jai pelegris.

CERCAMON.

Souvenez-vous, saint Jacques, du baron
Qui, pèlerin, gît devant vous.

LES acclamations joyeuses de Bordeaux se renou-
velaient à Poitiers. Moins bruyante sans doute,
moins démonstrative, la foule poitevine n'en
témoignait pas moins que, tout comme la population bordelaise, elle ratifiait le mariage du lys et
de l'olivier. La cérémonie qui se déroulait dans la
cathédrale Saint-Pierre — non pas l'édifice actuel,
mais un autre, plus ancien, que celui-ci a remplacé
aux XIIe-XIIIe siècles — revêtait d'ailleurs autant
d'importance du point de vue féodal que celle de la
cathédrale Saint-André. Car c'était là, à Poitiers,
que les jeunes époux allaient recevoir la couronne
ducale d'Aquitaine. La vieille cité mérovingienne
était, depuis des siècles, la résidence préférée des
ducs et leur fief principal ; c'était là qu'ils étaient
couronnés, là que les vassaux venaient leur rendre
hommage. Si l'on retrouve à Bordeaux les souve-

nirs les plus anciens touchant la personne même
d'Aliénor et son enfance — on la fait naître dans le
château de Belin, tout proche, et il est certain
qu'une partie au moins de cette enfance s'est
passée dans le palais de l'Ombrière —, c'est à
Poitiers que se rattache principalement l'histoire
de sa dynastie. Histoire lourde d'épisodes contras-
tés, déjà à l'époque où se déroulait le couronnement
de Louis et d'Aliénor, et que domine la personnalité du grand-père de celle-ci, Guillaume le Troubadour.

C'était un de ces êtres hors série dont les
désordres découragent les bonnes volontés les plus
indulgentes, mais qui rachètent leurs incartades
par l'éclat de leur personne, par leur générosité et
parce qu'ils sont aussi insoucieux d'eux-mêmes
que des autres, et capables de repentir. Dans cette
même cathédrale Saint-Pierre où Louis et Aliénor,
côte à côte, recevaient les serments de fidélité de
leurs vassaux et leur promettaient protection, plus
d'un assistant sans doute avait pu être témoin de
la scène dramatique qui s'était déroulée quelque
vingt ans auparavant, quand Guillaume le Troubadour avait été excommunié par l'évêque, Pierre ;
soudain saisi de fureur, il s'était précipité sur le
prélat, brandissant son épée : «Je te tue, si tu ne
m'absous pas !» L'évêque, pour se dégager, avait
fait semblant d'obéir, puis calmement, il avait
achevé de lire la formule d'excommunication ;
après quoi il avait tendu le cou vers celui qui le
menaçait : «Frappe, maintenant, frappe !» Guillaume, interdit, avait rengainé l'épée après un
instant d'hésitation et s'en était tiré, comme il
savait le faire, par une repartie : «Non. Ne compte
pas sur moi pour t'envoyer au paradis !» Une autre
fois, il avait fait à un autre évêque, Girard d'Angoulême, qui l'exhortait à la soumission, une

réponse qu'en langage moderne nous pourrions traduire par : «Compte dessus et passe-toi le peigne.» Le bon prélat était en effet complètement chauve.

Semblables démêlés avec les clercs de son domaine s'étaient renouvelés tout le long de l'existence de Guillaume IX d'Aquitaine et, presque toujours, des histoires de femmes en étaient causes. Il avait eu, notamment, une liaison, affichée sans la moindre réserve, avec une certaine vicomtesse de Châtellerault qui portait le prénom prédestiné de Dangerosa. A Poitiers, on la nommait la Maubergeonne, car Guillaume n'avait pas hésité à l'installer, en lieu et place de sa femme légitime, Philippa de Toulouse, dans le beau donjon tout neuf qu'il venait de faire construire pour le palais ducal et qu'on appelait la tour Maubergeon. Son propre fils s'était brouillé avec lui à cause de la Dangerosa.

Mais ce grand seigneur, paillard et facétieux, était aussi un poète de génie. C'est le premier en date de nos troubadours et, par un de ces contrastes dont sa personne est riche autant que ses poèmes, il est le premier à avoir exprimé dans ses vers l'idéal courtois qui allait connaître une fortune étonnante et alimenter notre poésie médiévale dans sa plus haute expression. Guillaume IX, du reste, avait fini par s'amender. Son dernier poème révèle chez l'incorrigible jouisseur un repentir sincère et lui qui, au contraire de la plupart des seigneurs de ce temps, ne s'était guère préoccupé de fondations religieuses, avait fini par donner l'une de ses terres, l'Orbestier, proche des vastes domaines du Talmondois qui étaient les terrains de chasse préférés des ducs d'Aquitaine, pour y fonder un prieuré de l'ordre de Fontevrault où étaient entrées sa femme, Philippa et leur fille, Audéarde.

Sans doute plus d'un baron poitevin, au courant du passé de la lignée, dut-il poser sur Aliénor un regard interrogateur. Ressemblerait-elle à son terrible grand-père ? Elle tenait de lui la beauté qui était un héritage de famille chez les Aquitains, et aussi le goût de la poésie, la gaieté, avec, peut-être, une certaine verve volontiers irrévérencieuse. Quant à son époux, on pouvait, au premier coup d'œil, comprendre qu'il ne serait pas de ceux qui se font excommunier pour des histoires de femmes.

Du reste, quel que fût le passé, il ne semblait pas peser sur ce jeune couple rayonnant de joie et de jeunesse qui allait se retrouver à l'issue de la cérémonie, présidant à nouveau un vaste banquet dans la grande salle du palais ducal. Les intermèdes se succédaient : jeux de jongleurs et chansons de troubadours dominant le bourdonnement des conversations et le va-et-vient des pages qui garnissaient de viandes les hautes crédences et versaient à boire aux invités ; la gaieté était à son comble quand un familier de la maison s'approcha de l'abbé Suger assis à une table proche de celle où trônaient les jeunes époux ; il lui murmura à l'oreille quelques mots qui le firent pâlir. Il regarda le prince assis aux côtés d'Aliénor, souriant, épanoui : Louis entrait décidément dans son rôle ; le mariage, la couronne ducale semblaient faire un autre homme de celui qui portait pourtant l'anneau royal depuis plusieurs années. Suger eut une seconde d'hésitation, puis il s'approcha et, grave, fléchit le genou devant celui qui, désormais, était roi de France.

Un messager s'était en effet présenté sur le pont de Montierneuf une heure plus tôt ; il annonçait la mort du roi. Le 1er août, le mal qui torturait

Louis VI s'était subitement aggravé; il avait voulu se faire transporter à l'abbaye de Saint-Denis, mais il était déjà trop tard. L'abbé de Saint-Victor, Gilduin, et Étienne, l'évêque de Paris, qui l'assistaient, s'étaient doucement opposés à ce désir et, lucide, comprenant qu'avec sa corpulence, la gravité de son état, la chaleur intolérable, tout s'opposait à son transport dans l'abbatiale où il eût voulu mourir, le roi s'était résigné; il avait demandé que fût étendu par terre un tapis où serait parsemée de la cendre en forme de croix et c'était là, sur cette croix de cendres, qu'il s'était fait déposer et qu'il était mort, d'une mort édifiante. Enveloppé d'un drap de soie, son corps reposait aujourd'hui à Saint-Denis près de l'autel de la Sainte-Trinité, à l'endroit désigné par Suger.

Une fois de plus, les fêtes furent abrégées et le cortège reprit la route, attirant, jour après jour, entre Poitiers et Paris, les foules qui venaient acclamer le roi et la reine de France.

Et l'on imagine assez les sentiments qui pouvaient agiter Aliénor au moment où elle chevauchait sur la route de Paris, en repassant dans sa tête de quinze ans les événements à la suite desquels elle s'était trouvée, ce 8 août 1137, duchesse d'Aquitaine et reine de France. Que pouvait représenter Paris pour une Méridionale de ce temps? Certainement pas ce que nous imaginerions au nôtre. Paris est une cité royale, mais pas plus qu'Orléans où, d'ailleurs, les prédécesseurs de Louis VII ont résidé de préférence. Le prestige de son passé antique n'éclipse pas celui de Bordeaux et demeure moindre que celui de Marseille ou de Toulouse, par exemple. Et du point de vue religieux (on sait la place que tient la religion à l'époque), Paris est moins important que beaucoup d'autres cités du royaume : ce n'est qu'un évêché dépendant de Sens et qui n'exerce pas l'influence de métropoles comme Reims ou Lyon. Son terroir est riche d'abbayes : ainsi Saint-Médard, Saint-Victor, Saint-Vincent-et-Sainte-Croix, la vieille abbatiale mérovingienne que déjà on appelle Saint-Germain-des-Prés, du nom d'un évêque parisien ; mais leur renom est de loin dépassé par Cluny dont le vaste édifice — le plus vaste de toute la chrétienté et qui le restera jusqu'au moment de la reconstruction de Saint-Pierre de Rome au XVIe siècle — est déjà terminé depuis quelque trente ans. Paris ne présente pas non plus à l'époque des monuments aussi achevés que la cathédrale de Durham, aussi splendides que le palais d'Aix-la-Chapelle ; ni, bien entendu, rien qui puisse se comparer au renom presque fabuleux de cités comme Rome, Venise ou Constantinople. Et la lignée qui règne en France ne peut guère se réclamer, comme on aime le faire à l'époque d'Aliénor, d'un passé héroïque ou, tout au moins, de la souche impériale. Il y a cent cinquante ans que le dernier descendant de Charlemagne a été écarté du trône de France par la poigne solide d'un de ses barons et qu'à Senlis Hugues Capet s'est fait décerner, par ses pairs, le titre de roi. Un siècle et demi pendant lequel aucun de ses descendants ne s'est signalé par quelque exploit extraordinaire. Lorsque le pape Urbain II est venu appeler la chrétienté d'Europe au secours des Lieux saints de Palestine, le roi de France, un gros homme égoïste et sensuel, Philippe Ier, tout occupé de ses amours illicites avec la belle Bertrade de Montfort, n'a pas bougé ; aussi bien, les chansons de geste, nées vers le même temps, n'ont-elles trouvé à glorifier que des barons, réels ou légendaires, Godefroy de Bouillon ou Roland, et évoqué avec nostalgie, en fait de souverain, l'ombre du grand Charlemagne qui avait su prendre l'épée et franchir les monts contre les Sarrasins.

Et pourtant, quelque chose déjà frémit dans ce Paris du début du XIIe siècle, à quoi l'esprit ouvert d'Aliénor pourra être sensible. Issue d'une famille lettrée, elle a dû apprécier, chez son époux, le goût des lettres ; encore que leurs cultures respectives aient été très différentes ; celle de Louis, presque monastique, a certainement comporté ce qu'on appelait les sept arts libéraux, c'est-à-dire le cycle du savoir de ce temps avec les quatre branches des sciences physiques : arithmétique, géométrie, musique, astronomie — et les trois sciences de l'esprit : grammaire, rhétorique et dialectique, le tout fortement baigné de théologie. Tandis qu'Aliénor a eu probablement une éducation beaucoup plus profane ; mais il faut l'entendre suivant les normes du temps, c'est-à-dire que, si elle a étudié le latin dans Ovide, elle l'a d'abord connu à travers la Bible et les œuvres des Pères. Surtout, son enfance a été bercée par les chants des troubadours, et l'on connaît le nom d'un au moins d'entre eux, Blédhri, un Celte — Irlandais ou Gallois probablement — qui résidait à la cour de son père, tandis qu'un troubadour, Cercamon, dans le beau *planh* qu'il avait écrit à la mort de celui-ci, vante les largesses de Guillaume X à l'égard des poètes.

Paris, sans avoir encore l'immense renom international que lui attirera son université, voit celle-ci se former, et retentit déjà de ces discussions passionnées qui sont le signe de l'activité intellectuelle. Déjà, à l'ombre des grandes abbayes, Saint-Victor, Saint-Médard, Saint-Marcel, Sainte-Geneviève, maîtres et élèves disputent les «questions» et tentent les synthèses avec une ardeur de bon augure : Paris est en passe d'éclipser les grandes écoles qui ont été jusqu'alors les plus célèbres, écoles monastiques comme celles du Bec ou de Fleury-sur-Loire, écoles épiscopales comme Reims, Laon et même Chartres. Aliénor, certainement, a déjà entendu parler d'Abélard, ce séduisant et insupportable personnage qui, jeune étudiant, n'a pas craint de défier les maîtres les plus célèbres et qui, dans tout l'éclat d'une carrière triomphale d'intellectuel, n'en a pas moins été rendu fameux surtout par ses amours avec Héloïse. Lors du mariage d'Aliénor, il n'y a guère qu'une vingtaine d'années qu'a eu lieu le scandale et l'humiliante mutilation qu'Abélard a subie de la part de l'oncle d'Héloïse, furieux de voir sa nièce déshonorée. Certainement, elle se sera fait raconter l'étonnante aventure de cette jeune fille célèbre par son savoir depuis l'âge de dix-sept ans et qui, aujourd'hui, est l'abbesse du Paraclet, séparée à jamais de l'amant auquel son cœur demeure éperdument fidèle ; et son goût du romanesque se sera exalté à un récit qui est demeuré captivant après huit siècles et qui, à l'époque, était encore d'une chaude actualité puisque ses deux héros se trouvaient en vie.

Et, sans doute, après avoir apprécié au passage les fraîcheurs de cette parure de forêts dont s'entoure Paris, aura-t-elle aimé la première vision qu'elle a pu avoir de la vieille cité sous le ciel bleu tendre d'Ile-de-France ; au flanc de la Montagne Sainte-Geneviève, dans le coude de la Seine, elle aura découvert, sur le fleuve parsemé d'îles verdoyantes, la plus vaste d'entre elles, l'île de la Cité, ceinturée de ses remparts — ceux-là mêmes qu'on avait bâtis quelque deux cents ans plus tôt, crainte d'un retour des invasions normandes — avec les deux ponts couverts de maisons et terminés à chaque extrémité par des forteresses : le Petit Châtelet sur la rive gauche et, sur la rive droite, défendant le grand pont, ce Grand Châtelet qui a donné son nom à l'une de nos places. Elle venait de parcourir en sens inverse le chemin de Compostelle; à l'autre extrémité se trouvait le sanctuaire vers lequel cheminait son père quand, pèlerin pour l'éternité, il y était mort, le Vendredi saint précédent. Sans doute lui aura-t-on montré, au moment où elle abordait le terroir parisien, la tombe du géant Isoré, un menhir dressé au débouché de la voie romaine dont nous pouvons encore suivre le tracé sur un plan de Paris, coupant droit dans les collines de la rive gauche par la rue Saint-Jacques et descendant vers ce qui était alors, sur la rive droite, une grande plaine marécageuse que les Templiers n'allaient pas tarder à assainir et à transformer en jardins maraîchers, dominée par la haute colline de Montmartre et celle, plus lointaine, de Chaillot. Elle aura aimé ce paysage parsemé de vignobles qu'animaient, sur la rive droite, les flottilles des «marchands de l'eau» et, sur la rive gauche, le flot sans cesse montant des maisons et des tavernes fréquentées par les étudiants. Et c'est d'un pas résolu qu'elle aura franchi le perron du vieux palais de la Cité, après avoir mis le pied sur le tronc d'olivier moussu qui servait traditionnellement à descendre de cheval, aidée amoureusement par son jeune époux attentif, le roi de France.

III

LA FOLLE REINE...

> *Quand ieu la vey, be m'es parven*
> *Als huelhs, al vis, a la color*
> *(Quar aissi tremble de paor*
> *Cum fa la fuelha contra'l ven);*
> *Non ai de sen per un efan,*
> *Aissi sui d'amor entrepres;*
> *E d'ome qu'es aissi conques*
> *Pot Domn' aver almorna gran.*
>
> BERNARD DE VENTADOUR.

> Quand je la vois, tout mon semblant
> — mes yeux, mon visage et mon teint —
> Trahit le trouble qui m'étreint,
> Et tremble comme feuille au vent.
> Je n'ai plus de sens qu'un enfant
> Tant suis-je d'amour entrepris —
> Et d'un homme à ce point épris
> Peut avoir Dame aumône grand.

LES flammes montaient avec un grondement d'orage ; par instants, des lueurs claires s'élevaient au-dessus de l'épaisse fumée noire dans laquelle la petite ville semblait comme engloutie. L'armée, que dirigeait le roi Louis VII en personne, avait réussi à réduire la résistance de Vitry-en-Perthois ; les gens de pied avaient fait irruption, à travers les ruelles, jusqu'au cœur de la cité, et, dans leur fureur, que l'on ne tentait d'ailleurs pas de contenir, ils venaient d'y mettre le feu. Affolée, terrorisée, la population tout entière s'était réfugiée dans l'église, espérant y trouver asile et sécurité selon les traditions du temps.

Cet événement se passe en 1143. Six ans se sont écoulés depuis le mariage de Louis et d'Aliénor. Le roi, qui, depuis le début de l'assaut donné à la petite ville, a suivi l'avance de ses hommes des hauteurs de la Fourche où est établi son camp, et qui, de cet observatoire, regarde monter au loin les flammes, n'est déjà plus le jouvenceau timide et hésitant que les foules acclamaient dans la cathédrale de Bordeaux. C'est un jeune homme qui se veut résolu, sûr de lui. Debout à son poste d'observation, il contemple, muet, l'incendie qui gronde aux pieds de la colline dans la nuit montante. Soudain, les lueurs se font plus ardentes. Une gerbe de flammes s'élève, dominant les autres, et, du mont de la Fourche, on discerne comme une rumeur ; les hurlements de la foule se mêlent au fracas du bûcher ; le feu a pris à l'église. Quelques minutes d'horrible attente et le fracas se fait plus intense : la charpente de l'édifice s'écroule dans les flammes, ensevelissant toute cette population qui a cru trouver refuge sous un toit consacré.

Quand les familiers de Louis, inquiets de son immobilité, s'approchèrent, ils s'aperçurent qu'il était blanc et hagard et qu'il claquait des dents ; on l'emmena, on l'étendit sous sa tente. Quand il ouvrit la bouche ce fut pour demander qu'on le laissât seul. Pendant plusieurs jours, le roi demeura ainsi, refusant de s'alimenter et de parler à qui que ce soit, prostré, immobile sur sa couche. Sans doute, dans un sombre tête-à-tête avec lui-même, faisait-il le bilan de ces six années — des années heureuses de jeune époux follement amoureux de sa femme et qui aboutissaient à cet affreux épilogue. Comment avait-il pu en arriver à commettre pareil forfait?

*
* *

De fait, ce prince pieux et pacifique, dont la vie, jusqu'au sortir de l'adolescence, s'était déroulée entre les murs de l'abbaye de Saint-Denis et qui avait peut-être rêvé d'y devenir moine, se trouvait à présent en rébellion contre toutes les autorités religieuses; son royaume avait été mis en interdit par le pape, les cloches des églises s'étaient tues, aucune cérémonie solennelle n'y était plus célébrée; il était brouillé avec sa mère; le conseiller de son père, Suger, ne reparaissait plus au palais de la Cité; et, pour comble, ses armées, au cours d'une guerre allumée sur son ordre, venaient de mettre le feu à une église, un lieu saint, un lieu d'asile dans lequel toute une population innocente — treize cents personnes — avait péri. Or, pour l'observateur impartial le doute n'était guère possible. Au début de chacun des actes et des décisions qui avaient abouti à cet imbroglio de mésententes privées et de violences publiques, de disputes familiales et de guerres féodales, il y avait Aliénor; dans ses jolies mains se trouvaient les deux bouts de l'écheveau embrouillé comme à plaisir par ses caprices de fillette.

Presque aussitôt après leur retour, Louis et Aliénor s'étaient en effet trouvés en froid avec la reine mère, Adélaïde de Savoie. Rien en cela que de facile à prévoir: l'incompatibilité d'humeur était assez naturelle entre la jeune femme et une belle-mère vieillissante qui n'avait jamais eu d'influence sur son époux et avait sans doute espéré prendre sa revanche avec un fils qu'elle savait inexpérimenté et timide. Qu'une trop jeune et trop jolie fille vînt se mettre en travers, et la rupture était inévitable. C'est ce qui s'était produit sans tarder; la reine mère avait quitté la cour et s'était retirée sur ses terres où, comme pour prendre une revanche, elle s'était peu après remariée avec certain seigneur de Montmorency, petit seigneur mais bel homme. On imagine sans peine les griefs d'une Adélaïde contre sa belle-fille, cette Méridionale qui devait être, à l'exemple de son grand-père, volontiers irrévérencieuse et dont les manières hardies choquaient probablement son entourage. Déjà, au siècle précédent, le fils d'Hugues Capet, Robert, avait épousé une Méridionale, Constance de Provence, dont les allures avaient vivement scandalisé les graves barons du Nord : on trouvait sa mise indécente et son langage effronté; les mêmes termes ont dû revenir souvent sur les lèvres d'Adélaïde pour qualifier sa belle-fille.

Mais ces petits désaccords personnels n'étaient rien à côté des tempêtes au milieu desquelles devrait bientôt se débattre le jeune roi. Moins d'un an après son avènement, il menait une expédition contre Poitiers : les bourgeois de la ville avaient prétendu se constituer en commune; à l'exemple de ceux d'Orléans dont la révolte avait été matée quelque temps auparavant, ils s'étaient ensemble liés par serment pour refuser l'autorité du comte. Poitiers! le fief de ses pères, la ville préférée de Guillaume le Troubadour! La colère et l'humiliation ressenties par Aliénor devant ce coup porté à son autorité ducale, on les devine aux mesures violentes prises par la suite, une fois la ville soumise. Louis VII, en effet, s'était aussitôt mis en campagne avec une petite armée où l'on voyait assez peu de chevaliers, mais, en revanche, beaucoup d'ingénieurs et de machines de siège ; il avait réussi à prendre assez facilement la cité, sans verser une goutte de sang, se couvrant de gloire aux yeux de son entourage et, chose plus précieuse encore, aux yeux de sa femme.

Mais, une fois maître de la situation, il avait émis des prétentions vraiment barbares : non seulement la commune serait dissoute et les habitants déliés du serment qu'ils s'étaient mutuellement prêtés, mais encore les fils et les filles des principaux bourgeois seraient par lui emmenés en otages. On imagine l'émoi des habitants à l'idée de voir partir leur jeunesse. Dans l'entourage même du roi, une telle mesure avait paru exorbitante. Suger, qui avait suivi les événements depuis son abbatiale, était accouru ; il avait eu, avec le roi, de longues conversations. Finalement, certain jour, d'une fenêtre du palais donnant sur le vieux quartier de Chadeuil, l'abbé de Saint-Denis avait proclamé, devant les habitants rassemblés, la clémence royale : Louis renonçait à emmener en otages les jeunes gens de la Cité et faisait grâce aux bourgeois. La joie avait été grande dans la ville et, depuis, on y vantait la générosité royale avec d'autant plus d'ardeur que l'émotion avait été plus grande. Mais Aliénor, visiblement, avait conçu quelque dépit de cette intrusion de l'abbé sur son domaine personnel. Dans les mois qui suivirent, Louis négligea d'appeler Suger à ses conseils ; l'abbé comprit et n'insista pas.

Or c'était une lacune dans le gouvernement du royaume : aucune voix de sagesse et d'expérience ne tempérait désormais les réactions souvent irréfléchies du jeune couple, dans lequel les fantaisies d'Aliénor faisaient loi. Tous les actes de Louis révèlent son inspiration à elle ; toutes ses expéditions sont en direction de son domaine. Il met à la raison Guillaume de Lezay qui, à son avènement, a refusé l'hommage et qui a dérobé les gerfauts — les faucons blancs — appartenant aux ducs d'Aquitaine dans leur réserve de chasse de Talmond dont il est le coseigneur. Il mène, contre Toulouse, une folle chevauchée en pure perte : Aliénor tenait à revendiquer le domaine toulousain sur lequel elle prétendait avoir des droits du fait de sa grand-mère, Philippa, l'épouse du Troubadour (celle qu'il avait délaissée et qui était entrée à l'abbaye de Fontevrault). A son retour, pour le dédommager de ses peines, Aliénor avait fait don à son époux d'un splendide vase de cristal taillé, monté sur un pied d'or et muni d'un col ciselé garni de perles et de pierres précieuses, que conserve aujourd'hui encore le musée du Louvre.

Le roi de France ne disposait évidemment pas de forces suffisantes pour contraindre un vassal puissant comme le comte de Toulouse à se dessaisir de son fief, d'ailleurs contre toute justice, et Alphonse-Jourdain ne s'en était pas autrement ému. En revanche, les difficultés ne faisaient que commencer pour Louis. Au retour de l'expédition où elle l'accompagnait, Aliénor avait ramené avec elle sa jeune sœur que les textes nomment tantôt Pétronille — ou son diminutif Péronelle — et tantôt Aelith. Or, celle-ci était en âge de se marier et sur qui avait-elle jeté les yeux ? sur l'un des familiers du roi, Raoul de Vermandois, le conseiller de son père et le sien, dont Louis venait de faire son sénéchal. Raoul portait beau, encore qu'il eût pu largement être le père de cette fillette âgée tout au plus de dix-sept ans à l'époque où se passent ces événements, c'est-à-dire en 1141. Flatté sans doute de jouer les séducteurs en dépit de ses tempes grisonnantes, il en oubliait qu'il était marié. Et marié à la propre nièce du puissant Thibaut de Blois, comte de Champagne. Quiconque se trouvait tant soit peu informé des affaires du royaume pouvait comprendre qu'il y avait là de quoi mettre le feu à toute une province. Ce fut d'ailleurs ce qui arriva.

Louis VII, incapable de résister aux instances d'Aliénor qui avait pris fait et cause pour sa sœur amoureuse, parvint à persuader trois évêques du domaine, ceux de Laon, de Senlis et de Noyon, qui, complaisamment, s'avisèrent que la première femme de Raoul, Éléonore, était parente de son époux à un degré prohibé par les lois canoniques ; elles étaient sévères sur ce point, à l'époque. On pouvait donc considérer le mariage comme nul ; ils prononcèrent sa dissolution, et Raoul s'unit sans tarder avec la jeune Péronelle triomphante, sous l'œil satisfait de la reine.

C'était braver le comte de Champagne et il n'en fallait pas tant pour rallumer des querelles séculaires qui, longtemps, avaient divisé les comtes de Champagne et les sires de Vermandois, lesquels s'étaient cherché, contre le Champenois, des alliances en Flandre ; soucieux d'éviter ces querelles, qui, d'alliance en alliance, se répercutaient à travers les grandes maisons vassales du royaume, Louis VI les avait réconciliés peu avant sa mort. Et voilà qu'un caprice de femme les affrontait à nouveau. Thibaut de Champagne, furieux, s'en fut se plaindre au pape ; un concile se tint à Lagny, sur ses terres, durant les premiers mois de l'an 1142, et le légat du pape, Yves de Saint-Laurent, excommunia les nouveaux époux ainsi que les trop complaisants évêques qui les avaient unis.

Et ce n'était pas le seul point sur lequel le roi de

France bravât l'autorité religieuse. Au même moment, ou à peu près, Louis VII se trouvait engagé dans d'inextricables difficultés à propos de l'archevêché de Bourges. Ne s'était-il pas mis en tête de désigner lui-même son candidat — en l'espèce son propre chancelier, un nommé Cadurc ; quand l'archevêque régulièrement élu et investi par le Saint-Siège, Pierre de la Châtre, s'était présenté pour prendre possession de sa cité, il n'avait pu y faire son entrée : Louis avait donné l'ordre de verrouiller les portes de la ville et celles de la cathédrale. Décision lourde de conséquences en un temps où la papauté, luttant depuis plus d'un siècle pour assurer la liberté des nominations ecclésiastiques et l'indépendance du pouvoir spirituel par rapport aux puissances temporelles, pouvait se croire parvenue à son but ; si, sur le territoire du Saint Empire, elle avait dû pour cela entrer en conflit avec le souverain, en France les rois avaient généralement secondé ses efforts. Pareille décision, venant d'un fils de la lignée capétienne, avait donc de quoi surprendre. Mais elle était moins surprenante de la part d'une duchesse d'Aquitaine. Le grand-père d'Aliénor, en effet, avait voulu, à plusieurs reprises, distribuer les évêchés de ses domaines à des prélats à sa dévotion et n'avait pas craint pour cela de braver la papauté ; bien plus, il avait autrefois pris le parti d'un antipape, Anaclet, contre ce même Innocent II qui occupait toujours le trône de saint Pierre. Aussi bien, dans l'entourage royal, ne se faisait-on pas faute d'attribuer les incartades de Louis à l'influence de son épouse ; non sans quelque raison.

Et c'est ainsi que Louis s'était trouvé menacé des foudres de la papauté, son royaume mis en interdit, lui-même conduisant en Champagne, pour soutenir sa belle-sœur excommuniée, une guerre qui aboutissait à l'affreux holocauste de Vitry. Assurément, pour le royaume comme pour lui-même, il était temps de se reprendre, de sortir de l'impasse.

Un rappel énergique lui vint d'ailleurs, après ces journées de sombre méditation où le jeune homme dut se sentir au fond d'un gouffre. Il émanait de la plus haute autorité spirituelle du temps, celui que la chrétienté entière regardait comme un saint et dont prenaient conseil les papes et les rois : Bernard de Clairvaux.

Une trentaine d'années auparavant, celui-ci s'est présenté aux portes du monastère de Citeaux d'où était parti le mouvement de réforme auquel il allait donner l'impulsion décisive : à sa mort, la seule abbaye de Clairvaux comptera sept cents moines, et cent soixante filiales ; l'ordre cistercien aura essaimé dans toute la chrétienté, de l'Angleterre au Portugal, de l'Italie aux Pays Scandinaves. Ce mystique, qui n'aspirait qu'au silence du cloître et à l'austérité de la cellule où il dormait à même le sol, avait été constamment mêlé aux affaires de son siècle, appelé à régler les différends, à éclaircir les situations troubles, à ranimer, partout où il le fallait, l'ardeur de la foi. A plusieurs reprises déjà, il a adressé à Louis VII des admonestations auxquelles le jeune homme est resté sourd. Cette fois, le ton est sévère : «A la vue des violences que vous ne cessez d'exercer, je commence à me repentir d'avoir toujours imputé vos torts à l'inexpérience de la jeunesse ; je suis résolu désormais, dans la faible mesure de mes forces, à dire toute la vérité. Je dirai bien haut que... vous multipliez les meurtres, les incendies, les destructions d'églises, que vous chassez les pauvres de leurs demeures, que vous vous commettez avec des ravisseurs et des brigands... Sachez-le, vous ne resterez pas longtemps impuni... Je vous parle durement, mais c'est que je crains pour vous un châtiment plus dur encore. »

Cette fois, selon toute apparence, l'exhortation allait porter ses fruits. Laissant son frère, Robert, terminer la guerre en Champagne en occupant Reims et Châlons, Louis devait regagner le palais de la Cité. Et son comportement n'allait pas tarder à révéler à son entourage qu'un changement profond s'était opéré en lui.

IV

...ET LE SAINT MOINE

> *Estat ai com om esperdutz*
> *Per amor un lonc estatge,*
> *Mas era'm sui reconogutz*
> *Qu'eu avia faih folatge.*
>
> BERNARD DE VENTADOUR.

> J'ai été comme homme éperdu
> Par amour durant ma vie
> Mais aujourd'hui j'ai connu
> Que j'en avais fait folie.

LA route de Paris à Saint-Denis était plus encombrée qu'aux jours de foire; les pèlerins s'y pressaient par grappes; sans cesse de lourds charrois de foin devaient se ranger pour laisser passer quelque cortège de prélats ou de barons dont les chevaux s'impatientaient à piétiner sur place, tandis que deux frères convers, gris de poussière, poussaient tant bien que mal devant eux un troupeau de moutons. A mesure que l'on approchait de Saint-Denis, la circulation se faisait plus intense, les charrettes chargées de sacs de farine, de tonneaux de vin, de montagnes de légumes — on avait rassemblé tout ce qu'avaient pu fournir les maraîchages d'Ile-de-France et, en ce début de juin, il avait fallu en faire venir de loin — se pressaient aux entrées du bourg ; les sergents du roi venus prêter main-forte à ceux de l'abbaye avaient fort à faire pour canaliser tout ce monde, bêtes et gens, et l'on voyait s'élever en bordure des champs, aussi loin que pouvait porter le regard, les tentes sous lesquelles allaient s'abriter pendant trois jours de cérémonie les écuyers, les clercs ou les petites gens qui n'avaient pu trouver place ni à l'hôtellerie de l'abbaye, réservée aux plus hauts personnages, ni dans les maisons du bourg.

Tout ce monde s'était mis en branle pour venir assister à l'inauguration du chœur de la nouvelle abbatiale Saint-Denis, prévue pour le dimanche 11 juin 1144. Affairé, rayonnant, l'abbé Suger, infatigable, accueillait lui-même les visiteurs de marque et leur désignait le lieu de résidence prévu pour chacun d'eux. Ce petit prélat malingre, si débile de santé qu'on le croyait sans cesse au bord de la tombe, est bien l'une des personnalités les plus extraordinaires de son temps. L'étonnante fortune qui, de la glèbe paternelle, l'avait conduit à la tête de l'abbaye royale, et qui allait le placer à la tête du royaume lui-même, ne l'avait jamais trouvé déconcerté. Pas plus d'ailleurs que la disgrâce qu'il avait encourue pendant quelques années : il avait aussitôt mis à profit les loisirs qu'elle lui valait pour pousser plus activement que jamais les travaux de reconstruction de son abbatiale et lui consacrer tout son temps. Levé avant le jour, debout tard dans la nuit, il pouvait se rendre à lui-même ce témoignage que jamais, même au cours de ses ambassades et des déplacements qu'entraînait le service du roi, il n'avait manqué de dire son office quotidien selon la règle de son ordre. Sa culture était très poussée et ses ouvrages abondent en citations d'auteurs antiques, mais — et en cela, il est bien de son temps — il n'y a rien chez lui de l'intellectuel, de l'homme de cabinet. Suger ferait plutôt penser à certains de ces prélats-hommes d'affaires (le terme n'ayant rien en soi de péjoratif) qui, aux États-Unis ou dans les jeunes chrétientés d'aujourd'hui, bâtissent des églises, fondent des écoles, lancent la presse catholique, etc. Il a raconté lui-même, avec une complaisance qui révèle imperceptiblement le parvenu, les épisodes de la reconstruction de son abbatiale et toute son activité de bâtisseur infatigable passe dans son récit. Un jour, on vient lui annoncer que les charpentiers ont dû cesser leur travail faute de matériaux : impossible de se procurer dans les bois de l'abbaye, déjà largement mis à contribution, les poutres de la longueur nécessaire ; Suger quitte aussitôt sa cellule, parcourt en tous sens la forêt des Yvelines, et c'est lui-même qui désigne aux bûcherons les douze chênes de la hauteur voulue que l'on n'avait pas su y trouver.

Du reste, comme il arrive à beaucoup de ces êtres entreprenants et toujours en éveil, la chance semblait le seconder. Était-il en difficulté pour faire charroyer les pierres qu'on extrayait des carrières de Pontoise ? On venait lui annoncer que des paysans des environs se proposaient pour une main-d'œuvre bénévole. Les orfèvres demandaient-ils des pierres précieuses à sertir dans la grande croix que Suger avait prévue pour dominer l'autel de l'abbatiale ? On venait lui offrir, de la part du comte de Champagne, une magnifique collection de topazes et de grenats. Trois jours avant l'inauguration de l'édifice, alors qu'on se trouvait en difficulté pour nourrir la foule des invités — les troupeaux de l'abbaye avaient été victimes d'une épidémie —, un frère cistercien l'avait arrêté au moment où il allait célébrer sa messe pour lui dire qu'un troupeau de moutons était en route, don de son ordre pour participer à l'inauguration du chœur de Saint-Denis.

Un remous dans la foule, des cris, des acclamations annonçaient l'arrivée du roi et de la reine. Oui, grande date que celle de ce dimanche de juin, car ce serait aussi une fête de réconciliation.

Rien dans l'attitude ni dans la tenue du roi Louis VII ne rappelait la majesté royale. A la surprise de la foule, il ne portait, ce jour-là, ni tunique de soie ni manteau doublé d'hermine ; le roi avait revêtu la cotte grise des pénitents et chaussé de simples sandales ; perdu dans la foule, on l'eût pris pour quelque ermite venu en pèlerinage au tombeau de saint Denis. Le contraste était violent avec les seigneurs présents, ses vassaux, vêtus de couleurs rutilantes comme on les aimait à l'époque ; et aussi avec les évêques présents, dont les mitres brodées et galonnées d'orfrois étincelaient au soleil. Aliénor, elle, n'avait certes pas laissé passer cette occasion de se montrer dans tout l'apparat des fêtes solennelles : en robe de brocart et diadème de perles, d'autant plus que semblables occasions se faisaient rares à la cour de France. Durant les premières années de son mariage, elle avait pu donner libre cours à son goût pour le faste. De splendides fêtes avaient marqué, à Bourges, pour la Noël 1137, leur couronnement à tous les deux comme roi et reine de France : Louis avait déjà été sacré à Reims, mais les fêtes de couronnement étaient répétées plusieurs fois à l'époque quand l'occasion s'y prêtait, notamment lors d'un mariage. Et depuis, son jeune époux, qui s'ingéniait à lui plaire, multipliait les présents. Elle avait tenté d'animer un peu le vieux palais sévère de l'île de la Cité. Les ateliers de tapisseries — il y en avait déjà qui étaient renommés à Bourges — avaient travaillé pour elle ; et les marchands, qui commençaient à apporter jusque dans l'Ile-de-France les produits du Proche-Orient : le musc, les bois odoriférants comme le santal qui répandaient leur parfum dans les vastes pièces austères, les voiles de soie légers, les confitures de roses et le gingembre qui purifie l'haleine — connaissaient désormais le chemin des diverses résidences royales, celle de Paris, celle d'Étampes ou d'Orléans. Surtout, Aliénor s'était empressée de faire venir des troubadours, sans lesquels la vie lui eût paru monotone. Il lui fallait leurs chansons, les accords des violes et des tambourins, le son de la flûte et de la cithare, et, surtout, le jeu poétique, les mots qu'on échange, les reparties plaisantes, tout un badinage un peu folâtre, un peu osé parfois, qui était de mise à la cour de son père et de son grand-père et qu'elle avait voulu introduire en France.

Mais cela n'avait pas toujours été du goût de son époux dont l'amour était passionné et facilement ombrageux. Le troubadour Marcabru en avait fait l'expérience.

Marcabru est une figure typique de son temps. C'est un enfant trouvé, élevé quelque part en Gascogne ; on l'appelait *Panperdut*. Initié à la poésie par Cercamon, familier de Guillaume X d'Aquitaine, son talent s'est imposé et ses chansons circulent partout, de la cour de Castille aux bords de la Loire. Marcabru a été invité par Aliénor malgré quelques réticences de son époux. Mais un troubadour est inévitablement amoureux de la haute Dame qui inspire ses vers. Il le lui dit en strophes enflammées et, un beau jour, Louis s'en est fâché. Il a renvoyé sans autres formes l'impudent troubadour qui s'est vengé, selon ses moyens, en strophes perfides : un arbre est né, dit-il,

Haut et grand, branchu et feuillu
... Et de toutes parts épandu,
De France en Poitou parvenu
... Sa racine est Méchanceté
Par qui Jeunesse est confondue...

Louis a d'ailleurs beaucoup changé depuis
quelque temps. Cette malheureuse affaire de Vitry
l'a visiblement bouleversé. Plus de fêtes, plus de
danses ni de festins, ni de chansons et de poèmes ;
il est devenu sombre, ne pense qu'à faire pénitence,
jeûne plusieurs jours la semaine et multiplie les
patenôtres à temps et à contretemps. Pour l'inauguration du chœur de Saint-Denis, il a tenu à offrir
à Suger le beau vase de cristal et d'orfèvrerie
qu'Aliénor lui avait donné. Il songe à rappeler le
vieil abbé à son conseil et — Aliénor ne s'y trompe
pas — c'est signe que son influence à elle va
diminuer. Déjà, Suger a fait conclure la paix avec
Thibaut de Champagne et, après la mort d'Innocent II, le roi s'est empressé de faire sa soumission
auprès du nouveau pape. « J'ai parfois l'impression d'avoir épousé un moine », confie-t-elle à
ses familiers.

Plus profondément encore, il y a, dans le jeune
couple, une sourde inquiétude. Le front d'Aliénor
se plisse parfois ; ce ne peut être une ride chez cette
reine de vingt-deux ans, mais c'est, à n'en pas
douter, une sérieuse préoccupation : ils n'ont pas
d'enfant. Dans les premiers temps de leur mariage,
un espoir s'est fait jour mais, très vite, il s'est
évanoui. On commence à murmurer autour d'eux
(et il n'est pas de murmure que ne perçoive l'oreille
fine d'Aliénor) que ce mariage, qui apportait tant
d'espoirs, pourrait bien n'être pas une si bonne
affaire pour la couronne ; beaucoup de dépenses,
des guerres qu'on accuse la reine d'avoir fait naître

par pur caprice, pas d'enfant pour assurer l'avenir de la dynastie...

Aussi bien, Aliénor a-t-elle un projet en tête. Tous les abbés des grandes abbayes du royaume vont être présents à une cérémonie à laquelle Suger veut donner un éclat sans précédent. Elle en a profité pour faire demander un entretien particulier à Bernard de Clairvaux. Ce saint homme, canonisé par les foules et qui parle en maître à son époux, elle éprouve à son endroit une attirance où entre sans doute plus de curiosité que de vénération. Son père déjà s'est affronté à Bernard de Clairvaux. La scène est demeurée fameuse dans les annales d'Aquitaine. Un jour, à Parthenay, Guillaume X, que l'abbé avait menacé de ses foudres, avait fait irruption tout armé dans l'église où il célébrait la messe. Mais celui-ci était allé à sa rencontre tenant en main le ciboire et l'hostie, et, vaincu, subjugué par l'ardeur qui émane de cet être de feu, le féodal s'est soudain écroulé à ses pieds, touché par le repentir. Les puissances de ce monde ne résistaient pas plus à saint Bernard que la puissance céleste.

Aliénor avait présentement besoin de son pouvoir auprès de Dieu et des hommes. Elle voulait un enfant — un enfant à qui elle saurait inculquer cette ambition et ce goût du faste qui font les grands rois — et elle tenait aussi à obtenir que sa sœur et l'époux qu'elle s'était choisi fussent relevés de leur excommunication. Qui, mieux que Bernard de Clairvaux, pourrait faire exaucer ce double désir ?

*
* *

La cérémonie s'était achevée, marquant bien, comme l'avait prévu Suger, une date inoubliable à la fois dans l'histoire de l'Église et dans celle de l'art. Saint-Denis a été, en effet, pour les foules du XIIᵉ siècle, un peu ce qu'ont été l'église d'Assy, celle de Vence ou celle de Ronchamp à notre époque : une innovation artistique dont les contemporains ont eu conscience. C'était la première fois, en effet, que l'on utilisait la voûte sur croisées d'ogives dans un édifice de vastes dimensions. Les prélats appelés à participer à la cérémonie — quelques-uns vinrent de très loin, comme l'archevêque de Cantorbéry, et Aliénor dut retrouver avec joie parmi eux celui qui avait béni son mariage, Geoffroy du Loroux, archevêque de Bordeaux — allaient en tirer une leçon et, revenus dans leurs diocèses, plusieurs d'entre eux décidaient de reconstruire selon le nouveau procédé architectural leurs cathédrales devenues trop petites pour une population qui s'accroissait à un rythme incroyable. L'emploi de la croisée d'ogives permettait d'évider hardiment les murailles de soutien et sur les vingt autels qu'on allait consacrer solennellement ce jour-là la lumière se répandait à flots, transfigurée par les vitraux en autant de touches de couleurs éclatantes. Au centre, sur l'autel principal, brillait la splendide croix d'or (6 mètres de haut) dressée sur un pilier de cuivre doré, tout étincelante d'émaux, de gemmes et de perles — chef-d'œuvre des orfèvres lorrains, les plus réputés du temps, qui y avaient travaillé pendant plus de deux ans ; cette vision de beauté magnifiée par le chant des psaumes, les voix de la foule alternant avec le chœur de plusieurs centaines de clercs, dans l'atmosphère de ferveur religieuse qui est celle du temps — tout devait contribuer à faire aux assistants une impression profonde. L'édifice, pour vaste qu'il fût, ne pouvait contenir toute la population qui se pressait et refluait aux alentours, si bien que, quand vint le moment de la procession du clergé jetant de l'eau bénite sur les murs extérieurs de l'église, on vit cet étonnant spectacle : le roi en personne se joignant à ses sergents pour tenter de frayer un passage au cortège. Plusieurs fois d'ailleurs, Louis VII allait avoir l'occasion de donner, ce jour-là, un témoignage de sa ferveur; au moment où les évêques allaient chercher les châsses contenant les «corps saints» — les reliques de saint Denis et de ses compagnons —, il quitta sa place, s'avança vivement et demanda à porter lui-même sur ses épaules le reliquaire d'argent de saint Denis. «Jamais, conclut Suger, jamais on ne vit procession plus solennelle et plus émouvante, jamais joie plus haute ne transporta les assistants. »

Et l'on imagine que quelques-uns au moins parmi ces assistants ont dû lever un œil inquiet vers Bernard de Clairvaux en se demandant ce qu'il pensait d'un tel déploiement d'or, de pierreries et de somptueux ornements liturgiques — lui qui avait, avec tant de rigueur, stigmatisé le faste des prélats, et qui allait jusqu'à bannir la couleur — suprême pénitence pour un homme de son temps ! — dans les vitraux des églises cisterciennes. En réalité, pour éloignés que ces deux hommes fussent l'un de l'autre, leur accord était complet. Une vingtaine d'années plus tôt, Suger, à la voix de saint Bernard, avait réformé son train de vie personnel. Il avait obéi, en ce qui le concernait, à l'énergique rappel de la pauvreté évangélique que le cistercien adressait à l'Église de son temps : désormais le crucifix régnait seul dans la cellule de l'abbé de Saint-Denis et son ordinaire était aussi frugal que devait l'être celui d'un moine.

Mais il avait reporté sur son abbatiale toute sa soif de splendeurs. Ainsi les deux hommes incarnaient-ils les deux pôles opposés, mais non contradictoires, entre lesquels chemine l'Église : dépouillement et magnificence.

Et l'on ne pourrait pas comprendre Aliénor si l'on omettait cet arrière-plan essentiel à sa personnalité comme à son époque : le goût de la splendeur qui s'exprime en toutes choses, dans les églises entièrement peintes où resplendissent les grands luminaires en couronne et les croix d'orfèvrerie, comme dans ces romans de chevalerie où les héros aux armes étincelantes livreront d'étourdissants combats et seront visités de songes lumineux. Trait d'époque qui s'exprime sous toutes les formes, depuis cette mystique de la lumière qui, plus tard, s'épanouira aussi bien dans l'architecture gothique que dans les plus graves traités de philosophie, comme ceux d'un Robert Grosseteste ou d'un saint Bonaventure, jusqu'à ce goût du *gold and glitter*, de tout ce qui luit et brille, qui caractérise la mentalité du temps et qu'Aliénor a certainement partagé; sa vie et ses goûts en témoignent. Elle devait se trouver pleinement épanouie dans le cadre que Suger décrit en vers enthousiastes, jouant sur les mots comme le soleil sur les gemmes semées à profusion dans l'édifice...

> *Le sanctuaire brille dans sa splendeur*
> *Resplendit en splendeur*
> *L'œuvre qu'inonde une lumière nouvelle.*

Les fêtes touchaient à leur fin quand eut lieu, dans un parloir de l'abbaye, l'entretien qu'Aliénor avait souhaité avoir avec Bernard de Clairvaux. Étonnant tête-à-tête : la folle reine et le saint. Aliénor, belle d'une beauté toute jeune, toute terrestre, toute charnelle : Qu'elle fût belle, d'une beauté radieuse, les contemporains en témoignent, encore que, selon la fâcheuse habitude du temps, ils ne nous aient laissé aucun détail à ce sujet, se contentant de nous dire qu'elle était *perpulchra*, c'est-à-dire que sa beauté passait l'ordinaire. On peut penser qu'elle répondait à ce qui est l'idéal féminin à l'époque

gent corps, vairs yeux, beau front, clair vis (visage)
Cheveux a blonds, face riante et claire

Car on voit blond, décidément, au XIIe siècle.

Et l'on peut adopter pour elle la description qu'on doit à un poète un peu plus tardif, Raoul de Soissons, et qui résume l'idéal médiéval :

Ma Dame a, ce m'est avis,
Vairs yeux riants, bruns sourcils,
Cheveux plus beaux que dorés,
Beau front, nez droit, bien assis,
Couleur de roses et de lys,
Bouche vermeille et souef (suave),
Col blanc, nullement hâlé,
Gorge qui de blancheur raie (rayonne);
Plaisante, avenante et gaie
La fit notre Sire Dieu.

En face, l'être étonnant sur lequel nous possédons davantage de détails parce que la sainteté a, par-dessus tout, fasciné les hommes de ce temps et qu'on s'est appliqué à ne rien laisser perdre du souvenir des saints dans leur vie mortelle : nous savons que Bernard était beau; que, dans sa jeunesse, il eût été, comme nous l'a dit Guillaume de Saint-Thierry, « plus dangereux pour le monde que le monde ne l'était pour lui ». Il était grand, la peau très fine, la chevelure rousse et vite blanchissante. Mais, à l'époque de cette entrevue (Bernard a cinquante-quatre ans; il mourra neuf ans plus tard), il présente cet aspect entièrement transfiguré par la vie intérieure que nous montrent, par exemple, les dernières photographies d'un père Charles de Foucauld. «Son corps émacié par les jeûnes et les austérités du désert, sa pâleur lui donnent un aspect quasi spiritualisé» (Wibald de Stavelot). Un de ses contemporains dit de lui : «C'est une Voix.» Chez lui, l'ardeur de l'esprit a littéralement consumé la chair et il n'est plus qu'une parole, comme on peut l'imaginer d'un Jean-Baptiste. «La seule vue de cet homme, ajoutait-on, persuade ses auditeurs avant qu'il ait ouvert la bouche. »

Aliénor, toutefois, restait assez maîtresse d'elle-même pour lui dire posément le souci qui l'habitait : «Depuis bientôt sept ans qu'elle vivait avec le roi, après avoir eu, dans les premières années, un espoir vite déçu, elle demeurait stérile; elle désespérait d'avoir jamais l'enfant souhaité. » L'intercession de Bernard de Clairvaux lui accorderait-elle du Ciel la faveur souhaitée ?

La réponse vint, directe comme ce regard de feu qui, jadis, avait fait reculer son père : «Cherchez donc la paix du royaume, et Dieu dans sa miséricorde vous accordera, je vous le promets, ce que vous demandez. »

Moins d'un an après cette rencontre, dans le royaume pacifié, un enfant naissait au couple royal, une fille qui fut nommée Marie en l'honneur de la Reine du Ciel.

V

VERS JÉRUSALEM...

Ver ditz qui m'apella lechai
Ni desiran d'amor de lonh
Car nulhs autres jois tant no'm plai
Cum jauzimens d'amor de lonh.
JAUFRÉ RUDEL.

Qui m'appelle avide, il dit vrai,
Et désireux d'amour lointain :
Car nulle joie tant ne m'attrait
Que jouissance d'amour lointain.

QUE de chariots, que de chariots ! Leur file s'étendait sur des lieues et des lieues ; et les paysans, qui accouraient de toutes parts, laissant là les travaux de la fenaison, s'ébahissaient de voir une armée munie de convois aussi imposants. Lourds chariots à quatre roues que tiraient de forts chevaux de trait et sur lesquels s'étageaient les coffres à ferrures et les rouleaux des tentes qu'on déploierait à la prochaine étape, le tout soigneusement protégé par des rideaux de cuir ou de toile forte.

Mais si la longueur du convoi et ce grand nombre de chariots, évocateurs de richesses, faisaient l'admiration des foules de Rhénanie, l'impression était tout autre dans l'entourage du roi de France, où l'on se demandait avec appréhension comment une armée aussi chargée de bagages pourrait bien tenir tête à l'ennemi et déjouer ses surprises.

Ce cortège encombré d'un nombre invraisemblable de chariots et qui avait quitté Metz lors des fêtes de Pentecôte pour se diriger vers les plaines danubiennes n'était autre que celui de Louis VII et de ses compagnons partis pour le «voyage de Jérusalem». En effet, l'année même de la naissance de Marie, leur premier enfant, Louis et Aliénor, au cours des fêtes solennelles qui, comme chaque année, réunissaient autour d'eux pour Noël leurs principaux feudataires, avaient annoncé, à Bourges, leur intention de prendre la croix. Louis entendait ainsi accomplir un vœu qui, jadis, avait été fait par son frère aîné, Philippe — celui dont la mort prématurée avait fait de lui l'héritier du royaume de France ; et, sans doute, le remords causé par l'affreux incendie de Vitry n'était-il pas étranger à sa résolution. La chrétienté avait été émue en apprenant, en 1144, peu après l'inauguration de l'abbatiale Saint-Denis, qu'Édesse, la cité fameuse de Terre sainte, était tombée entre les mains de Zenghi, gouverneur d'Alep et de Mossoul. Édesse avait été conquise une cinquantaine d'années plus tôt par Baudouin de Boulogne, le propre frère du héros légendaire de la première croisade, Godefroy de Bouillon, avec l'aide des Arméniens nombreux dans la ville et qui se retrouvaient ainsi exposés aux persécutions des Turcs. La Syrie du Nord, le fief frontière des royaumes latins, se trouvait à présent dégarnie, ouverte aux attaques de Zenghi qui réunissait entre ses mains les trois places fortes les plus proches de cette cité d'Antioche dont la conquête avait coûté tant de peines et de sang aux premiers croisés ; et c'était un homme de guerre redoutable, ce Turc sur le compte duquel couraient toutes sortes de légendes : on racontait qu'il devait le jour à une amazone, la margravine Ida d'Autriche, beauté célèbre et cavalière intrépide, qui avait pris la croix en même temps que Guillaume le Troubadour et avait disparu au cours de sa malheureuse expédition ; elle aurait été emmenée prisonnière dans quelque harem où serait né d'elle le héros musulman.

La chute d'Édesse était une menace grave pour les royaumes latins, d'autant plus que Jérusalem n'avait alors pour roi qu'un enfant de treize ans, le jeune Baudouin III, encore sous la tutelle de sa mère, Mélisende. Mais si l'on se montrait inquiet du sort des Lieux saints, si l'on plaignait les Arméniens victimes des affreux massacres commis par les Turcs après leur victoire, personne ne paraissait très pressé de renouveler les expéditions de grande envergure qui avaient eu lieu un demi-siècle plus tôt. Jérusalem une fois reconquise, le service de la Terre sainte n'était assuré que par les secours spontanés qui pouvaient se présenter de temps à autre : un cadet de famille, plus rarement quelque grand seigneur, faisait, par piété personnelle ou par goût de l'aventure, le vœu de croisade, recrutait des hommes, groupait d'autres pèlerins animés du même désir et venait se mettre à la disposition du royaume latin qui, déjà, malgré son état précaire, faisait figure d'institution établie.

Aussi la décision de Louis, roi de France, avait-elle été une surprise. Il était le premier roi à s'engager ainsi dans la voie du pèlerinage armé. L'évêque de Langres, Geoffroy, avait prononcé à Bourges un sermon dans lequel il exhortait les barons présents à imiter leur suzerain, mais ce n'est que peu à peu qu'ils devaient s'y décider. Le pape lui-même — c'était alors Eugène III, un cistercien — montra quelques hésitations avant d'approuver le projet. Puis, ne pouvant lui-même se consacrer à la prédication de la croisade, il allait en confier le soin à l'abbé de Clairvaux, Bernard. L'histoire a retenu la scène fameuse qui eut pour théâtre, à Pâques de l'année suivante, le 31 mars 1146, les collines de Vézelay : saint Bernard lançant du haut de la tribune qui avait été dressée pour lui et pour le roi, ses ardentes exhortations aux seigneurs et au peuple remplissant les coteaux en amphithéâtre qui bruissent de pennons et d'étendards, puis résonnent bientôt des acclamations de toute une foule qui réclame des croix, si bien que, celles qu'il avait apportées ne suffisant plus, le moine dut en découper dans ses propres vêtements. A sa parole, on voyait renaître peu à peu, dans l'Europe chrétienne, cet enthousiasme qui avait marqué le concile de Clermont et le grand ébranlement de la première croisade.

Aliénor avait pris la croix en même temps que son époux. Contrairement à ce qu'on croit quelquefois, il n'y avait rien là de très extraordinaire. Dès la première expédition, au contraire, nombreux avaient été les seigneurs qui emmenaient leur femme avec eux. C'était le cas de Baudouin de Boulogne, le vainqueur d'Édesse, celui de Raymond de Saint-Gilles, l'un des principaux chefs de l'expédition. D'ailleurs, si le fils de ce dernier, héritier du comté de Toulouse, portait le nom d'Alphonse-Jourdain, c'était parce qu'il avait été baptisé dans les eaux du fleuve qui avait jadis entendu la voix de Jean-Baptiste ; car il était né au cours même de cette épique chevauchée vers Jérusalem. La femme méprisée, étrangère à la vie de son époux et recluse derrière les murailles d'un sombre château en attendant le retour de celui-ci reste une image solidement ancrée dans bien des esprits, mais qui n'offre guère plus de vérité que celle du serf battant les étangs pour faire taire les grenouilles, et autres sornettes héritées des temps classiques pour lesquels la barbarie du Moyen Age était un dogme indiscuté.

Ce n'est d'ailleurs pas pour avoir emmené sa femme que Louis VII fut blâmé par certains contemporains — remarquons que son arrière-petit-fils, saint Louis, agira exactement de même au siècle suivant —, mais c'est parce qu'Aliénor et, entraînées probablement par son exemple, les autres femmes faisant partie de l'expédition, la comtesse de Blois, Sybille d'Anjou, comtesse de Flandre, Faydide de Toulouse, Florine de Bourgogne — n'entendaient pas se passer de leurs chambrières ni renoncer à un confort relatif au cours de ce long périple. D'où le nombre extra-vagant des chariots qui s'étiraient sur les plaines d'Europe centrale en direction de la Hongrie. Beaucoup trop de chariots, murmuraient les hommes d'armes ; beaucoup trop de chariots, consta-taient avec eux les clercs. Et, tandis que les premiers entrevoyaient les désastres que pourrait essuyer une armée encombrée par tant de bouches inutiles et de lourds convois, les hommes d'Église stigmatisaient les désordres inévitables qui allaient en résulter. Beaucoup de suivantes et de filles de chambre, cela signifiait, le soir, au bivouac, bien des rires suspects, bien des allées et venues furtives autour des tentes, à la nuit tombée. Le moral n'y gagnait rien, de ces gens engagés dans une pieuse randonnée. Et comme le fait remarquer un chroniqueur qui ne reculait pas devant les calembours douteux, ces campements n'avaient rien de chaste *(castra non casta)*.

Aliénor avait sans aucun doute pris une part très active aux préparatifs. On est surpris, lorsqu'on parcourt les recueils de chartes de la région, de constater le grand nombre de Poitevins qui ont participé à l'expédition. Cela vient, très probablement, de ce qu'elle-même avait fait une tournée dans ses États personnels. Son exemple avait dû être convaincant. Elle y avait recueilli des subsides et entraîné des hommes. Nombre de chevaliers gascons et poitevins avaient pris la croix, entre autres ce Geoffroy de Rancon à qui appartenait le château de Taillebourg, où Aliénor avait passé sa nuit de noces. Et l'on y voyait aussi maint chevalier dont le nom reviendra plus d'une fois dans l'histoire d'Aliénor : Saldebreuil de Sanzay, qu'elle appelait son connétable, Hugues de Lusignan, Guy de Thouars, bien d'autres encore. Tout le baronnage de l'Ouest de la France répondait à la voix de saint Bernard. Il est probable que, parmi les seigneurs de la suite du comte de Toulouse, devait se trouver ce délicat poète, Jaufre Rudel, prince de Blaye, chantre de cet « amour lointain » dont des générations de commentateurs ont tenté de saisir la signification : déjà son biographe, au XIIIe siècle, ne savait pas très bien ce que Jaufre désignait par l'*amor de lonh*. Il pensait qu'il avait pu être amoureux de la princesse de Tripoli : C'est pour son amour, disait-il, que le prince de Blaye avait pris la croix. Et l'on ne saura jamais, sans doute, ce que voulait dire au juste le troubadour en évoquant si obstinément dans tous ses poèmes l'« amour lointain »; mais le terme, avec tout ce qu'il comporte de nostalgique et de mystérieux, traduit admirablement l'élan profond qui anime son temps, cette sorte de poussée vers l'aventure lointaine, cette recherche d'un amour qui vous dépasse, ce goût d'aller au-delà de l'immédiat. *Amor de lonh...*

Marcabru, de son côté, mêlait sa voix à celle des

prédicateurs et composait de beaux chants de croisade dans lesquels il trouvait encore moyen d'exercer sa verve aux dépens du roi de France :

« Malheur au roi Louis par qui deuil m'est au cœur entré », faisait-il dire à une jeune fille pleurant le départ de son amoureux pour la croisade, dans son poème d'ailleurs si beau : *A la fontana del vergier*. Un rancunier, Marcabru !

A plusieurs reprises, on voit Aliénor, au cours de cette tournée en Aquitaine, confirmer les privilèges des abbayes, en échange, sans doute, d'une aide financière pour la croisade ; on la voit aussi, et c'est la première fois que les documents en portent trace, faire un don à l'abbaye de Fontevrault. Avant leur départ, les croisés avaient l'habitude d'implorer les prières des moines et des moniales en leur faisant aumône. Ce geste d'Aliénor par lequel elle assure au monastère une rente de cinq cents sous sur les foires de Poitiers à la veille de son départ, c'est le premier d'une longue série qui marquera tout le cours de son existence ; chaque acte important de sa vie aura, d'une façon ou d'une autre, sa répercussion à Fontevrault ; peut-être n'y a-t-elle pas attaché grande importance cette première fois, car le don ne diffère guère de celui qu'elle fait en la même occasion à Montierneuf, à l'abbaye de Saint-Maixent, à l'église de la Grâce-Dieu et à beaucoup d'autres. Mais si l'on considère l'ensemble de son existence, il attire l'attention, il prend valeur de signe : quelque chose d'important va se passer pour elle.

Et sans doute, Aliénor le sentait-elle aussi ; à plus d'un indice, on constate la part qu'elle a prise dans la préparation de cette croisade ; elle a dû la voir venir avec enthousiasme. C'était, certes, aller volontairement au-devant de dangers dont la mort était l'un des moindres ; la route de Terre sainte était désormais jalonnée des cadavres de tous ceux, chevaliers ou pauvres gens, qui s'y étaient engagés lors des premières expéditions, celles qui avaient permis la reconquête du fief commun de la chrétienté sur les Infidèles. Et l'on n'ignorait pas non plus les souffrances qu'avaient endurées ceux qui avaient fait de bout en bout le premier de ces pèlerinages en armes : trois ans de route à travers les déserts ou les défilés pleins de traîtrises avec pour compagnes la faim, la soif et les flèches turques. Mais leur sacrifice leur avait valu la gloire devant Dieu et devant les hommes ; et l'on est alors assoiffé de cette gloire céleste ou terrestre, qui justifie tous les dépassements.

Et puis, Aliénor a subi certainement cet attrait de l'Orient qui aura fasciné à peu près tous les membres de sa famille. Son grand-père, le joyeux et cynique troubadour, avait pris la croix ; il avait supporté gaillardement les désastres d'une expédition qui avait été de bout en bout malheureuse et avait encore eu le front, à son retour, de composer des chansons plaisantes sur les souffrances qu'il avait endurées. Son fils puîné, oncle d'Aliénor et son ancien compagnon de jeux — car il n'avait guère que huit ans de plus qu'elle —, se trouvait en Terre sainte à la tête de la principauté d'Antioche. Sans doute, la perspective de le revoir n'était-elle pas étrangère à l'activité que manifestait la reine. On devait s'en apercevoir dès la première phase de l'expédition, celle des préparatifs de départ.

Au début de l'année 1147, en effet, le roi Louis avait convoqué à Étampes une vaste assemblée de ses futurs compagnons de croisade, les principaux barons. Cette assemblée allait durer trois jours, du 16 au 18 février : il s'agissait de décider, en conseil comme cela se faisait toujours, la route que prendrait l'expédition. On donna lecture des lettres reçues de la part des souverains dont elle devrait traverser les terres ; dans toutes les directions de l'Europe centrale et orientale, des messagers avaient été envoyés pour prendre contact avec eux. En particulier s'imposait le choix capital : route de terre ou route de mer ?

La première signifiait qu'on s'en remettait aux bons offices de l'empereur de Byzance, la seconde, qu'on acceptait, au contraire, les offres du roi de Sicile, Roger II.

Celui-ci mettait beaucoup d'empressement à inviter les croisés à relâcher chez lui ; il ne s'était pas contenté d'écrire des lettres, mais avait délégué tout exprès des ambassadeurs à cette assemblée. Ses intentions étaient-elles tout à fait pures ? Roger était un Normand et on ne prononce pas le mot «normand» à l'époque sans lui accoler immédiatement l'épithète d'astucieux. Le roi de Sicile était alors en guerre avec l'Empire byzantin ; avoir dans ses États, relâchant dans ses ports, l'armée de la chrétienté, le saint pèlerinage, on imagine quel accroissement de prestige — et de force au besoin — cela pouvait représenter pour lui.

Avant même d'avoir fait un pas hors de leur royaume, les barons de France pouvaient mesurer combien de calculs humains allait devoir affronter leur entreprise et comment, une fois de plus, l'ivraie s'y trouverait mêlée au bon grain.

Le bon grain, était-ce désormais sur les rives du Bosphore qu'on le trouverait ? L'empereur de Byzance faisait, lui aussi, ses offres de service. Or, chose remarquable, les relations avaient favorablement évolué entre les Byzantins et les Latins au cours des années précédentes. Épineuses, puis franchement hostiles entre un Alexis Comnène et les croisés de la première heure, elles étaient, entre-temps, devenues presque amicales. Or, l'oncle d'Aliénor, Raymond de Poitiers, était pour beaucoup dans ce changement. Un an après avoir pris possession de la principauté d'Antioche, il en avait fait hommage à l'empereur Jean Comnène ; cela, avec le plein assentiment du roi latin de Jérusalem, qui lui avait écrit à cette occasion une lettre pleine de bon sens et d'équité : « Nous savons tous qu'Antioche a fait partie de l'Empire byzantin jusqu'à la conquête turque et que les assertions de l'empereur sur les engagements de nos pères au sujet de cette ville sont exactes ; pouvons-nous nous opposer à la vérité et au droit ? » C'était reconnaître le bien fondé des prétentions byzantines sur le territoire, prétentions que les précédents princes d'Antioche — le Normand Bohémond et sa descendance — avaient rejetées. L'année même, l'empereur Jean Comnène faisait dans la capitale syrienne une entrée triomphale et scellait son accord avec Raymond ; du coup, celui-ci s'en était trouvé brouillé avec le roi de Sicile ; mais sa position était conforme au droit et, de plus, aux intérêts les plus sacrés de la chrétienté. Le pape ne désespérait pas de voir quelque jour les Grecs de nouveau en communion avec Rome et encourageait tout ce qui pouvait mettre fin aux désaccords précédents ; aussi bien, à l'assemblée d'Étampes, les prélats, sur sa demande, penchaient-ils pour la proposition de l'empereur.

Ce fut elle qui l'emporta. Les envoyés du roi de Sicile se retirèrent dépités, prédisant aux croisés les pires mécomptes et leur jurant qu'ils auraient bientôt fait l'expérience de ce que valait la parole des Grecs. Mais Aliénor dut triompher. L'alliance de son oncle, Raymond de Poitiers, avec Byzance, avait pesé plus lourd dans la balance que les offres siciliennes.

Trois mois plus tard, elle prenait la route aux côtés de son époux, entourée de cette multitude de chambrières et suivie de cette excessive quantité de chariots que l'Histoire ne devait pas cesser de lui reprocher. Il lui fallait, sans aucun doute, les tapis à étendre à l'étape, plusieurs tentes en cas de perte et de mauvais temps, des robes pour en changer souvent, des fourrures pour avoir chaud et des voiles légers contre le hâle, des selles et des harnachements de rechange, et des bassins, des aiguières, des bijoux, tout l'attirail de sa parure, de ses cuisines, etc. Pour le reste, elle avait vingt-quatre ans, une santé à toute épreuve et une superbe endurance aux longues chevauchées.

C'était le 12 mai 1147. Les jours précédents avaient été remplis d'émotions : Louis et Aliénor les avaient passés à l'abbatiale de Saint-Denis au milieu d'une foule si énorme que, lorsqu'ils avaient voulu sortir de la basilique, il avait été impossible de leur frayer un chemin ; ils avaient dû passer par le dortoir des moines. Louis avait, selon une habitude désormais consacrée chez les rois de France, vénéré les reliques de saint Denis, puis pris sur l'autel la fameuse oriflamme, la bannière royale rouge et or qui était « l'enseigne de France » ; et c'était le pape en personne, Eugène III, qui, venu spécialement pour la circonstance, lui avait remis sa besace et son bourdon — bâton — de pèlerin. Car, avant tout, la croisade, dans laquelle nous voyons aujourd'hui une expédition militaire, était un pèlerinage. Pèlerinage armé ; mais, si l'on avait pris les armes, c'était d'abord pour assurer la sécurité des Lieux saints eux-mêmes et des pèlerins qui, jusqu'à la conquête arabe et plus tard encore jusqu'à l'arrivée des Turcs, avaient pu y venir pacifiquement.

Comme les premiers croisés l'avaient fait cinquante ans plus tôt, l'armée, à travers l'Europe centrale et orientale, gagna Constantinople. Les difficultés éclatèrent dès le début : peu de temps après avoir traversé le Rhin, à la hauteur de Worms, des disputes, des rixes éclataient ici et là avec la population allemande ; on n'allait pas cesser d'accuser les Allemands de tous les méfaits imaginables : ivrognes, querelleurs, sans parole ni bonne foi, etc. Plus loin, en Hongrie, en Bulgarie, on eut du mal à se procurer des vivres : encore la faute des Allemands, qui avaient passé là quelque temps auparavant et avaient épuisé les marchés. Car l'empereur d'Allemagne, Conrad de Hohenstaufen, avait lui aussi pris la croix sur l'exhortation de saint Bernard.

Godefroy de Bouillon et les autres seigneurs, lors de la première expédition, avaient pris la précaution de s'assurer des itinéraires différents pour permettre un ravitaillement plus facile. Cette sage prévoyance faisait complètement défaut au roi de France et à ses barons. Sur leur passage, les paysans, dont l'avidité s'était éveillée lors des précédents marchandages, et qui voyaient disparaître leurs réserves, faisaient sans scrupules des profits aux dépens des croisés, d'où des discussions qui tournaient à l'aigre. Louis VII avait rigoureusement interdit les pillages, mais s'effrayait de voir que les frais partout dépassaient ses prévisions ; à chaque étape, il lui fallait expédier à Suger, chargé en son absence du soin de son royaume, des messagers porteurs de demandes d'argent.

Il fallut près de cinq mois pour arriver enfin à Constantinople, le 4 octobre 1147.

*
* *

Constantinople : une vision de splendeur. Tous ceux qui l'ont visitée à l'époque, depuis les premiers croisés jusqu'à ceux qui devaient plus tard, au XIIIᵉ siècle, s'en emparer au mépris de leurs engagements, tous ont exprimé leur admiration émerveillée devant la magnifique cité, « la gloire de la Grèce, d'une richesse fameuse et qui dépasse encore ce que l'on en dit ». Dans son site incomparable, tête de pont sur le Bosphore, où ses puissantes murailles dessinaient le triangle de la cité surplombant la mer sur deux côtés, d'une part la mer de Marmara, de l'autre le célèbre golfe de la Corne d'Or, Constantinople était le plus fabuleux ensemble de palais dont on pût rêver à l'époque. Tout le long des hautes murailles qui devaient, un demi-siècle plus tard, faire une telle impression sur Villehardouin, se dressaient des tours dont chacune, disait-on, eût été déjà à elle seule un objet d'admiration. Son port était le plus grand du monde et aucune ville ne pouvait se vanter de posséder un tel nombre de monuments de marbre, de colonnes triomphales, de portiques et de dômes puissants. A la pointe de la presqu'île, vers l'ancienne Acropole, le Grand Palais était un prodigieux enchevêtrement d'édifices dominant le port de Boucoléon ; les salles d'apparat s'y succédaient, chacune avec sa destination propre : palais de Chalcé et de la Magnaure où avaient lieu les assemblées solennelles, Tribunal des Dix-Neuf lits qui servait aux banquets et parfois aux couronnements, palais de Daphné qui comportait les appartements privés de l'empereur et de sa famille, ceux-ci servis par une véritable armée de serviteurs et d'eunuques, la Porphyra où les impératrices mettaient au monde leurs enfants, d'autres édifices encore : celui qu'on appelait la Salle d'Or, Chrysotriclinium, le palais de Justinien, servait aux audiences les plus solennelles ; une série de terrasses reliait cet ensemble, à la fois siège d'administration et résidence impériale, à la côte où l'empereur avait son port particulier, tandis que, vers le nord-ouest, le palais de Daphné communiquait avec l'Hippodrome, centre des manifestations populaires.

Au-delà s'étendait la ville ; on dénombrait plus de quatre mille résidences le long des belles rues droites, et sur les collines qui les dominaient ; elles étaient pour la plupart assises sur de solides terrassements voûtés qui abritaient autant de citernes. Un vrai dédale de ruelles, de petites places, de portiques, d'églises, de fontaines s'encastrait entre les trois voies principales dessinant un Y à l'intérieur du triangle, d'un côté vers la Porte d'Or, de l'autre vers l'église Saint-Georges et le mur de Théodose. Et certes il y avait dans l'intervalle aussi bien des quartiers affreusement sales, puants et sombres, où grouillait toute la population des arsenaux et du port. Mais l'ensemble restait incomparable.

A l'époque où y étaient reçu Louis et Aliénor, Constantinople, bien qu'amputée de la plus grande partie de son territoire par les Arabes et les Turcs, avait réussi à maintenir à peu près intacte sa puissance économique. On disait que les deux tiers des richesses du monde se trouvaient entre ses murailles.

Mais ses empereurs, depuis un demi-siècle ou un peu plus, avaient sensiblement réduit leur faste quasi légendaire ; ils n'occupaient plus le Grand Palais, mais le palais des Blachernes situé à l'angle nord et dont les murailles se confondaient avec celles mêmes de la ville ; l'air y était meilleur que dans l'antique résidence, surplombant le port et environnée d'un véritable labyrinthe de ruelles

— et il dominait la campagne environnante en même temps que la Corne d'Or.

Parvenu à une journée de marche de Constantinople, le couple royal avait été accueilli par les envoyés de l'empereur, Manuel Comnène, avec force salutations, marques d'honneur et souhaits de bienvenue. Un cortège de dignitaires les attendait pour les escorter jusqu'au palais des Blachernes. Et une grande foule de peuple aussi s'était portée à leur rencontre, curieuse de voir ces Francs — ces « Celtes », comme on disait encore —, que l'ensemble des Grecs, habitués à se considérer comme les héritiers exclusifs de la civilisation antique, persistaient à prendre pour des demi-barbares auxquels, selon les usages de la diplomatie byzantine, on faisait d'autant plus de démonstrations d'amitié qu'on s'en méfiait davantage. Louis et Aliénor se rendirent aux Blachernes, suivis seulement d'une petite escorte : le frère du roi, Robert du Perche, qui participait à l'expédition, quelques-uns des grands feudataires et les suivantes de la reine.

En modifiant leur train de vie, les Comnènes avaient supprimé bon nombre de ces cérémonies qui, avant eux, faisaient de l'empereur, dans les circonstances solennelles, l'objet d'une sorte d'adoration ; car quelque chose subsistait, en dépit des prescriptions chrétiennes, du culte rendu à sa personne dans l'Antiquité. Celui qui était admis à l'audience impériale s'avançait, escorté de deux dignitaires qui lui soutenaient les bras jusqu'au moment où, en présence du *Basileus*, il se prosternait sur le sol. Pour simplifié qu'il fût, le cérémonial restait grandiose, et les Francs s'étaient parfois scandalisés de voir certains ambassadeurs se mettre à genoux devant l'empereur. Toujours est-il que la réception au palais des Blachernes fit une profonde impression sur l'entourage royal, comme l'atteste le récit qu'en devait faire plus tard le chapelain du roi, Eudes de Deuil. Le palais lui-même leur parut éblouissant avec son immense cour pavée de marbre, ses colonnes couvertes de feuilles d'or et d'argent, les mosaïques éclatantes sur lesquelles l'empereur avait fait représenter ses guerres et ses victoires, et le trône d'or enrichi de pierres précieuses sur lequel il prit place dans la grande salle.

Pendant les trois semaines de leur séjour, le roi et la reine de France allaient voir se succéder les réceptions fastueuses, les festins, les parties de chasse, dans un décor de conte oriental. Pour Aliénor, on imagine que cette suite de visions féeriques fut une véritable révélation : Constantinople éclipsait tout ce qu'elle avait vu jusqu'alors, les rêves de splendeur y devenaient réalité. Elle était logée avec son époux en dehors des murailles dans une résidence qui était, pour les empereurs, à la fois habitation de plaisance et rendez-vous de chasse : le Philopation, d'ailleurs non loin des Blachernes. C'était une vaste demeure où l'on foulait au sol des tapis éclatants et qu'embaumaient des parfums brûlant dans des cassolettes d'argent, avec un peuple empressé de serviteurs. Aux alentours s'étendaient de grands bois peuplés de bêtes sauvages que le souverain avait fait venir à grands frais.

Un banquet fut donné en leur honneur après une cérémonie religieuse à Sainte-Sophie, dont les mosaïques resplendissaient à la lumière d'une multitude de cierges et de lampes à huile dans les grands lustres en couronne. La basilique de Justinien, avec son immense dôme, étincelant sous le soleil entre l'Acropole et le Grand Palais, pouvait passer pour la chapelle de la vaste résidence, témoin des temps où Byzance, capitale du monde connu, éclipsait Rome elle-même.

La réception avait lieu dans une salle du Palais Sacré ; l'empereur Manuel Comnène présidait à l'une des tables. C'était un très bel homme, d'une magnifique prestance ; plus encore que ses prédécesseurs, il avait adopté les coutumes occidentales et se faisait gloire d'avoir introduit à Constantinople la mode des tournois. Jamais homme n'avait été plus désigné pour porter la pourpre impériale, car de toute sa personne émanait une impression de puissance : très grand, de haute stature, avec un beau visage au teint basané. Prodigieusement doué, il excellait aux exercices les plus violents, comme la chasse à l'ours dans les montagnes, aussi bien qu'aux jeux élégants comme le polo qui était sa distraction préférée. Avec cela, un esprit fin et cultivé, capable de s'intéresser aux sciences comme aux lettres : il était passionné de théologie, mais curieux aussi de géographie, voire d'études astrologiques ; la médecine même ne lui était pas étrangère : il avait soigné lui-même son beau-frère, l'empereur germanique Conrad de Hohenstaufen, tombé malade lors de son passage à Constantinople. Sur le champ de bataille, il se montrait capable, non seulement de diriger lui-même ses soldats, mais de porter comme eux, au besoin, la lance et le bouclier, et ses propres armes étaient, disait-on, si lourdes que bien peu d'entre ses hommes auraient pu les manœuvrer. Avec cela, lors des fêtes qui se succédaient à sa cour, il déployait un charme redoutable, et sa réputation de séducteur n'était pas usurpée.

Il avait épousé, en 1146, la belle-sœur de l'empereur Conrad, une Allemande, Berthe de Sulzbach. Celle-ci répétait complaisamment que « jamais homme au monde ne s'était en un an illustré par plus d'exploits pour plaire et faire honneur à sa Dame » — ajoutant qu'elle s'y connaissait, « étant elle-même d'une race belliqueuse entre toutes ». Et Aliénor, qui recueillait ses confidences et restait assez maîtresse d'elle-même au milieu de l'éblouissant spectacle du banquet impérial pour examiner les convives de cet œil auquel rien n'échappait, s'étonnait du couple disparate que formaient le Byzantin racé et cette femme dont les traits s'alourdissaient déjà malgré sa jeunesse, dont la coiffure était disgracieuse et qui ne savait pas se farder. Dès cette époque, les Françaises avaient une réputation d'élégance. Aliénor elle-même est peut-être responsable de la mode qui s'introduit alors : celle des robes à longues manches, traînant jusqu'à terre parfois, et s'ouvrant sur une doublure de soie pour dégager l'avant-bras étroitement gainé d'un satin clair qui mettait en valeur la finesse du poignet. Manuel Comnène se montrait à son égard courtois et empressé ; sagace, elle remarquait l'œil caressant dont il couvrait sa nièce, la belle Théodora, avec laquelle il devait, peu de temps après, afficher une liaison scandaleuse. Les Françaises, au reste, firent apparemment grande impression sur les hauts dignitaires de la cour ; l'une des suivantes d'Aliénor allait être, pendant leur séjour, l'objet d'une demande en mariage de la part d'un parent de Manuel, et le frère du roi, Robert, dut aider la jeune fille à quitter discrètement la résidence où elle était logée pour se soustraire à ses assiduités.

Le banquet se prolongea pendant plusieurs heures. Les entrées se succédaient et la suite royale découvrait des mets raffinés, artichauts servis dans des plats d'argent, chevreau farci, grenouilles frites, et du caviar dont on faisait grande consommation à la table impériale. Les vins de

Grèce circulaient dans des coupes incroyablement légères, garnies de filets colorés, tandis que les sauces, aromatisées de cannelle et de coriandre, s'étalaient dans des saucières d'orfèvrerie disposées sur la table en même temps que des fourchettes d'argent à deux dents, dont l'usage était encore inconnu en Occident à l'époque. Le sol était parsemé de pétales de roses et, derrière les tentures, un orchestre jouait doucement ; ces tentures s'écartaient de temps à autre, aux entremets, laissant passer tantôt des jongleurs d'une virtuosité inouïe, tantôt des mimes et des ballets à l'orientale.

Les jours suivants, il y eut de grandes parties de chasse dans les parcs avoisinant le Philopation, avec éperviers, faucons et même des léopards apprivoisés. Et il y avait aussi les courses à l'Hippodrome : cet Hippodrome qui, pour les Byzantins, était une tribune populaire en même temps que le lieu de leur spectacle favori ; à plusieurs reprises, les manifestations à l'Hippodrome avaient fait ou défait des empereurs et c'était encore manifester une tendance politique que d'opter entre les cochers à tunique verte et ceux à tunique bleue — les deux couleurs traditionnelles entre lesquelles se disputaient les courses de chars. Dans l'immense enceinte de l'Hippodrome (500 mètres de long sur 118 de large) pouvaient s'entasser jusqu'à trente mille spectateurs, et les œuvres d'art qui l'ornaient étaient autant de rappels de la splendeur byzantine : au-dessus des écuries se dressait le groupe des chevaux de bronze que Byzance avait enlevé à Alexandrie et que, cinquante ans plus tard, les Vénitiens allaient lui arracher pour en orner le grand portail de Saint-Marc. L'obélisque qui se dressait au centre venait d'Héliopolis et datait de 1700 ans avant l'ère chrétienne. Une colonne de bronze, faite de trois serpents enroulés, provenait de Delphes. Et l'on y voyait aussi le groupe fameux de la louve de bronze allaitant Romulus : prodigieux trophée de victoire dont se nourrissait l'orgueil de Byzance. Toute la ville, d'ailleurs, était un véritable musée et déjà, à l'époque, le métier de guide y était d'un bon rapport.

Trois semaines dans ce cadre somptueux auraient été pur enchantement si, par ailleurs, quelques causes d'inquiétude ne s'étaient fait jour. Le voisinage de la piétaille franque avec la population byzantine n'allait pas sans heurts. Dans le campement des croisés, on se plaignait des prix exorbitants dont les négociants byzantins faisaient payer les vivres. Sous les dehors d'une politesse affectée, tous, du plus humble au plus grand, sentaient le profond dédain dans lequel on les tenait. Ici et là eurent lieu des incidents graves : un soldat flamand, en se promenant sur la Mésé — la rue principale, centre des affaires, où étaient installées les boutiques des orfèvres et les tables des changeurs, métier fructueux entre tous à Byzance —, ébloui par ces monceaux d'or et d'argent, avait soudain perdu la tête ; au cri de « Haro ! » (c'était celui sur lequel s'ouvraient les foires en Occident), il s'était jeté sur les tables en raflant tout ce qu'il pouvait — d'où bousculade et panique parmi les changeurs, puis dans toute une population accourue au bruit. Sans doute le pauvre diable se dédommageait-il, à sa manière de rustre, des prix excessifs qu'on leur réclamait, à lui et à ses compagnons, sur les marchés. L'incident n'en était pas moins pénible. Louis VII réclama le coupable au comte de Flandre et le fit pendre incontinent.

Lui-même ne supportait d'ailleurs qu'avec impatience ce séjour à Constantinople. Les raffinements de l'étiquette byzantine l'agaçaient. Les dignitaires se paraient tous de titres pompeux : il y avait le Protosébaste illustrissime et le Panhypersébaste ; le moindre fonctionnaire était pour le moins nobilissime ou protonobilissime, voire *hyperperilampros* (du mérite le plus éclatant). Tout cela avait quelque chose d'exaspérant pour cet homme simple et qui se faisait un devoir de la simplicité. Cette foule obséquieuse ne s'adressait à lui qu'en termes fleuris, avec des formules interminables ; sous la politesse obsédante, il flairait l'ironie, voire la traîtrise. Ses conseillers le mettaient en garde : des bruits étranges circulaient sur les pourparlers de l'empereur avec certains émissaires mystérieux qu'on disait être des Turcs. Aussi, autant qu'il le put, il pressa le départ. En venant prendre congé, Manuel Comnène, dans un sourire épanoui, l'informa qu'il avait reçu des nouvelles de l'empereur Conrad : il venait de remporter, sur les Turcs, une grande victoire en Anatolie ; l'ennemi avait perdu plus de quatorze mille hommes.

*
* *

Les croisés ne s'étaient éloignés de Constantinople que de quelques étapes quand, aux environs de Nicée, ils rencontrèrent l'avant-garde de l'armée allemande : troupes lamentables, affamées et exténuées. En réalité, le jour où Manuel Comnène avait annoncé au roi de France la prétendue victoire, il venait d'apprendre que les croisés allemands étaient en déroute. Ils avaient été complètement fourvoyés par les guides byzantins : ceux-ci, avant d'entreprendre la dure traversée des déserts d'Anatolie, avaient affirmé à l'empereur qu'il suffisait d'emporter pour huit jours de vivres. Puis ils avaient décampé secrètement une nuit, et l'armée s'était trouvée engagée dans des défilés interminables, car il fallait plus de trois semaines pour parvenir en Syrie du Nord — trois semaines sous les flèches turques et sans aucun autre ravitaillement possible que celui qu'on emportait avec soi. Conrad avait décidé de rebrousser chemin et pensait interrompre sa croisade après avoir vu fondre ses effectifs lors de cette lamentable équipée. Il s'avérait que Manuel Comnène était bien de connivence avec les Turcs et négociait avec eux au moment même où il comblait d'honneurs le roi et la reine de France.

Pour éviter un sort semblable à celui de l'empereur germanique, Louis VII résolut d'adopter un itinéraire plus long, mais plus sûr. Et, contournant ces déserts qui, dans toutes les expéditions, s'étaient révélés désastreux pour les Occidentaux, il dirigea ses troupes par Pergame vers le golfe de Smyrne pour gagner ensuite Éphèse, Laodicée et le port d'Adalia : l'Ionie et la Lydie offraient un accès moins difficile que les gorges désertiques dans lesquelles l'armée allemande s'était fait décimer. Et, avec les bagages qui l'encombraient, le roi de France ne pouvait se permettre de disperser ses troupes sur une trop grande longueur. Ordre fut donné de cheminer en rangs aussi serrés que possible ; l'avant-garde fut confiée au comte de Maurienne, l'oncle du roi, et à Geoffroy de Rancon, chevalier saintongeais qui, nous l'avons vu, était l'un des vassaux de la reine.

On parvint ainsi en bon ordre jusque vers les gorges de Pisidie, non loin du mont Cadmos. Le roi, qui surveillait l'arrière-garde, enjoignit à tous les combattants de redoubler de prudence, car c'était un passage dangereux que l'on abordait, ce jour de l'Épiphanie 1148. Il fallait franchir d'étroits défilés où l'on serait exposés à la menace des Turcs. Que se passa-t-il au juste ? Geoffroy de Rancon négligea-t-il la consigne ? Toujours est-il qu'il s'aventura dans les défilés qu'on ne devait franchir que le lendemain et perdit le contact avec le gros de la troupe. C'est ce qu'attendaient, dans les hauteurs voisines, les escadrons turcs dissimulés sur les crêtes pour épier le moment où ils pourraient favorablement surprendre l'ennemi. Le gros de la troupe, en mince file escortant les bagages, se vit tout à coup environné de ces combattants légèrement armés, sous une grêle de flèches, sans pouvoir se former en bataille ; dans un épouvantable désordre, au milieu des hurlements des femmes, une véritable panique se produisit, mais il fallut quelque temps avant qu'à l'arrière-garde, le roi et son entourage se soient rendu compte de ce qui se passait. Accouru sur le lieu du combat, le roi saisit d'un coup d'œil la catastrophe à laquelle était exposée son armée. Ce jour-là, il sut se conduire en chef et montrer de quel courage il était capable. C'est lui qui rallia les combattants et parvint à former un corps de troupe qui dégagea les points les plus exposés. Un moment, il se trouva complètement isolé, coupé de son entourage, et c'est à un exploit digne des chansons de geste qu'il dut son salut : il saisit des branches d'arbre tombant à sa hauteur et s'en aida comme d'un ressort pour sauter sur le haut d'un rocher d'où, adossé à la montagne, il tint tête, seul, à toute une meute hurlante qui l'assaillait. Heureusement pour lui, les ennemis ne le reconnurent pas ; il n'était équipé que de sa cotte de mailles et n'avait avec lui, au moment où la surprise s'était produite, qu'un bouclier léger et l'épée pendue à ses

77

côtés, sans aucun insigne qui le distinguât de ses hommes. C'est à quoi il dut la vie ; ses assaillants se lassèrent, et, comme la nuit tombait, les Turcs commencèrent à se replier pour regagner les hauteurs.

Le lendemain, Geoffroy de Rancon et son entourage, inquiets de se voir coupés du reste de la troupe, redescendirent dans la vallée et purent mesurer de quel désastre avait été payée leur négligence ; peu s'en fallut qu'on ne leur coupât la gorge.

Que faisait Aliénor durant cet affreux épisode où, n'eût été la valeur de son époux, la croisade aurait pu être anéantie ? Personne n'en sait rien. Les chroniqueurs sont muets à ce sujet. On ne sait même pas si la reine se trouvait, comme certains l'ont insinué, dans ce corps d'avant-garde qui s'était montré d'une telle légèreté, ou si elle fut, avec l'ensemble du convoi, dans la partie de l'armée qui subit l'attaque ; mais il a suffi que l'avant-garde coupable fût commandée par l'un de ses vassaux favoris pour qu'on lui fît partager la responsabilité de l'incident. On lui en garda rancune, à elle et aux Aquitains en général : ces Méridionaux à la tête folle, incapables de se soumettre aux règlements, n'étaient-ils pas responsables de la catastrophe dans laquelle l'armée de la chrétienté avait failli sombrer ?

Au bout de quelques jours consacrés à enterrer les morts, à panser les blessés et à réparer tant bien que mal les dégâts, l'armée reprit sa marche, plus lente que par le passé, et finit par parvenir à Adalia. Une fois là, comprenant quelles difficultés pratiquement insurmontables pour un aussi lourd convoi présentait la route de terre, le roi décida de prendre la mer jusqu'à Antioche. Il dépêcha des messagers à Constantinople pour obtenir des vaisseaux. Les Byzantins lui en promirent, mais ne livrèrent pas la moitié de ceux qu'ils s'étaient engagés à fournir. Pourtant, sur leurs promesses renouvelées et, du reste, exaspéré par tant de lenteurs (on se trouvait déjà au mois de mars ; la traversée de l'Asie Mineure avait pris près de cinq mois), Louis VII, comptant que le reste de la flotte allait suivre, s'embarqua avec la plupart des chevaliers et fit voile vers la Syrie.

VI

... PAR ANTIOCHE

Per erguelh e per malvestat
Dels Christias ditz, luenh d'amor
E dels mans de Nostre Senhor,
Em del sieu Sant Loc discipat
Ab massa d'autres encombriers;
Don par qu'elh nos es aversiers
Per desadordenat voler
E per outracujat poder.

GUIRAUT RIQUIER.

Par orgueil et méchanceté
Des faux chrétiens sans amour
Loin des commands Notre Seigneur,
Sommes du Saint Lieu détournés
Et de tant de maux accablés;
Dont Dieu se montre courroucé
Pour nos désirs désordonnés
Et outrageuses volontés.

LE petit port de Saint-Siméon était tout bruissant d'allégresse. Une multitude de barques tournait autour des vaisseaux de la flotte royale tandis que sur le rivage une procession de clercs en surplis blancs se frayait le passage au milieu de la foule en liesse, et que sonnaient à toute volée les cloches des églises. Le roi et la reine de France mirent pied à terre au chant du *Te Deum,* accueillis avec d'exubérantes démonstrations d'amitié par une foule de chevaliers au milieu desquels, à sa haute taille, à son beau visage et à son élégante tunique de soie, on distinguait l'oncle d'Aliénor, Raymond de Poitiers, prince d'Antioche.

Après tant de fatigues, de lenteurs et de dangers, le roi et la reine de France se trouvaient enfin en territoire ami et prenaient pied sur cette Terre sainte qui était le but de leur pèlerinage. C'était le 19 mars 1148. Il y avait dix mois qu'ils s'étaient mis en route. Pour eux comme pour leurs compagnons, Antioche était un havre de grâce. La magnifique cité, solidement assise sur sa plate-forme doucement inclinée vers la mer, avec, en arrière-plan, les hauteurs du Djebel Akra, était une oasis de verdure et de fraîcheur. Le fleuve Oronte lui apportait, à travers un véritable couloir de gorges qui débouchait au pied de la cité, l'air des montagnes en même temps que l'eau de la fonte des neiges. Elle était dominée par des terrasses de jardins qui s'étageaient dans les hauts quartiers. Ses remparts s'étendaient sur douze kilomètres, scandés de tours de trois étages (il y en avait, disait-on, trois cent soixante, une tous les trente mètres). La ville devait beaucoup souffrir par la suite d'un vaste tremblement de terre qui l'ébranla en 1170. Mais, à l'époque de la croisade de Louis, ses monuments étaient intacts, restaurés ou élevés par les premiers croisés qui, au prix de souffrances infinies, avaient réussi à s'emparer d'une cité que partout on considérait comme imprenable. Dans la cathédrale Saint-Pierre, on se montrait la tombe de l'évêque Adhémar du Puy qui avait guidé les premiers combattants vers la reconquête des Lieux saints. D'autres églises encore, Saints-Côme et Damien, Sainte-Marie Latine, Saint-Jean Chrysostome, dressaient leurs clochers au-dessus des ruelles remplies de bazars où s'entassaient toutes les marchandises du Moyen-Orient, tandis que les marchés regorgeaient de fruits ; la contrée à l'entour était un véritable jardin, largement arrosé, et le vent bruissait doucement dans le feuillage grisvert des oliviers étagés sur les pentes des coteaux.

Constantinople avait été une étape éblouissante, dans le décor féerique d'un conte d'Orient. Antioche était différente, et, pour Aliénor, mieux encore : un paradis de verdure ensoleillée dans laquelle, à chaque instant, elle retrouvait quelque chose de sa terre poitevine et de sa chère Aquitaine. Le patriarche, qui, à la tête de la procession des clercs, donnait au couple royal sa bénédiction à son arrivée en Syrie, s'appelait Aimery de Limoges ; et le chapelain qui, à Antioche, desservait le palais, était un Poitevin nommé Guillaume ; les chevaliers de l'entourage du prince, Charles de Mauzé et Payen de Faye, étaient de proches vassaux de son père et, à Antioche, on parlait la langue d'oc. Surtout, Raymond lui-même, ce magnifique baron, avait gardé pour elle tout le prestige que peut avoir un grand garçon qui se fait le compagnon de jeux d'une fillette, et une foule de souvenirs les unissait, remontant à l'époque où ils séjournaient l'un et l'autre au palais de l'Ombrière.

C'est par une suite d'aventures singulières, tenant de la farce autant que du roman de chevalerie, que Raymond de Poitiers, fils du Troubadour, et frère puîné de Guillaume X d'Aquitaine, se trouvait à la tête de la principauté d'Antioche.

En 1136 — l'année qui précédait celle du mariage d'Aliénor — Raymond se trouvait à la cour d'Angleterre où, après l'avoir armé chevalier, le roi, Henri Ier qu'on surnommait Beauclerc, l'avait retenu à son service. Certain jour vint le trouver un chevalier de l'Hôpital, nommé Gérard Jéberron, qui se disait porteur de lettres du roi Foulques de Jérusalem. Effectivement, une fois seul à seul avec le jeune homme, il lui révéla la mission dont il était chargé : Le roi de Jérusalem s'inquiétait de voir la principauté d'Antioche — la Syrie du Nord, donc la partie la plus exposée des royaumes latins — aux mains d'une femme, la princesse douairière Alix ; celle-ci était veuve de Bohémond II, fils du premier possesseur de la cité, — un Normand dont les exploits, autant que ses ruses légendaires, avaient défrayé la chronique lors de la première croisade. Alix, en droit, ne gouvernait que du chef de la fille qu'ils avaient eue, la princesse Constance. Mais c'était une femme ambitieuse qui n'avait pas craint d'entrer en rapport avec le fameux Zenghi lorsque, gouverneur d'Alep et de Mossoul, il menaçait déjà la principauté d'Édesse. Il fallait, de toute évidence, trouver pour Constance un époux capable de manier l'épée et de tenir tête aussi bien aux Turcs qu'à une redoutable belle-mère. Le roi Foulques avait pris conseil de ses barons, passé en revue les candidats possibles, et, finalement, son choix s'était arrêté sur le fils cadet du Troubadour, Raymond de Poitiers.

La proposition avait tout ce qu'il fallait pour tenter celui-ci : riante, pleine de risques et avec cette saveur de comédie bien faite pour séduire le fils de Guillaume IX d'Aquitaine ; il était prévenu, en effet, qu'il lui faudrait gagner secrètement sa future principauté pour ne pas éveiller les soupçons du roi de Sicile lequel prétendait mettre la main sur Antioche, — qu'il aurait fort à faire pour convaincre la douairière Alix de le laisser gouverner à sa place, — qu'enfin il lui faudrait compter avec le patriarche d'Antioche, Raoul de Domfront, un Normand plus apte à porter la cotte d'armes qu'à chanter l'office avec ses chanoines.

Raymond quittait peu après la cour d'Angleterre avec quelques compagnons et s'embarquait clandestinement, lui et les siens déguisés en marchands ambulants. Une fois à Antioche, très habilement, il avait commencé par mettre dans son jeu le patriarche lui-même; il y parvint moyennant force promesses, et sut capter sa confiance. Les deux hommes firent leur plan de combat. Raoul vint trouver Alix et lui confia que le beau chevalier arrivé à Antioche souhaitait l'épouser, elle. Très flattée, elle reçut Raymond avec empressement, le laissa libre d'avoir avec les barons tous les contacts qu'il voulait et attendait le jour des noces, quand elle apprit que le patriarche était en train de célébrer, dans la cathédrale, celles de sa fille avec le seigneur aquitain. Après quoi, elle n'eut plus qu'à aller cacher son dépit quelque part dans la province, laissant son gendre maître de la place.

Raymond était, au dire des chroniqueurs, « grand, mieux fait de corps et plus beau qu'aucun de ses contemporains; il les dépassait tous au métier des armes et en science de chevalerie ». Pour sa force physique et ses exploits dans les tournois, il rivalisait avec un Manuel Comnène. De plus, il aimait la poésie, les troubadours, la vie courtoise et avait, comme son père, le don de transformer les mauvais souvenirs en récits amusants. Il y avait à sa cour une atmosphère joyeuse et c'était pour lui que Richard le Pèlerin composait, au moment même de la croisade, la *Chanson des Chétifs* qui racontait avec force détails légendaires la geste des compagnons de Pierre l'Ermite.

Louis et Aliénor n'allaient passer que dix jours tout juste à Antioche. Mais ces dix jours devaient avoir, sur le cours de l'Histoire et sur leur destin

personnel, une telle importance qu'on en souhaite-
rait un récit détaillé jour par jour et si possible
heure par heure. Or, le chapelain de la croisade,
Eudes de Deuil, qui a raconté avec beaucoup de
fidélité tous les événements depuis le début de
l'expédition, arrête son récit exactement à la date
de l'arrivée à Antioche. Pourquoi ce silence ?
Faut-il penser qu'il eût été mal à l'aise pour exposer la suite, lui qui était le confesseur du roi et
qui a, par conséquent, connu tous ses débats les
plus intimes durant ces journées cruciales ? Pouvait-il les retracer sans s'exposer à trahir plus ou
moins le secret de la confession ? Refusait-il de
mettre en cause la reine — dont il ne dit pas un
mot — en racontant les événements précédents ?
Toujours est-il que sa désagréable discrétion nous
laisse sur notre faim. Si nous connaissons les événements, ce n'est que par conjecture que l'on peut
tenter de reconstituer l'état d'âme de ceux qui en
furent les auteurs et les acteurs.

Le premier coup de théâtre se produit lorsque
après quelques jours de repos qui furent jours de
fête, les barons croisés se réunissent pour établir
leur plan de combat. Comme tout le monde pouvait
s'y attendre, les projets de Raymond sont très
clairs, et leur objectif, c'est la reconquête d'Édesse
dont la perte a déclenché la croisade. Le vainqueur, Zenghi, a été, deux ans plus tôt, assassiné
par ses soldats, suivant une coutume à peu près
constante dans les annales de l'armée turque.
Mais son fils, Nour-ed-din, a réussi à prendre sa
succession et se révèle tout aussi redoutable dans
la lutte contre les Francs. La sécurité d'Antioche
dépend de cet arrière-pays sans cesse menacé, où
les puissantes cités comme Alep ou Hama, remparts de la force turque, pourraient être conquises
sans doute en mettant à profit la terreur qu'inspire

à l'ennemi l'arrivée simultanée de l'empereur d'Allemagne et du roi de France. Car l'empereur Conrad, après avoir failli renoncer à la croisade, a tant bien que mal regroupé ses forces et s'achemine, lui aussi vers la Terre sainte.

Or, contre toute attente, Louis VII se déclare ennemi du projet : il a fait vœu d'aller à Jérusalem et c'est à Jérusalem qu'il compte se rendre d'abord. Le comte de Toulouse, comme l'empereur lui-même, ont annoncé leur prochaine arrivée à Acre, et la reine douairière de Jérusalem, Mélisende, le presse de venir se joindre à eux.

Raymond connaissait bien la reine Mélisende, sœur de la princesse Alix qu'il avait su, douze ans auparavant, écarter de sa principauté. C'était une « créole passionnée » dont les aventures sentimentales avaient jadis défrayé la chronique et qui, d'âge mûr à présent, veuve du roi Foulques, trouvait un dérivatif à son humeur dans les affaires politiques. Loin de laisser le pouvoir à son fils, Beaudoin III, qui, âgé de seize ans, pouvait, selon les usages de l'époque, être considéré comme majeur et qui avait déjà fait la preuve de sa valeur militaire, elle multipliait les initiatives hasardeuses qui mettaient le royaume de Jérusalem en péril ; l'année précédente, sur son ordre, une expédition avait été menée dans le Hauran contre les sultans de Damas qui avaient, de longue date, conclu alliance avec les Francs et étaient même venus solliciter leur secours contre leurs propres coreligionnaires — faute évidente qu'il ne s'agissait pas de renouveler.

Devant les plus éloquentes démonstrations, le roi de France ne montrait qu'un visage fermé. Raymond réunit une seconde assemblée comportant, cette fois, tous les chevaliers parvenus à Antioche. En pure perte : le roi de France, à tous ses arguments, opposa cette obstination sourde qui est la forme de volonté des faibles ; rien ni personne ne le détournerait d'accomplir d'abord son pèlerinage à Jérusalem. Mais la défense de Jérusalem n'était-elle pas sur l'Oronte ? Ce royaume si précaire qui devait, avec des forces insignifiantes, défendre sa mince bande de territoire sur une longueur de frontières complètement disproportionnée avec ses ressources, ne fallait-il pas consolider ses positions en éliminant les places fortes ennemies les plus menaçantes ? Qu'adviendrait-il si un jour un Nour-ed-din parvenait à culbuter la faible dynastie damasquine et à réunir dans sa main les deux cités de Damas et d'Alep, portes de la Syrie ? Et d'ailleurs, le but initial de la croisade n'était-il pas la reconquête d'Édesse ?

Rien n'y fait. Le roi annonce seulement son intention de quitter Antioche au plus tôt.

Et c'est alors qu'Aliénor entre en scène. Raymond tente d'avoir une dernière entrevue ; cette fois la reine y assiste. Elle prend avec feu le parti de son oncle et très vite le ton monte entre les époux. Aliénor a, sans aucun doute, apprécié l'intérêt stratégique des projets de Raymond. Celui-ci est d'ailleurs, mieux que personne, à même d'évaluer les nécessités de la situation et les forces en présence. Si on lui refuse le secours de la croisade, elle, Aliénor, demeurera à Antioche avec ses propres vassaux.

Parole malheureuse : ses vassaux n'ont que trop fait parler d'eux jusqu'à présent. Et le débat prend un tour de plus en plus personnel et passionné, jusqu'au moment où Louis menace Aliénor d'user de ses droits d'époux et de lui faire quitter de force le territoire d'Antioche. Sur quoi, pour sa stupeur, il s'attire cette réplique inattendue : il ferait bien de vérifier ses droits d'époux, car, aux yeux de l'Église, leur mariage était nul : ils étaient parents à un degré prohibé par le droit canonique...

*
* *

Le tour que prit cette entrevue ne s'explique qu'avec tout un arrière-plan sur lequel les divers romanciers qui ont raconté l'histoire d'Aliénor ont eu, pour broder, la partie belle : et ils s'en sont donné à cœur joie, la plupart ayant fait d'elle une femme de mœurs légères, une sorte de Messaline passant d'un amant à un autre, affichant son inconduite tantôt avec les hauts barons comme Geoffroy de Rancon et tantôt avec des subalternes comme le connétable d'Aquitaine, Saldebreuil (pourquoi lui ? on se le demande) — les plus modérés se contentant de la faire tomber dans les bras du beau Raymond de Poitiers.

Si l'on s'en tient à l'Histoire, il semble hors de doute qu'à Antioche la reine s'est acquis une mauvaise réputation. A-t-elle eu réellement des faiblesses pour son jeune oncle ? Un chroniqueur, et non des moindres, Guillaume de Tyr, l'en accuse ; les autres témoignages sont plus évasifs. Ce qui est hors de doute, c'est que le désaccord fondamental entre deux époux qui, visiblement, n'étaient pas faits l'un pour l'autre, éclate en la circonstance. Aliénor n'est plus la fillette de quinze à seize ans qui, un beau jour, a vu arriver sur les rives de la Garonne l'époux que le Ciel, ou en tout cas le roi de France, lui envoyait. C'est une jeune femme, vingt-cinq ans, dont la personnalité s'est formée et qui, déjà, se sent mûrie, maîtresse d'elle-même. Elle a le sentiment qu'elle est tout aussi capable que cet époux un peu faible de prendre des décisions et de les mener à bonne fin ; or, ces dernières années ont été pour elle assez irritantes. Le roi lui témoigne toujours la même tendresse passionnée, mais ce n'est plus par ses conseils à elle qu'il se dirige. Suger a repris sur lui tout son empire, et, quand Aliénor déclare qu'elle a l'impression d'avoir épousé un moine, il se peut bien qu'elle ne fasse pas seulement allusion aux jeûnes et aux patenôtres que Louis multiplie un peu trop à son gré, mais aussi à la royauté de fait qu'exerce l'abbé de Saint-Denis.

Pour comble, elle vient d'avoir — enivrante étape au cours de cette dure expédition — la subite révélation d'un monde selon son cœur et ses rêves : le monde oriental dont elle a pu, à Constantinople, admirer les splendeurs, apprécier le raffinement et s'enchanter peut-être des jeux d'une diplomatie subtile, pressentir enfin, avec un délicieux frisson, tout ce que cachent d'inquiétant, d'amoral parfois, l'étiquette cérémonieuse et les façades, étincelantes de marbre et d'or, des palais byzantins. Il y a là tout un monde de tentations, de jouissances inconnues et de subtilités d'esprit devant lequel ses réactions ont dû être diamétralement opposées à celles de son pieux et simple époux. Puis elle s'est vue aux prises avec les difficultés d'une expédition incroyablement dure, exposée jour après jour aux vents, aux tempêtes, aux flèches des Turcs, à l'aridité des montagnes, aux hasards des combats. Peut-être n'a-t-elle pas toujours approuvé les ordres de marche, tandis que, pendant le même temps, Louis et son entourage accumulaient les rancœurs contre les vassaux poitevins de la reine, étourdis et indisciplinés.

Enfin, c'est Antioche, l'accueil chaleureux par un membre de sa famille qui lui est cher, les longs entretiens dans la langue d'oc sur les terrasses d'oliviers, la vie de nouveau attrayante, colorée, avec, en écho, des chansons de troubadours. Tout cela compose l'atmosphère dans laquelle Aliénor s'épanouit tandis que son époux ressent surtout les fatigues du voyage, s'inquiète pour le reste de l'armée demeuré dans le golfe d'Adalia, dont il ne reçoit pas de nouvelles, et trouve mauvais qu'on puisse penser à écouter des troubadours alors qu'on est venu accomplir un devoir religieux. Il a certainement pris ombrage de l'amitié trop tendre qui s'est immédiatement développée entre l'oncle et la nièce ; il s'est senti à l'écart durant leurs entretiens dans cette langue d'oc qu'il ne comprend pas. Sans doute a-t-il voulu reprendre en main une situation qui lui échappait, mais, comme souvent au cours de son existence, il s'est montré maladroit. Et voilà que, tout à coup, une faille irréparable s'est produite ; blessure d'amour-propre et d'amour aussi chez cet homme qui n'a pas cessé d'aimer sa femme. D'où pouvait lui venir cette connaisance du droit canonique qu'elle exhibait soudain pour prétendre que leur mariage était nul ? Sans doute, par la suite, repassant les événements, s'est-il rappelé l'épisode du mariage de la sœur d'Aliénor avec Raoul de Vermandois : pour persuader celui-ci de l'épouser, on lui avait représenté qu'entre lui et sa première femme, Éléonore de Champagne, existait une parenté à un degré prohibé par les lois canoniques.

Coupant court à l'entretien, Louis se retira et prit conseil d'un de ses familiers, un templier, Thierry Galeran : autre sujet de mésentente entre le roi et la reine, car celle-ci détestait Thierry, qui le lui rendait bien. Il savait que, derrière son dos, Aliénor l'accablait de railleries souvent risquées, car il était eunuque ; mais Louis suivait volontiers ses conseils comme l'avait fait avant lui son père, Louis VI, lequel s'en était bien trouvé. Lui et les autres barons n'hésitèrent pas à lui indiquer comme solution la manière forte. Dans la nuit même, l'armée franque quittait Antioche en emmenant bon gré mal gré la reine Aliénor.

VII

LA PLAISANTE SAISON

Be m'agrada la covinens sazos,
E m'agrada lo cortes temps d'estiu
E m'agradon l'auzel, quan chanton piu.
E m'agrandon floretas per boissos,
E m'agrada tot so qu'als adregz platz,
E m'agrada mil tans lo bels solatz.
Don per mon grat jauzirai lai breumen,
On de bon grat paus mon cor e mon
[*sens.*

PEIRE VIDAL.

Elle m'agrée, la plaisante saison
Et bien m'agrée le courtois temps d'été
M'agrée l'oisel quand chante sa
[chanson,
Et m'agréent fleurettes dans le buisson,
Et m'agrée ce qui plaît à nobles gens
Surtout m'agréent les courtois
[entretiens
Dont pour mon gré jouirai avant
[longtemps
Où de bon gré mets mon cœur et mon
[sens.

LA suite des événements allait donner entièrement
raison à Raymond de Poitiers. La croisade, dirigée
contre ces Damasquins avec lesquels les relations

avaient toujours été cordiales depuis les débuts des royaumes latins, et conduite de façon inepte, fut un échec lamentable. Les conséquences allaient s'en faire lourdement sentir pour le royaume de Jérusalem : ces Francs, ces Allemands qui avaient fait trembler les Turcs repartaient sans avoir rien fait. L'empereur Conrad reprit la mer dès le 8 septembre. Le roi de France, lui, prolongea son séjour jusqu'aux fêtes de Pâques 1149. Ne voulant pas admettre son échec, il tentait de nouer d'autres projets : au lieu de s'appuyer sur les Byzantins qui l'avaient odieusement trompé (loin de fournir les navires promis, ils avaient littéralement livré aux Turcs les restes de l'armée croisée demeurée en Asie Mineure), tentait de nouer alliance avec l'ennemi de Raymond de Poitiers, Roger de Sicile. Peut-être cherchait-il simplement à retarder son retour en Europe où l'attendait une double humiliation : comme roi, son expédition avait échoué ; comme époux, son mariage aussi se révélait un échec.

Aliénor et lui allaient prendre place dans un convoi sicilien sur deux bateaux séparés. Retour mouvementé s'il en fut. Le roi de Sicile était alors en guerre déclarée avec l'empereur de Byzance et, avec le retour du printemps, les combats reprenaient sur mer. Au large de La Malée, sur les côtes du Péloponnèse, non loin de Monemvasie, la flotte se heurta à des vaisseaux byzantins. Durant les péripéties du combat, le navire qui portait Aliénor et sa suite fut capturé par les Grecs. Déjà, les pirates cinglaient vers Constantinople avec cet otage inespéré dont l'empereur byzantin pourrait tirer profit, quand un nouveau coup de main des Normands de Sicile la dégagea. Entretemps, le vaisseau de Louis avait débarqué dans un port de Calabre, le 29 juillet. Pendant trois semaines, le roi demeura sans nouvelles de son épouse et apprit enfin, au bout de ce temps, qu'elle était à Palerme, saine et sauve. Louis et Aliénor allaient se retrouver à Potenza où ils furent reçus avec beaucoup d'honneurs par le roi normand de Sicile — celui dont ils avaient naguère écarté les propositions. C'est là sans doute qu'ils apprirent la mort de Raymond de Poitiers : le 29 juin précédent, il avait été tué dans un combat contre Nour-ed-din, à Maaratha, et sa belle tête blonde avait été envoyée par le vainqueur au calife de Bagdad.

Les fatigues, les émotions (le chagrin peut-être aussi) eurent quelque temps raison de l'imperturbable endurance qu'Aliénor avait manifestée jusque-là. Elle tomba malade et, pour la ménager, le retour se fit par petites étapes, avec un temps d'arrêt un peu plus prolongé dans la célèbre abbaye bénédictine du Mont-Cassin.

Le pape Eugène III avait été tenu au courant des mésaventures de l'armée croisée et de l'arrivée en Italie du couple royal ; et de même Suger, qui recevait périodiquement des messagers porteurs des lettres du roi. Il avait prodigué à celui-ci les conseils de sagesse : que le roi ne prenne aucune décision dans les circonstances où il se trouvait, qu'il regagne d'abord son royaume où sa présence devenait de plus en plus nécessaire ; entre lui et son épouse, les mésententes pouvaient bien n'être que l'effet de la fatigue et des dangers encourus. Et l'abbé de Saint-Denis s'était empressé de prévenir le pape et de lui dire par quelles épreuves passait alors le couple royal.

Eugène III, sous des dehors sévères, était un homme sensible et bon. Il avait béni lui-même les jeunes époux lors de leur départ pour cette campagne semée de périls, de fatigues et de déceptions. Très ému de penser à la longue suite d'épreuves que ces deux années avaient été pour eux, il invita Louis et Aliénor dans sa résidence de Tusculum : il ne pouvait alors résider à Rome, que soulevait le fameux agitateur Arnaud de Brescia entre les mains duquel la ville était tombée.

Le roi et la reine de France n'y parvinrent que vers la mi-octobre. Ils allaient y recevoir l'accueil le plus empressé. Le pape eut avec chacun d'eux un long entretien ; de toute son âme, il désirait réunir le jeune ménage, l'aider à retrouver cette vie commune qu'ils s'étaient engagés à mener ensemble pour le bonheur de leurs peuples, écouter leurs griefs, les apaiser, les réconcilier. Quant à cette histoire de parenté, il n'y fallait plus penser ; l'Église connaissait des cas d'espèce et pouvait leur en donner dispense.

Louis en fut visiblement soulagé : sa conscience scrupuleuse avait été troublée sans aucun doute par cette question de parenté qui était réelle : l'arrière-grand-mère d'Aliénor, Audéarde de Bourgogne, était elle-même une petite-fille de Robert le Pieux, son ancêtre. Cela faisait une parenté au neuvième degré civil, mais, en comptant selon le mode canonique, au quatrième ou cinquième degré, ce qui entraînait la nullité du mariage. Et il était toujours amoureux d'Aliénor malgré la rancune que pouvaient éveiller en lui les incidents d'Antioche.

A la fin de l'entrevue, les deux époux paraissaient rendus l'un à l'autre. Le pape les conduisit dans la chambre qu'il avait fait préparer à leur intention ; c'était une pièce somptueuse, ornée de draperies de soie — il connaissait les goûts d'Aliénor — avec un seul lit. Les deux époux passèrent quelques jours à Tusculum et s'éloignèrent enfin, comblés de cadeaux et de bonnes paroles par le pontife. « Quand ils prirent congé, raconte le chroniqueur Jean de Salisbury, cet homme, pourtant fort sévère, ne put retenir ses larmes. A leur départ, il les bénit, eux et le royaume de France. »

* *
* *

Vers la Saint-Martin (11 novembre), Louis et Aliénor regagnaient les rives de la Seine et, preuve tangible de leur réconciliation, un second enfant devait naître au couple royal dans le courant de l'année suivante, en 1150. Mais ce n'était pas l'héritier au trône que l'un et l'autre eussent vivement souhaité ; comme la première fois, il s'agissait d'une fille, Alix.

Pour Aliénor, la vie s'annonçait terne : la Seine après l'Oronte ; au lieu des jardins de citronniers, ces berges sur lesquelles les feuilles mortes commençaient à pourrir sous la pluie fine de novembre ; au lieu des palais étagés sur les rives de la Corne d'Or, la vieille demeure débonnaire des rois de France au centre de la petite île de la Cité. Autour d'elle, cette atmosphère de réprobation qu'elle sentait depuis le désastre du mont Cadmos et, plus encore, depuis Antioche ; et, pour tout réconfort, un mari courtois et toujours empressé, mais qui ne lui rendrait certainement pas sa confiance. Dès le voyage du retour, il avait marqué bien nettement son intention de gouverner seul désormais. Peu après avoir franchi les Alpes, il avait quitté l'escorte pour gagner Auxerre à marches forcées. Là, Suger, venu à sa rencontre, l'avait renseigné sur l'état du royaume. Tous deux avaient fait ensemble leur entrée à Paris et, pour remercier de son dévouement le fidèle conseiller, Louis avait fait partout dans ses domaines proclamer que Suger méritait le titre de « père de la patrie ».

Aliénor ne régnerait plus ; Louis serait désormais un époux respectueux, plein de tendresse et d'attentions, mais un roi ferme. Or, c'est sans doute l'époux qui avait cessé de plaire à Aliénor, si tant est qu'elle l'ait jamais aimé, — alors qu'elle se sentait désormais capable d'exercer le pouvoir sans plus se laisser mener, comme précédemment, par ses caprices de femme. Elle avait pu mesurer ce que l'exercice d'une autorité comporte de risques, et les responsabilités qu'il entraîne. On l'écartait du conseil au moment où précisément elle eût pu y jouer en pleine lucidité son rôle de reine. Ce séjour en Orient, plein de dangers et de fatigues, restait sans doute, pour Aliénor, comme la vision éblouissante d'une vie qui aurait pu être la sienne. Que n'avait-elle accordé sa main à un Manuel Comnène : elle se sentait autrement douée que l'impératrice régnante pour captiver et retenir ce personnage qui semblait échappé d'une chanson de geste, voire pour mener à ses côtés le jeu subtil d'une diplomatie par laquelle Byzance restait Byzance en dépit des Arabes, des Turcs et des royaumes latins. Que ne pouvait-elle du moins rappeler à ses côtés les troubadours qui avaient enchanté sa jeunesse et, à l'exemple de son grand-père, faire composer par eux le récit de sa randonnée orientale ?

Mais la cour de France avait une allure de plus en plus sévère. Louis, à son retour, avait accompli un pèlerinage d'expiation dans cette ville de Vitry qu'on appelait désormais Vitry-le-Brûlé ; de ses mains, au-dessus de la petite cité désormais reconstruite, il avait planté des cèdres ramenés de Terre sainte et dont les rejetons, aujourd'hui encore, étonnent au milieu du paysage champenois. Ses journées s'écoulaient entre les actes de dévotion et les multiples besognes de la vie féodale : les comptes du domaine, les règlements de justice, parfois quelques vagues promenades militaires auxquelles Aliénor ne prenait qu'un intérêt assez lointain. Ces débats autour d'une misérable motte de terre, comme ils pouvaient paraître ternes auprès de la magnifique entreprise manquée en Orient !

Le moment n'allait pas tarder pourtant où elle allait y prendre plus d'intérêt qu'elle n'aurait cru. Louis se trouvait en désaccord avec l'un de ses vassaux les plus puissants, Geoffroy le Bel, comte d'Anjou. Au mois d'août 1150, l'affaire prit mauvaise tournure et le roi commença à masser des hommes sur les rives de la Seine entre Mantes et Meulan. A quiconque n'était pas familier avec les affaires du royaume, il pouvait paraître bizarre qu'un différend avec le comte d'Anjou se soldât par une attaque vers la Normandie. En réalité, cela signifiait que le roi était décidé à mener contre son vassal une action d'envergure et à le contrecarrer dans ses desseins les plus chers. Geoffroy le Bel, en effet — on le surnommait Plantagenêt à cause du brin de genêt dont il décorait son chaperon lorsqu'il allait à la chasse —, avait épousé la fille du roi d'Angleterre Henri Beauclerc, Mathilde, qu'on continuait à appeler l'impératrice parce qu'en première noces elle avait été unie à l'empereur d'Allemagne Henri V. De quinze ans plus âgée que Geoffroy, cette femme — une personnalité hors pair, d'une énergie sans limites — lui apportait en dot ses prétentions à l'héritage de son père, roi d'Angleterre et duc de Normandie. Elle était la seule descendante du roi d'Angleterre, mais quelqu'un d'autre n'en avait pas moins contesté l'héritage : le comte de Blois Étienne, qui, par sa mère

Adèle, était, lui aussi, un petit-fils de Guillaume le Conquérant. Étienne avait même devancé Mathilde dans cette compétition pour la couronne anglaise et s'était emparé du pouvoir. Il résidait en Angleterre où quelques-uns des barons avaient pris pour lui fait et cause, d'autres adoptant le parti de Mathilde ; leur rivalité maintenait la contrée plus ou moins en état de guerre civile, en tout cas dans une anarchie de plus en plus lamentable, et sa lutte se transportait sur le continent. Geoffroy venait, en 1150, de remettre solennellement le duché de Normandie à son fils aîné Henri, alors âgé de dix-sept ans. En dirigeant ses armées vers Mantes, le roi de France, qui, jusque-là, était demeuré en position d'arbitre entre ses deux puissants vassaux, prenait parti pour Étienne de Blois. Il était d'autant plus justifié à le faire qu'Henri ne paraissait aucunement pressé de venir prêter hommage au roi de France pour ce duché de Normandie ni de reconnaître sa suzeraineté.

Les hostilités pourtant n'allaient pas éclater de sitôt. Suger, tout âgé qu'il était, se dépensait sans compter pour maintenir la paix et trouver des voies de conciliation. Mais cet infatigable combattant de la paix allait s'éteindre bientôt. Le 13 janvier 1151, à la désolation du peuple de France. Une foule immense devait assister, dans l'abbatiale encore inachevée, à la messe chantée pour celui qu'un destin si étonnant avait élevé à la tête du royaume et qui avait mis, à y maintenir la bonne entente, toute l'énergie et l'ingéniosité qu'autour de lui il voyait mettre au service des ambitions personnelles. Au-dessus de son cercueil, les voûtes toutes neuves de Saint-Denis, lancées plus haut et plus hardiment qu'on n'avait jamais osé le faire avant lui, semblaient un avant-goût de ces visions de gloire qu'annonçait le chœur des moines psalmodiant les antiennes de l'office des morts : « Je crois qu'il vit, mon Rédempteur ; et je me lèverai au dernier jour et dans ma chair je verrai Dieu, mon Sauveur... »

Le lien ténu qu'entre Louis et Aliénor maintenait la volonté obstinée de Suger se dénouait avec le dernier souffle de celui-ci. Pour accepter pleinement la situation qui lui était faite, il eût fallu à Aliénor une résignation qui était tout à l'opposé de son caractère. Et sans doute, de son côté, Louis finissait-il par se lasser un peu de cette femme qui le dépassait.

Les hostilités pourtant reprenaient en Normandie. Elles se compliquaient d'autres griefs personnels que le roi avait à présent contre son vassal angevin. C'était un véritable imbroglio dans lequel le jeu des alliances personnelles, à la manière féodale, venait encore enchevêtrer les fils. Geoffroy le Bel, à la suite de démêlés obscurs, était entré en conflit avec le sénéchal de Louis en Poitou, un nommé Giraud Berlai. Pendant trois ans, celui-ci l'avait défié, à l'abri des puissantes fortifications de son château de Montreuil-Bellay. Geoffroy, un beau jour, s'était lassé : à grand renfort d'huile bouillante et de traits chauffés au rouge, il avait mené l'attaque contre une poutre de soutènement du donjon et l'incendie avait éclaté si violent que peu après on voyait Giraud, sa famille et sa garnison sortir et s'échapper par toutes les issues comme des serpents sortant d'une caverne ! Giraud avait été fait prisonnier. Le roi de France, en représailles, avait attaqué la forteresse d'Arques, en Normandie, et n'avait pas tardé à s'en emparer. Aussitôt, le fils d'Étienne de Blois, Eustache, s'était empressé de passer la mer pour apporter au roi de France une aide intéressée contre son rival, Henri de Normandie. Où s'arrêteraient désormais les hostilités ? Suger n'était plus là pour entendre les parties et réconcilier entre eux les combattants.

C'est alors qu'au-dessus de la mêlée s'éleva la grande voix de Bernard de Clairvaux. Il exhortait le roi et ses barons à faire un nouvel effort en faveur de la paix, et offrait son arbitrage.

Les événements qui se déroulèrent à la cours de France cet été-là furent assez déroutants pour les contemporains. Ils débutèrent sur une scène dramatique : dans le grand palais de la Cité, la foule qu'attiraient tous les déplacements de Bernard de Clairvaux allait voir entrer le saint abbé, reçu par le roi de France avec beaucoup d'honneurs et de respect, puis le Plantagenêt, Geoffroy le Bel, avec son fils, le jeune duc de Normandie. Geoffroy méritait son surnom s'il faut en croire une chronique rimée du temps :

> *Grand chevalier et fort et bel*
> *Et preux et sage et conquérant :*
> *Prince n'était nul plus vaillant.*

Il était dans la force de l'âge — trente-neuf ans — et avait fait la preuve de sa valeur en Orient, car il avait accompagné son suzerain à la croisade et s'y était courageusement comporté. Mais on le disait dur, autoritaire et sujet à ces « accès de bile noire » qu'on attribuait communément aux Angevins. Les barons réunis au cours de cette assemblée solennelle (on voyait parmi eux Raoul de Vermandois) allaient en avoir une éclatante démonstration. Geoffroy avait amené avec lui Giraud Berlai, chargé de chaînes comme un malfaiteur : c'était défier à la fois le roi et l'Église, car il était sous le coup d'une excommunication pour avoir mis la main sur un officier royal pendant que son suzerain était encore en croisade. Les démêlés avec Giraud, en effet, avaient commencé avant que le roi eût regagné la France.

Bernard de Clairvaux prit la parole : il offrait à Geoffroy de le relever de son excommunication s'il consentait à libérer Giraud. Geoffroy fit une réponse dont l'impiété scandalisa l'assemblée :

« Je refuse de libérer mon captif et si c'est une faute de détenir un prisonnier, je refuse d'en être absous !

— Prenez garde, comte d'Anjou, dit Bernard, de la mesure dont vous avez mesuré, on vous mesurera. »

Mais, sans plus attendre, le comte avait quitté la salle, accompagné de son fils, laissant les assistants interdits. Giraud Berlai s'approcha de Bernard de Clairvaux pour lui demander sa bénédiction : « Ce n'est pas de mon sort que je me plains, mais je pleure sur les miens qui vont mourir comme moi.

— Ne crains pas, répondit Bernard, sois sûr que Dieu va vous secourir, toi et les tiens, et plus tôt que tu n'aurais osé l'espérer. »

Les jours suivants circulait un bruit étrange : Geoffroy d'Anjou, qui n'avait pas craint de défier le roi et de blasphémer en présence de Bernard de Clairvaux, avait libéré Giraud. Mieux encore, son fils Henri offrait de prêter hommage pour la Normandie. La situation qui paraissait inextricable se dénouait soudain sans que personne ait eu à tirer l'épée. De fait, la cérémonie d'hommage eut lieu quelques jours plus tard. Certains voyaient là un miracle dû à l'intervention de l'abbé Bernard. D'autres insinuaient que la reine n'était peut-être pas étrangère à l'issue des négociations. Il reste que la paix revint en Normandie tandis que

Geoffroy et Henri Plantagenêt regagnaient le comté d'Anjou.

Un autre événement, totalement imprévisible lui aussi, devait se passer sur le chemin du retour : arrivé à la hauteur de Château-du-Loir, un jour de chaleur accablante, Geoffroy voulut prendre un bain dans la rivière. Dans la soirée, il était saisi de fièvre et, quelques jours plus tard, le 7 septembre, il mourait, tous les remèdes ayant été impuissants à le sauver.

Cependant, Louis et Aliénor, à la fin de l'automne, entreprenaient ensemble une chevauchée en Aquitaine, avec une suite imposante de prélats et de barons, tant aquitains que français, puisqu'on y voyait aussi bien un Geoffroy de Rancon, un Hugues de Lusignan, qu'un Thierry Galeran ou un Guy de Garlande. Quelques-uns y virent l'indice d'un rapprochement entre le roi et la reine ; d'autres, plus avertis, hochaient la tête en affirmant que cette chevauchée serait la dernière qui les verrait côte à côte. Depuis la mort de Suger, le fossé n'avait fait que se creuser entre Louis et Aliénor. Ensemble, pour Noël, ils tinrent une cour à Limoges, puis une autre, pour la Chandeleur, à Saint-Jean d'Angély ; un peu partout on remplaçait, dans les domaines et les châteaux qui relevaient directement de l'autorité d'Aliénor, les Français par des Aquitains. Puis les deux époux gagnaient Beaugency où ils allaient passer leurs derniers instants de vie conjugale. En effet, un concile, réuni sous l'autorité de l'archevêque de Sens, prononça la nullité du mariage contracté quinze ans plus tôt à Bordeaux.

Aliénor fit ses adieux et déclara vouloir regagner aussitôt ses États personnels, qui lui étaient rendus selon l'usage. Sans plus tarder, elle prit, avec quelques familiers, la route en direction de Poitiers.

On se trouvait au premier jour du printemps, le 21 mars 1152. La saison n'était pas achevée qu'une effarante nouvelle parvenait à la cour de France : Aliénor était remariée ; elle avait épousé Henri Plantagenêt, comte d'Anjou et duc de Normandie.

VIII

HENRI PLANTAGENÊT

Joves es domna que sap onrar paratge,
Et es joves per bos faitz, quan lo fa;
Joves se te quand a adreit coratge
E ves bon pretz avol mestier non a;
BERTRAND DE BORN.

Jeune est la dame honorant son
[lignage,
Sachant encore l'embellir de hauts
[faits ;
Jeune se garde en montrant son
[courage,
Pour son renom ne tombe en vils
[méfaits.

DURANT les épisodes de son voyage de retour à
Poitiers, Aliénor aura pu ressentir toutes les
angoisses de la biche traquée par la meute dans
une chasse à courre, ou celles de la jeune fille poursuivie par les géants des contes bretons.

Elle n'emmenait avec elle, au sortir du concile de
Beaugency, qu'une petite escorte et se dirigea sur
Blois. Les abords de la cité étaient très animés, car
on se trouvait à la veille des Rameaux et c'était
jour de grandes festivités : on dépouillait les arbres
de leurs branches pour se procurer les palmes à

porter en cortège à l'église et pour décorer les façades des maisons sur le parcours de la procession. Aliénor avait sans doute prévu de faire étape dans l'une des abbayes de la ville, Saint-Lomer ou autre; mais elle fut avertie, on ne sait comment, qu'un danger la menaçait : peut-être par des bavardages de gens du château avec ceux de sa suite; peut-être aussi par des mouvements inusités d'hommes d'armes autour de ce château qu'avait fait bâtir un comte de Blois auquel était resté le surnom peu sympathique de : Thibaud le Tricheur. Toujours est-il qu'elle apprit que le jeune comte qui y résidait, un autre Thibaud, se préparait à l'enlever de force pour en faire sa femme. Sans prendre la peine de s'indigner devant l'audace de ce cadet de famille (Thibaud était le second fils de ce Thibaud de Champagne auquel elle s'était affrontée lors du mariage de sa sœur), Aliénor, au milieu de la nuit, donna le signal du départ à son escorte et quitta Blois à la clarté de la lune, — en se disant sans doute que ce Thibaud-là serait : Thibaud le Triché.

Mais elle n'était pas au bout de ses peines. Rendue prudente, elle avait probablement envoyé quelques écuyers en éclaireurs sur sa route, car elle fut prévenue qu'une véritable embuscade était préparée à Port-de-Piles où elle comptait franchir la Creuse. Il fallait encore une fois changer d'itinéraire. Elle décida de passer la Vienne à gué, en aval du confluent, et força les étapes pour atteindre au plus vite Poitiers dont les murailles apparurent enfin, rassurantes, dans l'attente des fêtes pascales que la jeune duchesse pourrait y célébrer en pleine sécurité.

Une fois à Poitiers, elle pouvait rire de la double aventure. Qui donc avait osé tramer un complot contre sa personne et tenté de s'emparer d'elle à

Port-de-Piles ? Le jeune Geoffroy d'Anjou, un cadet — encore ! Geoffroy était le second fils de ce malheureux Geoffroy le Bel si tôt disparu : un garçon de seize ans qui aurait bien aimé recueillir l'héritage paternel, mais à qui son frère aîné, visiblement, était décidé à n'en laisser qu'une maigre part.

Ainsi, sur la distance qui séparait Beaugency de Poitiers, l'ex-reine de France avait failli tomber dans deux guets-apens successifs. Que serait-ce quand il lui faudrait, pour administrer ses domaines, tenir tête à des vassaux traditionnellement turbulents et au besoin mener des expéditions contre les moins dociles ?

Il y eut, au cours de cet avril en fête — car la cité poitevine se mettait en frais pour sa duchesse retrouvée —, de mystérieux va-et-vient de messagers. Et le printemps était dans toute sa splendeur quand, au matin du 18 mai, les cloches de la cathédrale Saint-Pierre s'ébranlèrent à la volée, clamant à la face du monde qu'Aliénor, duchesse de Guyenne et comtesse de Poitou, devenait comtesse d'Anjou et duchesse de Normandie.

Les préparatifs de la cérémonie avaient été menés en secret et le mariage lui-même n'eut pas la splendeur qui aurait convenu à la dignité des nouveaux époux. Ils s'étaient gardés de convoquer, comme ils l'auraient fait en d'autres circonstances, le ban et l'arrière-ban de leurs vassaux. Seuls les familiers les plus intimes prirent part au banquet qui fut servi dans la grande salle du palais des comtes de Poitiers. Les nouveaux épousés se trouvaient, en effet, dans une position délicate et personne ne l'ignorait à commencer par eux-mêmes : moins de deux mois après la reconnaissance en nullité de son premier mariage, Aliénor se remariait avec un vassal de ce même roi de France qu'elle venait de quitter; au surplus, elle aurait dû, comme toute vassale, solliciter l'avis de son suzerain avant le mariage et avait de bonnes raisons pour négliger d'accomplir cette formalité. Du moins, elle-même et son nouvel époux étaient-ils assez avisés pour ne pas donner à la cérémonie de leurs épousailles une allure provocante.

*
* *

Quel était donc cet époux qu'Aliénor avait choisi? Car cette fois, c'est elle qui l'a choisi. Tout laisse supposer qu'elle a voulu ce mariage et que les premiers projets en ont été ébauchés lors du séjour des Plantagenêts à Paris, en août 1151. C'est à partir de ce moment-là que l'annulation de son premier mariage commence à être discutée et que les pourparlers sont entamés avec l'archevêque de Sens, d'abord très réticent. Et l'un des mieux informés parmi les chroniqueurs de ce temps, William de Newburgh, dit expressément qu'Aliénor a *voulu* se séparer de Louis et que celui-ci y a *consenti*.

Il n'y eût certainement pas consenti s'il avait su quel épilogue Aliénor comptait donner à l'affaire. Elle a dû agir avec une extrême prudence, comme le prouve la surprise dont témoignent les contemporains. Certains vont jusqu'à affirmer que la collusion entre Aliénor et les Angevins remontait plus haut que les entrevues de cet orageux été où saint Bernard avait dû se faire le héraut de la paix; ils insinuent qu'Aliénor aurait auparavant «connu» Geoffroy le Bel; elle aura pu effectivement le rencontrer en Orient puisqu'il avait accompagné son suzerain à la croisade; mais c'est insuffisant, inutile de le dire, pour en conclure à des rapports plus intimes ; l'accusation, qu'aucune preuve ne vient étayer, semble pure calomnie.

Ce qui en revanche ne fait pas de doute, c'est qu'elle avait, en pleine connaissance de cause, fait choix du fils de Geoffroy.

Il était de dix ans plus jeune qu'elle : Aliénor approchait de la trentaine, Henri, né le 5 mars 1133, n'avait pas vingt ans. Mais nous savons que la reine était alors dans tout l'éclat d'une beauté pleinement épanouie et d'autre part il est probable qu'Henri paraissait plus que son âge ; on le voit, dès cette époque, agir en homme mûr, conduire des guerres, faire acte de souverain ; quant à sa vie privée, il a déjà eu deux bâtards, élevés avec grand soin dans la maison royale, selon les mœurs du temps. Henri est un bel homme, de taille moyenne mais puissamment musclé, avec, comme tous les Angevins, les cheveux blond roux et des yeux gris un peu à fleur de tête qui s'injectent de sang quand il est en colère : car il a, lui aussi, comme tous les siens, des « accès de bile noire » qu'il ne fait pas bon provoquer. Rompu aux exercices physiques, il n'en est pas moins un prince lettré. C'est d'ailleurs une tradition de famille. L'un de ses ancêtres, Foulques le Bon, était connu pour avoir adressé au roi de France une missive ainsi conçue :

« Au roi des Francs, le comte des Angevins.
Sachez, seigneur, qu'un roi illettré
est un âne couronné. »

Cela, parce qu'il avait appris que, dans l'entourage royal, on daubait sur sa culture digne d'un clerc, et sur sa façon de chanter le latin comme un moine.

Geoffroy le Bel, père d'Henri, puisait directement dans la lecture de Végèce ses connaissances de l'art militaire. Henri, lui aussi, lisait le latin et parlait plusieurs langues étrangères : «toutes les langues employées entre la mer de France et le Jourdain», affirmaient, non sans exagération, ses familiers ; la langue d'oc en tout cas. Il avait eu, dans son enfance, des précepteurs renommés : d'abord un certain maître Pierre de Saintes, qui, disait-on, s'y connaissait mieux que tous ses contemporains dans la science des vers; à neuf ans, son père, toujours dominé par ses visées sur l'Angleterre, l'avait envoyé à Bristol où il avait eu pour précepteur un autre clerc, maître Matthieu, le chancelier de sa mère Mathilde. Aliénor, à ses côtés, pourrait satisfaire son goût de la poésie et des lettres.

Enfin, son lignage est illustre : ce qui n'est pas négligeable en un temps où l'on ne sépare guère l'individu de son groupe, l'homme de sa lignée. Il est le petit-fils de ce Foulques d'Anjou dont la destinée a été singulière : à quarante ans, en pleine force, cet homme, maître de l'un des plus riches comtés du royaume et qui venait de marier son fils avec l'héritière d'Angleterre, avait abandonné ses possessions pour se consacrer à la défense de la Terre sainte ; il avait épousé cette reine Mélisende — celle qui avait accueilli les croisés à Jérusalem en 1148 — et le jeune Baudouin III, sur qui reposait présentement l'espérance des royaumes latins, était son fils ; un accident de chasse mit fin brutalement à ses exploits, en 1143, et ce ne fut que l'année suivante que le gouverneur Zenghi osa s'attaquer à Édesse.

Mais, pour être complet, il faut ajouter qu'Henri compte aussi parmi ses ancêtres le trop fameux Foulques le Noir — Nerra — qui, au début du XIe siècle, a parfaitement correspondu (le cas est assez rare pour qu'on se doive de le signaler) au portrait du seigneur féodal tel que le tracent nos manuels d'histoire : brutal, féroce, connu pour massacrer tout ce qui lui résiste, saccager les villes et piller les abbayes, il se voit imposer à trois reprises, comme pénitence, le pèlerinage de Terre sainte ; et comme son repentir est aussi démesuré que les horreurs qu'il a commises, on le voit, la dernière fois, à Jérusalem, se rendre au Saint-Sépulcre, torse nu, flagellé par deux serviteurs qui, sur son ordre, crient devant la foule musulmane stupéfaite : «Seigneur, reçois le méchant Foulques, comte d'Anjou, qui t'a trahi et renié. Regarde, ô Christ, son âme repentie.»

Tels sont la personne et le lignage d'Henri Plantagenêt. En le choisissant pour époux, Aliénor a-t-elle été guidée uniquement par des considérations d'ordre politique ? Qu'elle ne pût rester très longtemps seule, la double embuscade dressée sur son chemin de Beaugency à Poitiers suffisait à le prouver. La défense d'un fief, en cette époque où le seigneur accomplit personnellement les opérations de police indispensables, exige la présence d'un homme, capable de revêtir la cotte de mailles et de manier l'épée. Les domaines des comtes d'Anjou étaient contigus avec ceux des ducs d'Aquitaine et, probablement, cela a dû compter dans sa décision : l'idée de contrôler à eux deux un vaste domaine (presque tout l'Ouest de la France, de la Manche aux Pyrénées, puisque Henri est aussi duc de Normandie) avait de quoi séduire une imagination ambitieuse.

Mais Aliénor a été, certainement aussi, attirée par l'homme, par la personne même d'Henri ; elle était trop femme pour n'être pas émue par tout ce qu'on sentait en lui de force virile. Elle a été amoureuse de lui : toutes sortes de détails le prouvent et, plus encore, l'ensemble de sa vie.

Quant à Henri, la puissance territoriale qu'apportait Aliénor a sûrement été pour beaucoup dans sa décision, mais on se tromperait sans doute si l'on ne voyait de sa part, dans ce mariage, qu'un calcul ambitieux. Cette reine de France, si belle, et qu'un halo d'aventures rendait plus captivante, avait de quoi séduire un être aussi ardent, et la différence d'âge n'aura guère compté au moment le leur mariage ; au contraire, précoce comme il l'était, il aura été porté à faire plus de cas d'une femme déjà expérimentée qu'il ne l'eût fait, sans doute, d'une fillette ingénue. D'ailleurs, son ambition rejoint celle d'Aliénor et, en cela aussi, leur entente est complète : Henri tient à ses États comme Aliénor aux siens ; dans leurs visées d'expansion, ils s'épaulent mutuellement ; pendant tout le temps où ils seront unis de cœur et de volonté, on les verra se compléter l'un l'autre et former, par conséquent, un couple parfait, tous deux regardant dans la même direction, menant ensemble une activité pleinement féconde dans tous les sens du terme ; et c'est certainement cela qu'Aliénor aura souhaité. Vers la trentaine, elle n'est plus une fille frivole mais une femme qui entend vivre pleinement sa vie. Quand William de Newburgh nous dit qu'elle a voulu ce mariage parce qu'il convenait mieux à sa personne que sa première expérience, il faut l'entendre dans toute la force que le chroniqueur sait donner aux termes qu'il choisit : *magis congruus*. En rencontrant Henri, elle avait trouvé l'homme qu'il lui fallait.

Les écrits qui nous restent d'elle à l'époque de son second mariage sont très révélateurs : ils nous montrent Aliénor pressée d'oublier le passé pour entrer, avec une ardeur joyeuse, dans les perspectives qui s'offrent à elle. Elle redevient duchesse d'Aquitaine et devient Angevine. On la voit distribuer des faveurs à plusieurs chevaliers de son entourage : sans aucun doute, ceux qui l'ont aidée à se libérer et l'ont escortée dans cette route pleine d'embûches qui l'a ramenée vers Poitiers ; il y a, entre autres, Saldebreuil de Sanzay, le connétable d'Aquitaine qu'elle appelle son sénéchal : fonction un peu imprécise, comme toujours à l'époque, et qui consiste à tenir généralement la place du seigneur toutes les fois qu'il ne peut être là par lui-même ; le sénéchal était parmi ses familiers l'« ancien », *senescallus* (le seigneur lui-même étant le «plus âgé», *senior*). Parmi ceux qui reçoivent des présents lors de ce mariage, on ne s'étonne pas de trouver son oncle, le dévoué Raoul de Faye, frère du vicomte de Châtellerault.

On la voit aussi combler de biens les abbayes de son domaine et prendre plaisir à s'affirmer, dans les actes qu'elle dicte à cette occasion, comme la descendante de ces ducs d'Aquitaine dont elle est fière : huit jours après son mariage, le 26 mai 1152, passant à Montierneuf, elle précise aux moines qu'elle leur confirme tous les privilèges qui leur ont été donnés «par mon bisaïeul, mon grand-père et mon père». Son précédent époux, le roi de France, leur avait aussi fait des donations, mais elle n'en parle pas... Le lendemain, elle et à Saint-Maixent et, là encore, en faisant mention de diverses faveurs qu'elle concède à l'abbaye, elle précise : «Moi, Aliénor, par la grâce de Dieu duchesse d'Aquitaine et de Normandie, unie au duc de Normandie, Henri, comte d'Anjou.» Et d'insister : «Quand j'étais reine avec le roi de France, le roi a fait don du bois de la Sèvre à l'abbaye, et j'ai, moi aussi, donné et concédé ce bois ; puis, séparée du roi par le jugement de l'Église, j'ai repris pour moi le don que j'en avais fait ; mais, sur le conseil d'hommes sages, et à la prière de l'abbé Pierre, ce don que j'avais d'abord fait comme à regret, je l'ai renouvelé de plein gré... une fois unie à Henri, duc de Normandie et comte d'Anjou.»

Mais rien ne nous renseigne mieux sur elle et sur les sentiments qui l'animent au moment de ce second mariage que la charte qu'elle dicte quelques jours plus tard pour l'abbaye de Fontevrault. Comme beaucoup d'autres écrits émanant d'Aliénor, cette charte rend un accent personnel : le style officiel et dépouillé en usage dans les vieilles chancelleries ne lui plaisait visiblement pas. C'est un document émouvant parce qu'Aliénor s'y révèle émue, et c'est sans doute la première fois (sauf, peut-être, lors de l'entrevue avec saint Bernard dans l'abbatiale de Saint-Denis) qu'on surprend l'émotion chez elle. Peut-être, après tout, ses capacités d'amour n'avaient-elles pas été éveillées jusque-là. A travers la réserve des termes, elle semble clamer son bonheur et la joie d'entrer dans les perspectives que lui ouvre sa nouvelle existence : «Après avoir été séparée, pour cause de parenté, de mon seigneur, Louis, le très illustre roi de France, et avoir été unie par le mariage avec mon très noble seigneur, Henri, comte d'Anjou, touchée par une inspiration divine, j'ai souhaité visiter la sainte congrégation des vierges de Fontevrault et, par la grâce de Dieu, j'ai pu réaliser cette intention que j'avais dans l'esprit. Je suis donc venue, conduite par Dieu, à Fontevrault, j'ai franchi le seuil où se rassemblent les moniales et là, le cœur plein d'émotion, j'ai approuvé, concédé et confirmé tout ce que mon père et mes ancêtres ont donné à Dieu et à l'église de Fontevrault, et notamment cette aumône de cinq cents sous de monnaie poitevine que le seigneur Louis, roi de France, au temps où il fut mon époux, et moi-même, nous avions donnée.»

Cette abbaye de Fontevrault, et l'abbesse Mathilde elle-même, nommée dans la charte d'Aliénor, ont tenu une place singulière dans la vie de la reine. On ne peut moins faire que de s'arrêter un instant, comme elle le fit elle-même aux premiers jours de son mariage, sur une abbatiale dont l'histoire sera étroitement mêlée à son histoire personnelle — et sur l'abbesse qui présidait alors à ses destinées.

L'ordre de Fontevrault, à l'époque de la visite d'Aliénor, était tout jeune encore ; son fondateur, Robert d'Arbrissel, n'était mort qu'une trentaine d'années plus tôt, figure des plus attirantes en cette période de la fin du XIe siècle qui fut celle d'un réveil religieux extraordinaire. D'abord ermite dans la forêt de Craon, comme beaucoup d'autres du même temps, il verra venir à lui des disciples et bientôt des foules entières que sa parole convertit. L'ordre de Fontevrault témoigne de la même ferveur que la réforme de Robert de Molesmes et bien d'autres initiatives, mais il s'en différencie par la profonde originalité de la fondation qui en sort. En effet, Robert fonde simultanément des couvents d'hommes et des couvents de femmes, situés en général au même endroit et qu'une clôture sévère sépare l'un de l'autre : seule l'église réunit religieux et religieuses ; lorsqu'une moniale a besoin du sacrement des malades, c'est dans l'église qu'on la transporte sur une civière et qu'elle reçoit l'huile sainte. Or, l'ensemble de ce double monastère est placé sous l'autorité d'une abbesse. Les moines doivent, vis-à-vis d'elle, prendre modèle sur saint Jean l'Évangéliste à qui le Christ en croix avait confié la Vierge pour qu'elle fût comme sa mère. Il ne paraît pas que cette soumission exigée de la part d'un monastère d'hommes à une femme — et qu'on jugerait inadmissible en notre temps — ait fait difficulté au sien. Robert d'Arbrissel avait voulu que l'abbesse appelée à exercer cette autorité fût de préférence une veuve ouverte à un rôle maternel : l'abbesse était la *domina*, la Dame, et, somme toute, dans l'ordre religieux, l'équivalent de ce personnage de la Dame à laquelle des générations de troubadours allaient, dans le même temps, apporter leurs hommages. La première qu'il avait choisie était Pétronille de Chemillé, veuve à vingt ans et célèbre tant pour sa beauté que pour son esprit. On avait vu une foule de nobles dames la rejoindre et, parmi elles (c'était en 1114, quarante ans plus tôt, et quelques-unes au moins des religieuses qui reçurent Aliénor avaient pu la connaître), s'était présentée une illustre pénitente : la comtesse d'Anjou, Bertrade de Montfort, dont la liaison scandaleuse avec le roi de France, Philippe 1er, avait fait mettre le royaume en interdit.

A Pétronille avait succédé, en 1149, cette Mathilde d'Anjou qu'on voit accueillir Aliénor en 1152 et dont l'histoire est si émouvante : elle était la tante d'Henri Plantagenêt, fille de ce Foulques qui était devenu roi de Jérusalem. Toute jeune, elle s'était sentie attirée par le cloître et avait pris le voile à Fontevrault dès l'âge de onze ans. Mais, sur les instances de Foulques, elle en était sortie pour épouser Guillaume Adelin, fils et héritier du roi d'Angleterre, Henri Beauclerc. Peu de temps après, en 1120, son époux mourait dans le tragique naufrage de la *Blanche-Nef*, au large de Barfleur : Guillaume, son frère, sa sœur et toute une joyeuse jeunesse de leur suite avaient pris place sur le navire qu'un ancien pilote de Guillaume le Conquérant avait réclamé l'honneur de conduire. Mathilde était demeurée auprès de ses beaux-parents sur un autre vaisseau. Que s'était-il passé ?

Les deux navires cinglaient vers l'Angleterre quand, dans la nuit, de grands cris s'étaient fait entendre. On ne s'était pas trop inquiété, sachant que les jeunes gens avaient décidé de distribuer du vin à l'équipage et de passer joyeusement la traversée ; or, la *Blanche-Nef* avait coulé à pic sur un écueil. Quand le pilote, revenu à la surface, avait compris que tous les enfants royaux avaient péri, il s'était de nouveau jeté à l'eau. Un seul survivant avait par la suite raconté le désastre. Henri Beauclerc n'avait jamais pu se remettre de son chagrin ; plus jamais on ne l'avait vu sourire. Elle-même, Mathilde, avait alors regagné Fontevrault où, quelques années plus tard, les moniales l'avaient choisie pour abbesse.

Aliénor, qui, dans cette charte, manifeste déjà pour Fontevrault la prédilection qu'elle lui portera toute sa vie, devait, dans d'autres actes, appeler affectueusement Mathilde du nom de : ma tante, *amita mea*. Elle adoptait la parenté de son époux. Sa charte porte trace, d'ailleurs, de la profonde impression qu'avait dû faire sur elle la visite de Fontevrault. Cette Mathilde, que des voies dramatiques avaient conduite au service du Seigneur — « passée du roi des Angles au roi des Anges », comme disait d'elle un contemporain —, semble avoir été pleinement à la hauteur de la tâche qui lui incombait ; sous son abbatiat, qui dure une vingtaine d'années, Aliénor a pu voir l'église de Fontevrault telle, ou à peu près, que nous la voyons aujourd'hui, du moins dans son architecture : une nef majestueuse avec de splendides chapiteaux, bien éclairée sous les quatre coupoles qui la couvrent. Elle a pu admirer aussi la cuisine fameuse, chef-d'œuvre de construction « fonctionnelle » : une grande cheminée centrale et vingt cheminées secondaires qui assurent une parfaite aération ; l'ensemble permettait, sans être gêné par la chaleur ni par la fumée, de se fournir de braise à un foyer central pour alimenter les cuisines différentes qui devaient être prévues : celle des moines, celle des moniales, celle des malades et des hôtes de passage ; l'hôtellerie à elle seule pouvait abriter cinq cents personnes et, certains jours, elle se trouvait trop petite pour la multitude des visiteurs et des pèlerins auxquels elle donnait abri.

*
* *

Henri et Aliénor passèrent en Aquitaine les premières semaines de leur mariage — trop occupés l'un de l'autre, sans doute, pour prêter grande attention aux vendanges qui, cette année-là comme la précédente, s'annonçaient mauvaises. Dans toute la France, on buvait de la bière, « ce qui ne s'était vu de mémoire d'homme », remarque un annaliste du temps, visiblement plein d'amertume à ce souvenir ; les plus avisés tentaient de remettre en honneur d'antiques recettes pour fabriquer de l'hydromel.

Une chanson en langue d'oc, qui date de ce temps, paraît à tel point inspirée par l'histoire même d'Aliénor, la « reine d'un jour d'Avril », qu'on l'imagine circulant sur son sillage et faisant danser, cette année-là, les garçons et les filles, du Poitou aux rives de la Gironde.

> *A l'entrada del tems clar, eya,*
> *Per joya recommençar, eya,*
> *E per jelos irritar, eya,*
> *Vol la regina mostrar*
> *Qu'el'es si amoroza.*

A l'entrée du temps clair,
Pour la joie retrouver
Et le jaloux irriter,
La reine nous veut montrer
Qu'elle est amoureuse.

Elle a fait partout mander
Qu'il n'y ait jusqu'à la mer
Donzelle ni bachelier
Qui ne s'en vienne danser
En la danse joyeuse.

Le roi d'autre part viendra
Qui la danse troublera;
Une crainte la saisit :
Qu'on ne la veuille enlever
La reine d'un jour d'avril !

Mais elle rien n'y fera;
Elle ne veut d'un vieillard,
Mais d'un jeune bachelier
Qui bien la sache amuser,
La Dame charmeuse.

Celui qui la voit danser
Et son gentil corps tourner
Il peut dire en vérité
Qu'il n'est femme à comparer
A la reine joyeuse.

Et le refrain était sur toutes les bouches :

Allez, allez-vous-en, jaloux !
Laissez, laissez-nous
Danser entre nous !

IX

LA CONQUÊTE D'UN ROYAUME

> *Quar de guerra ven tart pro et tost dan*
> *E guerra fai mal tornar en peior;*
> *En guerra trop, per qu'ieu non la volria,*
> *Viutat de mal, et de ben carestia.*
>
> AIMERIC DE PEGULHAN.

> De guerre vient tard bien et tôt
> [dommage,
> La guerre fait mal en pire tourner;
> En guerre trouve, et ne l'en puis aimer,
> Amas de maux, et de biens nulle trace.

D'ABORD interdit par le camouflet porté à son autorité, puis consterné devant l'étendue du désastre, Louis avait fini par se ressaisir. C'était, certes, pour lui, en tant qu'époux, une dure humiliation que de voir remariée, moins de deux mois après leur séparation, cette femme qu'il avait tant aimée. Mais, en tant que roi, la voir remariée avec Henri Plantagenêt était intolérable : de la Bresle aux Pyrénées, presque tout l'Ouest du royaume se trouvait aujourd'hui réuni entre les mêmes mains, des mains dont on savait qu'elles ne lâchaient pas facilement leur proie. Tous les efforts de son père et de ses ancêtres avant lui avaient tendu à maintenir entre les vassaux une répartition de puissance qui permit au roi de jouer efficacement son rôle d'arbitre. Jusqu'alors, les deux grandes puissances avaient été la maison de Champagne, unie à celle de Blois, et, d'autre part, la maison d'Anjou. Prudemment, les rois de France avaient veillé à ce que jamais l'un des plateaux de la balance ne penchât aux dépens de l'autre. Et voilà qu'à présent, ces terribles Angevins se trouvaient maîtres non seulement de la Normandie, mais de ces terres poitevines si enviables et de la riche Guyenne dont lui-même portait quelques mois auparavant la couronne ducale. Louis dut mesurer avec tristesse sa solitude ; autour de lui, le vide s'était fait ; ses conseillers les plus écoutés étaient morts ; il avait perdu tour à tour Thibaud de Champagne, Raoul de Vermandois, mais surtout l'abbé Suger, le guide irremplaçable, le père du royaume. Que n'avait-il, après sa mort, suivi les conseils dispensés si souvent au cours de ses dernières années : oublier toutes les rancœurs, faire passer l'intérêt du royaume avant son intérêt propre. De ces quinze années qui avaient débuté sur de si brillantes promesses ne lui restaient que ses deux filles, Marie et Alix. Deux filles. Aliénor lui eût-elle donné un fils, il eût fait l'impossible pour la retenir sur le trône de France. Mais s'il s'était, finalement, rangé à ses vues, s'il avait accepté que l'on donnât suite à cet empêchement de consanguinité, la crainte de ne pouvoir espérer un héritier au royaume n'avait-elle pas joué ?

Louis réunit en hâte un conseil qui constata la faute commise contre les coutumes féodales : Aliénor ne pouvait contracter mariage sans l'autorisation de son suzerain. Elle et Henri furent cités à comparaître devant la cour du roi de France. On se doute qu'ils ne se souciaient aucunement de répondre à cette citation. Henri comptait sous peu rejoindre en Angleterre sa mère, Mathilde, et, dès la Saint-Jean, il était prêt à s'embarquer à Barfleur quand un coup de théâtre se produisit : Louis VII, outré de voir que son vassal normand n'avait pas répondu à ses sommations, envahissait la Normandie ; il avait réussi entre-temps à mettre dans son jeu le frère cadet d'Henri, Geoffroy ; sans trop de peine, d'ailleurs, car Geoffroy prétendait hériter de l'Anjou et, furieux de voir que son frère semblait vouloir garder pour lui la totalité de l'héritage paternel, fomentait des révoltes dans le pays angevin.

On vit alors qu'Henri Plantagenêt se montrerait sur le champ de bataille digne de ses ancêtres. Quittant Barfleur en toute hâte, il entraîna les barons normands demeurés fidèles et, en moins de six semaines, entre mi-juillet et fin août, il avait réussi à reprendre Neufmarché qui avait capitulé devant les armées royales, à gagner Pacy où les deux adversaires se rencontrèrent pour de brefs engagements, à faire place nette en s'avançant jusqu'aux petites cités de Brezolles, de Marcouville et de Bonmoulins pour placer des garnisons entre sa propre frontière et celle du roi de France ; se retournant alors contre son frère, il soumettait aussitôt l'Anjou et obligeait Geoffroy, retranché dans la forteresse de Montsoreau, à crier merci. Sans grande conviction, Louis VII, aidé de son frère le comte de Dreux, tentait d'opérer quelque diversion en direction de Verneuil. Les opérations traînèrent un peu, puis, lassé, le roi de France, d'ailleurs malade, fit des avances pour obtenir une paix que tout le monde réclamait, à commencer par les évêques des régions limitrophes qui s'inquiétaient de voir leurs populations rançonnées et ravagées.

Henri avait désormais les mains libres. Il revint trouver son épouse et, au mois de janvier suivant, s'embarquait à nouveau pour l'Angleterre, plus que jamais déterminé à y faire valoir les droits que sa mère, Mathilde, avait soutenus avec une ténacité sans exemple. Son séjour durait encore quand lui parvint une heureuse nouvelle : le 17 août 1153, Aliénor avait mis au monde un enfant, un fils, auquel, selon les traditions poitevines, elle donna le nom de Guillaume qui avait été celui de son père et de ses pères avant lui.

Et Henri dut approuver le choix de ce nom qui était aussi celui du Conquérant.

*
* *

La pluie faisait rage et les vagues battaient la côte dans un fracas de bourrasque. Depuis près d'un mois, la tempête n'avait pour ainsi dire pas cessé et le port de Barfleur restait encombré de vaisseaux qui dansaient dans la rade. Personne n'aurait osé mettre à la voile par un temps pareil. Le port et la cité regorgeaient de bêtes et de gens, chevaliers et écuyers, clercs et soldats, matelots et débardeurs, abrités tant bien que mal et attendant le moment où l'on pourrait charger vivres et marchandises, embarquer les bêtes de somme et prendre la mer. Ils passaient leur temps à scruter le ciel dans l'espoir d'une éclaircie, mais tout restait désespérément gris : le brouillard sur la côte, la pluie sur les maisons de granit, la mer menaçante.

Pour Henri Plantagenêt, cette tempête était un vrai défi : alors qu'il touchait au but, que tout l'invitait à venir ceindre cette couronne d'Angleterre si longtemps convoitée, le contretemps qu'il n'avait pas prévu et contre lequel ni armes ni ruses de guerre ne pouvaient rien, se dressait comme un écran. Jusqu'alors, pendant ces deux années, tous les événements avaient tourné à son avantage. Il avait trouvé la route ouverte et comme préparée pour réaliser l'ambition si longtemps et si obstinément poursuivie par son lignage. De la longue compétition qui durant trente-cinq ans avait opposé la maison d'Anjou à celle de Blois, il sortait vainqueur. Il n'avait, du reste, plus douté de sa fortune depuis le jour où il avait pris pied sur la terre anglaise, pour la première fois depuis son mariage avec la duchesse d'Aquitaine. C'était le jour de l'Épiphanie, 6 janvier 1153 ; voulant sanctifier ce jour de fête, il était d'abord entré avec sa suite dans une église et, au moment même où il y pénétrait, le prêtre entonnait l'antienne du jour : Voici que vient le roi vainqueur.

Heureux présage que tous les événements allaient confirmer par la suite. Très rapidement, à la tête d'une poignée d'hommes, Henri avait réussi à s'emparer de la cité de Malmesbury, pendant que le roi Étienne de Blois réunissait des troupes en hâte ; Étienne, impopulaire dans le pays où il avait prétendu avoir droit à la couronne (comme petit-fils du Conquérant par sa mère Adèle de Blois), était obligé de recourir surtout à des mercenaires qu'il recrutait en Flandre et que les paysans, rançonnés par eux, détestaient. Pendant plusieurs jours, les deux hommes et leurs armées s'étaient fait face chacun sur une rive de la Tamise, sous une pluie battante. Finalement, ni l'un ni l'autre n'avait osé franchir le fleuve démesurément grossi, et Étienne, assez piteusement, avait regagné Londres tandis qu'Henri s'employait à dégager le château de Wallingford où quelques bandes de Flamands assiégeaient l'un de ses partisans. Étienne de Blois, dépassé par les événements, lui avait fait alors des propositions de paix ; il était malade et son fils, Eustache, à qui la couronne était destinée, n'était qu'un piètre personnage, universellement détesté dans le royaume ; son autre fils, Guillaume, n'était qu'un bâtard qui se trouvait écarté du trône et, du reste, était aussi dépourvu d'ambition que de capacités. L'évêque de Winchester — c'était le propre frère d'Étienne de Blois — et l'archevêque de Cantorbéry s'entremirent pour traiter. Sur quoi, Eustache, furieux de voir entamer des négociations qui ne pouvaient que tourner à son désavantage, s'en prit à l'archevêque de Cantorbéry et commença à ravager ses terres avec une fureur insensée, brûlant tout ce qu'il trouvait sur son passage, chaumières de paysans, églises, prieurés, jusqu'au moment où, soudain, à Saint-Edmunds, il tomba malade et mourut quelques jours plus tard pour le soulagement général.

Le roi Étienne, de plus en plus désemparé, s'était alors décidé à faire de plein gré le geste qui s'imposait : le 6 novembre 1153, il avait solennellement reconnu Henri Plantagenêt pour son héritier. Une assemblée de seigneurs anglais et normands, réunis à Winchester, avait ratifié l'acte qui allait mettre fin à cet état de guerre dans lequel l'Angleterre, déchirée entre deux partis, avait si longtemps vécu. Lorsque Étienne et Henri, le mois suivant, avaient fait côte à côte leur entrée dans la Cité de Londres, l'enthousiasme populaire disait assez avec quel soulagement le peuple, comme les seigneurs, accueillait leur alliance. Henri, désormais, n'avait plus qu'à attendre que la succession lui fût ouverte par la mort d'Étienne. Au printemps, il était revenu sur le continent, avait retrouvé Aliénor, et fait connaissance avec l'héritier qu'elle lui avait donné. Ensemble, ils avaient passé les fêtes de Pâques en Normandie où Aliénor, à Rouen, avait rencontré pour la première fois sa belle-mère, la reine Mathilde. Le personnage était de ceux qui forcent, sinon la sympathie, du moins l'admiration, et son prestige devait être grand : elle avait régné sur le Saint Empire, et n'avait vécu ensuite que pour relever l'héritage de son grand-père, le Conquérant. Sa vie tout entière s'était passée à batailler d'un côté à l'autre de la Manche pour qu'un jour Henri fût roi d'Angleterre. Ce jour était proche désormais. Si Henri touchait au but, c'était parce que sa mère, avant lui, avait consacré son existence à revendiquer la couronne qui lui était promise.

Leur attente n'allait pas être longue. Dès les premiers jours de novembre, des messagers s'étaient présentés à Rouen : ils annonçaient la mort du roi Étienne, le 25 octobre 1154. Aliénor allait retrouver une couronne, aussi enviable, somme toute, que celle dont elle avait fait abandon deux ans plus tôt. Henri avait aussitôt ordonné les préparatifs de départ, et, laissant sa mère en Normandie, il avait fait route vers Barfleur avec Aliénor et le petit Guillaume, suivi d'une escorte convoquée en hâte ; celle-ci comportait, avec ses deux frères, Geoffroy et Guillaume, les principaux barons et les évêques de Normandie.

Et voilà qu'une tempête interminable retardait aujourd'hui le départ. Les éléments s'interposaient entre le futur roi et son royaume.

Henri était l'homme de tous les défis. Au soir de la fête de Saint-Nicolas, patron des mariniers et des voyageurs, il donna brusquement l'ordre d'appareiller le lendemain matin. Après un jour et une nuit insensés, roulés au creux des vagues ou perdus dans le brouillard, les vaisseaux se retrouvèrent, le matin du 8 décembre, dispersés entre les différents ports de la côte sud de l'Angleterre, mais sains et saufs. Henri et Aliénor, débarqués non loin de Southampton, se dirigèrent vers la cité de Winchester qui renfermait le trésor royal ; peu à peu vinrent les rejoindre leurs compagnons de traversée. La nouvelle de l'arrivée du roi porté par la tempête ne tarda pas à se répandre dans le pays. Elle provoquait partout la stupeur — mêlée de crainte, on s'en doute, chez ceux qui avaient, jusqu'au bout, soutenu la cause du roi défunt ; mais plus encore l'enthousiasme. Pour les populations, le nom d'Henri signifiait l'avènement de la paix ; et cette manière audacieuse de prendre pied sur le sol de Grande-Bretagne, en défiant les éléments, n'était pas pour déplaire à une race de marins. Sur le chemin de Londres, les nouveaux souverains voyaient chaque jour la foule s'amasser de plus en plus dense à leur rencontre et c'est dans une atmosphère d'allégresse qu'Henri et Aliénor firent leur entrée à Londres. Les préparatifs du couronnement furent rapidement menés et le dimanche 19 décembre 1154, Henri et Aliénor, dans l'abbaye de Westminster qu'avait élevée un siècle plus tôt le saint roi Édouard le Confesseur, ceignaient cette couronne royale conquise contre vents et marées.

Et, comme pour confirmer par l'espoir d'une dynastie solide cette intronisation du roi et de la reine d'Angleterre, un second fils naissait au couple royal, le 28 février suivant. Il fut baptisé dans l'abbaye de Westminster, au milieu d'une grande foule de prélats, par cet archevêque Thibaud de Cantorbéry qui, quelques semaines plus tôt, avait conféré aux souverains l'onction royale. Il fut nommé Henri : un nom qui, déjà, s'avérait glorieux.

X

REINE D'ANGLETERRE

Domna, vostre sui e serai,
Del vostre servizi garnitz,
Vostr' om sui juratz e plevitz,
E vostre m'era des abans.
E vos ets lo meus jois primers,
E si seretz vos lo derrers,
Tan com la vida m'er durans.

BERNARD DE VENTADOUR.

Dame, vôtre suis et serai
A votre service donné ;
Votre homme suis, et l'ai juré,
Et l'étais dès auparavant.
Et vous êtes ma joie première
Et serez vous ma joie dernière
Tant que sera ma vie durant.

LES dix années à venir sont, pour Aliénor, les
années de splendeur. Comme femme, comme reine,
on la sent pleinement épanouie, vivant intensé-
ment une vie à sa mesure. Elle qui, dans sa
jeunesse, s'était crue stérile, va donner encore six
enfants à son époux et porter allégrement le poids
de ses maternités successives. Son fils aîné, le petit
Guillaume, mourut quand il n'avait encore que
trois ans, en juin 1156. Il fut enterré à Reading et,

quelque temps après, naissait à Londres une fille qui fut nommée Mathilde par égard pour la reine-mère. L'année suivante, le 8 septembre 1157, naissait à Oxford un troisième fils, Richard, et, encore un an plus tard, le 23 septembre 1158, un autre, Geoffroy. Puis ce sont deux filles : l'une, née en 1161, à qui Aliénor donna son propre nom : elle était née à Domfront et allait avoir pour parrain l'abbé du Mont-Saint-Michel, Robert de Thorigny, qui en parle avec affection dans ses annales ; la seconde, Jeanne, naissait en 1165 à Angers. Enfin, son dernier enfant, Jean, naît à Oxford le 27 décembre 1166.

On ne voit pas que ces naissances successives aient pour autant ralenti son activité. Si l'on recompose son itinéraire, on reste au contraire stupéfait des incessants déplacements qui marquent son existence : elle passe et repasse le Channel, parcourt la Normandie, le Poitou, l'Aquitaine, rentre en Angleterre où elle se transporte tantôt à Oxford, tantôt à Winchester ou à Salisbury, revient sur le continent, repart, etc. Il est vrai que ces déplacements incessants sont alors la vie quotidienne de tous les seigneurs et, plus encore, des rois qui vont d'une résidence à l'autre aussi bien pour y maintenir l'ordre et y rendre la justice que pour en consommer sur place les revenus. Cette époque, que nous avons toujours tendance à nous imaginer comme statique, est au contraire un temps où les départs sont faciles : il suffit de constater le nombre immense des pèlerins sur les routes et les relations qui se nouent d'un bout à l'autre de l'Europe, pour en être convaincu. Rappelons que, dès le XIe siècle, le petit-fils d'Hugues Capet épousait une princesse russe. Enfin, disons-le aussi, les transports par eau sont considérés comme plus accessibles que les transports par terre ; aussi ne trouve-t-on pas extraordinaire de prendre le bateau pour traverser cette Manche qui, pour tous, n'est qu'un «canal» : une voie de transport et non une barrière. On peut dire que l'Angleterre n'a commencé à être une «île» que beaucoup plus tard, passés les temps féodaux et même la période médiévale.

Il reste que le rythme de l'existence se trouvait passablement accéléré auprès d'un homme tel qu'Henri Plantagenêt. Par tempérament personnel autant que pour assurer son pouvoir, il a mené une vie beaucoup plus agitée que la plupart des gens de son temps. On trouvait communément que les Angevins étaient «instables»; chez lui, cette instabilité aura été presque une méthode de gouvernement. Dès les premiers mois de son règne, ce jeune homme de vingt-deux ans montre un sens aigu du pouvoir et le manifeste en parcourant en tous sens cette Angleterre que le règne précédent avait livrée à l'anarchie. Déjà, du vivant d'Étienne, il avait eu, pour rallier les populations, un geste spectaculaire : sur son ordre, ses propres troupes avaient été forcées de rendre aux villageois le butin qu'elles avaient fait lors d'une opération menée contre les barons aux environs d'Oxford : «Je ne suis pas venu pour me livrer à des rapines, mais pour soustraire les biens des pauvres à la rapacité des grands.» C'était un langage que de longue date on n'avait pas entendu. Les barons avaient pris, sous le règne précédent, des habitudes d'indépendance et les troupes de mercenaires flamands recrutés par le roi vivaient de pillages sur l'habitant.

Ce pays, Henri allait le reprendre en main vigoureusement. Dès le mois de mars, donc moins de trois mois après avoir reçu la couronne, il allait lui-même enquêter pour savoir comment la justice était rendue par ses propres shérifs. Toujours en tenue de voyage — on ne tarda pas à le surnommer « Court-Mantel » parce que son manteau court était la tenue la plus adaptée pour monter à cheval —, rarement ganté, sauf quand il chassait au faucon, il était sans cesse sur la route. Un de ses familiers, Pierre de Blois, devait plus tard écrire des lettres très amusantes pour évoquer l'agitation qui régnait autour de lui et l'état d'alerte perpétuel dans lequel il maintenait ses familiers, jamais sûrs de l'endroit où ils se trouveraient le lendemain : « Si le prince a dit qu'on partirait de bon matin pour telle ville, on peut être sûr que ce jour-là il dormira jusqu'à midi. S'il fait publier partout qu'il a l'intention de résider plusieurs jours à Oxford ou ailleurs, sois certain qu'il se mettra en chemin le lendemain dès l'aube. » Et de décrire dans la cour du château les hommes de la suite royale somnolant des matinées entières, leurs bêtes harnachées, les chariots attelés, attendant le moment où surgirait la silhouette bien reconnaissable au court mantel, aux bottes longues et au chaperon drapé — apparition qui déclenchait une activité fébrile, les écuyers se hâtant d'amener le cheval du roi, les conducteurs saisissant les rênes, les garçons d'écurie courant des uns aux autres dans un vacarme subit. Ou, au contraire, Henri se levait au chant du coq et c'était aussitôt un branle-bas dans toute la maisonnée : on courait réveiller les chevaliers de sa suite et dans la nuit s'allumaient çà et là des flambeaux tandis qu'une rumeur montait de la cour où les palefreniers s'empressaient de guider les chevaux étrillés en hâte.

Henri, passionné de pouvoir, s'occupait du matin au soir des affaires du royaume : « Sauf quand il monte à cheval, écrit Pierre de Blois, ou quand il prend ses repas, il ne s'assied jamais.

Il lui arrive de faire en un jour une chevauchée quatre à cinq fois plus longue que les chevauchées ordinaires. » Avec le temps, il sera de plus en plus incapable de rester en place ; même à l'église, lorsqu'il assistait aux offices, il ne pouvait s'empêcher de se lever de temps à autre et d'arpenter nerveusement la place. Il ne restait immobile que pendant son sommeil — et il dormait peu. Aussi, c'est toujours Pierre de Blois qui parle : « Tandis que les autres rois se reposent dans leurs palais, il peut surprendre et déconcerter ses ennemis et tout inspecter. » Dans toutes les campagnes qu'il avait faites depuis trois ans, en effet, Henri avait su démoraliser l'adversaire en se trouvant à l'improviste devant un château qu'il savait mal fortifié, en coupant la route à l'ennemi alors qu'on le croyait encore loin, en se déplaçant de nuit autant que de jour. Et dans la paix, ce système devait continuer à lui réussir. Il arrivait inopinément dans une ville royale, se faisait aussitôt présenter les comptes de l'impôt, lequel rentrait mal jusqu'alors, convoquait le shérif à des heures inhabituelles et se livrait en personne à des contrôles rigoureux. En revanche, il soignait sa popularité en écoutant avec une extrême patience tous ceux qui avaient quelque plainte à lui apporter. On le voyait parfois arrêter son cheval au milieu de la foule pour laisser s'approcher les gens du commun. Il savait alors se montrer affable et accueillant.

Toute cette ardeur n'était certainement pas pour déplaire à Aliénor qui, très probablement, s'était ennuyée auprès de son premier époux, laborieux aussi mais beaucoup plus lent, et que ses goûts entraînaient plutôt à la méditation qu'à l'action. Il y avait loin, de l'existence quasi patriarcale qu'on menait dans le palais de la Cité, et de cette cour bon enfant, à l'organisation méthodique qu'Henri, reprenant en main les institutions mises en place par son grand-père, Henri Beauclerc, et ses ancêtres normands, imposait à l'Angleterre. Beaucoup plus centralisé alors que ne l'était le royaume de France, le domaine anglais recevait des Normands, ces administrateurs-nés, les structures et les usages qu'ils avaient d'abord appliqués à leur fief continental. Une cérémonie qui se renouvelait deux fois l'an, à Pâques et à la Saint-Michel, était le symbole de cette organisation grâce à laquelle les rois d'Angleterre se trouvaient être des souverains plus «modernes» que le roi de France, leur suzerain sur le continent. C'étaient les séances de l'Échiquier. On appelait ainsi la reddition des comptes qui amenait, soit à Londres, soit à Winchester où était déposé le trésor royal, toute une foule de petits fonctionnaires appelés à comparaître devant une sorte de tribunal financier composé des hauts barons et des principaux prélats, vassaux du roi pour leurs domaines territoriaux. La scène se passait dans une grande salle où était dressée une longue table couverte d'un drap noir quadrillé qui la faisait ressembler à un vaste jeu d'échecs, d'où son nom. Les membres les plus en vue prenaient place au haut bout de la table, sur des fauteuils, et l'on murmurait sous cape que la plupart d'entre eux eussent été fort incapables de suivre les opérations qui se déroulaient sous leurs yeux, «beaucoup, parmi ceux qui siègent, en regardant ne voient pas et en écoutant ne comprennent pas», disait-on, parodiant l'Écriture. Cependant, sous leurs yeux, le trésorier et son clerc, aidés de deux chambellans et de deux chevaliers, cochaient sur des tailles de bois les sommes reçues et disposaient les jetons sur la table qui jouait le rôle d'une table à calculer : un même jeton, suivant la place qu'il occupait, signifiait un denier ou, à l'autre extrémité des sept colonnes entre lesquelles la table était partagée, dix mille livres. On vérifiait ainsi les comptes rendus par les shérifs et, une fois le contrôle achevé par les grands officiers du royaume : chancelier, justicier, connétable et maréchal, l'argent était déposé dans des coffres tandis qu'une armée de clercs s'occupait à transcrire sur des rouleaux de parchemin les relevés des comptes ainsi opérés. La puissance anglaise s'édifiait sur ces pratiques de comptabilité rigoureuse autant que sur la surveillance des grands barons facilement insoumis, mais dont la plupart étaient d'autant mieux tenus en main qu'ils possédaient de l'autre côté du Channel, en Normandie, des châteaux et des possessions demeurés sous le contrôle infatigable de la vieille reine Mathilde.

Tout cela composait pour Aliénor une royauté solide, dont elle devait apprécier l'ordre et l'allure. On la voit elle-même prendre part à l'administration du royaume. Elle délivre des actes en son nom personnel ou à la place du roi. A plusieurs reprises, d'ailleurs, Henri et Aliénor se répartissent le gouvernement des provinces, la reine demeurant en Angleterre quand Henri est appelé en Normandie ou, au contraire, siégeant en Anjou, à Poitiers ou à Bordeaux, pendant qu'Henri inspecte ses possessions insulaires. Elle délivre des ordres de paiement qui, parfois, sont libellés au nom de la reine et du justicier — l'un des postes les plus importants du royaume avec celui de chancelier ; il était tenu alors par Richard de Lucé ; parfois aussi, ces ordres sont donnés au nom de la reine seule. Elle rend la justice et ses chartes, que met en forme un chancelier nommé Maître Mathieu, probablement l'ancien précepteur d'Henri, ont un ton sans réplique. Ainsi, en faveur des moines de Reading qui se sont plaints à elle d'avoir été injustement dépouillés de certaines terres, elle dicte la lettre suivante destinée au vicomte de Londres, un certain Jean Fitz Ralph : «Les moines de Reading se sont plaints à moi de ce qu'ils ont été dépouillés injustement de certaines terres à Londres que leur avait données Richard Fitz B. quand il s'est fait moine... Je vous ordonne de rechercher sans délai s'il en est ainsi et, si la chose s'affirme vraie, de faire rendre sans retard ces terres aux moines de telle sorte qu'à l'avenir je n'entende plus de plaintes pour défaut de droit et de justice ; je ne veux pas souffrir qu'ils perdent injustement quoi que ce soit qui leur appartienne. Salut.» Dans une autre circonstance, comme l'abbé d'Abingdon se plaint de ce que certains services (il s'agit sans doute de redevances ou de diverses corvées) à lui dus n'aient pas été acquittés, elle écrit : «Aux chevaliers et aux hommes qui tiennent des terres et tenures de l'abbaye d'Abingdon, salut. J'ordonne qu'en toute justice et sans délai vous rendiez à Vauquelin, abbé d'Abingdon, les services que vos ancêtres lui ont rendus au temps de nos ancêtres, du roi Henri, grand-père du sire roi ; et si vous ne le faites, la justice du roi et la mienne vous le feront faire.»

Et, comme toujours à l'époque, ses fonctions de suzeraine sont multiples : elle fait rendre justice aux uns et aux autres et siège à cette fin, lors des cours solennelles qui se tiennent chaque année dans une cité du royaume, pour Noël généralement, aux côtés du roi : souvent à Westminster mais aussi à Bordeaux, à Cherbourg, à Falaise, à Bayeux. Et, à côté de cela, on la voit se faire rendre des comptes comme ceux de la foire d'Oxford, ou des mines d'étain sur lesquels le roi percevait un droit, ceux d'un moulin qu'elle possède à Woodstock, etc.

Ces comptes, conservés aujourd'hui encore dans les archives anglaises sous forme de précieux rouleaux — les *rolls* —, amoureusement rangés dans de petites logettes au *Public Records Office* de Londres, contiennent d'ailleurs toutes sortes d'indications précieuses sur les dépenses de la reine, à travers lesquelles on sent ce que furent sa personne et ses goûts. Souvent, ils se contentent de noter qu'on a payé quarante et une livres, huit sous, sept deniers, pour ce qu'ils appellent avec la plus fâcheuse imprécision, le « conroi » de la reine : terme vague qu'on pourrait traduire par « ses équipages ». Cela peut désigner aussi bien ce qui a été dépensé pour sa nourriture et celle de son escorte que les bêtes de somme dont il a fallu se munir, les harnais, etc. Parfois, quelques achats sont mentionnés à part dans ce « conroi », achats de vin, de farine, par exemple, mais souvent aussi reviennent des mentions plus précises. Ainsi, l'une des premières qui nomment expressément la reine mentionne l'achat de l'« huile pour ses lampes » ; et semblable mention revient à plusieurs reprises dans les rôles qui concernent son règne ; on imagine assez Aliénor, cette fille du Midi, horrifiée par l'éclairage des résidences anglaises qui se fait surtout avec des chandelles de suif ou, pour les demeures les plus riches, des cierges de cire ; et de s'empresser de faire venir l'huile de son Midi aquitain dont la clarté est douce et dansante, sans mauvaises odeurs. De même voit-on revenir souvent les achats de vin pour la reine : on imagine bien qu'une fille d'Aquitaine n'aura jamais pu s'habituer à la bière ; « cervoise ne passera vin » — c'est un dicton du temps. Et, sans doute encouragés par son exemple, les marchands de vin de

Guyenne vont, dès cette époque, apprendre le chemin des ports anglais pour le plus grand profit des vignerons bordelais et le plus grand plaisir des insulaires ; on a pu calculer qu'au XIIIe siècle on buvait plus de vin en moyenne par tête d'habitant, en Angleterre, qu'on ne le fait aujourd'hui.

L'un de ses premiers achats aussi consiste en toile de lin pour faire des nappes ; et encore des bassins de cuivre, des coussins, des tentures ; elle aura, sans doute, transformé les vieilles demeures pour les rendre plus aimables, plus luxueuses aussi. A son arrivée, le couple royal avait trouvé le palais de Westminster dans un tel état de délabrement qu'il ne lui avait pas été possible de s'y installer. Aussi, leur première cour de Noël, quelques jours après le couronnement, avait-elle été tenue dans une autre résidence, à Bermondsey. Aujourd'hui, le nom en est resté à un quartier de Londres situé face à la Tour, de l'autre côté de la Tamise, au débouché de ce pont de Londres qui, longtemps, a été la seule voie par laquelle on franchissait le fleuve. Aliénor n'a pas dû tarder à installer la table luxueuse dont elle avait sans doute rêvé dès son séjour à Constantinople : on la voit acheter de l'or pour dorer sa vaisselle. Et aussi fait-elle venir fréquemment de ces épices dont on aime relever la cuisine : du poivre, du cumin, de la cannelle, des amandes dont on confectionne de délicates pâtisseries et qui servent également pour la toilette, car le lait d'amandes est largement en usage dans les recettes de beauté à l'époque ; enfin, de l'encens destiné sans doute à sa chapelle, et aussi à combattre les odeurs que le brouillard rabat sur le sol.

*
* *

Quelle impression aura pu faire à cette Méridionale le premier séjour en Angleterre, et cette couronne conquise à travers des chemins boueux, défoncés par les pluies, en luttant contre un vent de tempête pour arriver, coûte que coûte, vers la cité de Londres ? A-t-elle eu une pensée mélancolique pour les riants paysages des bords de la Garonne, voire pour les berges de la Seine ? La mélancolie n'est pas dans son caractère, alors que le désir de régner fut toujours vif en elle et que, peut-être, s'y mêlait un obscur désir de revanche — car, après tout, elle avait fait l'abandon d'une couronne sans être très sûre d'en retrouver une autre. Toute son existence le prouvera : elle n'a jamais reculé devant les difficultés à affronter. Peut-être a-t-elle au contraire, comme Henri Plantagenêt, ressenti la fierté d'avoir triomphé des tempêtes. Et, retirée à Bermondsey où elle a passé l'hiver en attendant la naissance d'Henri, elle a dû apprécier le trafic prometteur de richesses et de puissance qui se faisait sur la Tamise autour du pont de Londres, où, dans les lourds vaisseaux flamands, s'entassaient les sacs de laine et les ballots de toisons, où les barques venaient charger le minerai d'étain pour suivre ensuite un trajet millénaire vers les régions méditerranéennes. Les rives de la Tamise, avec leurs chantiers et leurs entrepôts, sentaient le bitume et le poisson séché ; le spectacle était tout différent de celui du port de Bordeaux qui recevait d'Orient des denrées légères et précieuses : des épices, des parfums, des tissus de prix. Mais les négociants anglais avaient l'âme aventureuse, et certains déjà ne craignaient pas d'aller commercer jusqu'en Asie Mineure. L'Angleterre était peu boisée, riche de moutons et de mines, mais pauvre de vignes et de fruits : le contraire de la Guyenne. Ses possessions se complétaient l'une l'autre, et lorsque après la naissance d'Henri, elle put goûter les charmes du printemps anglais, dans les collines du Surrey couvertes d'herbe grasse, les chemins creux remplis d'oiseaux, elle dut bien augurer de cette monarchie qui recélait tant de richesses diverses, du Nord au Midi, de l'Écosse aux Pyrénées.

Et le peuple pouvait aussi lui être sympathique. Les Anglais, à l'époque, sont notés comme joyeux compagnons, rêveurs et buveurs. Sans doute, quelque chose leur manquait-il. Leurs femmes étaient très belles, mais les hommes ne savaient encore les manières courtoises qui, dès longtemps, avaient transformé la vie dans les régions poitevines. Il y avait, chez eux, d'admirables conteurs mais ils ignoraient encore les troubadours et la lyrique amoureuse, l'hommage poétique à la Dame, *Fin Amor* et ses lois subtiles. Leurs barons étaient pleins de bravoure et capables d'affronter sans faillir les exploits les plus périlleux, mais, pour ressembler à l'Alexandre qu'imaginaient les poètes de l'entourage de la reine, il leur fallait apprendre à

Parler aux dames courtoisement d'amour

Cette science délicate, qui du combattant fait un chevalier, Aliénor se sentait capable de l'instaurer partout, fût-ce sous les brumes de la Tamise.

XI

«FIN AMOR» AU CHÂTEAU DE TINTAGEL

> *E s'eu sai ren dir ni faire*
> *Ilh n'aja.l grat, que sciensa*
> *M'a donat, e conoissensa,*
> *Per qu'eu suis gais e chantaire*
> *E tot quan fauc d'avinen*
> *Ai del seu bel cors plazen.*
>
> PEIRE VIDAL.

> Si je sais dire et rimer
> D'elle me vient, car science
> M'a donnée, et connaissance
> Par quoi sais gaiment chanter.
> Ce que je fais d'avenant
> Vient de son beau corps plaisant.

Si jamais quelqu'un a su «parler aux dames courtoisement d'amour», c'est bien Bernard de Vendatour. N'allons pas, sur la foi du joli nom à particule, imaginer quelque grand seigneur, voire quelque petit chevalier comme il y en avait tant dans les régions poitevine et gasconne où les châteaux n'étaient guère distants entre eux que d'une douzaine ou d'une quinzaine de kilomètres et où, par conséquent, on pouvait se targuer de noblesse sans jouir pour cela de revenus bien supérieurs à ceux d'un exploitant moyen de notre temps. La particule, du reste, n'a jamais signifié la noblesse et surtout au Moyen Age où elle indique seulement la ville ou la région dont on est originaire. Bernard de Ventadour était né au château de ce nom, mais son père, selon toute vraisemblance, n'était qu'un simple serf, et sa mère était « fournière », c'est-à-dire employée à la boulangerie des seigneurs de Ventadour. C'était un milieu très ouvert à la poésie. L'un des comtes de Ventadour — ils s'appelaient Eble de père en fils — a été surnommé « le Chanteur » ; il était contemporain de Guillaume d'Aquitaine, mais, moins heureux que lui, n'est pas passé à la postérité, car ses poèmes ont tous été perdus. Ses fils, en tout cas, tenaient de lui sinon son talent du moins son goût pour la poésie courtoise, car on les voit tour à tour accueillir les troubadours en vogue comme Bertrand de Born ou Bernard Marti ; et, auprès d'eux, les comtesses de Ventadour n'étaient pas moins empressées à recevoir les poètes. L'une d'elles sera poète elle-même et échangera des *coblas* avec le troubadour Guy d'Ussel : c'est la fameuse Marie de Turenne, la femme d'Eble V, l'une de ces *tres de Torena,* trois sœurs qui, au dire de Bertrand de Born, avaient pris à elles trois « toute la beauté terraine » (terrestre).

Dans ce milieu courtois et cultivé, le jeune Bernard dut de bonne heure manifester ses dons poétiques, et son humble condition n'allait pas l'empêcher d'être admis dans le proche entourage du comte et de la comtesse, Eble III et sa femme, Alaïz de Montpellier. Comme tout troubadour, c'était à la châtelaine, à la Dame qu'il adressait ses vers — admirables, car Bernard de Ventadour est sans doute le plus grand lyrique de notre XIIe siècle, en tout cas dans la langue occitane — et brûlants d'ardeur amoureuse. Cette ardeur fut-elle uniquement littéraire ? Toujours est-il que le comte en prit ombrage et qu'un beau jour Bernard dut quitter son Limousin natal. Cela se passait à peu près à l'époque du second mariage d'Aliénor. Bernard était alors un troubadour renommé, sans doute le plus émouvant de ceux qu'inspirait l'idéal courtois. Il n'a chanté que l'amour et, comme un Marcabru, il n'a voulu dans ses vers connaître que *Fin Amor* — non la passion sensuelle, mais l'amour courtois qui provoque l'amant à se dépasser lui-même pour atteindre cette *joy* exaltante que lui inspire la vue seule ou le souvenir de la Dame.

> *Tant ai le cœur plein de joie,*
>   *Tout se transfigure :*
> *Fleurs blanches, vermeill(es) et or*
>   *Me semble froidure,*
> *Et du vent et de la pluie*
>   *S'orne l'aventure*
> *D'où monte et croît ma valeur,*
> *Et mon chant se fait meilleur*
> *Tant ai-je d'amour au cœur*
>   *Et joie et douceur*
> *De quoi gel me semble fleur*
>   *Et neige verdure.*

Où se diriger en quittant Ventadour ? Aliénor venait de regagner Poitiers ; elle était, par excellence, la haute Dame, reine de France devenue par son mariage la « reine des Normands », et c'est avec empressement qu'elle dut accueillir le poète qui se proclamait sans ambages le plus doué des troubadours.

> *Ce n'est merveille si je chant(e)*
> *Mieux que ne fait autre chanteur :*

> *Que plus tend vers Amour mon cœur*
> *Et mieux suis fait à son command*
> *   [(commandement).*

Désormais — et cela nous vaudra quelques-uns des plus beaux chants de la poésie provençale —, Bernard adressait ses vers à celle qui devenait en effet la plus haute Dame d'Occident, la reine d'Angleterre qui, dans le même temps, suscitait toute une floraison de romans et de poèmes. Est-ce bien elle qu'il a célébrée sous le nom de *Mos Aziman,* mon Aimant? Les troubadours aimaient dissimuler le nom de la Dame à laquelle ils rendaient hommage sous un *senhal,* un nom d'emprunt, car discrétion était inséparable de courtoisie. Il ne fallait pas livrer au lecteur le nom de sa Dame et, tel un trésor, celui-ci devait demeurer enfoui dans le cœur du poète. *Aziman,* l'Aimant, convient bien à la personne d'Aliénor; quelques-unes des chansons destinées au personnage que couvre ce mystérieux *senhal* font entendre que le poète se trouve alors en Angleterre, retenu au service du roi et séparé de sa Dame qui demeure :

> *Outre la terre normande*
> *Passée la mer sauvage et profonde.*

Ce qui le fait soupirer et s'écrier : «Hé Dieu! que ne suis-je aronde (hirondelle)!»

Est-il possible qu'Henri, comme avant lui Eble de Ventadour, ait été quelque peu agacé des hommages rendus à la reine par le troubadour? Serait-ce pour cette raison qu'il aurait emmené Bernard en Angleterre, préférant mettre la mer entre la reine et lui? C'est ce que devait insinuer, au siècle suivant, le biographe du poète, Uc de Saint-Circ.

Certes, la façon dont Bernard s'adresse à *Mos Aziman* est parfois osée : dans l'une de ses chansons, il la supplie de lui donner l'ordre de venir dans sa chambre «là où l'on se déshabille» — pour ajouter aussitôt, il est vrai, que tout son espoir est qu'elle lui permette «à genoux et s'humiliant» de lui retirer sa chaussure ; mais peut-être ce trouble humour n'était-il pas du goût d'un époux autoritaire.

Bernard était un perpétuel amoureux ; Aliénor était faite, plus que toute autre, pour incarner la Dame, l'inspiratrice de joie. Faut-il cependant voir dans les strophes passionnées du troubadour plus que la règle du genre et qu'un sentiment littéraire ? Nous le saurons jamais au juste, mais sans doute peut-on se demander si les deux héros du roman supposé l'ont su beaucoup mieux que nous — s'ils ont eu eux-mêmes claire conscience d'éprouver un sentiment qui engageait leur être, ou de jouer seulement un jeu futile et délicieux, répondant aux nécessités poétiques, lesquelles voulaient alors que le Poète fût amoureux de la Dame.

Ce qui, en tout cas, ne fait de doute ni pour l'Histoire ni pour la poésie, ce sont les réminiscences celtiques qui, çà et là, montent aux lèvres de Bernard de Ventadour, lequel se compare à Tristan.

> *Qui souffrit maintes douleurs*
> *Pour Iseut la blonde.*

Iseut, Tristan — deux noms qui auront survécu aux temps féodaux pour apporter jusqu'au nôtre l'écho de la plus bouleversante histoire d'amour. Ils sont rares, les noms médiévaux qui ont traversé les siècles du mépris —, ceux où le culte excessif de l'Antiquité classique fermait obstinément les esprits à tout ce qui ne parlait ni latin ni grec, où l'Amour ne pouvait être qu'Éros ou Cupidon et n'intervenait dans les lettres que comme décalque d'une grave et olympienne mythologie.

Tristan et Iseut, Roland et Olivier, le roi Arthur et Charlemagne, ce sont, avec Renart et ses comparses, les seuls noms ou à peu près qui aient pu, en France du moins, subsister dans notre patrimoine folklorique et triompher d'une ignorance soigneusement entretenue par les universitaires. (Faut-il préciser que sont ici exceptés un Gustave Cohen et un Joseph Bédier ?)

Mais à l'époque d'Aliénor, trouver ces noms dans les poèmes de Bernard de Ventadour, c'est évoquer tout un univers littéraire en pleine mutation. En devenant reine d'Angleterre, Aliénor entrait de plain-pied dans ce monde « breton » dont elle avait eu des échos dès sa jeunesse à la cour de son père par la voix du conteur Bledhri. Son nouveau royaume ne comportait-il pas, battue par tous les vents de l'Océan, la lointaine Cornouailles, théâtre des exploits du roi Arthur ? Et précisément, c'était un partisan de son époux, un bâtard d'Henri Beauclerc, ennemi d'Étienne de Blois, Renaud de Cornouailles, qui, en ce milieu du XIIe siècle, faisait construire le château de Tintagel. Les ruines qui en subsistent aujourd'hui — murailles d'acier bruni, arches ouvertes sur le vide — restent imposantes sur cette côte de Cornouailles abrupte et sauvage à souhait. On y discerne, aujourd'hui encore, deux ouvrages dont le principal a dû être un haut donjon, qu'un pont-levis joignait aux enceintes extérieures et auquel on n'accède plus à présent que par un escalier taillé à pic dans la falaise. Dans le brouillard, ces ruines, qui semblent faire corps avec les roches feuilletées, travaillées par la tempête depuis des millénaires, dessinent d'inquiétantes architectures. Mais il suffit d'un rayon de soleil, en ces régions où les nuages s'amassent et se dissipent avec la même rapidité, pour que, tout en gardant son aspect fantastique, le château, sur son promontoire recouvert de pentes gazonnées, puisse redevenir le cadre des vieilles légendes familières, et qu'on se plaise à imaginer, leurs silhouettes se découpant sur le bleu de la mer, dans l'encadrement de l'arcade en plein cintre, Arthur et son neveu Gauvain, Keu le Sénéchal, et Perceval, et Lancelot, et, sur sa belle haquenée blanche, la reine Genièvre, tandis que, dans la caverne à laquelle on a donné son nom, l'enchanteur Merlin épierait leur passage.

Mais, avant même que se soient élevées les murailles de Renaud, Tintagel passait pour être le lieu de naissance du roi Arthur; c'est au château de Tintagel qu'il tenait sa cour; c'est là qu'il réunissait ses chevaliers autour de la fameuse Table Ronde où ne les distinguaient ni place d'honneur ni préséance.

On a retrouvé sur le promontoire, sinon un château, du moins les restes d'un ancien monastère remontant à l'époque celtique, V^e-IXe siècle; ce qui prouve qu'il y eut, à Tintagel, un de ces hauts lieux de prière semblables à beaucoup d'autres en Irlande et dans le pays de Galles, auxquels une population imaginative rattachait les légendes diffusées par les conteurs et les poètes.

Or, au moment même où Mathilde l'« Impératrice » disputait son royaume à Étienne de Blois, ces légendes commençaient à prendre dans les lettres une place inattendue et, renversant le processus qui semblerait s'imposer à notre logique, elles passaient du folklore à l'Histoire. C'est qu'alors s'élaborait dans l'imagination et les œuvres d'un Gallois, Geoffroy de Monmouth, demeuré «la figure la plus étrange, la plus fantasque de l'historiographie mondiale» (Reto Bezzola), une Histoire des rois de Bretagne — *Historia regum Britanniae* — laquelle rassemblait en un récit composé toute la gerbe des aventures fantasmagoriques attribuées au roi Arthur.

Ce roi Arthur n'a guère plus de consistance, aux yeux de l'historien, qu'un Roland ou un Guillaume d'Orange, mais il aura bénéficié d'une gloire que Charlemagne lui-même n'a pas eue. Et cette gloire prend corps à travers une multitude d'œuvres poétiques à l'époque et dans l'entourage d'Aliénor. Lui-même et ses chevaliers, bénéficiant de l'extraordinaire osmose qui va s'opérer entre la «matière de Bretagne», les grands thèmes de la chevalerie, et l'Amour courtois, vont devenir des figures immortelles, et dans cette transformation s'opère le miracle littéraire de notre XIIe siècle. Toute une floraison d'ouvrages va s'épanouir, à commencer par le genre nouveau du roman, promis à l'immense avenir que l'on sait, sur la souche arthurienne. L'époque s'est exprimée dans le roman de chevalerie comme elle s'exprime sur les prestigieux tympans, sur les fresques et les chapiteaux des cathédrales romanes. Or, toutes les fois que l'on cherche à s'expliquer d'où est venue, comment s'est opérée cette fusion entre courtoisie, thèmes chevaleresques et mythes celtiques, on se trouve infailliblement ramené vers la cour d'Aliénor. Dans son sillage apparaissent les poètes qui rendront familiers non seulement Tristan et Yseut, mais Perceval et Lancelot, le roi Arthur et la fée Morgane, et la reine Genièvre, et l'enchanteur Merlin.

Il y a Marie de France qui fut peut-être une fille

naturelle de Geoffroy Plantagenêt, devenue abbesse de Shaftesbury, il y a surtout Chrétien de Troyes, le génial romancier, qu'imiteront toutes les littératures occidentales. Il y a aussi tous ces écrivains demeurés inconnus ou à peu près du grand public en notre temps, faute de quelque curiosité d'esprit à l'endroit de ce qui a pu précéder la trop fameuse «Renaissance». Au premier rang, Wace, ce Normand de Jersey, qui fut «clerc lisant» (lecteur) à la cour d'Angleterre au temps d'Aliénor et qui, dans son *Roman de Brut*, traduisait l'œuvre arthurienne de Geoffroy de Monmouth en lui insufflant les nuances délicates de l'amour apprises d'un Bernard de Ventadour et de ses émules : les passions violentes de la mythologie celtique se teintaient de courtoisie dans son œuvre. Et sans doute faut-il leur adjoindre les Béroul, les Thomas et tant de chantres anonymes de Tristan, tous marqués plus ou moins de l'influence anglo-normande.

Là ne se borne pas l'influence d'Aliénor sur les lettres ; un Benoît de Sainte-Maure dédie à celle qu'il nomme : «Riche Dame de Riche Roi» son *Roman de Troie* où la «matière antique», totalement transformée, n'est plus qu'un prétexte à mettre en scène dames et chevaliers. Philippe de Thaon fait de même pour son *Bestiaire*, cette œuvre si typiquement «romane» dans laquelle le monde animal devient « forêt de symboles » — l'univers entier déchiffré comme une vaste énigme où se lit en filigrane l'histoire de l'homme et celle de sa rédemption. On a même retrouvé, non sans finesse, des allusions à l'histoire d'Aliénor dans une épopée contemporaine de son second mariage, *Girart de Roussillon,* où un roi, en lequel on reconnaîtrait son premier époux, s'écrie en soupirant : «O Reine, que de fois vous m'avez «engigné»!»

Mais c'est surtout par la diffusion des légendes arthuriennes, et leur transfiguration en romans courtois qu'Aliénor, sa cour, son entourage auront droit à la reconnaissance de tous ceux qui, en tous temps et à travers toutes les langues d'Occident, auront ressenti l'intense force poétique qui émane de thèmes comme ceux de Tristan ou de la quête du Graal.

Et s'il est vrai qu'Henri II ait pris ombrage des manières trop courtoises de Bernard de Ventadour, du moins a-t-il coopéré à la vogue des chevaliers de la Table Ronde en se prêtant, non sans complaisance, au parrainage épique que lui valait l'évocation du roi Arthur. Celui-ci en effet, sous la plume de Geoffroy de Monmouth, devenait un personnage presque messianique. Disparu dans la lutte contre son neveu Mordred après avoir vaincu les Saxons d'Angleterre, soumis tour à tour le pays des Gaules et celui des Vikings et fait trembler jusqu'aux empereurs romains, il devait reparaître quelque jour sur un signe de l'enchanteur Merlin — metteur en scène de l'histoire du monde — pour reconquérir sa patrie avec l'aide des derniers Bretons réfugiés en Armorique. A travers ces aventures peuplées de sages astrologues, de rois aux passions violentes, de femmes d'une beauté non pareille, dans les châteaux enchantés où alternent les tournois prodigieux et les banquets servis par mille pages vêtus d'hermine et mille autres vêtus de vair, se faisait jour l'attente de quelque grand roi capable de rendre à la Bretagne sa splendeur de jadis mise en échec par le monde romain, d'y instaurer la paix, d'y exalter les vertus chevaleresques. Un grand roi... Henri Plantagenêt ne pouvait manquer, tout pratique et positif qu'il fût, de prêter ici l'oreille à la légende. Une lettre du roi Arthur lui aurait été adressée à laquelle il aurait répondu... Passionné d'histoire, il fit faire des fouilles dans la région de Glastonbury où s'élevait une abbaye royale que la voix populaire identifiait avec le séjour d'Avalon, lieu de repos du roi Arthur. Effectivement, il s'agissait d'un ancien site celtique où l'on découvrit aussi des sépultures préhistoriques. Le bruit se répandit qu'on y avait retrouvé l'épée Excalibor dans la tombe même du roi Arthur enterré auprès de la reine Genièvre. Les légendes dont se parait le règne d'Arthur et qu'engendrait la figure mythique de l'enchanteur Merlin allaient peu à peu s'implanter dans ce site vénérable où aujourd'hui encore le flot des touristes attentifs à visiter l'ensemble de chapelles et de pans de murs grandioses (l'abbaye a été détruite à la Réforme) ressemble à un pèlerinage. C'est là que Joseph d'Arimathie aurait pour la première fois initié les Celtes à la foi chrétienne ; il aurait planté un buisson d'épines dans ce sol sacré, destiné à fleurir deux fois l'an, à Pâques et à Noël ; et là, dérobé à tous les yeux, aurait été caché le vase fameux, la coupe dont le Christ s'était servi lors de la Cène et dans laquelle, sur la Croix, avaient été recueillies quelques gouttes de Son sang.

Sur ce sol de la vieille abbaye prenait ainsi racine, pour tous les peuples d'Occident, l'attente des chevaliers qui, mus par l'amour de leur Dame transformé en un sentiment quasi mystique, s'en allaient à travers le monde en quête d'aventures, désireux d'affronter les épreuves à la suite desquelles serait retrouvé le saint Graal.

XII

LE DUEL DES ROIS

> Et qui le voir (vrai) dire en voudrait :
> Dieu se retient devers le droit,
> Et Dieu et droit à un se tiennent ;
> Et quand ils devers moi s'en viennent
> Donc ai-je meilleur compagnie
> Que tu n'as, et meilleure aïe (aide).
>
> CHRÉTIEN DE TROYES,
> *Yvain ou le Chevalier au lion.*

SOMPTUEUX cortège que celui qui défilait sur le Grand Pont ce jour de juin 1158 ; les badauds étaient accourus de tous les coins de Paris pour le voir passer et chaque groupe qui défilait provoquait des cris de stupeur. Venaient d'abord à pied deux cent cinquante pages et écuyers, par groupes de seize, qui scandaient leur marche en chantant des chansons anglaises ou galloises. Après eux, la vénerie : des chiens de chasse, tenus en laisse par les garçons du chenil, tandis que les fauconniers, sur leur avant-bras ganté de cuir, portaient de superbes oiseaux — autours, éperviers, faucons — soigneusement encapuchonnés. Ensuite, de lourds chars dont les roues ferrées résonnaient sur les pierres des chemins, couverts de robustes toits de cuir : chaque char était traîné par cinq chevaux que menait en tête un palefrenier habillé de neuf, escorté d'un énorme dogue — de ces bêtes capables de terrasser un ours. Dans le char de tête, magnifiquement décoré, avec ses essieux dorés et ses draperies écarlates, on devinait la chapelle portative, tandis que les deux derniers, découverts, transportaient des barils de bière.

Après les chars, venaient douze mulets harnachés dont chacun portait deux coffres entre lesquels s'ébattait un singe à longue queue : dans ces coffres était enfermée la vaisselle d'or et d'argent qu'on sortait aux étapes : cuillères, aiguières et hanaps. Les garçons d'écurie, qui tenaient chaque mulet par son licol, étaient semblablement vêtus à la livrée du roi d'Angleterre. Enfin, venaient les hommes d'armes, portant les boucliers et tenant par la bride les chevaux des dignitaires : clercs et chevaliers, officiers de la Maison royale et, enfin, entouré de quelques familiers, le chancelier du roi d'Angleterre, Thomas Beckett.

De mémoire d'homme, on n'avait vu pareille ambassade et l'on devait en parler longtemps encore, bien après que se soient tues les trompettes des hérauts qui ouvraient et fermaient cette marche triomphale.

Henri et Aliénor avaient décidé d'entrer en négociation avec le roi de France, et le chancelier, auquel ils s'en étaient remis pour mener à bien les pourparlers, avait, comme toujours, mis tout en œuvre pour une totale réussite. Thomas Beckett était l'homme de la réussite, l'homme du travail bien fait, et quand ce travail correspondait à ses goûts, qui étaient de magnificence et de générosité, il était insurpassable. Henri le savait, et se félicitait chaque jour d'avoir, presque au lendemain de son couronnement, choisi pour chancelier ce fils d'un simple bourgeois de Londres, un Normand que l'archevêque de Cantorbéry, Thibaud, avait désigné à son attention. Mais l'influence qu'exerçait cet homme de quinze ans plus âgé que son époux n'était pas sans déplaire à Aliénor. Elle éprouvait à son endroit une sorte de rivalité jalouse : une femme accepte rarement le meilleur ami de son époux, et le chancelier n'avait pas tardé à devenir le meilleur ami du roi. Il lui fallait se résigner à partager un pouvoir, qu'elle eût voulu exercer seule. Pourtant elle ne pouvait qu'admirer en lui le sens de l'efficacité, et ce zèle dans le service, qui savait demeurer élégant, voire fastueux. Lorsque avait été confié à Thomas le soin de remettre en état le palais de Westminster, cette restauration qui à tout autre eût demandé plusieurs années avait été menée en cinquante jours, de Pâques à la Pentecôte. Le vacarme était tel sur les échafaudages où se pressaient à la fois tous les corps de métier, des maçons aux plombiers, qu'on ne s'y entendait pas mieux, disait-on, que sur la tour de Babel !

Aujourd'hui, il s'agissait d'éblouir le roi de France, de lui faire apprécier la démarche que son vassal pour la Normandie, l'Anjou, le Poitou et la Guyenne consentait à faire pour assurer la paix entre les deux maisons. Et Thomas n'avait rien négligé pour frapper de stupeur les populations durant la traversée de la Normandie et à l'arrivée à Paris. Pendant tout le temps de son séjour, il allait se montrer magnifique, couvrant de présents le roi et ses familiers, abreuvant de bière anglaise le petit peuple qui venait visiter en curieux les bâtiments du Temple où lui avait été assigné son logement et celui de son escorte, raflant sur les marchés d'alentour, à Lagny, à Corbeil, à Pontoise — le roi avait pris soin de le prévenir qu'il ne pourrait se ravitailler à Paris même — la viande, le pain, les poissons que ses agents avaient ordre de payer bon prix sans discuter.

Cette fastueuse cavalcade produisit son effet : lorsqu'il regagna la Normandie, Thomas Beckett tenait du roi Louis VII que sa fille, Marguerite — un bébé né six mois plus tôt — épouserait le fils du roi d'Angleterre, Henri.

Le roi de France, en effet, s'était lui aussi remarié quatre ans plus tôt; en 1154, il avait décidé de faire le pèlerinage de Saint-Jacques-de-Compostelle; il lui fallait pour cela traverser le domaine d'Aliénor; il l'avait fait sans demander l'autorisation de sa vassale, mais il eût été de mauvais goût de la part de celle-ci de protester et elle s'en était bien gardée. A son retour il avait fait connaître son intention d'épouser Constance, fille du roi de Castille.

Un héritier s'était annoncé après deux ans de mariage : attente pleine d'espoir pour la Maison de France, puisque Louis n'avait pour lui succéder que les deux filles d'Aliénor, Marie et Alix. Mais c'est une fille encore, la petite Marguerite, que le ciel lui avait envoyée. Nous avons quelque mal à comprendre ce prix qu'on pouvait attacher à un héritier mâle, aujourd'hui où une reine gouverne un État sans quitter ou presque sa table de travail : à l'époque, administrer un fief ou un royaume signifie que l'on fait personnellement les opérations de justice et de police qu'entraîne tout gouvernement; le roi, le seigneur doivent être capables de manier l'épée, d'endosser la cotte de mailles et de prendre la tête de leurs hommes pour aller châtier le vassal pillard et prendre d'assaut le château de celui qui refuse l'hommage. D'où la situation d'infériorité dans laquelle se trouve le fief dont une fille est l'héritière : qu'elle se choisisse un époux incapable et le pire est à redouter. On allait en avoir la preuve, au temps même d'Aliénor, dans le royaume de Jérusalem : la fantaisie de son héritière, Sibylle de Jérusalem, qui, contre l'avis de ses barons, épousa un joli garçon sans valeur (un vassal d'Aliénor, Guy de Lusignan) allait entraîner la perte de la Ville sainte, de cette Jérusalem dont la reconquête avait coûté tant de sang et de larmes.

C'est donc avec consternation que Louis VII s'était trouvé pourvu d'une fille de plus. Avec quelle amertume le pauvre homme avait-il dû apprendre qu'Aliénor, ausitôt remariée, avait donné le jour à un garçon, puis à un autre, enfin à un troisième : la naissance de Richard en 1157 était venue compenser la perte de son fils aîné, le petit Guillaume, mort à trois ans, et, au moment de l'ambassade de Thomas Beckett, Aliénor était de nouveau enceinte. Quand au mois de septembre il apprit qu'elle avait encore donné le jour à un fils, Geoffroy, le malheureux roi de France, en dépit de sa grande piété, dut penser que, décidément, Dieu aimait mieux les Angevins !

De fait, tout réussissait au couple royal d'Angleterre. Deux années auparavant, Henri et Aliénor avaient ensemble tenu à Bordeaux leur cour plénière et leur autorité avait été reconnue sans difficulté par les vassaux, traditionnellement insubordonnés pourtant, du duché d'Aquitaine ; et ce dernier printemps, pour Pâques 1158, un second couronnement, plus solennel encore que celui de Westminster quatre ans auparavant, avait eu lieu à Worcester devant les grands seigneurs anglais et gallois rassemblés. Henri devenait le roi le plus puissant de l'Occident. L'un après l'autre, les derniers partisans de la maison de Blois livraient leurs châteaux et payaient tribut ; le roi Malcolm d'Écosse, d'abord réticent, avait fini par venir lui rendre hommage pour ses terres anglaise. Les barons gallois, parmi lesquels un vent de révolte était toujours prêt à souffler, avaient été promptement mis à la raison. Henri, dont les qualités d'administrateur égalaient le talent militaire, venait d'entreprendre une nouvelle frappe de monnaie, plus forte et plus saine que celles qu'on avait connues jusqu'alors, et qui inspirait confiance aux marchands de la cité de Londres, sûrs désormais de pouvoir tabler sur des paiements en bonnes espèces sonnantes et trébuchantes. Son renom s'étendait bien au-delà de ses frontières propres : le comte de Flandre, Thierry d'Alsace, au moment où il s'éloignait, partant pour la Terre sainte, lui confia la garde de sa terre et de son jeune fils.

Aliénor tenait son rôle à ses côtés : reine d'Angleterre lorsque Henri, retenu dans ses domaines continentaux, avait affaire dans le comté d'Anjou ou le duché de Normandie, elle redevenait duchesse d'Aquitaine et comtesse de Poitou lorsqu'il était rappelé en Angleterre. Cette vie était bien celle qu'elle avait souhaitée : active, féconde, triomphante. Et cet été 1158 qui s'était ouvert sur une réussite diplomatique allait marquer un nouveau succès. Le frère d'Henri, Geoffroy, cet éternel insoumis, avait fini par trouver lui aussi un dérivatif à son ambition, car les Bretons de la Bretagne continentale, ayant chassé leur seigneur, firent appel à lui ; Geoffroy prit donc possession du duché de Bretagne. A peine d'ailleurs venait-il de se rendre à Nantes et d'exercer un pouvoir qui comblait ses rêves que le pauvre garçon mourut. Cette mort, survenue le 26 juillet 1158, fut l'occasion pour Henri de revendiquer auprès du roi de France le titre de sénéchal de Bretagne dont il affirmait que ses ancêtres l'avaient toujours porté.

Louis VII le lui octroya, résigné. Que pouvait-il faire ? Les domaines de son puissant vassal s'interposaient entre lui et cette contrée lointaine, mal connue, et dont tout : les usages, la langue, le passé, étaient étrangers à la cour de France. Ainsi Henri et Aliénor pouvaient-ils désormais parler en maîtres dans tout l'Ouest de son royaume.

L'ensemble des événements venait confirmer les perspectives ouvertes par l'ambassade de Thomas Beckett à Paris. On imagine Aliénor et Henri ne parlant entre eux du royaume de France qu'avec un sourire complice. Ils traitaient désormais d'égal à égal avec celui qui restait leur suzerain pour leurs domaines continentaux. Et qui sait si, quelque jour, les deux couronnes de France et d'Angleterre ne se trouveraient pas réunies sur le front du jeune Henri, leur fils, fiancé à la princesse Marguerite ? Telle a été, il semble bien, l'ambition majeure d'Aliénor. Cette couronne qu'elle avait abandonnée, elle ne s'est pas résignée à l'avoir tout à fait perdue. En cette année 1158, six ans après la séparation de Beaugency, elle est en mesure, avec son nouvel époux, d'esquisser une politique d'avenir. Et l'enjeu de cette politique ne sera ni plus ni moins que le royaume de France.

L'union d'Henri et de Marguerite semble d'avance réaliser cette union des deux couronnes. Ainsi, en épousant le Plantagenêt, Aliénor aura-t-elle donné naissance à un nouvel Empire : tout l'Occident européen entre les mains d'une dynastie pleine d'avenir, issue de l'Aquitaine et prenant la relève des Capétiens.

Quels obstacles à ces rêves grandioses ? Pas d'autre que la présence des propres filles d'Aliénor, Marie et Alix, qui par leur âge l'emportent sur la petite Marguerite. Marie a été tout enfant — c'était lors du départ vers la Terre sainte, en

1147 : elle avait deux ans — fiancée avec le comte Henri de Champagne, le fils de ce Thibaud qu'Aliénor avait défié lorsqu'elle occupait le trône de France. Depuis, Alix a été, elle aussi, fiancée avec un prince de la maison de Champagne : le frère d'Henri, Thibaud de Blois — celui-là même qui avait formé le projet audacieux d'enlever Aliénor lors de son passage dans ses États. Le roi de France, en renforçant ses alliances avec la maison de Blois-Champagne, espère sans doute tenir en échec les ambitions angevines. Ce n'est pas la première fois que la prudence capétienne aura ainsi maintenu la paix entre les deux puissances rivales. Mais cette fois, le sort même du royaume en dépend : va-t-il tomber entre les mains d'un Champenois, ou de l'Angevin maître de l'Angleterre et d'une bonne partie de la France ? Paris trouvera-t-il son maître à l'Est ou à l'Ouest du royaume ?

Pour Henri et Aliénor, la réponse ne peut guère faire de doute. Dans la vaste partie d'échecs ainsi engagée, ils sont capables, à eux deux, de mettre mat l'adversaire champenois ; le tout est de disposer soigneusement les pions à l'avance. Et la pièce maîtresse dans leur jeu est évidemment la petite Marguerite, désormais fiancée avec Henri le jeune. L'usage du temps voulait qu'elle fût élevée dans sa future belle-famille. Quelque temps après la visite de Thomas Beckett, le roi de France reçut donc celle du roi d'Angleterre, venu en personne chercher la petite fiancée, encore dans ses langes. Louis posa comme condition qu'elle ne serait pas élevée par Aliénor. Celle-ci avait prévu la chose et se trouvait d'avance résolue à toutes les concessions. On fit choix d'un chevalier qui offrait toutes les garanties pour l'une comme pour l'autre partie, le seigneur Robert de Neubourg, un homme dont la vie était exemplaire comme sa piété et qui déjà parlait de se retirer dans une abbaye. Il consentit à assumer la charge de l'enfant, remettant à plus tard un projet qu'il accomplit effectivement l'année suivante en se faisant moine à l'abbaye du Bec.

Au bout de quelques semaines, Louis déclarait son intention d'accomplir un pèlerinage au Mont-Saint-Michel. Henri fit mieux que de lui accorder le passage qu'il sollicitait à travers ses États de Normandie : il reçut avec empressement son suzerain, qui eut tout loisir au passage de vérifier de quelle façon sa fille était soignée. Mieux : comme le vent était décidément à la concorde, Henri, sur les instances de Louis, accepta de se réconcilier avec ses ennemis de toujours, les comtes de Blois-Champagne. Moyennant l'échange de quelques châteaux sur leurs limites respectives (Thibaud de Blois rendait Amboise, Henri rendait Bellême), la paix fut faite.

Ainsi, cette année 1158 voyait liquider d'anciennes querelles et s'amorcer une politique positive. Lorsque Henri et Aliénor, pour Noël, tinrent ensemble leur cour à Cherbourg, ils purent mesurer avec satisfaction le chemin parcouru en quatre ans, depuis le jour où ensemble ils avaient affronté, à Barfleur, une mer déchaînée, pour venir prendre possession de leur nouveau royaume. Forts à présent de leurs possessions des deux côtés du Canal, ils se trouvaient au milieu de leurs vassaux, ceux d'Angleterre comme ceux du Poitou, avec leurs quatre enfants qui représentaient autant d'espérances pour l'avenir. L'aîné, Henri, deviendrait roi d'Angleterre — et peut-être roi de France ; sur Richard se reportaient les espoirs qu'Aliénor avait pu nourrir jadis pour son premier-né, Guillaume, et l'on voyait d'ores et déjà en lui un comte de Poitiers ; quant à Geoffroy, pourquoi ne recueillerait-il pas le fief de Bretagne, héritage de cet oncle dont il portait le nom ? et seul un haut seigneur pourrait désormais prétendre à la main de la petite Mathilde.

Dans les actes comme dans les projets du couple royal, en ces années de splendeur, c'est, semble-t-il, la volonté d'Aliénor qui triomphe ; simples tentatives, ou réalisations accomplies — tout ce que font le roi et la reine correspond à ses vues personnelles. C'est vers son domaine qu'une fois tranquillisés du côté anglais ils ont ensemble porté leurs regards. Sans parler des visées sur la couronne de France, on a vu, en cette année 1158, Henri Plantagenêt opérer une descente dans le Limousin pour mettre à la raison le vicomte Guy de Thouars qui depuis longtemps affiche insolemment son indépendance vis-à-vis des comtes de Poitiers ses suzerains. Bien qu'il mène un train fastueux, s'entoure d'une cour de vassaux à l'égal d'un roi, et étale orgueilleusement ses équipages de chasse, il n'en a pas moins dû se soumettre, son château, réputé imprenable, ayant été pris en trois jours.

Et voici qu'à nouveau Aliénor, comme aux premières années de son mariage avec le roi de France, regarde vers Toulouse. Ses droits sur Toulouse, héritage de sa grand-mère Philippa, elle n'y a jamais renoncé. N'est-il pas temps, au moment où son accord avec la maison de Blois-Champagne laisse à Henri les mains libres sur la frontière d'Anjou et de Normandie, de les revendiquer ? Le comte de Toulouse, Raymond V, n'est qu'un piètre personnage, qui tente sans scrupules d'agrandir ses domaines du côté de la Provence. L'obliger à reconnaître la suzeraineté des ducs d'Aquitaine, c'est s'ouvrir une voie vers les cités occitanes, vers la Méditerranée, porte de cet Orient dont Aliénor a si fortement subi le prestige. Un point délicat :

Raymond a épousé la sœur du roi de France, et il ne s'agit pas de compromettre, dès ses débuts, une alliance qui ouvre d'éblouissantes perspectives au jeune héritier d'Angleterre. Mais précisément chacun sait que Raymond fait mille avanies à sa femme, la malheureuse Constance de France, et l'on peut se demander si Louis VII se souciera beaucoup de défendre son peu sympathique vassal et beau-frère. Celui-ci voit se former contre lui une véritable ligue : le comte de Barcelone, le comte de Montpellier, et la vicomtesse de Narbonne — la fameuse Ermengarde, beauté célèbre que les troubadours chantent à l'envi — tentent de secouer une suzeraineté qui leur pèse. L'instant est donc favorable.

Dès le mois de janvier 1159, Henri et Aliénor quittaient ensemble la Normandie pour entreprendre une tournée en Aquitaine.

L'Angleterre était suffisamment pacifiée pour que le justicier du royaume, Robert, comte de Leicester, en assurât seul la garde. A Blaye, les souverains rencontrèrent le comte de Barcelone, Raymond-Bérenger V ; on parla de fiancer sa fille Bérengère avec le jeune Richard ; il s'avérait en tout cas que la maison de Barcelone prêterait main-forte contre celle de Toulouse dont elle avait à se plaindre ; on pouvait compter sur l'appui du vicomte de Carcassonne, Raymond Trencavel, lui aussi dressé contre le Toulousain.

Toutes les conjonctures favorisaient les projets d'Aliénor. Henri commença donc par lever, en Angleterre et en Normandie, un impôt de guerre : en Normandie, il demandait soixante sous à chaque chevalier, et, en Angleterre, la somme montait jusqu'à deux marcs. La facilité avec laquelle les sommes furent levées et encaissées dut lui apporter une satisfaction d'orgueil : son système d'administration, bien organisé, se révélait décidément efficace. Les sommes ainsi réunies lui permettaient de lever une forte armée de mercenaires. Henri commençait à avoir suffisamment d'expérience de la guerre pour se méfier des contingents de ses vassaux qui, n'étant tenus qu'à un service de quarante jours par an, pouvaient faire défection au beau milieu des opérations. Toulouse était loin et son siège pouvait prendre du temps.

Revenu à Poitiers, il lançait à tous ses grands vassaux ordre de venir le rejoindre en armes à la Saint-Jean, le 24 juin. Toutefois, avant de passer à l'action, il jugea bon de demander une entrevue au roi de France. Ils eurent successivement deux entretiens, une première fois à Tours, puis en Normandie, à Heudicourt. Et chaque fois Henri eut l'occasion de mesurer, non sans surprise, de quelle obstination pouvait faire preuve celui qu'il tenait pour un faible et un timide. Ce n'était pas seulement parce que le comte de Toulouse était son beau-frère que Louis VII le défendrait contre toute entreprise qu'il jugeait abusive : il était son vassal et, comme tel, avait droit à sa protection ; aucune force au monde n'empêcherait le roi de mettre tout en œuvre pour maintenir la justice en son royaume.

Henri découvrait en Louis un aspect jusqu'alors ignoré. Il ne le connaissait encore que comme le mari d'Aliénor — un homme facile à duper, manquant d'ailleurs de confiance en lui-même, prompt au découragement, en face duquel il se sentait, lui, le jeune vainqueur, celui qui emporte le prix du tournoi. Mais Louis venait de lui parler en roi, en suzerain résolu à faire respecter la coutume féodale et à prendre la défense de son vassal. Henri était roi lui-même, il n'avait aucunement intérêt à donner l'exemple d'une violation des usages féodaux. Peut-être, à son retour à Poitiers, eût-il volontiers annulé les préparatifs de combat. Mais la nouvelle lui parvint que le roi d'Écosse, Malcolm, son vassal autrefois insubordonné, avait pris la mer avec une flotte de quarante navires pour prendre part à l'expédition. D'autre part, son chancelier, Thomas Beckett, venait d'équiper sept cents chevaliers qui se disposaient, eux aussi, à traverser la Manche. Même le fils d'Étienne de Blois, Guillaume le Bâtard, se disposait à le rejoindre. Il était décidément trop tard pour reculer.

Ce fut une stupeur lorsqu'on apprit l'issue de la lutte : après avoir mis le siège devant Toulouse, Henri se retirait sans combattre, déclarant qu'il ne pouvait faire le siège d'une place forte dans laquelle se trouvait son suzerain. En fait, Louis VII, dès l'ouverture des hostilités, le 24 juin, s'était acheminé sur Toulouse avec une poignée d'hommes. La marche d'Henri, si rapide en général, avait été exceptionnellement lente. Il avait concentré ses forces à Périgueux et là — espérait-il déployer sa force pour intimider le roi de France ? — une brillante parade militaire avait eu lieu : devant la double armée qui l'escortait : l'armée féodale, toute bruissante d'étendards, hérissée de lances à pennons et piaffant dans l'impatience de combattre, et, en rangs serrés, l'armée des mercenaires brabançons, piétaille solide, alignée en petits contingents bien disciplinés — il avait conféré la chevalerie au roi Malcolm d'Écosse qui, à son tour, avait aussitôt armé chevaliers trente jeunes nobles de ses vassaux. Sur ces entrefaites, on apprenait que Cahors s'était soulevée en faveur du roi d'Angleterre et que le comte de Barcelone s'était mis en marche, joignant ses forces à celles de Raymond Trencavel. La partie semblait gagnée d'avance.

Et pourtant le siège n'eut pas lieu. Le comte de Barcelonne en fut pour ses frais et le comte de Toulouse pour sa peur. Henri, parvenu à quelque distance de Toulouse, donna brusquement l'ordre à son armée de rebrousser chemin : la fidélité au serment féodal lui interdisait, déclara-t-il, de faire le siège d'une place où se trouvait son suzerain.

Que s'était-il passé au juste ? Les historiens en sont réduits à ne pas se l'expliquer. Les uns tentent de donner une explication stratégique : Henri aurait jugé qu'il lui fallait s'aventurer trop loin de ses bases ; mais si l'on compare l'expédition de Toulouse à la conquête de l'Irlande qui aura lieu quelques années plus tard, on se sent porté à trouver l'explication insuffisante ! D'autres ont supposé des trahisons possibles et échafaudé toutes sortes d'hypothèses. Les contemporains, eux, en rapportant les événements, s'en tiennent à l'explication même qu'Henri a donnée : il n'a pas voulu faire le siège d'une ville où se trouvait son suzerain : c'était, en fait, contraire aux coutumes féodales. Naturellement, l'historien d'aujourd'hui, habitué à juger selon sa mentalité à lui, refuse toute raison qui ne soit dictée par des motifs d'ordre militaire ou économique, et il croirait bien naïf quiconque accepterait des raisons conformes à la mentalité du XIIe siècle... D'ailleurs, Henri n'a-t-il pas, en plusieurs circonstances, fait bon marché du serment féodal ?

Mais c'est ici que nous nous permettrons, nous, de trouver naïf l'historien incapable d'admettre qu'un homme puisse agir de façon différente en différentes périodes de sa vie. L'obsession du « bon » et du « méchant », du « loup » et de l'« agneau », de l'indien et du cow-boy, reste curieusement ancrée chez la plupart d'entre nous et demeure responsable d'un grand nombre d'erreurs ; elles seraient probablement évitées si l'on s'en référait plus souvent à la vie quotidienne, à l'examen de nos semblables et de nous-mêmes. Est-il rien de plus fréquent que de voir un même être agir « bien » dans telle circonstance, et « mal » dans telle autre ?

Ce qui ne fait pas doute, c'est qu'Henri, en l'occurrence, a ramené la belle armée si bien préparée en invoquant le serment féodal. Et s'il faut, à toute force, invoquer l'intérêt, avait-il intérêt, étant lui-même roi et suzerain, à donner l'exemple de la forfaiture ? Le rappel que Louis de France lui avait adressé lors des deux entrevues, pourquoi n'aurait-il pas porté ? Henri avait tout intérêt à donner à ses nombreux vassaux, dans un royaume encore mal affermi, l'exemple de la fidélité aux coutumes féodales. Et d'ailleurs, il faudrait être bien aveugle pour voir le Plantagenêt comme un être « tout d'une pièce » — lui chez qui abondent les contradictions. Dans l'affaire de Toulouse, ce revirement subit a sans doute sauvé la couronne ; mais Henri ne savait-il pas mieux que quiconque à quels déboires il se fût exposé en s'emparant de la personne du roi de France ?

Il confia à son chancelier le soin de ramener l'armée sur Cahors et se rendit à Limoges, puis en Normandie où, entre-temps, le frère du roi de France, Robert de Dreux, s'était empressé d'opérer une diversion. Cette fois, le roi d'Angleterre mena vigoureusement les opérations : il entendait à la fois conserver la Normandie dans son intégrité et montrer que, du point de vue militaire, il n'avait rien perdu de ses qualités pour n'avoir pas voulu s'en servir ; au cas où son prestige aurait souffert à propos de cette malheureuse affaire sur Toulouse, l'impression était complètement effacée lorsque, ayant tour à tour mené un raid dans le Beauvaisis, détruit la forteresse de Gerberoy et contraint le comte d'Évreux à lui faire hommage, il fut avéré aux yeux de tous que le roi de France ne serait même plus en sécurité pour aller de Paris à ce vieux fief d'Étampes qui avait toujours été celui de ses ancêtres. Aussi bien, Louis VII demanda-t-il une trêve qui lui fut aussitôt accordée.

Aliénor garda peut-être quelque dépit de cette expédition manquée ; mais Raymond de Toulouse, lui, en garda certainement contre elle une solide rancune, comme devaient en témoigner les événements par la suite.

Pour l'immédiat, l'épisode ne marqua pas autrement dans les annales des Plantagenêts. Dès les premiers jours de l'année 1160, Aliénor regagnait l'Angleterre ; elle allait y tenir la place de son époux, qui souhaitait accomplir en Normandie le travail de réforme et d'administration qu'il avait déjà mené à bien dans ses États insulaires. Et c'est de nouveau la vie itinérante ; les rôles de comptes aussi bien que les chartes qui émanent d'elle nous la montrent parcourant le pays, allant d'une résidence à l'autre, prenant soin de s'y faire livrer le vin pour sa table et l'huile pour ses lampes. Les routes sont désormais sûres en Angleterre ; les shérifs s'occupent consciencieusement de lever les taxes et d'administrer la justice. Sur les vertes collines paissent les troupeaux de moutons dont le nombre s'accroît chaque année grâce à des méthodes d'élevage rationnel que pratiquent les monastères cisterciens ; leur laine s'entasse en ballots toujours plus énormes sur le port de Londres où les marchands de Flandre viennent en prendre livraison et, désormais, les barils de vin de Guyenne s'alignent aussi en pyramides régulières dans les ports de la Manche tandis que, de l'autre côté de la mer, les vignerons aquitains gagnent chaque année sur la friche pour augmenter la surface de leurs vignobles. Le vin de Bordeaux pénètre dans les tavernes et fait désormais une sérieuse concurrence à la bière anglaise.

Et c'est un peu partout que l'on retrouve, en parcourant l'Angleterre d'aujourd'hui, au hasard de ces routes dont le tracé n'a guère changé depuis son temps, les paysages, les châteaux, les villes qu'Aliénor a pu traverser au cours de ses chevauchées dans le printemps anglais rempli d'oiseaux et sentant bon l'herbe fraîche. On l'imagine quittant Bermondsey et, une fois traversée la Tamise, gagnant le bourg de Westminster où les murailles du palais tout neuf font une tache étincelante tandis que, sur sa droite, au-delà de cette côte — le Strand — encore reconnaissable dans la topographie londonienne, se dressent les murs de la Cité. Plus loin vers l'ouest, au-delà d'Oxford où, déjà, enseignent des maîtres renommés, elle va souvent résider à Woodstock, dans un paysage largement vallonné qu'encadrent de grands bois, où paissent les chevaux et les porcs. On la retrouve à Sherbone où la pierre ocrée dont on fait la couverture aussi bien que les murs des maisons tranche sur les teintes sévères de la Cornouailles ou sur les rouges murailles des châteaux du Devon. Et partout, piquetées çà et là sur le bord des prairies et des cours d'eau, ce sont les petites chaumières passées au lait de chaux, comme on en aperçoit parfois de nos jours au détour des chemins, en Angleterre et plus encore en Irlande. Les abbayes sont nombreuses et quelques-unes, comme Saint-Albans ou Tewkesbury, ont gardé trace de l'époque d'Aliénor, avec leurs hautes arcades en plein cintre et leurs piliers puissants. Le roi et la reine y portent une grande attention : ils créent ou confirment les fondations nouvelles, aident aux réformes ; et l'ordre de Fontevrault auquel vont les prédilections d'Aliénor s'étend en Angleterre sous son impulsion : à Eaton, à Westwood on retrouve les filles spirituelles de Robert d'Arbrissel et ce sont à elles que les souverains ont recours lorsque à l'abbaye d'Amesbury où se sont passés des scandales il faut remplacer les religieuses tombées sous le coup des sanctions ecclésiastiques. Nombreux sont aussi les donjons qui datent de leur temps, depuis la Tour de Londres elle-même ou le château de Douvres jusqu'à Portchester, Farnham ou Carisbrooke dans l'île de Wight où Aliénor s'est rendue à plusieurs reprises avec ses enfants, peut-être comme on se rend de notre temps sur la côte, en séjour de vacances.

Et sur le continent, cette époque ne sera pas moins prospère. Henri est un prince bâtisseur et cette activité correspondait, sans le moindre doute, aux goûts d'Aliénor. Ainsi vont-ils entreprendre la construction d'une nouvelle résidence à Poitiers où sera bâtie la grande salle du palais, agrandir le château d'Angers, et celui de Rouen, tandis qu'aux environs de cette ville, à Quevilly, sera édifiée par eux une sorte de maison de campagne entourée d'un vaste parc peuplé d'oiseaux ; sans parler de ces fortifications qui ont surtout un but stratégique à la frontière de Normandie et du Maine, à Amboise ou à Fréteval. A Bures, ils font édifier un véritable palais pour lequel il a fallu abattre près d'un millier de chênes ; enfin, comme il est de règle à l'époque, les fondations hospitalières

— comme, à Caen, la léproserie — sont nombreuses tant en France qu'en Angleterre. Bref, tout atteste la prospérité de ce royaume de l'Ouest qui grandit et se développe à la mesure de leurs communes ambitions.

XIII

THOMAS LE MARTYR

Dieu prie, et le martyr que j'ai servi
[maint jour,
Qu'il mette paix au règne, et tienne en
[bonne amour
Et le père et le fils, et la bru et l'oisour
[(l'épouse).

GUERNES DU PONT-SAINTE-MAXENCE.

UNE chaude nuit d'août, l'an 1165. Dans la petite chambre d'étudiant où il loge à Paris, au Quartier latin, près de ce Clos Garlande dont nous avons fait la rue Galande, un jeune Anglais, Giraud de Barri, vient de souffler sa chandelle. Il a prolongé tard sa lecture et s'endort instantanément sur sa couche ; mais dans son sommeil il a le sentiment d'une rumeur montante. Comme ces Français sont bruyants ! Le bruit grandit jusqu'à envahir, par les fenêtres grandes ouvertes, la petite chambre où dort l'étudiant. Mal réveillé encore, il entend des sons de cloches, aperçoit des lueurs qui s'agitent et croit à un incendie — le grand fléau du temps. Cette pensée achève de le tirer de son sommeil et le fait courir à la fenêtre : dehors, la rue est pleine de gens qui gesticulent et toutes les cloches des douze paroisses de la Cité — sans oublier celles de la vieille cathédrale qu'on a commencé à reconstruire — se sont mises à sonner à la fois. Ce n'est pas le tocsin, c'est un carillon de joie.

« Que se passe-t-il, pourquoi tout ce bruit ? » crie-t-il à deux bonnes vieilles qui se hâtent sur le trottoir d'en face, protégeant de leur main les cierges qu'elles ont allumés pour éclairer leur marche.

« Tiens, un Anglais ! » répond l'une, et l'autre, tout exultante, lui crie : « C'est qu'il nous est né un roi. Dieu a donné un héritier au royaume et votre roi à vous en aura honte et dommage ! »

Et le reste de son discours se perd au milieu des cris de joie et du piétinement de la foule.

Quelques heures auparavant, en effet, Louis VII avait été éveillé par l'un de ses écuyers venu lui apprendre l'heureuse nouvelle : la reine, qui se trouvait à Gonesse, venait de mettre au monde un fils. Fou de joie, le roi de France avait aussitôt ordonné que la nouvelle fût publiée dans les rues de Paris ; il avait dicté une charte par laquelle le porteur de la bonne nouvelle devait pour sa peine recevoir chaque année trois muids de blé sur les greniers royaux, puis s'était empressé de se rendre lui-même à Gonesse, et d'aller voir l'héritier qu'il n'attendait plus, Philippe le « Dieudonné ».

Sans attendre que fût réalisée la promesse de mauvais augure faite par la vieille femme inconnue à Giraud de Barri, l'événement venait anéantir les espoirs qu'avaient pu former Henri et Aliénor, de voir quelque jour les deux couronnes de France et d'Angleterre réunies sur le front de leur fils aîné. Cet événement, ils pouvaient l'appréhender depuis quelque temps déjà : depuis que Louis VII s'était remarié avec Adèle de Champagne. En 1160 en effet, le malheureux roi de

France avait vu mourir sa seconde femme, Constance, au moment où elle venait de donner le jour à une fille. Mais deux semaines après, on apprenait avec stupeur qu'il avait décidé de se remarier une troisième fois et, cette fois, il avait fait choix d'Adèle de Champagne. Ce choix devait entraîner dans la Maison royale de France de curieux enchevêtrements de parenté puisque Adèle était la sœur de ces deux comtes, Henri de Champagne et Thibaud de Blois, dont Louis voulait faire ses gendres. Mais, chose plus grave que ce détail destiné à compliquer passablement la tâche des généalogistes, c'était un coup droit porté à la Maison d'Anjou : le royaume de France était littéralement livré aux Champenois.

Henri et Aliénor avaient aussitôt riposté en faisant célébrer à Rouen le mariage du petit prince Henri (cinq ans) avec la petite princesse Marguerite (deux ans). Moyennant quoi, ils prenaient possession de la dot promise aux enfants royaux : ce Vexin normand, défendu par la forteresse de Gisors, qui restait une pomme de discorde entre France et Normandie et que, dix ans plus tôt, Geoffroy Plantagenêt avait spontanément rendu au roi de France pour lui prouver sa volonté de paix. La forteresse de Gisors avait été remise en garde aux Templiers lors des fiançailles d'Henri et de Marguerite ; le mariage des deux enfants étant célébré, ils n'avaient plus aucune raison de la conserver et en remirent les clés au roi d'Angleterre. Louis VII, se sentant berné, commença par chasser les Templiers de leur maison de Paris ; quelques escarmouches eurent lieu ensuite sur les frontières du Vexin, mais il dut, comme toujours, se résigner devant le fait accompli.

Et voilà qu'à présent sa troisième épouse lui donnait enfin l'héritier attendu. Cela, au moment où Henri Plantagenêt étendait ses ambitions au-delà du royaume de France et regardait vers l'Empire : au printemps 1165, en effet, sa fille aînée, Mathilde, avait été fiancée au duc de Saxe, Henri de Lion, et ce mariage avait dû réjouir sa mère, l'ex-impératrice Mathilde : elle vivait toujours, à Rouen, et continuait à délivrer des actes dans lesquels, à vrai dire, le témoin le plus souvent nommé était son médecin, Hugues.

Aliénor était enceinte au moment de la naissance du jeune Philippe de France, celui qui, pour l'Histoire, est Philippe-Auguste. Au mois de septembre elle allait mettre au monde une fille, Jeanne, la troisième qu'elle avait eue d'Henri, puisque entre-temps était née, en 1161, une autre fillette à qui elle avait donné son propre nom. Une dernière naissance devait s'annoncer l'année suivante, celle d'un fils, nommé Jean et, pour l'Histoire, Jean sans Terre.

Mais déjà, à cette époque, une fêlure irréparable s'était produite : entre elle et son époux, une figure désormais faisait écran, celle de la «belle Rosemonde» dont Henri avait fait sa maîtresse; finie cette communauté d'espoirs et d'ambition qui jusqu'alors les avait fait agir ensemble. En trahissant Aliénor, Henri, de celle qui avait été son alliée pour le meilleur et pour le pire, se faisait une ennemie aussi acharnée à lui nuire qu'elle l'avait été à le seconder.

Un nombre infini de ballades et de drames en vers aura célébré en Angleterre la belle Rosemonde. Et son nom évoque toute une série de légendes dans lesquelles Aliénor tient inévitablement le vilain rôle : non seulement celui de la femme bafouée, mais, plus encore, de la reine vindicative, haineuse, qui finit par tuer sa rivale. Poètes et dramaturges ont de bonne heure placé à

Woodstock le cadre des amours d'Henri II avec la belle Rosemonde, *Fair Rosamund*; tantôt sous un berceau de verdure et tantôt dans une chambre parée de courtines, ils s'y rencontrent, et, pour soustraire celle qu'il aime à la vengeance de la reine, Henri a fait construire un labyrinthe dont il est seul, avec un serviteur fidèle, à connaître le secret; mais, pendant qu'il est retenu sur le continent par la révolte de ses fils, Aliénor, dans sa jalousie opiniâtre, perce le secret du labyrinthe, parvient jusqu'à la retraite de Rosemonde et l'oblige à se donner la mort sous ses yeux en la faisant choisir entre le poignard et le poison. La belle Rosemonde boit le poison, elle meurt et son corps est enterré au couvent de Godstow par des moniales émues de pitié.

La trame historique que recouvrent ces légendes a été démêlée sans trop de peine par les érudits et, comme toujours, la réalité se révèle plus profondément dramatique que la fiction. Rosemonde, fille du chevalier normand Gautier de Clifford, apparaît dans l'Histoire et dans la vie d'Henri Plantagenêt vers cette année 1166 qui est celle de la naissance de Jean, futur Jean sans Terre. Peut-être est-ce lorsqu'elle revint en Angleterre passer les fêtes de Noël et faire ses couches qu'Aliénor eut connaissance des infidélités royales. Jusqu'alors, quoi qu'on en ait dit, Henri avait été un époux relativement fidèle. Il semble bien qu'on ait exagéré sa paillardise et que, tout au moins pendant cette période de sa vie, Henri, s'il se permit quelques écarts passagers, eut, dans l'ensemble, une conduite acceptable. La seule anecdote sur laquelle on se soit fondé pour avancer le contraire est celle qui fait allusion à une maîtresse qu'il eut à Stafford, une dame nommée Avise (peut-on supposer qu'elle fut la mère de ses deux bâtards,

Geoffroy et Guillaume, qu'il avait eus avant son mariage?) dont il s'était lassé et qui, un jour où le chancelier Thomas Beckett se trouvait de passage à Stafford, fit porter à celui-ci divers présents. Sur quoi, l'hôte du chancelier en eut des soupçons et vint tout doucement, la nuit, épier à la porte de sa chambre, croyant y trouver Thomas avec celle qui avait été la maîtresse du roi. N'entendant pas de bruit, il ouvrit la porte et ne trouva que Thomas, seul, affaissé sur le sol où il s'était endormi en faisant ses prières.

Quoi qu'il en soit, Aliénor elle-même ne paraît pas avoir eu trop de raisons de se plaindre de son époux au cours de ces quatorze années de mariage. Tout change au contraire lorsque apparaît dans sa vie cette fameuse Rosemonde que Giraud de Barri, le satiriste dénué d'indulgence, surnomme « Rose Immonde ». Dès ce moment, la coupure est très nette entre les deux époux. Aliénor, d'ailleurs, ne fera plus qu'un bref séjour en Angleterre en 1167 — tout au moins jusqu'au moment où elle y retournera contre son gré.

Le souvenir de Rosemonde a été associé à la résidence de Woodstock; on a parlé d'un labyrinthe, d'une chambre ou d'un pavillon magnifiquement décoré. En réalité, il se peut bien que la résidence royale de Woodstock qu'Henri et Aliénor s'étaient plu à embellir et qu'entourait un très beau parc, au dire des contemporains, ait comporté un jardin en labyrinthe; l'époque se complaisait à ces fantaisies : pensons aux labyrinthes qui ornaient le pavement des cathédrales, ou encore à ces pages ornées d'entrelacs vertigineux qui illustrent le *Livre de Kells* et beaucoup d'autres manuscrits du même temps, surtout dans les régions celtiques; la légende sentimentale aura fait, de ce labyrinthe, un moyen de dérober à sa rivale la belle Rosemonde. Cela laisse tout au moins entendre qu'Henri ne craignit pas d'introduire celle-ci à Woodstock et l'on comprend qu'Aliénor, dès ce moment, se soit détournée de l'Angleterre pour redevenir duchesse d'Aquitaine. On la voit résider presque constamment à Poitiers, faire de temps à autre des tournées dans ses États propres, et prendre en main, si l'on peut dire, ses vassaux et ses enfants. Peu à peu, elle sera en mesure de faire agir les uns et les autres selon sa volonté ; Henri pourra mesurer alors ce qu'il lui en coûte d'avoir été infidèle à son épouse, d'avoir rompu ce pacte conjugal qui les faisait agir d'une même volonté : comme l'a écrit, dans une excellente étude, l'historien E. R. Labande : « Aliénor ne s'est pas vengée en assassinant Rosemonde. Elle a fait mieux : elle a soulevé le Poitou. »

Tous ces événements ont été quelque peu éclipsés pour l'Histoire comme pour les contemporains par la grande querelle que le roi d'Angleterre soutient dans le même temps contre celui qui avait été, selon sa propre expression, « son unique conseiller », son chancelier fidèle, son ami inséparable : Thomas Beckett.

Henri avait cru faire un coup de maître en manœuvrant de façon que fût placé, à la tête du siège épiscopal de Cantorbéry, celui qui l'avait si parfaitement secondé dans la politique et l'administration du royaume : ainsi se trouveraient réunis entre les mêmes mains le pouvoir ecclésiastique et le pouvoir temporel ; et ce dernier n'aurait plus à subir les limites que l'Église lui imposait. Thomas n'avait-il pas été son meilleur agent lorsqu'il s'était agi d'exiger du clergé un impôt destiné à payer les mercenaires qu'il avait fallu entretenir pour le siège de Toulouse ? Dans sa politique de plus en plus autoritaire, Henri rencontrait à chaque instant l'obstacle des privilèges ecclésiastiques. Il comptait trouver en Thomas un allié pour les réduire peu à peu et renforcer d'autant le pouvoir royal. Un an après la mort de l'archevêque Thibaud, Thomas était donc ordonné prêtre — il n'était que diacre jusqu'alors — et, le jour de la Pentecôte 1162, il recevait la consécration épiscopale en présence d'Henri le Jeune qui lui avait été confié dès l'âge de sept ans et dont il assurait l'éducation.

On pouvait s'attendre à ce qu'au lendemain de son intronisation, le nouvel archevêque fît quelque solennelle démonstration d'allégeance envers son roi. Mais Thomas avait mis toute la solennité qu'il savait déployer à instituer la fête de la Sainte-Trinité dans son diocèse. Du jour au lendemain, il avait entièrement changé sa manière de vivre. Le chancelier fastueux avait distribué aux pauvres ses biens personnels ; lui qui, jusqu'alors, avait tenu table ouverte, à laquelle les seigneurs de haut rang trouvaient toujours mets délicats et vins généreux, il multipliait à présent les jeûnes et sa résidence était désormais envahie par les pouilleux et les loqueteux de la ville, devenus ses invités permanents. Il avait changé jusqu'à son costume, adoptant, très peu après son accession à l'archevêché, celui des moines augustins de Merton parmi lesquels il avait depuis toujours choisi son confesseur : une robe noire tombant jusqu'aux pieds, faite d'un tissu rude et garnie de laine de mouton, avec, par-dessus, un surplis blanc court, recouvert de l'étole ; et l'on ne devait s'apercevoir qu'à sa mort que, sous sa robe, il portait cilice. Thomas était l'homme du service bien fait : passé de celui du roi à celui de Dieu, il se donnait, comme toujours, entièrement à sa fonction et Henri dut assister avec stupeur à cette métamorphose qu'il avait lui-même provoquée.

Ses calculs s'en trouvaient déjoués et il n'allait pas tarder à s'en apercevoir. Un an à peine après la promotion du chancelier à l'archevêché, les premiers désaccords se faisaient jour à l'occasion du procès d'un clerc amené devant les tribunaux royaux; Thomas réclamait, suivant l'usage du temps, qu'il fût jugé par la cour ecclésiastique. Semblables frictions se renouvelèrent et, en 1164, le roi et son ex-chancelier se trouvaient en état d'hostilité déclarée. Au mois d'octobre, après que le roi eut tenté d'imposer ses volontés en faisant édicter les fameuses Constitutions de Clarendon (elles ne tendaient à rien d'autre qu'à ériger une sorte d'Église nationale, réduisant à néant le pouvoir de juridiction des évêques et les appels au pape), après des scènes violentes qui marquèrent ses entrevues avec le roi à Northampton — Thomas, secrètement, gagnait le prieuré d'Eastry, sur la côte, et, au lendemain des fêtes de la Toussaint, avant le lever du soleil, s'embarquait à Sandwich pour gagner la France. Il ne devait plus retourner en Angleterre que pour y mourir.

Les épisodes de cette dramatique querelle ne nous intéressent ici qu'en fonction de l'histoire d'Aliénor. Elle s'est tenue résolument à l'écart de toute l'affaire et nous avons vu qu'elle nourrissait une sorte de jalousie envers Thomas. Pourtant, on sait par une lettre de Jean de Salisbury qu'elle est intervenue en sa faveur, de même que Mathilde, l'«impératrice». Il est vrai qu'une autre lettre, écrite vers la fin de mai 1165 par l'évêque de Poitiers Jean de Bellesmains, informe l'archevêque de Cantorbéry qu'il ne peut espérer ni secours ni conseil de la part d'Aliénor «d'autant plus, ajoute-t-il, qu'elle met toute sa confiance en

Raoul de Faye qui ne vous est pas moins hostile que d'habitude ». Raoul de Faye, en effet, avait eu personnellement des démêlés avec le prélat, et joue en revanche un grand rôle auprès de la reine dans l'action qu'elle mène dorénavant contre son époux.

Les actes mêmes et la conduite de Thomas Beckett vont néanmoins exercer une influence décisive sur le comportement de la reine et de ses enfants. C'est à la cour de France que Thomas trouve asile et, comme jadis lors de l'affaire de Toulouse, Henri Plantagenêt, à cette occasion, recevra une leçon de ce même Louis VII qu'il méprise et qu'il a si souvent bravé et bafoué. Au lendemain de l'entretien de Northampton, en effet, apprenant que Thomas avait quitté les lieux secrètement, le roi d'Angleterre s'était empressé de fermer ses ports, de demander au comte de Flandre de ne pas recevoir l'archevêque au cas où il parviendrait à quitter l'île et, soupçonnant qu'il se rendrait auprès du roi de France, lui avait aussitôt dépêché des envoyés. Ceux-ci, par une extraordinaire coïncidence, traversèrent la Manche cette même nuit où Thomas l'avait fait clandestinement, la nuit du 1er au 2 novembre 1164. Ils parvinrent à joindre le roi en son château de Compiègne et lui présentèrent la requête d'Henri, le priant de ne pas recevoir l'archevêque de Cantorbéry, lequel avait quitté son diocèse sans la permission du roi et, de ce fait, se trouvait destitué :

« Quoi donc ! fit Louis VII, jouant l'étonnement, un prélat jugé et destitué par le roi ? Comment cela peut-il se faire ? Je suis roi, moi aussi, sans doute — roi dans mon royaume autant que le roi d'Angleterre dans le sien — et pourtant il est tout à fait hors de mon pouvoir de destituer le moindre petit clerc de mon royaume ! »

Non sans quelque bassesse, les envoyés rappelèrent alors au roi comment Thomas, lorsqu'il était chancelier, avait déployé contre lui son activité à maintes reprises et, notamment, lors du siège de Toulouse. A quoi Louis répondit qu'il ne pouvait en vouloir au chancelier du roi d'Angleterre d'avoir servi son maître au mieux de ses intérêts. Les envoyés n'eurent plus qu'à plier bagage et à se hâter sur la route de Sens où se trouvait alors le pape, Alexandre III, qui, en lutte ouverte avec l'empereur germanique, trouvait aussi asile en France. Quelque temps après, l'ami dévoué de Thomas Beckett, Herbert de Bosham, était à son tour reçu par le roi Louis, qui lui assurait qu'il garderait en la circonstance l'ancienne coutume de la couronne voulant que tous les exilés, notamment les hommes d'Église, reçussent en France asile et protection. Il n'allait pas faillir à sa parole. Désormais, c'est en France que se déroulent les divers épisodes de la lutte entre le roi et l'archevêque ; Thomas passera le plus clair de son temps dans cette abbaye de Pontigny qu'avait fondée saint Bernard et qui semble avoir été destinée à être un lieu d'asile privilégié puisque, au siècle suivant encore, un autre exilé, saint Edme, anglais lui aussi, allait s'y réfugier.

C'est ainsi que le roi de France se trouva promu au rôle d'arbitre entre l'archevêque que son zèle pour les droits de l'Église allait conduire au martyre, et le roi le plus puissant de l'Occident, celui-là même qui, quelque temps, a pu convoiter sa couronne. Et combien d'autres après Thomas vont prendre le chemin de sa cour et solliciter, comme l'archevêque en avait donné l'exemple, sa protection, la suite de l'histoire va nous l'apprendre.

*
* *

Aliénor cependant a regagné Poitiers. Elle paraît bien décidée désormais à ne plus retourner en Angleterre où elle risque de rencontrer sa rivale, la belle Rosemonde, et on va la voir dorénavant agir en mère et non plus en épouse. Elle va mener dans ses États aquitains sa politique personnelle, dont on saura bientôt à quel point elle est hostile à celle d'Henri.

Celui-ci avait cru pouvoir imposer sa volonté aux Aquitains comme il l'avait fait en Angleterre et en Normandie. Mais les barons d'outre-Loire, ceux du Poitou en particulier, sont fort jaloux de leur indépendance et n'entendent pas obéir à un étranger. Lorsqu'en janvier 1168, Henri, après avoir tenu avec Aliénor sa cour de Noël à Argentan, retourne en Angleterre, il juge habile de confier à la reine le soin de le représenter en Aquitaine. Les rébellions, en effet, s'y sont succédé. Il a voulu y mettre fin en faisant raser la forteresse de Lusignan ; mais il pense, non sans raison, qu'Aliénor sera mieux acceptée dans ses États propres qu'il ne l'est lui-même. Cette disposition aura certainement été accueillie avec empressement par la reine, car elle favorise ses desseins. Est-ce parce qu'il s'en méfie et qu'il tient à laisser à ses côtés un homme sûr qu'Henri délègue auprès d'elle le comte Patrick de Salisbury ? Cela n'est pas certain. L'état de malaise qui régnait en Aquitaine à l'époque nécessitait de toute façon, auprès de la reine, la présence d'hommes sûrs et dévoués. Les événements allaient sans tarder en fournir la preuve, car, dès le mois d'avril, Aliénor échappait de justesse à une embuscade tendue précisément par les Lusignan et qui devait coûter la vie au comte de Salisbury.

C'était dans la semaine de Pâques. Aliénor cheminait avec le comte et une petite escorte ; elle devait se trouver non loin de Poitiers ou de l'un quelconque de ses châteaux que les chroniqueurs ne désignent pas et où déjà l'on avait renvoyé les chevaux de guerre, quand elle se trouva face à face avec une troupe armée qui portait la bannière des Lusignan. Le comte, intrépide, ne voulut pas fuir. Il fit monter la reine sur le cheval le plus rapide et, tandis que celle-ci, au prix d'une galopade échevelée, atteignait presque seule les murailles derrière lesquelles elle serait en sûreté, il soutint l'assaut. Son escorte était en état d'infériorité, car lui et ses compagnons étaient désarmés et il montait un simple palefroi ; son destrier — le coursier de guerre —, qu'on alla chercher en hâte, lui arriva trop tard pour lui être utile. Le comte venait d'y monter au milieu de ses compagnons qui, tous, s'armaient en hâte, passant la cotte de mailles et coiffant le heaume, quand, par-derrière, l'un des hommes de Lusignan le frappa d'un épieu qui le tua sur le coup.

Dans la bataille qui suivit, allait faire ses premières armes un jeune garçon qui, par la suite, devait être mêlé de très près à l'histoire d'Aliénor et de ses enfants : c'était le neveu du comte de Salisbury, Guillaume le Maréchal. Élevé par le sire de Tancarville — nommé lui aussi Guillaume et qui devait succéder à Patrick de Salisbury comme gouverneur du Poitou —, il avait alors environ vingt-quatre ans et avait été armé chevalier deux ans plus tôt. Beaucoup plus tard, un de ses descendants devait composer le récit en vers de ses prouesses ; car sa vie tout entière allait être celle d'un parfait chevalier de son temps, semée d'exploits au charme romanesque et remplie de traits qui attestent sa droiture et sa loyauté. Le jour de la rencontre avec les Lusignan, il se battit, dit cette chronique, « comme un lion affamé ». Son cheval fut tué sous lui ; il mit pied à terre, s'adossant à une haie de façon à n'avoir à se garder que par-devant, et cria : « Vienne avant, qui voudrait essayer sa force ! » Ils étaient, à en croire toujours la chronique, plus de soixante contre lui, qui leur tenait tête « comme le sanglier aux chiens ». En fin de compte, pour pouvoir le maîtriser, un chevalier franchit la haie et le frappa par-derrière d'un coup d'épieu à la cuisse. Il fut fait prisonnier et emmené par les ravisseurs, tantôt hissé sur une charrette (le comble du déshonneur pour un chevalier), tantôt monté sur un âne ou quelque vieux cheval de retour, sans que personne prît soin de sa plaie qu'il pansait lui-même avec des lambeaux de ses vêtements. Un soir seulement, dans un château où la troupe faisait étape, une dame aperçut ce grand garçon pâle et traînant la jambe ; elle comprit de quoi il s'agissait et lui fit passer, dans un pain dont elle avait ôté la mie, de l'étoupe dont il put refaire son pansement. Sur ces entrefaites, Aliénor, qui s'était inquiétée du sort de ses défenseurs, paya sa rançon et, lorsqu'il eut regagné Poitiers, lui fit donner des armes et un cheval, et vêtir à neuf, car c'était un cadet sans fortune. Elle fonda aussi, à Saint-Hilaire de Poitiers, une messe anniversaire pour le repos de l'âme du comte Patrick de Salisbury, en dotant largement les moines à cette occasion.

Guillaume le Maréchal allait être attaché aux enfants royaux et devenir bientôt l'inséparable compagnon de tournois d'Henri le Jeune. L'épisode n'eut d'ailleurs pas d'autre suite que d'avoir donné à la reine l'occasion de discerner chez ce jeune chevalier le trait qui devait marquer toute sa vie : sa parfaite fidélité.

Aliénor avait désormais les mains libres pour reprendre en main son domaine propre et rallier l'un après l'autre ses vassaux insubordonnés.

Henri était de plus en plus dominé par sa querelle avec l'archevêque de Cantorbéry et enfermé dans les inextricables complications qu'elle entraînait ; le vide se faisait autour de lui : sa mère, Mathilde, était morte l'année précédente, en 1167, et avec elle s'évanouissaient les conseils de prudence. Auprès du pape, d'abord bien disposé en sa faveur, il n'avait pas tardé à affaiblir sa cause, entrant en pourparlers avec l'évêque schismatique de Cologne, Rainaud de Dassel, partisan d'un antipape à l'instigation de Frédéric Barberousse, lors du mariage de sa fille. Car c'est en 1167 que sa fille Mathilde épouse le duc de Saxe ; c'est même à cette occasion qu'Aliénor avait fait un bref retour en Angleterre. Elle avait tenu à escorter elle-même sa fille aînée et, avec elle, s'était embarquée à Douvres après avoir fait préparer son équipage de petite princesse : trois vaisseaux escortaient la nef dans laquelle Mathilde avait pris place, portant les quarante coffres et autant de sacs de cuir qui contenaient ses robes, ses bijoux et les présents destinés à son époux et à sa famille ainsi que, cadeau royal, vingt-huit livres d'or pour faire dorer sa vaisselle. Aliénor l'avait ainsi accompagnée jusqu'en Normandie, puis l'avait laissée poursuivre sa route vers la Saxe lointaine, aux mains de l'escorte envoyée par son futur mari ; elle-même regagna le Poitou.

Là étaient désormais son espoir et son ambition, l'un et l'autre réunis sur la tête de son second fils, Richard. Aliénor redevenait duchesse d'Aquitaine, ayant à ses côtés son fils et non plus l'époux indigne. Contre celui-ci elle allait dorénavant soutenir les droits de ses enfants. Et ces droits la ramenaient dans l'orbite de la France puisque, en tant que duchesse d'Aquitaine, elle était vassale de Louis VII.

Ainsi, à tous les carrefours, Henri dorénavant se retrouvait confronté avec le moine manqué, le petit roi méprisé de jadis ; plus encore qu'il ne le supposait — car il ignorait tout à fait les ambitions secrètes de son épouse —, sa conduite l'amenait à faire du roi de France l'arbitre de sa propre situation. Plus il manifestait sa force, plus son autorité se faisait despotique, plus il outrepassait son pouvoir de roi et d'époux — et plus le prestige du Capétien respectueux du droit et de la justice semblait croître. Henri pouvait faire étalage de son faste ; lors du mariage de sa fille avec l'un des plus puissants barons de l'Empire, il avait pu manifester des visées impériales — il n'en demeurait pas moins, aux yeux mêmes de ceux qu'il gouvernait, soumis au jugement de ce petit roi qu'il avait si souvent vaincu et humilié et qui n'opposait, à son superbe vassal, qu'une simplicité souriante. Sans doute est-ce à cette époque que Louis VII, conversant avec l'archidiacre d'Oxford, Gautier Map, fit la réponse fameuse que nous a rapportée ce dernier : « Diverses sont les richesses des rois... Celles du roi des Indes sont de pierres précieuses, et de lions, de léopards et d'éléphants ; l'empereur de Byzance et le roi de Sicile se glorifient de leur or et de leurs tissus de soie, mais ils n'ont pas d'hommes qui sachent faire autre chose que parler, et sont incapables à la guerre. L'empereur romain, qu'on appelle le «Germanique», a des hommes qui savent faire la guerre et des chevaux de combat, mais pas d'or, pas de soie, pas d'autres richesses... Ton maître, le roi d'Angleterre, rien ne lui manque : il a les hommes, les chevaux, l'or et la soie et les pierres précieuses, les fruits, les bêtes et tout. Nous, en France, nous n'avons rien, sinon le pain, le vin et la gaieté. »

Est-ce pour affronter résolument, une fois pour

toutes, cette puissance d'un autre ordre, qu'Henri Plantagenêt prit l'initiative d'un geste spectaculaire en début de l'année 1169 ? Une entrevue solennelle fut décidée pour le jour de l'Épiphanie, au château de Montmirail, à la frontière du Maine et du pays chartrain, entre le roi de France et le roi d'Angleterre. Celui-ci amenait ses trois fils qui, tous trois, venaient faire hommage à Louis VII pour les provinces continentales qui leur étaient destinées : Henri le Jeune pour la Normandie, le Maine et l'Anjou — Richard pour le Poitou et l'Aquitaine — Geoffroy pour la Bretagne.

« Seigneur, dit le Plantagenêt, en ce jour de l'Épiphanie où les trois rois ont apporté leurs présents au Roi des rois, je recommande à votre protection mes trois fils et mes terres.

— Puisque le Roi qui reçut les dons des mages semble avoir inspiré vos paroles, répondit Louis, puissent vos fils, en prenant possession de leurs terres, le faire sous le regard de Dieu. »

Une fois de plus, le roi d'Angleterre recevait une leçon du roi de France : on ne pouvait plus clairement lui rappeler les devoirs inhérents aux droits du suzerain.

C'est au cours de la même entrevue que, une réconciliation ayant été tentée avec Thomas Beckett, celui-ci, tout en faisant sa soumission au roi d'Angleterre, allait émettre la réserve fameuse qui maintenait le droit de Dieu face à celui du roi.

« En présence du roi de France, des légats du pape et des princes, vos fils, je remets la cause entière et toutes les difficultés qui en ont surgi entre nous à votre jugement royal... sauf l'honneur de Dieu. »

Aliénor n'assistait pas aux entretiens de Montmirail, mais elle dut s'en réjouir ; ils marquaient un premier pas vers le but qu'elle poursuivait avec obstination désormais : faire passer la puissance de son époux entre les mains de ses enfants. Aussi parut-elle à ses côtés lors de la cour fastueuse qui, cette année-là, fut tenue, pour Noël, à Nantes. Devant les barons et les prélats de Bretagne réunis en assemblée, fut annoncé le mariage du jeune Geoffroy — il avait alors neuf ans — avec l'héritière de Bretagne, Constance, fille du duc Conan alors défunt. Tous jurèrent fidélité à l'enfant et Henri put éprouver que, dans cette lointaine province de l'Ouest, sa souveraineté n'était pas un vain mot. Mais Aliénor n'allait pas tarder à son tour à faire l'épreuve de sa propre puissance. Henri avait regagné l'Angleterre, plus que jamais sous la menace des foudres ecclésiastiques. Elle-même nourrissait son projet, qui consistait à instaurer solennellement, pour Pâques 1170, Richard dans son héritage.

Le nouveau duc d'Aquitaine, comte de Poitou, fut présenté à ses vassaux et reçut leur allégeance au cours d'une assemblée qui eut lieu à Niort. Aliénor entreprit avec lui une chevauchée qui le mettait en possession de ses États depuis la Loire jusqu'aux Pyrénées. Revenu à Poitiers, Richard, suivant une vieille coutume, reçut le titre, tout honoraire, d'abbé de Saint-Hilaire et là, assis dans la vénérable abbaye qui était un peu, pour les comtes de Poitiers, ce qu'était Saint-Denis pour les rois de France et Westminster pour ceux d'Angleterre, il se vit présenter par l'évêque de Poitiers, Jean, et par Bertrand, l'archevêque de Bordeaux, la lance et l'étendard qui étaient les insignes de sa dignité.

Mais c'est à Limoges que devait avoir lieu la plus typique de ces cérémonies qui instauraient le pouvoir d'un nouveau seigneur au sud de la Loire. Aliénor, en l'occurrence, mit habilement à profit une découverte que venaient de faire les moines de Saint-Martial : dans les archives de leurs abbayes, ils venaient d'exhumer une fort ancienne vie de la patronne de la Cité, sainte Valérie, dont on vénérait la relique sous forme d'un anneau. Ce fut l'occasion de faire revivre un cérémonial tombé en désuétude et qui avait jadis, disait-on, présidé à l'intronisation des ducs d'Aquitaine ; la légende de sainte Valérie, martyre des premiers siècles, était d'ailleurs liée à la suprématie du siège épiscopal de Limoges. Une longue procession de clercs en surplis et chapes de soie vint donc chercher Richard à la porte de la cathédrale de Saint-Étienne ; l'évêque, après l'avoir béni et revêtu d'une tunique de soie, passa à son doigt l'anneau de sainte Valérie : Richard contractait ainsi un mariage mystique avec la cité de Limoges, avec l'Aquitaine tout entière, sous les yeux d'Aliénor triomphante. Couronné d'or, l'étendard en mains, le jeune duc s'avança vers l'autel à la tête du cortège des clercs, et reçut l'épée et les éperons selon les rites en honneur, à cette époque de la chevalerie ; il prêta serment sur l'Évangile et entendit la messe ; puis ce furent banquets et tournois, fastueux comme pour un couronnement royal.

Ensemble, Richard et Aliénor posèrent ensuite la première pierre d'un monastère qui, dans la ville, allait être dédié à saint Augustin. Aux yeux du clergé et de la foule populaire aussi bien que des barons limousins, Richard était désormais reconnu l'héritier légitime du Troubadour et de ses ancêtres. Et ce n'était pas par hasard qu'Aliénor avait tenu à manifester sa présence dans la ville de Limoges : c'était celle où Henri s'était montré sous le jour le plus tyrannique ; par deux fois, à la suite d'obscurs démêlés avec l'abbé de Saint-Martial, il avait ordonné de démolir les murs de la Cité et avait exigé des amendes de ses habitants. L'entente était désormais bien établie entre les Limousins et le prince dont Aliénor avait fait l'héritier de son cœur et de ses États.

On la voit aussi associer Richard à l'une de ces munificences à l'égard de Fontevrault qui marquent chaque étape décisive de son existence : Aliénor, en cette année 1170, donne au monastère en son nom, au nom du roi et de ses fils, mais aussi au nom de son père et de ses ancêtres et pour le salut de leur âme, des terres et le droit de prendre du bois de chauffage et de charpente dans l'une de ses forêts. A cet acte sont témoins ses principaux fidèles : le connétable Saldebreuil, Raoul de Faye, son chapelain Pierre, qui, peut-être, désigne l'écrivain Pierre de Blois dont il sera souvent question par la suite, et enfin, son clerc Jordan qui, lui aussi, demeurera l'un des fidèles de la reine.

Et c'est avec joie aussi qu'elle apprit, nous disent les textes, que de son propre mouvement Henri Plantagenêt décidait de faire couronner à Londres son fils aîné, Henri le Jeune, en ce mois de juin 1170. Certes, dans l'esprit d'Henri, ce couronnement était avant tout un affront à l'archevêque de Cantorbéry, à qui revenait le droit de sacrer les rois d'Angleterre, comme à l'archevêque de Reims pour les rois de France. Mais dans l'esprit d'Aliénor, semblable mesure constituait un pas de plus vers l'accomplissement de ses desseins personnels : Henri, de lui-même, se dépouillait de son pouvoir en faveur de ses enfants. Ceux-ci auraient désormais le droit de le prendre au mot et de revendiquer pleinement la puissance dont il leur avait lui-même fait don.

Henri le Jeune était parfaitement taillé pour jouer ce rôle. Durant le banquet qui suivit le couronnement — son père avait tenu, toujours pour défier Thomas Beckett, à ce que tout fût fait avec faste ; pour l'or de sa couronne, on le voit remettre trente-huit livres six sous, une grosse somme, à son orfèvre, Guillaume Cade —, le jeune roi fut assis à table en place d'honneur et son père tint à le servir, pour bien marquer la dignité à laquelle il l'avait promu ; mais il tint aussi à souligner la chose : « Ce n'est guère habituel, dit-il à son fils par manière de plaisanterie, de voir un roi servir à table.

— Mais ce n'est pas inhabituel, rétorqua Henri le Jeune, de voir un fils de comte servir un fils de roi. »

Et la réplique laissa muets les seigneurs de l'entourage.

Beaucoup de temps allait encore se passer avant qu'Henri II puisse mesurer la portée véritable de l'acte qu'il avait commis, et quel parti pouvait en tirer Aliénor. En revanche, il devait expérimenter sans tarder que ce coup de force, par lequel il espérait montrer à l'archevêque de Cantorbéry quel peu de cas il faisait de sa personne et de ses menaces, rendait au contraire plus inextricable que jamais sa propre position au sein de la chrétienté. C'était contre la défense formelle du pape, en effet, que l'archevêque d'York, depuis toujours ennemi de Beckett, avait procédé au couronnement ; il avait agi « contre le désir et l'opinion de presque toute la population du royaume », écrit un contemporain. Au lendemain de la cérémonie, Henri II, rentré en Normandie, rencontrait l'un des évêques dont il espérait l'appui, son cousin, l'évêque de Worcester. La scène se passait à Falaise, en Normandie, où le prélat était demeuré bien qu'Henri eût donné l'ordre à tous les évêques du royaume de venir assister au couronnement ;

il lui reprocha violemment de lui avoir, en cette occasion, manqué à la fois comme son prélat et comme son parent. A quoi l'évêque répondit qu'au moment où il cherchait à gagner l'Angleterre le départ lui avait été interdit par mandat royal.

« Quoi, s'écria le Plantagenêt, la reine est en ce moment à Falaise et, avec elle, mon connétable Richard du Hommet ; allez-vous me dire que l'un ou l'autre vous ont interdit le passage au mépris de mes ordres ?

— N'allez pas incriminer la reine, répondit l'évêque, si par respect ou par crainte de vous elle cache la vérité, quitte à ce que soit accrue votre colère contre moi. Si elle avoue ce qui est vrai, c'est sur elle que tombera votre indignation. Et je préférerais avoir une jambe brisée que de savoir qu'à cause de moi, cette noble Dame ait entendu fût-ce une seule parole dure de votre part. » Et d'ajouter : « Je préfère qu'il en ait été ainsi plutôt que d'avoir assisté à un couronnement qui a été injustement fait et contre l'ordre de Dieu, non à cause de celui qu'on couronnait, mais à cause de l'audace de celui qui l'a couronné. »

L'ensemble de cette conversation révèle assez le trouble des âmes et les perplexités au milieu desquelles devaient se débattre les témoins de ce duel tragique entre le roi et son ex-chancelier. Il révèle aussi que, si heureuse fût-elle de voir son fils couronné, Aliénor ne tenait aucunement, en l'occurrence, à seconder les vues de son époux.

Celui-ci lui avait confié la garde de Marguerite de France ; or, le père de Marguerite, Louis VII, avait part à l'affront infligé à l'archevêque de Cantorbéry : sa fille aurait dû, en effet, être couronnée en même temps qu'Henri le Jeune dont elle était l'épouse. Henri fut donc contraint par le roi de France à donner des gages de repentir : il dut promettre notamment que Marquerite recevrait la couronne aussitôt que l'archevêque de Cantorbéry aurait regagné son siège. C'est dans ce but qu'eut lieu la dernière entrevue, ménagée encore par Louis VII, entre le roi et son prélat, à Fréteval, pour la fête de sainte Marie-Madeleine, 22 juillet 1170. Henri, cette fois, donna tous les signes possibles de repentir et d'amitié; il tint lui-même l'étrier de Thomas pour le faire monter à cheval, promit qu'un second couronnement aurait lieu par ses mains et sembla prêt à renouer avec son ex-chevalier dans les termes d'amitié où ils étaient autrefois.

Mais à ces paroles réconfortantes, il fallait ajouter un acte, mettre le sceau d'usage : accorder à l'archevêque le baiser de paix. Cela, Henri le refusa, et ni Louis ni Thomas ne purent se méprendre sur la signification de ce refus.

« Monseigneur, j'ai le sentiment que nous ne nous rencontrerons plus jamais ici-bas » — telles furent les paroles sur lesquelles Thomas prit congé d'Henri. Quant à Louis, il supplia l'archevêque de ne pas se fier aux paroles du roi et de demeurer en sécurité dans ce royaume de France où lui était offert asile.

Nous avons quelque mal à comprendre ces réactions en un moment où le roi d'Angleterre multipliait les manifestations de repentir et les promesses de paix. Mais, selon la mentalité du temps, le baiser, lui, était plus important que toutes les paroles, tous les écrits mêmes dont on eût pu l'accompagner. En ces temps modelés par la liturgie, c'est le geste qui compte. Sa fidélité au seigneur, le vassal la manifestait en plaçant ses mains dans celles de son suzerain au moment où il lui prêtait hommage et c'était ce geste qui l'engageait — comme le baiser qu'il lui donnait en retour obligeait son suzerain à le garder sous sa protection. Henri pouvait multiplier les serments d'amitié; s'il refusait le baiser, sacrement de paix, chacun pouvait comprendre que ses paroles n'étaient que vent et fumée.

Le 1er décembre 1170, six ans après sa fuite clandestine, Thomas débarquait à Sandwich. Une foule énorme — le petit peuple, les pauvres gens — lui fit escorte jusqu'à Cantorbéry; la population entière de sa ville l'attendait dans la cathédrale décorée.

Aliénor, sur l'ordre d'Henri, vint passer les fêtes de Noël à Bures, en Normandie. C'est là qu'elle apprit que, le 29 décembre, l'archevêque avait été assassiné dans sa cathédrale.

XIV

LA REINE DES TROUBADOURS

> *Pel doutz chan que'l rossinhols fai*
> *La noih can me sui adormitz,*
> *Revelh de joi totz esbaïtz,*
> *D'amor pensius e cossirans;*
> *C'aisso es mos melher mesters,*
> *Que tostems aï joi volunters,*
> *Et ab joi comensa mos chans.*
>
> BERNARD DE VENTADOUR.

> Au doux chant qu'un rossignol fait
> La nuit, quand je suis endormi,
> M'éveille en joie, tout ébahi,
> D'amour pensif et soupirant ;
> D'où viennent mes meilleurs couplets :
> Qu'en tous temps ai joie volontiers
> Et en joie commence mes chants.

DE toutes les villes qu'Aliénor a parcourues dans sa vie si mouvementée, il n'y en a aucune où on la retrouve mieux qu'à Poitiers. La cité favorite des ducs d'Aquitaine, la terre privilégiée où, pour la première fois, avait éclos la poésie des troubadours, a gardé à travers les temps l'empreinte de son passé roman. Une partie de ses remparts est restée telle qu'au moment où ils défendaient la reine d'Angleterre contre les attaques possibles de vassaux en révolte. Nous pouvons voir aujourd'hui le baptistère Saint-Jean, l'église Saint-Hilaire et, en partie au moins, Sainte-Radegonde tels à peu près qu'Aliénor les a vus ; la belle façade de Notre-Dame la Grande est celle qu'elle a pu contempler et elle a vu s'élever, pierre à pierre, la grande salle du palais ducal et la cathédrale Saint-Pierre où, dit-on, l'un des vitraux reproduirait son visage. Il faudrait y ajouter ces surprises fugitives qu'on découvre à un détour de rue, comme le clocher de Saint-Porchaire, ou au hasard d'un coup d'œil jeté dans les cours, comme, dans celle de la faculté qui fut autrefois la cour de l'Hôtel-Dieu, les arcades du cloître. Tout cela a fait partie du monde d'Aliénor, le monde même de notre art roman dans son plus bel épanouissement.

Épanouie, la cité le fut, sans aucun doute, plus qu'à toute autre époque, en ces années qui virent Aliénor s'affirmer comme duchesse d'Aquitaine. On peut dans ce cadre l'imaginer telle que la représente son sceau, tenant dans la main droite une fleur, et, sur le poing gauche un oiseau de chasse. C'est durant ces années que la cour de Poitiers devient par excellence un foyer de poésie, le centre de la vie courtoise et chevaleresque du temps. Plus encore qu'en France ou en Angleterre, Aliénor y est reine ; elle règne par ses enfants, porteurs des promesses de sa lignée ; elle règne sur une cour de vassaux et de poètes empressés ; plus encore, elle domine ceux qui l'entourent par ce rayonnement de l'esprit, cet amour des lettres et du beau langage qui sont sa marque personnelle. Sans doute est-ce à cette époque que Chrétien de Troyes aura fréquenté la cour de Poitiers, s'y imprégnant de la double influence qui anime toute son œuvre : celle des contes celtiques et celle de la poésie courtoise.

Il ne serait pas impossible que le sujet de son premier roman,. *Érec et Énide*, lui eût été fourni par Aliénor elle-même : il exalte la grandeur du couple — non quand les amants jouissent l'un de l'autre, absorbés dans un bonheur qui les replie sur eux-mêmes, mais quand, poursuivant ensemble un but commun, ils sont pleinement le Chevalier et la Dame, et provoquent, par le don d'eux-mêmes, et pour avoir ensemble affronté l'aventure, la «Joie de la Cour». Telle avait été, pendant près de quinze années, la vie d'Henri et Aliénor, donnés ensemble à la tâche de mener en plein accord leur vaste royaume vers des destinées glorieuses ; mais Henri avait rompu le pacte ; à l'amour créateur il préférait la paillardise, et c'en était fini de la joie de la cour. Aliénor désormais poursuivrait seule l'aventure — la «chasse du cerf blanc» des contes arthuriens. Elle la poursuivrait pour ses fils, en mère passionnée, frustrée qu'elle était de ses droits d'épouse.

Telle est bien la tâche qu'elle accomplit durant ces années poitevines : affirmer, contre le pouvoir de plus en plus tyrannique et solitaire d'Henri II, les droits de ses enfants, jusqu'à la révolte ouverte. Cela, sur un arrière-plan tel qu'elle en sait susciter : musique de troubadours et poésie courtoise, fêtes dignes du palais du roi Arthur, discussions passionnées et subtiles des cours d'amour. Certes, personne ne croit plus à l'interprétation qu'avec la lourdeur propre à leur temps, les historiens de la littérature, à l'époque classique, avaient cru pouvoir donner à ce terme délicieux de «cours d'amour» en lesquelles ils voyaient de véritables tribunaux émettant des sentences auxquelles les amants auraient dû se soumettre... Il ne s'agissait que de jeux d'esprit, régal d'une société lettrée que rien ne passionnait autant que l'analyse de toutes les nuances de l'amour — et c'était par jeu qu'on donnait, sur les cas proposés, des jugements semblables, dans leur forme, à ceux émis lors des assises féodales, des « cours » seigneuriales devant lesquelles étaient tranchés les litiges. L'œuvre pour nous si étonnante d'André le Chapelain, qui s'intitule *Traité de l'Amour* a conservé le souvenir de ces assemblées discutant des thèmes courtois sous l'égide d'une noble Dame — la vicomtesse Ermengarde de Narbonne, Isabelle de Flandre, et parfois Aliénor elle-même, ou sa fille Marie de Champagne.

Car Aliénor a retrouvé ses filles aînées qui ont fait à l'époque des séjours à Poitiers : Alix de Blois (l'une de ses filles, plus tard, entrera à Fontevrault, et, aux dons qu'elle lui fait, on peut penser qu'elle occupera dans les affections d'Aliénor une place privilégiée) — mais surtout Marie de Champagne, qui sans aucun doute est, de ses dix enfants, celle en qui Aliénor se retrouve le mieux : la « joyeuse comtesse et gaie... dont la Champagne s'illumine » — au dire du troubadour Rigaud de Barbezieux qui vécut dans son entourage ; elle tient de sa mère le goût des lettres, la curiosité d'esprit, et le don de susciter la poésie autour d'elle ; Chrétien de Troyes se meut dans son sillage — et c'est à sa requête qu'il écrira le *Conte de Lancelot ou le Chevalier de la Charrette*, de tous les romans de chevalerie celui où s'est le mieux exprimé le culte de la Dame, puisque, par amour pour Genièvre, Lancelot accepte jusqu'au déshonneur : il accepte d'être vaincu et de passer pour un lâche.

Peut-être est-ce dans ce milieu fécond que Marie de France (s'agit-il, comme on l'a supposé, d'une sœur bâtarde d'Henri Plantagenêt ?) aura élaboré ses *lais* — ses ravissantes nouvelles en vers, toutes inspirées par le sentiment courtois et chevaleresque, sur les thèmes celtiques, inséparables de l'atmosphère familière d'Aliénor aussi bien que la poésie même des troubadours. En tout cas, la cour de Poitiers a retrouvé en ces années Bernard de Ventadour, et avec lui d'autres poètes comme Rigaud de Barbezieux — lequel salue Aliénor sous le senhal de *Plus-que-Dame* — ou Gaucelm Faidit qui échange de joyeux répons avec le jeune Geoffroy de Bretagne, dans l'un de ces jeux-partis, poèmes où deux interlocuteurs se répondent, que l'on aime à l'époque.

Car les princes prennent part, eux aussi, à l'activité poétique. Richard est connu comme troubadour et, plus tard, dédiera des œuvres à Marie de Champagne, la « comtesse-sœur » pour laquelle il semble avoir éprouvé beaucoup d'affection — et ce n'est pas un hasard si au fils premier-né de Geoffroy sera donné le nom d'Arthur.

Aliénor a dû se sentir comblée en ses enfants réunis autour d'elle à la cour de Poitiers ; tous répondaient admirablement à ce qu'elle pouvait espérer.

Les contemporains ont été unanimes à présenter l'aîné, Henri, qui, pour l'Histoire, reste « le Jeune Roi », *el Jove Rey*, comme le chevalier courtois par excellence. Il a reçu une éducation soignée que lui a, en grande partie, communiquée Thomas Beckett auquel il a été confié dès l'âge de sept ans. Grand, blond, beau comme un jeune dieu, il s'exprimait avec aisance, avait la repartie aimable et juste ; il était bon, affable, toujours prêt à pardonner et d'une générosité incomparable. Les traits que rapportent les témoins de son temps composent un portrait si attirant que les défauts même du jeune prince en deviennent sympathiques, entre autres cette prodigalité que devait si vivement lui reprocher son père. Même Giraud de Barri, si malveillant pour tout le monde en général et les Plantagenêts en particulier, reste désarmé devant le charme qui émane de la personne du Jeune Roi : «Il avait l'esprit ainsi fait que jamais il n'a rien refusé à quiconque était digne de recevoir, jamais il n'a laissé quelqu'un qui en fût digne le quitter triste ou mécontent. Comme un autre Titus, il eût estimé avoir perdu sa journée s'il n'avait comblé de multiples libéralités et fait bénéficier beaucoup de gens, dans leur cœur et dans leur corps, d'une abondance de bienfaits.»

A ses côtés, on trouve, dès 1170, Guillaume le Maréchal, celui qu'Aliénor avait racheté des mains des Lusignan ; c'est lui qui, en 1173, armera chevalier le Jeune Roi. La biographie du Maréchal abonde en récits de tournois et anecdotes diverses qui nous restituent l'atmosphère des fêtes de l'époque. «On tournoyait presque chaque quinzaine», raconte-t-il, et d'ajouter : «Ils étaient bien deux cents chevaliers et plus qui vivaient du Jeune Roi.» Tous faisaient assaut d'exploits dans ces combats fictifs qui avaient lieu sous les yeux des dames et demoiselles installées dans les tribunes ou derrière les lices du champ de courses. Un jour, raconte le Maréchal, il y eut un tournoi à Joigny. Une fois arrivés, les chevaliers s'armèrent et se rendirent au lieu du tournoi, proche de la ville ; là, ils mirent pied à terre en attendant leurs adversaires. La comtesse (Aélis, femme de Rainaut de Joigny), accompagnée de dames et de demoiselles, vint les rejoindre. Comme leurs partenaires se faisaient décidément attendre, quelqu'un proposa de danser, et, selon l'usage du temps, il fallait improviser une chanson pour rythmer la danse. Le Maréchal, en chevalier accompli qu'il était, se mit donc en devoir d'improviser ; après lui, c'est un jeune héraut qui, à son tour, improvise une seconde chanson avec, pour refrain : « Maréchal, j'ai besoin d'un bon cheval ! » Le Maréchal s'éloigne sans mot dire, se rend au champ de courses où, déjà, les joutes, dans lesquelles les lutteurs combattaient deux à deux, avaient commencé. Il lance un défi à l'un des chevaliers, le désarçonne en moins de deux, prend son cheval comme la coutume lui en donnait droit et l'amène au petit héraut qui n'avait pas encore fini sa chanson. Et celui-ci de s'écrier : « J'ai un cheval ! me le donna le Maréchal ! » Une autre fois, le même Maréchal s'empare du cheval d'un Flamand nommé Mathieu de Walincourt. Celui-ci, dépité, prie le Jeune Roi de le lui faire rendre. Le Maréchal s'exécute, mais, s'étant une seconde fois dans la même journée affronté avec Mathieu, il ramène de nouveau le cheval dans sa loge. Le soir, quand tous les chevaliers se rencontrent pour banqueter ensemble, Mathieu de Walincourt, à nouveau, demande au Jeune Roi de lui faire rendre son cheval. Henri, étonné, appelle le Maréchal, lui demande pourquoi il n'a pas obéi à son ordre et l'on apprend alors qu'il a, deux fois dans la même journée, gagné le même cheval.

D'autres anecdotes révèlent le caractère enjoué, voire facétieux, d'Henri le Jeune : ainsi, le jour où, à Bures, en Normandie, il décide d'inviter à sa table tous ceux qui se prénomment Guillaume — c'est à l'époque le prénom le plus répandu après celui de Jean ; il y en eut cent dix-sept qui dînèrent avec lui ce soir-là.

Mais, visiblement, les préférences d'Aliénor vont à son second fils, ce Richard dont elle a fait le duc d'Aquitaine. Sans avoir tout le charme de son frère aîné, celui-ci n'est guère moins séduisant. Il est, lui aussi, grand et beau, tous deux ont une taille plus élevée que la moyenne, à la différence de leurs deux frères Geoffroy et Jean. Richard est un être extrêmement doué, un grand poète dont les œuvres — deux d'entre elles seulement nous sont parvenues — sont restées pour nous émouvantes, celle, notamment, qu'il écrivit étant prisonnier. Il a hérité des yeux gris, de la chevelure flamboyante et aussi des colères proverbiales des Angevins, mais ses dons poétiques, son enjouement, son caractère versatile (son ami, le troubadour Bertran de Born, l'appelle *Oc-e-No*, oui et non) rappellent son ascendance d'Aquitaine. Giraud de Barri, comparant les deux princes, déclare qu'on louait Henri pour sa clémence, Richard pour sa justice ; que l'un était le bouclier des méchants, l'autre le marteau.

Et la vie s'écoulait joyeuse à la cour de Poitiers, rythmée de fêtes et de tournois, au son de la viole, du luth et de la cithare ; toute une jeunesse s'enchante de danse et de poésie sous les yeux d'Aliénor : les princes, leur épouse comme Marguerite de France, ou leur promise, comme Adélaïde, fille de Louis VII et fiancée de Richard ; les princesses — à l'exception des deux aînées, Mathilde partie pour la Saxe, et Aliénor la jeune, mariée avec Alphonse de Castille ; et l'entourage de chevaliers, dames et demoiselles composant leur suite — toute la jeunesse dorée du Poitou et de l'Aquitaine — dans une atmosphère de roman de chevalerie. De temps à autre, les assemblées se faisaient plus fastueuses encore : à l'époque des fêtes, Pâques ou Noël, ou à l'occasion de la visite de quelque seigneur, voire d'un souverain. Une réception très brillante marqua ainsi, en juin 1172, la visite des rois de Navarre et d'Aragon, Sanche et Alphonse II, à Limoges ; ce dernier était, comme les princes d'Aquitaine, ami des troubadours et troubadour lui-même; il tenait table ouverte aux poètes : Peire Rogier, Peire Raimon de Toulouse, Élie de Barjols fréquentaient sa cour.

*
* *

De ce tableau de fête, Henri II est exclu. Pendant deux ans, on ne le verra guère sur le continent. La réprobation qui pèse sur lui fait un violent contraste avec l'impression joyeuse qui se dégage des quelques témoignages que nous possédons sur la vie d'Aliénor et de ses enfants, à travers les récits d'un Guillaume le Maréchal, par exemple.

Lorsque au dernier jour de l'an 1170, lui était parvenue la nouvelle de l'assassinat de Thomas Beckett, il était resté quelques jours prostré, enfermé dans sa chambre, refusant de voir quiconque et ne prenant aucune nourriture. Dans son entourage, on finissait par craindre pour sa vie; l'évêque de Lisieux, Arnoul, l'archevêque de Rouen tentaient en vain de lui apporter quelque réconfort. Cependant, lorsque Henri se manifeste à nouveau, il cherche avant tout, visiblement, à repousser ou atténuer sa culpabilité; il écrit une lettre au chapitre de la cathédrale de Cantorbéry, déclarant qu'il n'a pas voulu ce meurtre et ne s'en sent pas responsable. D'autre part, il envoie deux ambassades au pape : l'une pour décharger son âme de cet assassinat que la voix de l'univers entier lui impute, l'autre pour solliciter l'absolution des évêques qui l'ont aidé à tenir tête à Thomas, entre autres Roger de Pont-l'Évêque, l'archevêque d'York, et Gilbert Foliot, l'évêque de Londres. Puis il partit pour l'Irlande. Il sentait le besoin de mettre quelque distance entre sa personne et les événements.

Ceux-ci suivaient leur marche implacable. Sur la tombe de Cantorbéry, quelques jours après la mort de Thomas, avaient lieu les premiers miracles attribués au martyr. Des guérisons diverses : un aveugle qui recouvrait la vue, une boiteuse qui se remettait à marcher... Les pèlerins affluaient vers la cathédrale profanée où, pendant près d'un an, aucun office ne fut célébré. Cependant, aux environs de Pâques, le pape Alexandre III excommunia solennellement les assassins et leurs complices. L'interdit fut lancé sur les territoires anglais. Henri II se voyait défendre l'entrée des églises. Le pape disait avoir eu une vision au moment où l'archevêque était frappé de mort : il le voyait célébrer sa messe et, soudain, sa chasuble se teignait de sang.

Henri ne devait être réconcilié qu'après la solennelle pénitence qu'il fit à Avranches en présence de son fils, le Jeune Roi, du clergé normand et d'une vaste assemblée de barons et de peuple. Le 21 mai 1172, après avoir juré sur l'Évangile qu'il n'avait ni ordonné ni souhaité la mort de l'archevêque, il s'agenouillait sur les marches de l'église et offrait son dos nu à la flagellation des moines. Il jurait solennellement de restituer dans toute sa dignité l'église de Cantorbéry, de renoncer aux Constitutions de Clarendon à propos desquelles s'était durcie la lutte avec son ex-chancelier, enfin, de faire jeûnes et aumônes et d'entretenir, en signe de pénitence, deux cents chevaliers pour contribuer à la défense de Jérusalem.

Pour Noël 1172, Henri décida de venir tenir sa cour à Chinon ; Aliénor parut à ses côtés comme elle l'avait fait deux ans auparavant, à Bures, en Normandie, jusqu'à l'épilogue tragique qui avait marqué l'achèvement des fêtes. Sans aucun doute, son époux, qui, depuis trois ans, n'avait pas paru dans cette Aquitaine qu'elle gouvernait seule, tenait à voir dans quelle mesure son autorité y demeurait ferme; et l'on peut croire que la reine fît tout ce qui était en son pouvoir pour qu'il en retirât la meilleure impression. Après ces années passées dans les perpétuels conflits que lui avait valus la résistance de Thomas Beckett, Henri pouvait se flatter d'avoir repris en main son royaume depuis l'Irlande, désormais « pacifiée », jusqu'aux Pyrénées. La pénitence d'Avranches l'avait fait rentrer en grâce auprès de l'Église et, pour mettre un point final au désaccord avec le roi de France, Henri et Marguerite avaient été solennellement couronnés dans la cathédrale de Winchester le 27 septembre précédent. Enfin, toujours en témoignage de paix et de repentir, le roi entreprenait deux fondations religieuses : la Chartreuse du Liget, en Touraine et, en Angleterre, celle de Witham. Tout était calme, son royaume, sa famille, ses prélats : il tenait son monde bien en main.

Deux mois plus tard, en février 1173, Henri convoquait à Montferrand, en Auvergne, une grande assemblée de barons; il y reçut le comte Humbert de Maurienne et ouvrit avec lui des négociations; il s'agissait de marier le dernier de ses fils, Jean, celui qu'il appelait Jean sans Terre, car ce fils dernier-né, qu'il chérissait particulièrement, n'avait pas eu part au partage de Montmirail lorsqu'il avait réparti son royaume entre ses enfants : répartition du reste toute fictive puisque Henri le Jeune n'avait pas eu, bien que roi couronné, la moindre parcelle de pouvoir.

Henri décidait donc de marier son fils Jean — il avait alors sept ans — avec l'héritière de Maurienne, Alix; c'était lui assurer en héritage une vaste province : les alentours du lac de Genève, la Savoie, avec ses débouchés vers l'Italie et la

Provence. Comme gage de sa volonté, Henri n'hésitait pas à remettre à Humbert de Maurienne la somme de cinq mille marcs d'argent. Il promettait en outre que Jean, auquel déjà il avait parlé de donner l'Irlande conquise, recevrait plusieurs châteaux bien situés dans le centre de l'Angleterre et, dans ses domaines continentaux, trois places d'importance stratégique : Chinon, Loudun et Mirebeau, à la charnière de ses possessions du Poitou et de la Bretagne. Jean se trouvait ainsi splendidement doté : ces châteaux étaient autant de relais dans un État qui, d'ouest en est, tranchait en deux parties l'héritage des Plantagenêts. Et que signifiait cette volonté manifestée par Henri II de s'ouvrir des débouchés vers l'Italie, sinon des visées impériales ?

Une seconde assemblée, plus solennelle que la première, fut convoquée à Limoges. Henri Plantagenêt entendait communiquer ses décisions à ses principaux barons. Il allait leur apparaître dans tout l'éclat de sa puissance, leur faire part du projet de mariage de Jean et, aussi, d'une autre union, celle de la dernière fille qui restait à établir, Jeanne, dont le roi de Sicile, Guillaume, avait demandé la main. A travers ses enfants, Henri Plantagenêt régnait désormais sur l'Europe ; et sa puissance s'affermissait encore vers le Sud, car — c'était l'une des raisons pour lesquelles il avait convoqué cette assemblée de Limoges — le comte Raymond V de Toulouse avait accepté de lui rendre hommage pour ses terres. Ainsi Henri obtenait-il cette suzeraineté sur le Toulousain qu'avait souhaitée Aliénor et que n'avait pu lui obtenir le coup de force de l'an 1159. Raymond V, en effet, très peu de temps après avoir été sauvé grâce à l'intervention du roi de France, s'était empressé de trahir celui-ci ; il avait répudié sa femme, Constance de France, pour épouser la veuve du comte de Provence, Richilde, et c'est à Henri qu'il avait confié le soin d'arbitrer ses désaccords avec le roi d'Aragon.

A la surprise générale, cette assemblée qui devait marquer le triomphe de la volonté personnelle du Plantagenêt, la mise en œuvre des projets qu'il avait formés pour sa personne et son empire, devait s'achever pour lui sur une impression de malaise. La cérémonie d'hommage avait eu lieu, avec toute la solennité désirable ; Henri avait fait part de ses projets aux barons rassemblés, quand on vit, devant lui, se dresser Henri le Jeune ; il protestait hautement contre les dispositions prises pour son frère, lesquelles enlevaient à ses aînés des châteaux qui étaient autant de places clés ; de plus, faisant valoir les droits que lui donnait son titre de roi, il réclamait la souveraineté effective dont il était temps de le pourvoir et sans laquelle le double couronnement qu'il avait reçu n'était que comédie.

Le coup dut être dur pour Henri Plantagenêt. Depuis la mort de Thomas Beckett, aucune volonté n'avait osé se dresser contre la sienne ; seuls les interdits pontificaux avaient barré sa route : ils provenaient d'une autorité devant laquelle il lui fallait bien s'incliner.

C'est à l'issue de cette assemblée que le comte de Toulouse, Raymond V, lui demanda un entretien privé. Le roi d'Angleterre était-il sourd et aveugle à ce qui se passait autour de lui ? Ne voyait-il pas l'influence néfaste qu'Aliénor avait prise ces années dernières sur ses enfants ? Ne comprenait-il pas que tout un filet de conspiration avait été tressé maille après maille et que parmi les seigneurs poitevins ou aquitains il ne s'en trouvait pas un qui ne fût prêt à la trahison ?

Henri ne fut apparemment qu'à demi convaincu.

Mieux que personne il connaissait le comte de Toulouse et était en mesure d'apprécier la valeur de ses accusations : en fait de trahisons Raymond était lui-même passé maître, et Henri savait quelle rancune le personnage nourrissait contre Aliénor. Sans doute aussi lui arrivait-il ce qui arrive aux êtres autoritaires que leur volonté propre préoccupe au point de les rendre imperméables à ce qui se passe à leurs côtés. Henri, déclarent dès cette époque ses contemporains, se conduisait en despote, «despote dans sa famille comme dans ses États». Un despote est rarement clairvoyant.

Toutefois, l'incartade de son fils aîné était trop grave pour ne pas lui ouvrir les yeux sur un point au moins : Henri le Jeune lui échappait. Peut-être l'influence maternelle ; peut-être aussi le jeune homme avait-il été impressionné par cette pénitence publique d'Avranches à laquelle son père s'était soumis ; c'était évidemment un coup porté à son prestige personnel et il ne fallait pas oublier que le jeune prince avait toujours éprouvé pour Thomas Beckett, qui avait surveillé ses premières études, une très grande affection.

Henri décida donc, au sortir de cette assemblée de Limoges, d'emmener son fils avec lui. Il fallait savoir quelles pensées, et au besoin quelles arrière-pensées, faisaient agir le jeune homme, quelles influences au juste l'avaient poussé à faire acte de rébellion contre son père ; il fallait aussi examiner son entourage, ses compagnons, et metre un frein au gaspillage dont ses trésoriers se plaignaient.

Les deux rois passèrent plusieurs jours ensemble à chevaucher et à chasser dans la vallée de l'Aveyron ; puis, Henri Plantagenêt étant désireux de regagner la Normandie, ils firent route vers le nord et s'arrêtèrent le 7 mars au soir au château de Chinon. Comme ils l'avaient fait depuis leur départ de Limoges, le roi et son fils dormaient ensemble dans la même chambre. Lorsque Henri s'éveilla au matin, son fils n'était plus là.

Il n'était plus non plus dans le château. Une rapide enquête révéla que le pont-levis avait été baissé avant le lever du jour. Grâce à quelles complicités ? Remettant à plus tard le soin de l'élucider, Henri envoya des messagers dans toutes les directions. Il apprit ainsi que son fils s'était dirigé vers le nord en passant la Loire à gué. Il expédia à tous ses châtelains ordre de le retenir là où il passerait et s'élança lui-même sur ses traces. Mais, de toute évidence, l'évasion avait été soigneusement préparée et l'on avait, au Jeune Roi, ménagé des relais qui lui fournissaient des chevaux rapides. On signalait sa présence à Alençon alors qu'Henri Plantagenêt n'avait pu encore atteindre Le Mans. Ce fut, à travers le Maine et les confins de la Normandie, une poursuite éperdue au bout de laquelle Henri Plantagenêt sut que désormais son fils avait atteint Mortagne situé dans les domaines du comte de Dreux, le frère du roi de France. Hors de son atteinte, il pouvait, à une allure plus tranquille, gagner Paris.

Ainsi, au moment où il se croyait au faîte de sa puissance, son fils aîné était déjà en pleine rébellion : il lui avait fallu solliciter à l'avance la protection du roi de France. Comme jadis Thomas Beckett, Henri le Jeune cherchait auprès de Louis un protecteur et un refuge. L'histoire allait-elle recommencer ?

L'histoire recommençait. Henri dépêcha des messagers à Paris, priant le roi de France de renvoyer en Normandie son fils et héritier ; s'il avait à se plaindre de quelque tort, on lui en ferait réparation. Louis VII allait avoir une nouvelle occasion de manifester cette sorte d'humour placide qui lui était familier :

« Qui me fait cette demande ? dit-il courtoisement aux envoyés.

— Le roi d'Angleterre.

— Le roi d'Angleterre ? » Et Louis de manifester le plus vif étonnement : « Il est ici avec moi et ne m'a rien demandé par vous. »

Puis de poursuivre devant les envoyés quelque peu perplexes : « Peut-être continuez-vous à appeler « roi » son père, qui autrefois a été roi d'Angleterre. Sachez-le, ce roi-là est mort. Il vaudrait mieux pour lui cesser de se prendre pour roi puisque, à la face du monde, il a résigné son royaume à son fils. »

Mais au moment où on lui rapporta ce sarcastique message, Henri Plantagenêt avait pu se rendre à l'évidence. Ce n'était pas seulement son fils aîné qui lui échappait. Richard et Geoffroy avaient pris l'un et l'autre le chemin de Paris et, d'un bout à l'autre de l'Aquitaine, la rébellion s'étendait comme un feu de forêt. Les châtelains, les trésoriers, tous les hommes placés par lui dans les provinces se voyaient expulsés ; les Lusignan, les Rancon, les Larchevêque repoussaient son autorité. Bien plus, faisant écho aux barons du Poitou et d'Aquitaine, les comtes de Sainte-Maure, Hugues, Guillaume et Jocelyn tous trois des familiers de la cour de Poitiers, se déclaraient pour le Jeune Roi. Et d'autres nouvelles plus catastrophiques encore allaient suivre : dans les domaines insulaires, le mouvement gagnait. Les seigneurs anglais saisissaient l'occasion de protester contre les exigences fiscales de leur souverain. Le comte de Leicester, celui de Norfolk, l'évêque de Durham trempaient dans la rébellion et, tout au nord du royaume, le roi Guillaume d'Écosse se déclarait lui aussi ouvertement pour Henri le Jeune. Une scène curieuse se déroula même à Cantorbéry. Après avoir été un an frappée d'interdit, la cathédrale, réconciliée et rendue au culte, attendait son nouvel archevêque. Le 3 juin 1173, il était régulièrement élu, c'était Richard de Douvres; mais au jour de son intronisation solennelle se présentèrent des envoyés du Jeune Roi pour protester contre une élection faite sans son consentement. La cérémonie dut être interrompue; on fit appel au pape qui, bien entendu, confirma l'élection, d'autant plus qu'il fut entre-temps révélé qu'à travers ce simulacre d'opposition, le Jeune Roi, poussé par sa mère, avait simplement entendu manifester sa volonté de s'imposer comme roi à la place de son père.

Quelque temps, Henri dut avoir l'impression d'un total isolement. La Normandie seule lui était restée fidèle. Dans son proche entourage, on craignait pour sa vie. La lettre qu'il écrit au pape en la circonstance a des accents réellement pathétiques : il se plaint de «la malice de ses fils, que l'esprit d'iniquité a armés contre leur père au point qu'ils considèrent comme une gloire et un triomphe de le poursuivre»; et d'ajouter : «Mes amis se sont éloignés de moi, mes familiers en veulent à ma vie...»

Louis VII, comme on le pense, n'avait pas manqué d'exploiter les circonstances. On le voit mettre tout en œuvre pour favoriser les jeunes princes révoltés, et entrer dans leur jeu : ainsi, à propos du sceau d'Henri le Jeune; ce sceau, marque personnelle, a une extrême importance en une époque où la signature n'est pas en usage; lorsque meurt un grand personnage, on brise son sceau, ou encore on l'enterre avec lui : personne d'autre que lui-même ne doit se servir du sceau, par lequel il authentifie ses actes.

Louis VII s'empresse donc d'en faire exécuter un autre et, pour présenter le nouveau sceau aux barons de France et du royaume Plantagenêt, il réunit à Paris une brillante assemblée. Tous les vassaux révoltés qui ont pu gagner la cour de France jurent fidélité au Jeune Roi, d'autres déclarent nouer avec lui une alliance pour l'aider à s'assurer son royaume, entre autres le puissant Philippe de Flandre et son frère, le comte de Boulogne ; et le Jeune Roi de distribuer à profusion, en les scellant de son nouveau sceau, les chartes de donation qui viennent récompenser ces alliances. Philippe reçoit le comté de Kent et le château de Douvres ; le roi Guillaume d'Écosse voit arrondir sa frontière au nord de l'Angleterre ; son frère David reçoit le comté de Huntingdon ; le comte de Blois s'est fait attribuer des fiefs en Touraine ; le comte de Champagne promet une aide militaire et tous, d'un commun accord, déclarent que « celui qui, précédemment, avait été roi d'Angleterre, n'est plus roi désormais ».

C'est en Normandie que commencèrent les hostilités. Le 29 juin 1173, Philippe de Flandre mettait le siège devant Aumale tandis que Louis, aux côtés du Jeune Roi, attaquait Verneuil. Au nord de l'Angleterre, les châteaux tombaient l'un après l'autre et en Bretagne même, sur la frontière de Normandie, des barons révoltés s'emparèrent de la forteresse de Dol.

D'abord déconcerté par l'ampleur des événements, Henri avait tôt fait de comprendre que, ne pouvant compter sur la fidélité que d'un très petit nombre de ses vassaux, il lui fallait avant tout recruter des mercenaires. La mentalité du temps réprouvait cet usage et cette réprobation sera de plus en plus efficace puisque, au XIIIe siècle, on en reviendra uniquement aux armées féodales à l'exclusion des mercenaires ; le premier, Philippe-le-Bel recommencera à s'en servir et cette initiative pèsera lourdement sur les destinées de la France, puisque c'est avant tout l'usage des mercenaires, des « routiers », qui donnera leur caractère désastreux aux guerres franco-anglaises des XIVe et XVe siècles. Mais ce n'est pas l'unique trait par lequel Henri révèle une mentalité de monarque, différente de celle du roi féodal. En l'occurrence, d'ailleurs, c'est ce qui devait le sauver. Il recruta vingt mille Brabançons sans lésiner sur leur solde ; et comme le temps faisait défaut et que, du reste, les circonstances se prêtaient mal à la levée d'un nouvel impôt en Angleterre, il dut mettre en gage jusqu'à son épée d'apparat enrichie de diamants — celle dont on s'était servi au jour de son couronnement — pour se procurer les ressources nécessaires. Après quoi, il agit avec cette promptitude et cette habileté stratégique qui lui étaient propres. On le voit en sept jours, du 12 au 19 août, transporter son armée de Brabançons de Rouen à Saint-James de Beuvron, lui faisant couvrir des étapes de trente kilomètres par jour. A Drincourt, à Verneuil, à Dol, il fait une fois de plus, la preuve de sa valeur militaire.

Au fur et à mesure que se déroulaient les événements, il pouvait vérifier les assertions de Raymond V de Toulouse : Aliénor seule avait pu nouer une conspiration d'une aussi vaste étendue. C'était bien elle qui, peu à peu, dans le brillant décor de la cour de Poitiers, avait ainsi dressé les fils contre leur père, les vassaux contre leur seigneur. Tout l'accusait, aussi bien les dires des prisonniers qui lui tombaient entre les mains que l'exultation dont faisaient preuve ses vassaux poitevins : « Réjouis-toi, ô Aquitaine, jubile, ô Poitou, car le sceptre du roi de l'Aquilon s'éloigne de toi »... écrivait alors un chroniqueur, Richard le Poitevin.

Henri obtint de l'un des prélats qui lui étaient demeurés fidèles, l'archevêque de Rouen, Rotrou de Warwick, qu'il envoyât à la reine une semonce solennelle : «Nous déplorons tous, d'une plainte unanime et lamentable, que toi, femme prudente entre toutes, tu te sois séparée de ton époux... Séparé de la tête, le membre ne la sert plus. Bien plus, chose plus énorme encore, c'est le fruit même des entrailles, celles du seigneur roi et les tiennes, que tu as fait s'insurger contre leur père... Nous savons que, à moins que tu ne reviennes vers ton époux, tu seras la cause d'une ruine générale... Reviens donc, ô reine illustre, vers ton époux et notre sire... Avant que les événements nous acheminent à une issue funeste, reviens avec tes fils vers le mari à qui tu dois obéir et auprès duquel tu es tenue de vivre... Ou bien tu reviendras vers ton époux, ou bien, par le droit canonique, nous serons contraints et forcés d'exercer contre toi la censure de l'Église — ce que nous disons bien à regret et que nous ne ferons, à moins que tu ne te reprentes, qu'avec larmes et douleur... »

Mais, au moment où était rédigée cette missive (on en attribue la rédaction au secrétaire du roi, Pierre de Blois, que nous retrouverons, quelques années plus tard, aux côtés de la reine), Aliénor, retranchée dans son Poitou, songeait à tout autre chose qu'à revenir auprès d'un époux qui l'avait bafouée et délaissée. Du point de vue militaire, les événements prenaient pour elle mauvaise tournure et, déjà, l'on parlait de trêve. Henri, une fois les mains libres du côté de la Normandie, tourna ses armées vers le Poitou et se mit à ravager le pays entre Tours et Poitiers. Comprenant que le confident et l'homme de main de la reine, en cette occasion, ne pouvait être que le dévoué Raoul de

Faye, il fit le siège de Faye-la-Vineuse qui, bientôt, tombait entre ses mains. Aliénor y avait peut-être résidé, mais elle ne s'y trouvait pas plus que Raoul lui-même qui, dès ce moment, avait pris, à son tour, le chemin de Paris. Sans doute venait-il solliciter asile pour la reine elle-même. Ce premier époux si méprisé, ce «moine couronné», quel pathétique retour s'opérait vers lui !

C'est au nord de Poitiers, en direction de Chartres, qu'un soir, tout près des États du roi de France, des hommes à la solde du Plantagenêt se heurtèrent soudain à un petit groupe de chevaliers qu'à tout hasard ils firent prisonniers, car ils étaient Poitevins. A leur grande stupeur, ils reconnurent parmi eux, sous des vêtements d'homme, la reine Aliénor.

XV

LA REINE PRISONNIÈRE

Piegz a de mort selh que viu cossiros,
E non a joy, mas dolor e temensa,
Pueys ve la ren que'l pogra far joyos,
On non troba socors ni mantenensa.

AIMERIC DE PEGULHAN.

C'est pis que mort, le vivre douloureux
Où n'a nul(le) joie, mais tristesse et
[souffrance ;
Quand bien on sait qui vous ferait
[joyeux
Et que n'en vient secours ni
[maintenance.

« DIS-MOI, Aigle à deux têtes, dis-moi, où étais-tu quand tes aiglons, volant de leur nid, osèrent lever leurs griffes contre le roi de l'Aquilon ? C'est toi, nous l'avons appris, qui les as poussés à s'élever contre leur père. C'est pourquoi tu as été arrachée à ta propre terre et conduite en terre étrangère. Tes barons, par leurs paroles pacifiques, t'ont abusée avec ruse. Ta cithare a pris des accents de deuil et ta flûte le ton de l'affliction. Naguère, voluptueuse et délicate, tu jouissais d'une liberté royale, tu regorgeais de richesses, tes jeunes compagnes chantaient leurs douces cantilènes au son du tambourin et de la cithare. Tu t'enchantais du chant de la flûte, tu exultais aux accords de tes musiciens. Je t'en supplie, Reine aux deux couronnes, cesse de t'affliger continuellement; pourquoi te consumer de chagrin, pourquoi chaque jour affliger ton cœur de larmes; reviens, ô captive, reviens vers tes États si tu le peux. Si tu ne le peux, que ta plainte soit celle du roi de Jérusalem : «Hélas! «mon exil s'est prolongé, j'ai habité avec une gent «ignorante et inculte.» Reviens, reviens à ta plainte et dis : «Les larmes ont été nuit et jour «mon pain tandis que chaque jour on me disait : «Où sont ceux de ta famille, où sont tes jeunes «suivantes, où sont tes conseillers.» Tels ont été soudain arrachés à leurs terres et condamnés à une mort honteuse, tels ont été privés de la vue, tels errent en divers lieux et sont tenus pour fugitifs. Toi, l'Aigle de l'alliance rompue, jusqu'à quand clameras-tu sans être exaucée? Le roi de l'Aquilon a mis le siège autour de toi. Crie avec le prophète, ne te lasse pas, comme la trompette hausse ta voix pour qu'elle soit entendue de tes enfants; il arrive en effet, le jour où par tes fils tu seras délivrée et tu reviendras sur ta terre.»

Cette pathétique exhortation provient du même moine clunisien, Richard le Poitevin, qui adressait des menaces au «roi de l'Aquilon». Dans son style véhément, si bien accordé au caractère d'Aliénor, elle exprime le sentiment que ressentirent sans doute les populations poitevines, attachées à leur dynastie, et, plus que tous, les commensaux de la cour de Poitiers : «La reine est aux poètes ce que l'aurore est aux oiseaux», s'était écrié l'un d'eux; mais ce brillant foyer de vie s'était éteint, cette cour hospitalière était désormais fermée : la reine était prisonnière.

Reconnue sous son déguisement d'écuyer, Aliénor avait été amenée dans la tour de Chinon. C'est là, vraisemblablement, qu'elle passa les quelque six mois qui séparent la date de sa capture de celle de son embarquement dans la première quinzaine de juillet 1174.

Le décor devait rappeler étrangement à la reine un autre embarquement, celui qui avait eu lieu vingt ans plus tôt dans ce même port de Barfleur lorsque, avec Henri, ils avaient, contre vent et marée, franchi ensemble le Channel pour aller recevoir leur couronne à Westminster — vingt ans au bout desquels elle se retrouvait prisonnière, captive de cet homme sur qui reposait pourtant la responsabilité première des combats qu'il affrontait à présent. N'était-ce pas lui qui avait rompu le pacte? et, s'ils s'accusaient réciproquement de trahison, n'était-ce pas lui qui, le premier, avait trahi?

Or, comme vingt ans plus tôt, la mer était mauvaise, la tempête s'annonçait : de ces tempêtes d'été d'autant plus dangereuses qu'elles sont plus soudaines; on hésitait à mettre à la voile. Tout était incertain : le temps et les événements. Car Henri était encore loin de pouvoir se dire vainqueur. S'il avait repris sur Richard les cités du Mans, de Poitiers et de Saintes, il avait reculé devant la forteresse de Taillebourg où s'était retranché le fidèle serviteur des ducs d'Aquitaine : Geoffroy de Rancon. En Angleterre, la lutte semblait s'étendre, menée par le roi d'Écosse, l'évêque de Durham et divers seigneurs dont l'un, Hugues Bigot, s'était montré jusqu'alors fidèle serviteur de la couronne, mais avait pris désormais le parti d'Henri le Jeune. Le grand chambellan de Normandie, Guillaume de Tancarville, précédemment en Angleterre, avait sollicité l'autorisation de passer la Manche, et, l'ayant obtenue, il s'était rendu, non à Rouen, mais auprès du Jeune Roi. Celui-ci se trouvait en Flandre occupé à réunir des troupes qui, sous peu, viendraient renforcer en Angleterre l'armée des rebelles. Ainsi, la révolte continuait. Henri n'était que partiellement vainqueur ; mais, en capturant Aliénor, il avait tranché le nœud même de la conspiration. Et la reine, qui le connaissait mieux que personne, devait savoir qu'une fois de plus il affronterait l'orage.

De fait, comme vingt ans plus tôt, Henri donna l'ordre d'appareiller, puis, debout sur le pont de la nef principale, la tête découverte, il prononça publiquement une prière : «Seigneur, si j'ai au cœur des projets de paix pour le clergé et pour le peuple, si le Roi des Cieux a disposé le retour de la paix pour mon arrivée selon sa miséricorde, qu'Il me donne d'arriver à bon port. S'il s'y oppose et a décidé de châtier mon royaume, qu'il ne me soit jamais donné d'en atteindre les rives.»

Dans la bouche d'Henri Plantagenêt, la prière se distinguait mal de l'imprécation.

Le soir même, la flotte, après une traversée cahotante, parvenait à Southampton.

Chacun pensait que le premier mouvement du roi serait pour se diriger vers le centre de l'Angleterre afin d'attaquer Hugues Bigot, ou vers le Nord pour lutter contre le roi d'Écosse. Mais sa conduite fut tout autre. A l'arrivée, il refusa le repas qu'on lui présentait, ne prit qu'un morceau de pain, but un verre d'eau, puis déclara qu'il se rendrait à Cantorbéry dès le lendemain matin.

En réalité, cet homme, qui tenait tête seul à toute une famille révoltée, qui sentait son royaume près de lui échapper et qui, malgré son caractère despote, n'était pas dépourvu de sensibilité, avait eu un instant de découragement. Et il semble bien que ce soit alors, par cette brèche, qu'un vrai repentir se soit fait jour en lui. Lors de la pénitence d'Avranches, il s'agissait surtout de se laver d'une faute aux yeux de son peuple et de l'Église : geste officiel sans lequel aucune réconciliation n'était possible. Mais quand, ce 12 juillet 1174, Henri pénétra dans la cité où, dix ans plus tôt, avaient commencé ses désaccords avec l'archevêque, on dut avoir le sentiment qu'il ne s'agissait plus là de satisfaire à des exigences extérieures : il semblait, cette fois, obéir à un appel de la conscience. Quelques jours avant son départ, Henri s'était confié à l'archevêque de Rouen qui, ému de la solitude de cet homme, lui avait suggéré d'aller sur la tombe de Thomas Beckett « en humble pèlerin ».

« Si tu veux bien venir avec moi, avait répondu le roi, j'irai. »

Et c'est pourquoi il se trouvait ce jour, pieds nus, revêtu du costume des pénitents : une simple robe de bure serrée d'une corde à la taille — sur le chemin de Cantorbéry. Une fois arrivé, sans prendre aucune nourriture, il se dirigea vers la tombe de l'archevêque et passa la nuit en prières. Depuis un an, Thomas le martyr était canonisé ; les pèlerinages, qui avaient commencé spontanément à Cantorbéry presque au lendemain de l'assassinat se multipliaient à présent ; ils s'imprimaient jusque dans la topographie de Londres et des environs, avec les *Pilgrim's road* et les *Thomas street*, en attendant d'inspirer les poèmes de Chaucer.

Et l'on imagine ce que dut être pour le roi cette veillée devant le tombeau de celui qui avait été son ami le plus cher, sur les lieux mêmes du drame, là où il n'avait osé revenir jusqu'alors : le cloître où, un soir, dans la nuit tombante, s'était profilée l'ombre des quatre cavaliers, la porte qui avait résonné sous leurs coups : «Où est Thomas Beckett, le traître?» — et que l'archevêque avait ordonné d'ouvrir —, la chapelle absidale où, tandis que les moines s'enfuyaient éperdus, à l'exception d'un seul, le jeune Edward Grim, Thomas avait offert aux coups sa mince silhouette, pour tomber enfin, la tête tournée vers le nord, devant l'autel de saint Jean-Baptiste, terrassé, mais non vaincu. Il y avait bientôt quatre ans de cela.

Henri entendit la messe au matin, puis, comme à Avranches, dépouilla sa robe pour offrir son dos nu aux verges des moines. Il se rendit ensuite à l'hospice des lépreux à Harbledown :

Et entra au moutier et a fait oraison
Et de tous ses méfaits a requis Dieu pardon;
Pour l'amour saint Thomas a octroyé un don :
Vingt marchiés (marcs) de rente à la pauvre
[maison.

Cette rente de vingt marcs, elle est encore servie à l'hôpital de l'endroit, en notre XXe siècle, par la couronne d'Angleterre.

S'étant ensuite réconforté et ayant pris quelque nourriture, Henri se dirigea sur Londres. Dans la nuit, un messager parvint : il annonçait la défaite du roi d'Écosse qui était tombé entre les mains de Renouf de Glanville, le justicier royal. La lutte devait se poursuivre quelque temps encore; à la fin de septembre, ses fils s'étaient soumis.

Aliénor voyait s'écrouler son œuvre. Tout lui échappait à la fois : le pouvoir, les honneurs et jusqu'à ses enfants dont elle se trouvait désormais séparée. Elle avait cinquante-trois ans ou environ;

en même temps que sa vie de reine, sa vie de femme prenait fin ; elle se retrouvait seule avec ses espoirs déçus, humiliée dans ses ambitions comme dans ses affections.

Lors de son arrivée en Angleterre, Henri avait donné ordre de l'amener d'abord à Winchester, puis dans la tour de Salisbury qui fut sa résidence ordinaire. Il ne s'agit pas de la cité d'aujourd'hui, avec sa cathédrale dont le haut clocher n'a été construit qu'au siècle suivant, mais du château d'Old Sarum : on retrouve l'emplacement de la tour où elle a vécu sur le vaste cratère gazonné qu'enferme aujourd'hui l'enceinte circulaire du château. C'est là qu'elle aura passé les heures sombres de son existence. Aucune blessure d'amour-propre ne lui était ménagée ; Henri, désormais, s'affichait avec la belle Rosemonde ; il tentait d'obtenir le divorce en 1175 ; l'arrivée en Angleterre du cardinal de Saint-Ange, Uguccione, lui donna quelque espoir à ce sujet. Il le reçut avec empressement, lui fit cadeau de superbes chevaux, fit aménager pour lui et sa suite des chambres somptueuses dans le palais de Westminster ; mais il en fut finalement pour ses frais : le légat repartit sans écouter les instances qui lui étaient faites pour que fût annulé son mariage avec Aliénor.

Quelle a pu être l'attitude de la reine durant ces années pour elle sans histoire ? Elle se trouvait retranchée de la vie, coupée des événements qui se déroulaient sur le continent. Elle n'était pas captive au sens où nous l'entendrions aujourd'hui : à plusieurs reprises, on la voit changer de résidence, se rendre dans un château du Berkshire ou du Nottinghamshire ; mais elle est toujours placée sous la surveillance de l'un des dévoués serviteurs du roi, Renouf de Glanville ou Ralph Fitz-Stephen, et, sans aucun doute, des précautions étaient prises pour prévenir chez elle tout désir de s'évader comme l'en conjurait Richard le Poitevin. En la maintenant en Angleterre, Henri la privait de tout contact avec ses fils, et sa politique, dorénavant, les maintiendra désunis; il parviendra même, quelque temps, à créer un malentendu, d'ailleurs passager, entre Aliénor et Richard à propos de l'Aquitaine dont mère et fils partagent toujours la seigneurie.

Nous ne savons rien — à peu près rien — de la vie d'Aliénor durant cette longue détention. Et certes on peut imaginer qu'elle connut des instants de désespoir — qu'elle demeura parfois prostrée, durant les sombres journées d'hiver enveloppées de brume, quand les cris des corneilles, tournoyant autour des arbres squelettiques, remplaçaient pour elle ce fond musical de flûte et de cithare qu'évoque la plainte de Richard le Poitevin. Mais ce n'est pas l'impression dominante, si l'on juge de cette période sans histoire par l'histoire qui précède, et surtout par celle qui suit. Il n'était pas dans le caractère d'Aliénor de demeurer longtemps abattue. Pas davantage, de se renfermer dans le regret du passé. L'avenir était totalement incertain. Mais il est hors de doute qu'elle n'en aura pas moins mis à profit le présent. Nous en aurons la preuve quand, rendue à la liberté, elle va nous apparaître sous un jour qui nous étonne : jamais elle ne semblera plus admirable dans son énergie, plus efficace dans son action, plus femme et plus reine. Ce qui oblige à penser que ces années de retraite et de silence n'auront pas été, pour Aliénor, des années perdues. Tous ses actes en portent témoignage. L'amour ardent qu'elle porte aux lettres, sa curiosité d'esprit, son sens de l'observation demeurent en elle aussi vifs que jamais, et les dernières années de son existence en feront la preuve. Passé ce long temps d'inaction, elle va se retrouver à nouveau prête pour l'action et décidée à tirer, dans tous les domaines, la leçon des longues heures solitaires passées dans le déroulement des saisons sous le ciel anglais tantôt chargé de brouillards traînant tard dans la vallée au pied d'Old Sarum et tantôt pénétré d'air marin, quand le vent de la côte souffle jusque vers les tours de Winchester.

*
* *

Divers événements auront bouleversé la sérénité qu'elle a pu acquérir durant cette retraite forcée. Et d'abord, Aliénor aura certainement appris la mort de la belle Rosemonde. En 1176, se sentant malade, elle s'était retirée au monastère de God-stow ; elle y mourut à la fin de la même année. Ces dates suffisent à démentir la légende d'Aliénor lui offrant le choix entre l'épée ou le poison puisque la reine était elle-même prisonnière à l'époque. On aime à penser qu'en son cœur elle avait pardonné à cette rivale, cause première de ses malheurs. Henri, par la suite, devait faire chaque année des dons au monastère dans lequel Rosemonde était enterrée. On raconte que les religieuses vénéraient sa tombe et que, l'ayant constaté, le saint évêque Hugues de Lincoln, indigné, fit déplacer le mausolée qui la recouvrait. Mais semblable légende a été forgée pour maintes favorites royales, en particulier pour Agnès Sorel, et l'on ne peut guère y voir qu'une sentimentalité bigote.

Henri ne paraît pas d'ailleurs avoir amendé sa vie pour autant. Dès 1177, une grave accusation circulait, qui parvint jusqu'aux oreilles du roi de France Louis VII : celui-ci, alarmé, fit un appel à

Rome pour que fût célébré le mariage, projeté depuis longtemps, de sa fille Adélaïde avec le comte Richard, héritier du Poitou et de l'Aquitaine. La question devait rester pendante, source de conflits sans cesse renaissants entre les cours de France et d'Angleterre. Elle devait le demeurer près de vingt ans. En réalité, la malheureuse Adélaïde, séduite par Henri, ne pouvait épouser Richard. Elle mènera tout ce temps la vie d'une demi-prisonnière, sorte d'otage aux mains des rois d'Angleterre, et, une fois libérée, épousera enfin, sur le tard, un petit chevalier, Guillaume de Ponthieu.

Vers le même temps, l'année de la mort de Rose-monde, Jeanne, l'avant-dernière des enfants d'Aliénor, partait pour la Sicile où l'attendait son fiancé, Guillaume II que l'Histoire surnomma « le Bon ». Une escorte somptueuse allait accompagner la jeune reine : d'importants prélats comme l'évêque de Winchester et celui de Norwich, et les deux frères de la jeune princesse, Henri le Jeune, qui l'escorta sur son domaine de Rouen à Poitiers, puis Richard qui, prenant la relève, l'emmena de Poitiers à Saint-Gilles. Jeanne était âgée de onze ans quand son mariage fut célébré, à Palerme. Elle allait d'ailleurs être accueillie dans une cour dont l'atmosphère ressemblait plus que toute autre à celle de Poitiers, car son époux, fort lettré et qui avait eu quelque temps pour précepteur Pierre de Blois (devenu depuis le chancelier d'Henri II) était un parfait chevalier ; il devait le prouver quelques années plus tard en accueillant courtoisement la fille du roi du Maroc dont le navire avait fait naufrage sur les côtes de Sicile ; loin de retenir comme otage, ainsi qu'on le lui conseillait, cette princesse sarrasine, Guillaume la fit soigner dans son propre palais et reconduire chez son père, escortée d'une flotte frétée par ses soins ; sur quoi le roi s'était empressé de rendre à Guillaume de Sicile deux cités prises par les Sarrasins sur ses domaines.

Et c'est aussi pendant sa captivité qu'Aliénor apprit la mort de son premier époux, le roi de France Louis VII.

Un événement qui eût pu tourner au tragique avait assombri les derniers mois de son existence : l'aventure survenue à son unique fils, ce Philippe qu'il appelait Dieudonné et qui, pour l'Histoire, est Philippe-Auguste. Se sentant malade, Louis avait décidé de faire couronner cet héritier qui, du reste, avait atteint sa majorité puisqu'il avait quatorze ans. Tout était prêt à Reims pour la cérémonie, fixée au 15 août 1179, quand, l'avant-veille, Philippe, sur sa route, avait décidé de chasser dans le bois de Cuise-la-Motte, près de Compiègne. Peu à peu, dans l'ardeur de sa poursuite, il s'était écarté de ses compagnons et, soudain, s'était trouvé surpris par la nuit, en pleine forêt ; seul, saisi de terreur, incapable de se reconnaître, il avait erré toute la nuit ; au petit matin, des charbonniers l'avaient retrouvé, hagard, tremblant de tous ses membres et l'avaient ramené à Compiègne où son père était accouru à son chevet. Pendant plusieurs semaines, l'adolescent avait paru condamné. Le choc nerveux qu'il avait reçu était si violent qu'il ne paraissait pouvoir s'en remettre. Louis VII avait alors demandé et obtenu de faire le pèlerinage de saint Thomas de Cantorbéry. Le roi d'Angleterre avait tenu à l'escorter lui-même de Douvres, où il était venu l'accueillir, jusqu'à la ville-cathédrale où ils avaient ensemble passé deux jours et s'étaient longuement recueillis sur la tombe de l'archevêque. Étrange rencontre que celle des deux rois ennemis sur la tombe de l'homme qui, aux yeux du monde, avait incarné les limites que l'Église opposait au pouvoir des rois.

Louis, avant de se retirer, avait fait don au monastère de sa coupe d'or personnelle et constitué pour les moines un revenu de cent muids de vin de France par an.

Et l'on peut se demander quelle impression aura faite à la reine ce pèlerinage accompli côte à côte par les deux rois qui avaient été ses époux — auprès desquels elle avait successivement porté la couronne. L'amour, elle l'avait inspiré à l'un, éprouvé pour l'autre. A présent, ces deux hommes qu'elle avait divisés se réconciliaient devant le Seigneur. Pour elle-même, un lent revirement s'était opéré, qui peu à peu l'avait détachée de celui qui représentait la passion, l'ambition, pour l'amener à implorer asile et sécurité auprès de celui qu'elle avait d'abord dédaigné. Mais tout cela aussi était fini, dépassé. Et sans doute Aliénor avait-elle dès cette date retrouvé assez d'empire sur elle-même pour pouvoir s'accorder, en esprit, à cette sorte de dénouement mystique.

Louis n'avait pas survécu longtemps à ce pèlerinage. Son fils s'était enfin rétabli et avait pu être couronné le 1er novembre suivant. La réconciliation amorcée s'était confirmée, car Henri le Jeune, héritier d'Angleterre, avait, cette fois avec la permission de son père, participé à la cérémonie de ce couronnement de Philippe, à la fois son suzerain et son beau-frère; comme toujours généreux, il avait distribué largement l'or, l'argent, la venaison, les cadeaux princiers; les ménestrels avaient unanimement célébré sa munificence. Lors de la cérémonie, c'était à lui qu'était revenu l'honneur de porter, dans le long cortège, la couronne du roi de France sur un coussin de velours et, en retour, il avait reçu la charge, purement honorifique, de sénéchal du royaume de France.

Quelques mois plus tard, le 18 septembre 1180, le roi Louis VII mourait, tranquille, à l'abbaye cistercienne de Saint-Port. L'un des chroniqueurs qui nous racontent ses derniers instants, Geoffroy le Vigeois, déclare qu'on ne saurait faire aucun reproche à sa mémoire, si ce n'est d'avoir trop favorisé les Juifs et d'avoir distribué trop de franchises aux villes de son royaume. Toute époque a connu des historiens réactionnaires, et celui-ci ne se doutait certainement pas de l'éloge que comportaient ses dires, aux regards de la postérité.

*
* *

> Bien me plaît le gai temps de Pâques
> Qui fait feuilles et fleurs venir
> Et me plaît d'entendre ramage
> Des oiseaux qui font retentir
> Leurs chants par le bocage ;
> Et me plaît quand vois sur les prés
> Tentes et pavillons dressés
> Et j'ai grande allégresse
> Quand vois par la plaine rangés
> Chevaliers et chevaux armés.

Peut-être est-ce par les vers de Bertrand de Born qui circulaient de bouche en bouche qu'Aliénor apprenait les combats auxquels se livraient ses fils et son époux ? La vie courtoise, depuis qu'elle était prisonnière, avait fui la cité poitevine. Bernard de Ventadour s'était retiré à l'abbaye cistercienne de Dalon, et c'étaient la cour de Champagne et celle de Flandre qui avaient recueilli l'héritage d'Aquitaine : troubadours, trouvères, lyrique courtoise et romans de chevalerie. Mais la veine méridionale n'était pas éteinte pour autant et le petit châtelain de Hautefort, Bertrand de Born, se signalait, dans l'entourage du jeune roi, par ses sirventès dans lesquels la guerre tenait la place qu'un Bernard de Ventadour avait donnée à l'amour courtois. Car les combats avaient repris, dressant de nouveau les fils contre leur père et les frères entre eux.

Aliénor était prisonnière depuis neuf ans quand elle eut, au mois de juin 1183, un rêve impressionnant : son fils Henri, le Jeune Roi, était étendu sur sa couche, les mains jointes, dans l'attitude d'un gisant ; il avait au doigt une bague ornée d'un saphir précieux ; au-dessus de son beau visage souriant mais très pâle, se dessinaient deux couronnes : l'une était celle qu'il avait portée au jour de son couronnement comme roi d'Angleterre, l'autre paraissait faite d'une matière inconnue aux mortels, de lumière pure comme le saint Graal.

Quand, quelque temps après, on vint prévenir la reine que l'archidiacre de Wells demandait à lui parler de la part de son époux, Aliénor, très vite, comprit de quoi il s'agissait ; elle lui raconta le rêve qui la hantait depuis quelques jours et ce clerc, nommé Thomas Agnell, nous en a transmis le récit.

Il projette sur la mentalité du temps et sur la vie intérieure d'Aliénor elle-même une lumière pour nous si étonnante qu'on ne peut moins faire que de le rapporter. Visiblement, l'archidiacre a été lui-même surpris d'entendre la reine interpréter ce songe en un sens que le clerc le plus pieux n'eût pu désavouer : « Que peut-on comprendre par une couronne sans commencement ni fin, si ce n'est la béatitude éternelle ? Et que peut signifier une telle clarté, si pure et si resplendissante, sinon la gloire de l'immortelle félicité ? Cette seconde couronne était plus belle que tout ce qui, sur terre, puisse apparaître à nos sens : n'est-ce pas que «l'œil n'a «pas vu, l'oreille n'a pas entendu, le cœur de «l'homme n'a pas perçu ce que Dieu a préparé «pour ceux qui L'aiment?». »

Et Thomas Agnell, revenu à Wells, où déjà était édifiée en partie l'admirable cathédrale, l'une des plus belles de l'Angleterre, a dû plus d'une fois, en gravissant l'escalier fameux du transept Nord que semble toujours inonder une lumière céleste, songer à cette vision de la reine. Il nous confie que cette noble dame, «en femme de grand discernement, comprit le mystère de cette vision et en supporta d'une âme égale et forte la mort de son fils».

Le Jeune Roi était mort en quelques jours, d'une maladie que n'avaient su soigner ses médecins. Ses derniers instants au château de Martel, sur les bords de la Dordogne, s'étaient déroulés dans une paix fort édifiante. Dès les premiers temps de sa maladie, pressentant sa mort, Henri avait envoyé l'évêque d'Agen auprès de son père pour implorer son pardon, car la maladie l'avait surpris en plein combat, en pleine révolte contre son autorité. Rempli de cette méfiance qui grandissait chez lui au cours des années, Henri Plantagenêt hésitait à accorder foi aux paroles du messager; pourtant, comme celui-ci insistait pour recevoir un gage de pardon à transmettre au jeune homme, le roi alla prendre dans son trésor une bague précieuse ornée d'un saphir; il la remit à l'évêque, lui signifiant qu'elle serait pour le prince le témoignage des vœux qu'il faisait pour le rétablissement de sa santé et du pardon qu'il lui accordait.

Quand l'évêque fut de retour, Henri prit la bague, la mit à son doigt, y appuya ses lèvres; puis il pria son entourage de recevoir ses dernières volontés. Tout d'abord, se tournant vers Guillaume le Maréchal, il lui demanda, comme à son compagnon le plus fidèle, de prendre, après sa mort, la tunique de croisé que lui-même avait revêtue et d'accomplir à sa place le pèlerinage de Jérusalem; à tous les assistants il demanda d'être ses intercesseurs auprès de son père pour qu'il libérât la reine Aliénor de sa captivité. Ensuite, il se confessa et reçut avec beaucoup de piété le Corps et le Sang du Christ et l'huile des malades, puis il ordonna qu'on répandît des cendres par terre, se fit déposer sur le sol, vêtu d'une simple tunique, et pria qu'on lui mît la corde au cou : il voulait mourir comme un larron en pénitence des fautes commises pendant sa vie. Et c'est ainsi, gisant sur la pierre parsemée de cendres, qu'il distribua tout ce qui avait fait sa fortune en ce monde, jusqu'à ses vêtements royaux. Déjà, il ne respirait plus qu'avec effort quand doucement un moine lui fit remarquer qu'il avait gardé au doigt la pierre précieuse envoyée par son père : « Ne voulez-vous pas vous en dépouiller aussi pour parvenir à la pauvreté totale ?

— Cette bague, répondit le prince, je ne la garde pas par désir de possession, mais pour témoigner devant mon Juge que mon père me l'a remise en gage du pardon qu'il m'accordait. »

Il permit toutefois qu'on la lui enlevât après sa mort. Mais, lorsque, vers le soir, le Jeune Roi eut fermé les yeux, il se trouva qu'on ne put lui arracher la bague; et l'on considéra que c'était là le signe de ce que Dieu ratifiait le pardon du père à son fils. Ainsi mourut Henri le Jeune, le 11 juin 1183; il avait vingt-huit ans.

LA CHASSE DU ROI HERLA

Bela m'es pressa de blezos,
Cobertz de teintz vermelhs e blaus,
D'entresenhs e de gonfanos
De diversas colors tretaus,
Tendas e traps e rics pavilhos tendre,
Lanzas frassar, escutz trancar e fendre
Elmes brunitz, e colps donar e prendre.
...No'm platz companha de basclos
Ni de las putanas venaus ;
Sacs d'esterlis e de moutos
M'es laitz, quan son vengut de fraus ;
E maisnadier eschars deuria hom
                                    [pendre
E ric home, quand son donar vol
                                    [vendre ;
En domn' escharsa no's deuria hom
                                    [entendre
Que per aver pot plegar et estendre.

                            BERTRAND DE BORN.

Me plaît la mêlée de blasons
Couverts d'émaux vermeils et bleus,
D'étendards et de gonfanons
Peints de toutes vives couleurs,
Tentes et dais et les pavillons tendre,
Lances froisser, écus trancher, et fendre
Heaumes brunis, et coups donner et
                            [prendre.
... Mais ne me plaît compagnie de
                    [gascons (routiers)

Ni celle des viles putains
Sacs de moutons et d'esterlins
Me déplaisent, quand fraudes y sont ;
L'avide soudoyer, on le devrait bien
[pendre
Et l'homme riche, quand son don il veut
[vendre,
A femme avare ne devrait-on entendre
Qui pour argent peut se livrer et rendre.

ÉTAIT-CE pour répondre au vœu suprême du Jeune Roi ? La stricte surveillance sous laquelle Aliénor se trouvait placée sembla se relâcher un peu après sa mort. L'émotion avait été grande non seulement parmi les chevaliers qui composaient l'entourage du jeune homme et jouissaient de ses munificences, mais jusque dans le peuple où l'on se transmettait de bouche en bouche le récit de sa mort édifiante.

> Le roi de tous chrétiens
> Était la beauté et la fleur
> Et la franchise et la valeur
> Et la fontaine de largesse.

Les troubadours le pleurèrent et, plus que tous ému, Bertrand de Born, qui avait été son compagnon d'armes, devait composer deux beaux *planhs* en son honneur ; le châtelain de Hautefort avait pris part, avec la violence qui lui était propre, à la rébellion d'Henri le Jeune ; on l'accusait d'avoir été, en la circonstance, son mauvais génie ; ses biographes racontent que Bertrand, après la mort du *jove Rei engles*, s'était présenté, vaincu et repentant, devant Henri Plantagenêt qu'il avait combattu :

«Seigneur, tout me manque aujourd'hui.

— Pourquoi donc? questionna le roi.

— Ah! Sire, le jour où mourut votre vaillant fils, le jeune roi, je perdis sens, savoir et connaissance.»

Quand le roi, continue le récit, entendit ce que Bertrand lui disait de son fils, son cœur s'émut, ses yeux se mouillèrent et il se pâma de douleur; et quand il revint à lui, il dit à Bertrand en pleurant : «Ce n'est pas à tort ni sans raison que vous avez perdu le sens à cause de mon fils : il vous voulait plus de bien qu'à nul être au monde. Et moi, pour l'amour de lui, je vous rends votre liberté, vos biens et votre château, et vous rends mon amour et ma faveur.»

L'anecdote n'est probablement pas beaucoup plus exacte que celles qui composent ordinairement ces biographies de troubadours, écrites au XIIIe siècle sur des données assez fantaisistes; mais elle est vraie en ce qu'elle exprime la douleur sincère ressentie à la mort du Jeune Roi par tous, y compris son père qui pourtant avait disposé sans ménagements de ce fils aîné au gré de ses propres manœuvres politiques et avait lui-même été cause de ses perpétuelles révoltes. Pierre de Blois, son chancelier, lui écrivait, peu après cette mort, une lettre qui laisse entendre qu'Henri II pleurait son fils aîné «sans égard pour la majesté royale» et il lui prodiguait ses consolations : «S'il est pieux de pleurer à cause de votre fils, il est pieux aussi de se réjouir, car il s'est livré en toute humilité à la pénitence... Que cela vous apporte plénitude de joie, qu'un tel fils soit sorti de vos entrailles, en lequel affluaient tous les dons de la nature...»

Quelques mois après la mort de ce fils, Aliénor recevait à Salisbury sa fille Mathilde, autorisée à lui rendre visite avec son époux, Henri le Lion, le duc de Saxe; celui-ci se trouvait exilé par l'empereur contre lequel il était perpétuellement en révolte; son mariage avec l'aînée des Plantagenêts, de vingt-sept ans plus jeune que lui, avait aiguillé la politique angevine vers l'alliance avec les Guelfes. Henri et Malthilde avaient résidé quelque temps en Normandie, à Argentan où Bertrand de Born avait été leur hôte; il avait même, à la façon courtoise, adressé à Mathilde des vers un peu trop enflammés au gré de son époux; chassé par lui, il s'en était vengé en daubant sur l'ennui mortel qui régnait, selon lui, à la cour d'Argentan.

L'année suivante, en 1184, c'est Aliénor qui rend visite à sa fille, laquelle, à Winchester, met au monde un fils, Guillaume. On voit aussi la reine résider, pour Pâques, à Berkhampstead, au nord de Londres — l'une des plus aimables résidences royales, avec la rivière ombragée de saules qui serpente autour, et qui alimentait les fossés du château. Le nom d'Aliénor reparaît cette année-là plus fréquemment dans les comptes royaux et, geste inusité depuis bien des années, Henri lui offre une superbe robe d'écarlate, fourrée de petit-gris, puis une selle dorée avec parements de fourrure. Enfin, il annonce son intention de réunir toute la famille royale pour la Saint-André, 30 novembre 1184, dans le palais de Westminster. Les fêtes de Noël le mois suivant réunirent de nouveau la famille entière à Windsor. Aliénor allait faire, en cette occasion qui marquait «une sorte de réconciliation publique» avec les siens, un don à l'abbaye de Fontevrault : cent livres de rente en perpétuelle aumône sur la prévôté de Poitiers, et la vigne de Benon (Charente-Maritime); les moniales devaient désormais percevoir la moitié de ce revenu, soit mille sous, chaque année à la Saint-Martin d'hiver, à Poitiers même, et l'autre à Marcilly près de Benon ; Henri Plantagenêt, l'année suivante, devait confirmer solennellement ce don fait par son épouse.

Ces dons, ces réceptions, ces actes de clémence signifiaient-ils un changement d'attitude de la part du roi d'Angleterre vis-à-vis de son épouse ? En réalité, les uns et les autres semblent dictés surtout par ses visées politiques ; ils demeurent, ou à peu près, sans lendemain. La mort d'Henri le Jeune avait mis fin aux projets que son père avait échafaudés pour l'établissement de ses fils. Il semblait logique qu'à Richard, selon l'ordre successoral, échût la part réservée jadis à son aîné. Mais Richard ne bénéficiait pas de la tendresse paternelle au même titre qu'Henri le Jeune. Et peut-être la préférence qu'Aliénor avait toujours marquée pour lui avait-elle contribué à cette désaffection. Pour tous, il deviendra vite évident que la prédilection paternelle ira désormais à son dernier-né, ce Jean qu'il avait à sa naissance surnommé Jean sans Terre et qui avait été élevé loin de sa mère. En effet, la première disposition que prend Henri après la mort de son fils aîné, c'est d'inviter Richard à céder à Jean le Poitou et l'Aquitaine : non à Geoffroy, le cadet, mais bien à Jean, le dernier-né.

Or, personne ne pouvait être moins que Richard disposé à se rendre à cette invite : plus encore que son frère aîné, c'était un vrai Poitevin qui, du reste, avait été solennellement investi de l'héritage du Troubadour, où lui-même avait passé toute son adolescence, chassant, comme les ancêtres d'Aliénor, dans les bois de Talmond et résidant avec prédilection à Limoges ou à Poitiers.

Si bien que la succession d'Henri le Jeune ne pouvait, en fin de compte, être réglée sans la présence et l'aide d'Aliénor. Henri, habitué à agir en monarque autoritaire, se voit, en la circonstance, rappelé à l'ordre par la coutume du temps et obligé de redevenir roi féodal. Quelques années plus tôt, en 1179, il avait contraint Aliénor à faire cession de ses droits personnels à son fils Richard, et, selon quelques historiens, cela avait provoqué une mésentente passagère entre la mère et le fils. Ils n'allaient pas moins s'en retrouver alliés pour résister aux volontés du Plantagenêt ; c'est vainement qu'Henri, l'année suivante, fera venir Aliénor en Normandie et agitera, à l'intention de Richard, la menace d'envoyer, vers les Poitevins, leur légitime duchesse à la tête d'une armée destinée à le réduire à l'obéissance. Ni Richard ni Aliénor ne seront dupes du chantage ; une prophétie qu'on attribuait à l'enchanteur Merlin circulait alors : « L'Aigle de l'alliance brisée se réjouira en sa troisième nichée. » L'Aigle, c'est Aliénor ; on la désigne ainsi dès son époque ; Guernes du Pont-Sainte-Maxence, en racontant l'histoire de Thomas Beckett, nomme Aliénor l'« aiglesse » et fait allusion à la prophétie ; tandis que le récit de la vie de Guillaume le Maréchal donne à sa manière l'étymologie du nom de la reine en déclarant qu'elle eut : « le nom d'*alie* (aigle) et d'or ».

On aimerait avoir des détails sur ces assemblées où, de nouveau, Aliénor parut aux côtés de son époux, restituée pour un temps à la splendeur royale dans sa robe d'écarlate et de petit-gris. En 1184, elle avait environ soixante-deux ans ; il y avait tout juste trente ans qu'elle était reine d'Angleterre. Mais un tiers de ces trente années s'était écoulé dans la retraite, une retraite au cours de laquelle, tout l'indique, Aliénor avait conquis une sorte de sérénité qui, l'âge aidant, et l'expérience, lui permettait de jeter un regard profond sur les gens et les choses ; elle pouvait avoir de grandes satisfactions d'orgueil maternel en considérant ses enfants alors réunis autour d'elle : Richard, surtout, grand et beau, avec sa stature normande, ses yeux gris d'Angevin et sa chevelure d'un blond vif — avec aussi son humeur enjouée et ses dons poétiques, qu'il partageait avec son frère Geoffroy ; il y avait des différences profondes d'aspect et de caractère entre eux et Jean qui, plus petit que la moyenne, brun et nerveux, manifestait déjà, à dix-sept ans, cette instabilité propre à la race des Plantagenêts et qui, chez lui, devait tourner à la névrose.

Et l'on voudrait savoir lequel des deux époux parut le plus à son avantage en la circonstance : Aliénor ou Henri qui venait seulement de dépasser la cinquantaine, mais qui, au dire des contemporains, était précocement vieilli par les excès de toutes sortes. Il est frappant de voir que les historiens qui auront connu Aliénor dans sa vieillesse font d'elle un éloge sans réserve ; entre autres, Richard de Devizes, ce moine de Winchester, qui s'écrie, en parlant d'elle : « Cette femme belle et chaste, imposante et modeste à la fois, humble et éloquente. » Tous, en revanche, montrent Henri sous un jour lamentable dans ses dernières années : celui qui, jadis, avait été un chevalier de si belle prestance, n'est plus, passé la cinquantaine, qu'un vieillard presque obèse, traînant une jambe blessée par un coup de pied de cheval et atteint, au dire de l'entourage, de la pire des maladies : celle qui consiste à ne pouvoir trouver le repos; il ne peut tenir en place, agite fiévreusement les mains; il avait toujours été négligé dans sa mise, et cette négligence, en vieillissant, est devenue désordre, reflétant le désordre intérieur d'un homme qui n'a pas su se maîtriser lui-même. Tout grand administrateur qu'il fût, Henri, s'il avait fait prévaloir dans son royaume son autorité, n'y avait pas pour autant instauré l'ordre. Dans ses dernières années, l'autorité se faisait despotique; de simples délits de chasse entraînaient des punitions féroces : mutilations, emprisonnements interminables; il avait toujours eu pour la chasse une passion immodérée, ce qui, en Angleterre où les terrains étaient rares et les forêts clairsemées, le portait à une sévérité parfois barbare envers ceux qui commettaient des délits; la mort d'un cerf, disait-on, entraînait celle d'un homme. Mais le despotisme d'Henri n'avait pas pour autant instauré la paix. Son mépris du droit d'autrui soulevait contre lui la plus cruelle des guerres : celle que lui livraient ses propres enfants. Vers la fin de sa vie, son portrait est à l'opposé de l'idéal du siècle, celui du prince courtois, lettré, qui fuit toute démesure et pratique la justice et la largesse. Son train de vie, sa cour, tels que nous les décrit Pierre de Blois, tournent à la caricature : «Dans les repas, dans les chevauchées, dans les veillées, il n'y a ni ordre, ni règle, ni mesure. Clercs et chevaliers de la cour se nourrissent d'un pain mal fait, mal fermenté, pétri de farine d'orge, lourd comme du plomb, mal cuit; pour boire, un vin corrompu, trouble, épais, rance, sans saveur. J'en ai vu présenter à de grands personnages de si épais qu'on ne pouvait l'absorber qu'en fermant les yeux, les dents serrées, en le passant comme au crible plutôt qu'on ne le buvait, avec une grimace d'horreur ; la bière qu'on y boit a un goût affreux, un aspect abominable... On vent aussi bien à la cour des bêtes saines ou malades, des poissons de quatre jours qui ne se trouvent pas moins chers pour être puants et pourris... » Et de décrire le train de vie infernal que le roi, de plus en plus agité, fait mener à ses familiers, qui, parfois, au cours de ses chevauchées, se disputent, pour y passer la nuit, des réduits dont les porcs ne voudraient pas ; dans la suite du roi, on trouve d'ailleurs des gens de toute espèce, histrions, filles de joie, joueurs de dés, baladins, mimes, bateleurs, cabaretiers, fripons et truands.

Un autre contemporain, Gautier Map, compare la cour royale à celle du roi Herla que décrivent les vieilles légendes celtiques. Le roi Herla, selon ces récits, a rendu visite au roi des Pygmées dans son palais souterrain pour assister à ses noces. Après quoi, le roi des Pygmées reconduit Herla et sa suite en les comblant de cadeaux ; il remet au roi un petit chien braque qu'il doit porter dans ses bras : « Prends bien garde que ni toi-même ni qui que ce soit de ta cour ne descende de cheval avant que ce petit braque ait sauté à terre. » Herla et sa cour chevauchent ; après avoir quelque temps chevauché, le roi rencontre un berger à qui il demande des nouvelles de la reine, sa femme, qu'il a quittée quelques jours plus tôt ; le berger ne comprend pas et répond qu'il ne connaît pas de reine de ce nom ; il croit cependant, ajoute-t-il, qu'il y en eut une quelque deux cents ans plus tôt, avant que les Saxons aient vaincu les Bretons ; aussitôt, quelques courtisans sautent à terre, voulant le châtier de son insolence, mais, à peine ont-ils touché le sol qu'ils tombent en poussière. Le roi effrayé renouvelle à ses familiers la défense de sauter à terre avant que le petit braque l'ait fait, mais celui-ci n'a jamais sauté et, depuis lors, il erre sans cesse à travers bois avec sa cour. Et d'ajouter que les Gallois voyaient souvent passer la cour du roi Herla dans la vallée de la Wye, mais qu'ils ne la voient plus depuis qu'elle s'est incarnée dans la cour d'Henri Plantagenêt. On reconnaît le thème fameux de la chasse errante que d'autres conteurs appellent la «mesnie Hellequin» et qui, du domaine celtique, est passée dans le folklore international.

Cette légende et d'autres d'aussi mauvais augure se rencontrent souvent dans les écrits des contemporains à propos d'Henri II. L'une des plus saisissantes est celle que rapporte Giraud de Barri : dans l'une des pièces du palais de Winchester, affirme-t-il, se trouvait une peinture représentant un aigle et quatre aiglons; trois de ces aiglons attaquaient l'aigle du bec et de l'ongle sur les ailes et le dos; le quatrième, le plus petit, perché sur son cou, tentait de lui arracher les yeux. Henri lui-même aurait ainsi commenté cette peinture devant ses familiers : «Ces quatre aiglons sont mes quatre fils qui, jusqu'à la mort, ne cesseront de me persécuter; entre tous, le plus jeune à qui vont mes préférences sera le plus cruel à mon égard et me blessera plus durement que les trois autres.»

Les dernières années d'Henri allaient voir se réaliser le sinistre présage. Richard et Geoffroy allaient être perpétuellement en lutte contre leur père — habilement stimulés en cela par le roi de France, Philippe-Auguste, dont tout annonçait qu'à défaut d'autres qualités, il serait en tout cas un diplomate plus doué que son père. C'est à sa cour qu'allait mourir Geoffroy le Jeune; on lui fit de solennelles funérailles dans le chœur tout neuf de la cathédrale Notre-Dame de Paris consacré trois ans plus tôt. La comtesse Marie de Champagne vint y assister, ébranlée par la perte de ce demi-frère qu'elle aimait beaucoup et qui était mort en pleine jeunesse, d'un simple accident de tournoi.

Quant à Richard, les péripéties de sa lutte contre son père n'appartiennent qu'indirectement à l'histoire d'Aliénor. Elles l'amènent en tout cas, à l'exemple de ses frères, à contracter alliance avec le roi de France. Son cousin, le comte Philippe de Flandre, devait s'entremettre pour ménager amitié entre eux. Le moine Gervais de Cantorbéry, qui fut le chroniqueur attentif de ces années sombres, raconte qu'en 1187, Richard déclarait au comte de Flandre, en parlant de Philippe-Auguste : « J'irais bien pieds nus à Jérusalem pour avoir sa bonne grâce. » Et le comte de Flandre de répondre : « Inutile d'y aller à pieds, nus ou chaussés, mais tel que tu es, à cheval, dans ta splendide armure, tu peux aller le trouver. » Sur quoi, l'entrevue avec Philippe-Auguste eut lieu et une alliance s'ensuivit qui ne pouvait être dirigée que contre Henri Plantagenêt. Entre celui-ci et le roi de France, bien des griefs restaient pendants ; entre autres, la forteresse de Gisors et le Vexin normand, qui avaient été la dot de Marguerite de France, auraient dû faire retour au royaume à la mort d'Henri le Jeune. Marguerite, en 1186, l'année de la mort de Geoffroy, avait épousé en secondes noces le roi de Hongrie, Béla ; rien ne subsistait plus d'une union sur laquelle, trente ans plus tôt, Henri et Aliénor avaient fondé tant d'espoirs. Il est vrai que Gisors, à présent, constituait la dot d'Adélaïde, mais comme il n'était pas question de célébrer son mariage avec Richard, le roi de

France avait le choix en fait de revendications : qu'il réclamât la princesse elle-même ou la forteresse qui lui servait de dot. Les prises d'armes se multipliaient à cette occasion, suivies de pourparlers qui se déroulaient généralement sous le fameux orme de Gisors, un arbre plusieurs fois centenaire, au tronc gigantesque que neuf hommes pouvaient à peine étreindre.

Certain jour — c'était au mois d'août 1188 —, Henri Plantagenêt et son entourage, arrivés les premiers au rendez-vous de paix, s'étaient installés à l'ombre sous l'orme de Gisors. Une fois là, ils occupèrent toute la place, de façon discourtoise, narguant le roi Philippe et son escorte. Les négociations traînèrent tout le jour ; le roi d'Angleterre demeurait sous l'ombre de l'orme, le roi de France et sa cour restaient en pleins champs sous le soleil d'été. Vers le soir, après de multiples va-et-vient des messagers de l'un à l'autre groupe, une flèche partit des rangs des mercenaires gallois dont Henri Plantagenêt s'était fait escorter. Furieux de cette violation des usages, les Français, que leur attente inconfortable avait aigris, se jetèrent sur les Anglais ; ceux-ci, surpris par l'attaque, se retirèrent en désordre et trouvèrent un abri derrière les puissantes murailles de Gisors. Ne pouvant les atteindre, les gens de Philippe-Auguste se vengèrent sur l'orme ; ils coupèrent ses branches et commencèrent à le tailler en pièces ; le roi de France en fut d'ailleurs mécontent : «Suis-je venu ici pour faire le bûcheron ?»

L'arbre de la paix n'en avait pas moins disparu et cette forteresse de Gisors, plus que jamais pomme de discorde entre ducs de Normandie et rois de France, allait rester l'enjeu des guerres sans cesse renaissantes entre Philippe-Auguste et son puissant vassal. Mais, paradoxalement, Philippe devait, du moins pour un temps, avoir pour allié le propre fils de son ennemi : Richard, héritier d'Angleterre et comte de Poitou. Une scène étonnante allait se dérouler à Bonmoulins quelques mois après l'épisode de Gisors. Henri et Philippe avaient convenu de se rencontrer pour tenter une fois de plus de mettre fin à leurs différends. Pénible surprise pour le roi d'Angleterre : Richard se rendit à l'entrevue aux côtés du roi de France. Celui-ci exposa sa requête : que le mariage projeté entre sa sœur Adélaïde et l'héritier d'Angleterre ait lieu ; et il ajoutait : que Richard soit désormais pourvu, non seulement de son comté de Poitou, mais de l'ensemble des provinces qui lui revenaient, Touraine, Anjou, Maine, Normandie, et que les vassaux lui rendent hommage comme à l'héritier d'Angleterre.

Henri voyait se renouveler les difficultés que lui avait values le couronnement du Jeune Roi ; or, il n'était aucunement disposé à recommencer l'expérience d'un couronnement prématuré. Ou plutôt il était fermement décidé à ne pas céder à son fils Richard la moindre parcelle de pouvoir : « Vous me demandez ce que je ne suis pas préparé à accepter », répondit-il.

Alors, à la stupéfaction des deux escortes, Richard fit un pas en avant : « Je vois clair comme le jour ce qui jusqu'ici me paraissait incroyable », déclara-t-il. Et, posément, il dénoua son ceinturon, se jeta à genoux devant le roi de France et, plaçant sa main dans la sienne, lui prêta hommage incontinent pour tous ses domaines français, lui demandant, comme à son suzerain, aide et protection pour en être investi.

Sans doute la scène avait-elle été complotée d'avance entre les deux princes. C'était pour

Richard une déclaration de guerre à son père, et, pour Henri, un affront public, un défi lancé par son propre fils, l'héritier du trône. Richard ne devait pas s'en tenir là : renouvelant l'attitude de son frère aîné, il prenait, aussitôt après l'entrevue, la route de Paris et passait les fêtes de Noël avec Philippe-Auguste, l'un et l'autre unis selon toute apparence par la plus vive amitié, mangeant au même plat, dormant dans le même lit, paraissant ensemble aux assemblées et aux festins traditionnels en cette époque de l'année.

Cependant, autour du vieux roi miné par la maladie et le chagrin, les vassaux un à un faisaient défection. Sa cour de Noël, à Saumur, allait être sombre et solitaire, animée seulement par la présence de Jean sans Terre à qui, disait-on, il songeait à donner l'héritage de Richard.

La guerre devait reprendre avec le printemps. Elle fut menée par Philippe et Richard côte à côte ; autour d'Henri demeuraient seuls les chevaliers les plus fidèles : il fallait un Guillaume le Maréchal pour demeurer ferme aux côtés de son suzerain dans des circonstances pareilles, combattant pour une cause perdue. Une dernière entrevue eut lieu, à Colombiers, près d'Azay-le-Rideau. Henri était si visiblement exténué que Philippe-Auguste, pris de pitié, plia sa chape en quatre et la lui offrit pour s'asseoir. Le Plantagenêt refusa. Une trêve fut décidée. La guerre favorisait les deux alliés : Tours venait de tomber entre leurs mains ainsi que la cité du Mans, chère entre toutes au cœur d'Henri : c'était là qu'il était né, là que son père Geoffroy reposait.

Revenu à Chinon, le roi se coucha pour ne plus se relever. Il avait envoyé son chancelier, maître Roger, réclamer à Philippe la liste des seigneurs qui l'avaient trahi. Il était stipulé en effet qu'ils se communiqueraient mutuellement les noms des traîtres. Henri pria Guillaume le Maréchal de lui en donner lecture. Celui-ci ne put réprimer un cri de stupeur : en tête de la liste se trouvait le nom de Jean sans Terre, le fils chéri, celui pour qui Henri n'avait pas craint de semer la mésentente parmi ses aînés. Comme le Maréchal voulait continuer sa lecture, le vieux roi l'interrompit : « Assez en avez dit. » Et, tournant son visage contre le mur, il demeura inerte. Le troisième jour, un peu de sang lui sortit par la bouche et par le nez : il était mort.

XVII

L'AIGLE SE RÉJOUIRA...

> *Ar vey qu'em vengut als jorns loncs,*
> *Que.il flors s'arenguo sobr'els troncx,*
> *Et aug d'auzelhs chans e refrims*
> *Pe.ls playssatz qu'a tengutz embroncx*
> *Le fregz, mas eras pe.ls soms sims,*
> *Entre las flors e.ls brondelhs prims,*
> *S'alegra quascus a son for.*
>
> GUILHEM DE CABESTANH.

Je vois que viennent les jours longs,
Que fleurs jaillissent sur les troncs ;
J'entends d'oiseaux chants et refrains
Par les buissons où les maintint
Le froid, mais sur les hautes crêtes,
Parmi les fleurs et primes frondaisons
A sa façon chacun fait fête.

GUILLAUME LE MARÉCHAL avait été envoyé par Richard en Angleterre avec mission de libérer sa mère, la reine Aliénor. Il la trouva, raconte-t-il, « déjà délivrée, à Winchester, et plus grande dame que jamais ».

Après les quelques mois de semi-liberté qu'elle avait connus en 1184 et 1185, Aliénor était rentrée dans l'ombre, de nouveau reléguée par son époux sous la surveillance de Ralph Fitz-Stephen, d'Henri de Berneval et de Renouf de Glanville — tous trois des hommes sûrs et dont le dévouement ne s'était pas démenti. On imagine dans quelle amertume avaient dû se dérouler pour elle ces dernières années : Henri ne l'avait fait appeler en Normandie que pour se servir d'elle comme d'un épouvantail, pour tenter de ramener Richard dans son obéissance en menaçant de la restaurer dans ses États poitevins ; après quoi, elle s'était retrouvée comme auparavant en captivité — une captivité plus lourde à porter après la libération quelque temps entrevue.

Mais la mort d'Henri, le 6 juillet 1189, avait marqué pour elle l'heure de la délivrance. Sans plus attendre, elle s'était, en effet, libérée elle-même, et les consciencieux gardes du corps qui avaient mission de la surveiller étaient probablement trop inquiets sur leur propre sort pour y trouver à redire. Tout aussitôt, on assiste à une extraordinaire chevauchée : la reine hier captive se rend de ville en ville, de château en château, libérant partout les prisonniers, faisant rendre justice à tous ceux qui présentent quelque plainte contre les shérifs royaux, réparant sur sa route tous les abus de pouvoir commis par son époux.

Partout où elle passe souffle un vent de libération ; un nouveau règne s'annonce dans lequel on ne risquera plus d'être emprisonné, voire pendu, pour un simple délit de chasse. Et certaines décisions prises par la reine et édictées dans tout le royaume montrent comment, au cours de cette longue réclusion, elle s'était ouverte aux problèmes de son temps au lieu de se refermer dans une douleur égoïste : c'est ainsi qu'elle établit une mesure de capacité uniforme pour les grains et les liquides, et de même une mesure de longueur pour les draps et une monnaie valables dans toute l'Angleterre.

Cette attention aux nécessités économiques force l'admiration : Aliénor a été, à Poitiers, l'âme de ces cours d'amours dans lesquelles on dissertait intarissablement sur les subtilités de la courtoisie ; elle a pu inspirer Bernard de Ventadour et peut-être fournir des thèmes de romans à Chrétien de Troyes ; elle a pu incarner l'idéal de la Dame à laquelle chevaliers et poètes rendent hommage — et voilà qu'elle révèle un sens pratique, une conscience des besoins de son temps dont son époux, tout technicien qu'il fût en matière de bâtiment ou d'art militaire, n'a pas été capable. Qu'une même pièce de toile fût toisée d'une manière différente à York et à Londres, qu'une même quantité de froment fût mesurée de deux façons, selon qu'on se trouvait en Cornouailles ou dans le Surey — c'était, de toute évidence, une profonde complication aussi bien pour les paysans que pour les marchands ; quant à la monnaie, ses variations profitaient surtout aux changeurs. Or, dans un pays désormais en pleine prospérité économique, semblable unification s'imposait ; mais il se passera longtemps, très longtemps avant qu'elle ne soit introduite en France.

Aliénor fonde aussi un hôpital ; c'est là un geste très courant à l'époque — son époux en avait lui-même fondé plusieurs, notamment, la léproserie de Caen, celle de Quevilly, près de Rouen, l'hôpital Saint-Jean d'Angers ; et ce n'est pas non plus la seule fondation d'Aliénor, mais elle est peut-être plus émouvante que les autres parce qu'il s'agit d'un hôpital fondé en Angleterre, dans le Surrey, dans ce pays où elle a été si longtemps prisonnière ; et aussi parce que, contrairement aux autres fondations faites une fois pour toutes, les mentions en reviennent très fréquemment sur les rôles de comptes ; il y est sans cesse question, désormais de l'hôpital de la reine, des pauvres de la reine, des malades et infirmes de l'hôpital de la reine, etc. ; cela donne l'impression d'une sollicitude constante et fréquemment renouvelée, un peu comme ses donations en faveur de Fontevrault.

Il faut signaler aussi son geste de sollicitude à l'égard des abbayes du royaume : son époux avait trouvé commode de répartir entre elles ses réserves de chevaux de guerre, en imposant aux moines l'obligation de les nourrir, lourde charge dont elle les dispense.

Enfin, Aliénor prépare le couronnement de son fils, ce fils très aimé qui doit recueillir l'empire Plantagenêt. Jusqu'à la mort d'Henri, elle aura tremblé vraisemblablement à l'idée que celui-ci ne puisse déshériter Richard au profit de Jean, son préféré (les réticences d'Henri, lors des négociations avec le roi de France Philippe, n'étaient-elles pas dictées par cette arrière-pensée ? et pourquoi, à Gisors, lors du fameux épisode marqué par le dépeçage de l'arbre, avait-il proposé au roi de France que sa sœur, promise à l'héritier du royaume d'Angleterre, épousât « l'un ou l'autre » de ses fils ?) Elle sait à présent que deux obstacles, ou en tout cas deux difficultés majeures, sont à vaincre pour Richard : il va être en butte à la jalousie de son frère ; car Jean a toujours été jaloux ; sa mesquinerie, son caractère sournois et inquiétant, tout en lui fait contraste avec ce frère de haute taille et de grand cœur dont la force est généreuse et la colère terrible, qui pardonne aussi facilement qu'il s'emporte, mais qui ne soupçonne pas la ruse. Et — autre handicap — Richard, pour l'Angleterre, est à peu près un inconnu. Il est né à Oxford, mais n'a fait dans l'île que de brèves apparitions ; il n'en comprend pas la langue ; ses goûts, ses habitudes, le cadre de son enfance et de son adolescence, tout justifie ce surnom de Richard le Poitevin qu'on lui donne communément. Comment sera-t-il accepté par les bourgeois de Londres et les hauts seigneurs que son père a eu tant de mal à maintenir dans l'obéissance ?

Aliénor, en 1189, l'année de la mort d'Henri, a soixante-sept ans. Elle a toujours grande allure ; l'impression qu'elle a faite à Guillaume le Maréchal nous renseigne sur le sentiment qu'on éprouvait en sa présence : une grande dame ni vieillie ni cassée et, surtout, animée d'une flamme intérieure qui semble s'être fortifiée dans la solitude. Du reste, le vêtement de l'époque, s'il met gracieusement en valeur les lignes féminines, n'est pas sans avantager les personnes âgées : c'est à l'époque d'Aliénor qu'apparaît le hennin à mentonnière, non la ridicule coiffure pointue qu'évoque en général le terme de hennin (elle n'a été portée qu'au XVe siècle, c'est-à-dire trois cents ans plus tard), mais une sorte de coiffe à fond plat qui se complète d'un *guimple* : un voile léger encadrant le visage, que certaines religieuses ont conservé et qui dissimulait aimablement les cheveux blancs et les cous fripés. Enfin, elle semble avoir accumulé de véritables trésors d'énergie pendant sa retraite forcée ; peut-être se dit-elle qu'il est temps de les dépenser sans compter pendant les quelques années qui lui restent à vivre : elle ne sait pas que ces années, qui vont se prolonger au-delà de ce qu'elle peut prévoir, seront pour elle les plus chargées, les plus ardentes, les plus mouvementées, sans doute, de toute son existence.

On la voit mettre au service de Richard et pour lui assurer sa couronne, tout son amour de mère, toute son expérience de reine. Et quelle reine, en son temps, pouvait lui être comparée ? Elle a régné successivement sur ces deux royaumes occidentaux de France et d'Angleterre qui sont alors dans le monde européen, la troisième force — la plus jeune face à un Empire d'Orient atteint dans ses œuvres vives et qui ne se maintient, devant les assauts des Turcs, que grâce à une présence occidentale qu'il redoute dans la mesure même où elle lui est indispensable — la plus efficace si on la compare à l'Empire d'Occident que ses empereurs mènent à la ruine par l'excès même de leurs ambitions. C'est dans ces deux royaumes de France et d'Angleterre, qu'elle a espéré quelque temps réunir sous le sceptre de son fils aîné, que se trouvent à l'époque les fiefs les plus puissants et les mieux ordonnés, les cités les plus prospères, les foires les mieux achalandées ; c'est là que se multiplient les abbayes et qu'enseignent les clercs les plus instruits, là aussi que les édifices s'élèvent désormais avec le plus de hardiesse. Quelle cité égale désormais en éclat Paris, Londres ou Oxford ? quelle cathédrale, celle de Chartres qui s'est précisément donné pour évêque l'Anglais Jean de Salisbury ? quelles foires, celles de Champagne dont le gendre d'Aliénor, Henri le Libéral, s'applique constamment à améliorer le trafic ? Quelles œuvres poétiques reflètent mieux que celles d'un Chrétien de Troyes l'idéal courtois et chevaleresque, la fleur du siècle, qu'on imite à présent jusqu'aux confins de l'Empire germanique ? Enfin, quels centres de vie intérieure plus ardents, plus féconds qu'en France Fontevrault ou Saint-Victor de Paris, en Angleterre Rievaulx ou Cantorbéry, et, dressés au milieu des mers, les deux « monts Saint-Michel » — celui de France et à la pointe extrême de l'Occident, celui de Cornouailles ?

Sur ce double domaine de France et d'Angleterre qu'Aliénor — aigle à deux têtes, *aquila bispertita* — semble, par sa personne, réunir en un seul, deux rois vont désormais régner. Il y a ce roi Philippe de France dont la naissance a mis fin à ses espoirs concernant la double couronne d'Henri le Jeune et a coïncidé aussi avec l'éloignement de son époux : comme si l'étoile des descendants d'Hugues Capet, se levant enfin, annonçait le déclin de celle des Plantagenêts. Elle ne l'a jamais rencontré. Il paraît être, avec son fils Richard, dans les meilleurs termes, mais son instinct de mère lui dicte la méfiance. Rien dans la réputation de Philippe ne peut attirer la sympathie. Il est le «maupigné», le garçon hirsute et discourtois, élevé au milieu des bois ; son tuteur, Philippe de Flandre, s'est efforcé quelque temps de lui communiquer des manières un peu moins rudes. Que peut, de cet époux, penser sa femme, la douce, blonde et tendre Isabelle de Hainaut ? Envers sa mère, en tout cas, il agit en fils égoïste et n'a pas su montrer le moindre égard. Adèle de Champagne a quitté la cour et vit désormais sur ses terres. Enfin, dernier trait qui ne peut manquer d'être décisif pour Aliénor : il n'aime pas les trouvères ; quatre ans plus tôt, il a fait savoir son intention de ne plus entretenir à sa cour poètes et musiciens comme le fait tout prince bien né ; des largesses qui leur sont traditionnellement destinées, il fera, a-t-il dit, aumône aux pauvres.

L'alliance de Philippe et de Richard — il n'y a pas à s'y tromper — s'était faite contre la personne d'Henri. Que va-t-il se passer entre les deux jeunes rois à présent face à face ? On prête à Philippe encore enfant un mot significatif : en contemplant de loin la forteresse de Gisors, blanche sous le soleil, il s'était écrié : «Je voudrais que ces murailles fussent de pierres précieuses, que toutes les pierres en soient d'argent et d'or, à condition que personne ne le sache ou ne puisse le savoir sauf moi !» Et comme on s'étonnait de cette exclamation, il avait ajouté : «Ne vous étonnez pas : plus cette place forte aura de valeur, plus elle me sera chère quand elle sera tombée entre mes mains.»

Dans la lutte qui s'engagera tôt ou tard, quelles seront les alliances de Richard? Du côté de son frère Jean, il ne trouvera que trahison. Son frère Geoffroy, l'héritier de Bretagne, est mort trois ans plus tôt; il n'a laissé qu'une fille, mais sa femme Constance, alors enceinte, a donné ensuite le jour à un fils appelé Arthur comme le héros de la Table Ronde. Or, Constance de Bretagne, on ne sait pourquoi, déteste les Plantagenêts. Peut-être les tient-elle pour responsables de la mort de son époux; en tout cas, avec son accord, son enfant, dès le plus jeune âge, a été réclamé par le roi Philippe, qui, arguant de ses droits de suzerain, le fait élever à la cour de France.

Restent les filles d'Aliénor dont les mariages ont créé des liens entre les Plantagenêts et les cours d'Europe : hélas! l'aînée, Mathilde, vient de mourir en ce même mois de juillet qui a vu aussi la mort d'Henri; mais son époux, le duc de Saxe, semble un allié fidèle. La seconde, Aliénor, a épousé le roi de Castille et, par elle, on peut chercher, au-delà des Pyrénées, des alliances profitables à un royaume qui s'étend jusqu'à Bayonne. Jeanne, enfin, qui a épousé Guillaume de Sicile, peut fournir un appui inappréciable pour le grand projet que nourrit Richard.

Car il y a un grand projet, lequel oriente, en cet été 1189, les forces vives de la chrétienté. Et ce projet éveille des résonances multiples dans le cœur d'Aliénor : comme au temps où elle était jeune reine de France, on reparle de croisade, d'une croisade de rois. Il y a quarante ans tout juste que son oncle, Raymond de Poitiers, a trouvé la mort dans le combat contre Nour-ed-din — quarante ans que sont dites les messes anniversaires qu'Aliénor a fondées pour le repos de son âme. Et, depuis, la grande catastrophe s'est produite : Jérusalem, la Ville sainte, est retombée aux mains des Sarrasins. Cela s'est passé deux années auparavant, en 1187, lorsque l'armée des barons francs, follement aventurée par de mauvais conseillers dans les déserts de Hâttin, s'est fait décimer par les Mamelouks du sultan Saladin. On a pu croire alors que c'en était fini du fragile royaume latin demeuré à peu près sans défenseurs. Mais, à l'abri de leurs forteresses, les ordres militaires, Templiers, Hospitaliers — ceux, du moins, qui ont survécu à la tuerie de Hâttin — s'accrochent dans une résistance désespérée. Et voilà que, soutenu par quelques croisés fraîchement débarqués, l'ex-roi de Jérusalem (c'est un Poitevin, Guy de Lusignan) a entrepris de reconquérir la cité d'Acre. En réalité, depuis bien des années déjà, les barons de Terre sainte avaient lancé des appels de plus en plus pressants à la chrétienté occidentale. Les prélats, pour les seconder, exhortaient les princes chrétiens à faire taire leurs rivalités et leurs ambitions personnelles pour prendre ensemble la croix ; c'est sur leur prière qu'Henri Plantagenêt a plus d'une fois rencontré le roi Philippe sous l'orme de Gisors. En vain. La dîme spéciale imposée à cette occasion, Henri l'avait utilisée, par un détournement sacrilège, à lever des mercenaires pour combattre ses propres fils.

Il semble pourtant qu'à présent Richard soit décidé coûte que coûte à accomplir le vœu que son père a négligé. Et Aliénor, si ardente soit-elle à vouloir lui conserver son royaume, n'ira pas le détourner d'un dessein dans lequel elle retrouve quelque chose de sa propre jeunesse.

XVIII

... EN SON TROISIÈME AIGLON

> *D'ardimen vail Rollan et Olivier,*
> *E de domnei Berart de Montdesdier,*
> *Car soi tan pros, per aco n'ai bon lau*
> *... En totas res semble ben cavalier*
> *Si.m soi, e sai d'amor tot son mestier*
> *E tot aisso c'a drudari' abau.*
>
> PEIRE VIDAL.

> En courage, je vaux Roland et Olivier,
> En courtoisie, Bérard de Montdidier,
> Car tant suis preux, belle louange en
> [tiens...
> En toutes choses semble bon chevalier
> Et le suis, et d'amour sais-je bien le
> [métier,
> Et de tout ce qu'à l'amour appartient.

LES cloches sonnant à toute volée, les trompettes des hérauts résonnant à travers les rues de Londres, la foule qui se presse et qu'on écarte à grand-peine devant les chevaux qui piaffent d'impatience, les vivats, les acclamations, les tentures disposées devant les façades des maisons, piquées de bouquets et de guirlandes de feuillage, la verdure jonchant le sol — que de fois, au cours de son existence, Aliénor avait vu cet appareil de fête déployé sous ses yeux ! Que de fois, depuis les temps lointains où, fillette de quinze ans, elle franchissait le seuil de la cathédrale Saint-André de Bordeaux, dans sa robe de noces, elle avait répondu aux acclamations d'un peuple en fête au milieu duquel elle se trouvait portée par un riche cortège, bruissant d'étendards de soie, étincelant de ferrures et de harnais colorés.

Mais jamais, sans doute, autant que ce 3 septembre 1189, elle n'aura resenti joie plus profonde. Lors des couronnements précédents, elle n'avait fait que se plier à un rite auquel le sort la destinait. Celui-ci était son œuvre, et, dans l'accomplissement de la çérémonie, son rôle de reine et de mère allait recevoir une sorte de consécration. Depuis deux mois, toutes ses pensées, toutes ses démarches n'avaient eu qu'un seul et même but : faire reconnaître, comme roi d'Angleterre et héritier du royaume Plantagenêt, Richard, ce fils chéri, sa joie et son orgueil. Il semblait à présent que toute son expérience antérieure, y compris les humiliations, l'effacement imposé durant de longues années, dussent concourir à ce triomphe. La prophétie de Merlin — ou plutôt de Geoffroy de Monmouth — s'accomplissait en ce jour : l'Aigle se réjouissait en sa troisième portée.

Richard n'avait mis à la voile à Barfleur que le 13 août précédent. Débarqué à Portsmouth, il avait, le lendemain même, rencontré Aliénor à Winchester. Puis il s'était rendu avec sa mère à Windsor. C'est de là qu'ils étaient partis ensemble pour se rendre à Londres, à la cathédrale Saint-Paul, en procession, le 1er septembre ; enfin, toujours escortés des prélats et des hauts barons du royaume, ils avaient gagné Westminster où tous les préparatifs avaient été faits pour le couronnement.

Rien n'avait paru assez splendide pour rehausser l'éclat du cortège qui allait marquer l'avènement de Richard Ier d'Angleterre. Les rôles de comptes attestent qu'en ces jour-là le goût traditionnel des Poitevins pour le faste s'est donné libre cours. On a renouvelé tout le « harnais » des chevaux royaux et l'on a consacré la somme énorme de trente-cinq livres à l'achat d'une quantité de « draps variés » : brunette, écarlate, sans parler des fourrures de vair, de petit-gris et de zibeline ; la « robe » de la reine et de ses suivantes a coûté sept livres six sous et sa chape, à elle seule, faite de cinq aunes et demie d'un tissu de soie garni de vair et de zibeline, représente quatre livres dix-neuf sous. D'autres robes encore, toujours destinées à la reine — il fallait en prévoir pour les banquets et festivités diverses qui suivraient le couronnement proprement dit — emploient jusqu'à dix aunes d'écarlate rouge avec deux zibelines et une peau de petit-gris ; sans parler, bien entendu, des tissus de lin pour les hennins et les sous-vêtements. Et comme les libéralités de Richard s'étendent à tout l'entourage (c'est d'ailleurs l'usage en pareil cas), on fait confectionner une pelisse de petit-gris pour « la sœur du roi de France », Adélaïde, deux autres pour la fille du comte Chester et celle du comte de Gloucester ; il s'agit, pour la dernière nommée, d'Havise, fille et héritière de l'un des plus riches comtés d'Angleterre, qui a été donnée en mariage à Jean sans Terre, le frère du roi. D'autres encore pour les neveux ; ainsi Guillaume, le fils du duc de Saxe — le dernier né d'Henri et de Mathilde, qui n'est alors qu'un bambin de quatre ans — ou encore pour la fille du comte de Striguil, qui va épouser Guillaume le Maréchal.

Et combien, parmi ceux qui composent ce cortège et défilent solennellement sous les voûtes de la cathédrale de Westminster, peuvent se déclarer comblés par leur nouveau souverain. Le premier, après la procession des clercs en surplis blanc, vient Geoffroy de Lucé, portant le chaperon royal ; puis ce sont Jean le Maréchal, avec les éperons d'or, Guillaume, son fils, portant le sceptre à la croix, et Guillaume Patrick, le comte de Salisbury, le sceptre à la colombe. Tous ceux-là ont été les fidèles serviteurs d'Henri Plantagenêt, jusque et y compris dans sa lutte contre Richard. Leur présence en ce jour à Westminster témoigne du pardon royal et l'on ne peut pas manquer d'évoquer ici la scène si typique de ce temps qui s'est déroulée entre Richard et Guillaume le Maréchal lorsqu'ils se sont rencontrés à Fontevrault, à quelques pas de l'église où reposait le cadavre d'Henri II. Les deux hommes se retrouvaient face à face ; leur dernière rencontre avait eu lieu quelques jours auparavant dans des circonstances dramatiques : Guillaume protégeait la fuite du père devant le fils, d'Henri devant Richard ; ils se trouvaient près de la cité du Mans livrée aux flammes, dans le faubourg du Fresnay ; Guillaume pointait sa lance et Richard s'était écrié : « Maréchal, ne me tuez pas ; ce serait mal, je suis désarmé ! » En effet, il ne portait pas son armure et n'avait qu'un pourpoint avec, sur la tête, un léger chapeau de fer. « Que le diable vous tue, avait crié Guillaume, moi, je ne vous tuerai pas ! » Et le Maréchal, d'un coup droit, avait abattu le cheval de Richard, ce qui avait sauvé la retraite du roi qui, profitant de l'émoi causé, avait pu, forçant des éperons, gagner le faubourg de Fresnay où il s'était enfermé. C'est sur le souvenir de cette scène toute proche que les deux hommes s'étaient rencontrés. Quelle allait être l'attitude de Richard ? Allait-il entrer dans l'une des légendaires fureurs angevines qui le secouaient parfois ?

Mais la scène qui s'était déroulée est digne de son époque, celle de la chevalerie. « Maréchal, avait dit Richard, fixant droit dans les yeux le défenseur de son père, l'autre jour, vous avez voulu me tuer et vous l'auriez fait si de mon bras je n'avais détourné votre lance.

— Sire, avait répondu Guillaume, je n'ai pas voulu vous tuer. Je suis assez habile pour diriger ma lance à l'endroit exact où je le veux et il m'aurait été aussi facile de frapper votre corps que celui de votre cheval. J'ai tué votre cheval, je ne crois pas avoir mal fait et n'en éprouve aucun regret.

— Je vous pardonne et ne vous en garderai pas rancune. »

En conclusion de ce dialogue, Guillaume le Maréchal se retrouvait sous la voûte de Westminster, escortant à pas solennels son suzerain dont il portait le sceptre, avec la perspective d'épouser bientôt l'une des plus riches héritières d'Angleterre, la jeune comtesse de Striguil.

Et Richard avait agi de même avec la plupart des barons qui avaient adopté le parti de son père. Seul Renouf de Glanville n'avait pas trouvé grâce à ses yeux ; celui qu'on appelait « l'œil du roi » avait dû payer une somme fantastique : quinze cents livres d'argent pour s'éviter la prison ; un autre, Étienne de Marzai, le sénéchal d'Anjou pour Henri II, renommé pour son avarice (il avait refusé, après la mort du roi, de faire aux pauvres les aumônes traditionnelles), était alors emprisonné à Winchester jusqu'à paiement d'une rançon plus considérable encore : trois mille livres.

En revanche, les trois seigneurs, qui, dans le cortège du sacre, portaient les trois épées traditionnelles dans leurs fourreaux d'or, avaient tous trois des motifs particuliers de se réjouir de l'événement : l'un était David de Huntingdon — depuis toujours un partisan du comte de Poitou —, le second, Robert de Leicester : quelques mois auparavant, il n'était qu'un misérable proscrit réduit, ou presque, à la misère, mais Aliénor, dès sa propre libération, lui avait fait rendre les terres dont il avait été dépouillé pour avoir pris part à la révolte de Richard. Quant au troisième, il n'était autre que Jean sans Terre dont le surnom n'était plus de mise, car son frère l'avait littéralement comblé de biens : en Normandie, le comté de Mortain, en Angleterre, les châteaux de Marlborough, Nottingham, Lancaster, Wallingford, d'autres encore, tandis que son mariage avec Havise de Gloucester le mettait en possession de l'un des plus beaux duchés de l'île. De même, Richard avait-il comblé les deux bâtard de son père : à Geoffroy, l'aîné, qui était entré dans la cléricature, il avait promis de faire attribuer l'archevêché d'York ; le second, Guillaume, qu'on surnommait « Longue Épée » et qui, plus tard, devait, par son mariage, devenir comte de Salisbury, recevait, lui aussi, d'abondantes dotations. Et, certes, dans ces libéralités entraient beaucoup de calculs : il s'agissait de s'attacher par des bienfaits ceux qui auraient pu être ses rivaux et, par là, ses ennemis ; mais, chez Richard, la générosité était aussi l'effet d'un don naturel.

Cependant, la procession continuait : douze dignitaires — six comtes et six barons d'Angleterre et de Normandie — portaient une sorte de longue table recouverte de velours sur laquelle étaient étalés les insignes et les vêtements du sacre : les chausses tissées d'or, la tunique de pourpre, le voile de lin, une sorte de dalmatique et le manteau royal doublé d'hermine. Venait ensuite Guillaume de Mandeville, comte d'Aumale, qui, sur un coussin, portait la couronne d'or enrichie de pierres précieuses ; enfin, sous un dais de soie que quatre barons portaient suspendu au bout de leurs lances, s'avançaient Richard, l'héritier du trône, deux évêques marchant à ses côtés, Regnaud de Bath et Hugues de Durham.

Et l'on imagine Aliénor suivant chacun de ces rites séculaires du couronnement royal, avec l'œil attentif de l'ordonnateur des cérémonies. C'est d'abord la prestation du serment ; devant l'autel, au milieu du chœur, sont rassemblés les prélats, ceux d'Angleterre : Baudouin, l'archevêque de Cantorbéry, Gilbert de Rochester, Hugues de Lincoln qui, un jour, sera invoqué comme un saint, Hugues de Chester, beaucoup d'autres encore ; et, auprès d'eux, les prélats normands : Gautier de Coutances, l'archevêque de Rouen, Henri de Bayeux, Jean d'Évreux, sans parler des abbés, des chanoines de la cathédrale et des clercs de tous ordres, tous debout pour écouter le serment royal. Richard fléchit les genoux, pose les mains sur l'Évangile ouvert devant lui et détaille les obligations auxquelles il s'engage : tous les jours de sa vie, il portera paix et honneur et respect à Dieu, à la sainte Église et à ses ministres ; il exercera droit de justice et stricte équité aux peuples qui lui sont confiés. S'il existe en son royaume de mauvaises lois et des coutumes perverses, il les détruira ; il confirmera et augmentera celles qui sont bonnes, sans fraude ni malice.

Vient ensuite le rite de l'onction, le plus solennel ; on le considère à l'époque comme une sorte de sacrement ; certains ne craignent pas de le comparer à la consécration d'un évêque : Richard est dévêtu, il ne garde sur lui que sa chemise largement ouverte sur la poitrine et ses braies ; on lui passe aux pieds des sandales tissées d'or, puis l'archevêque, Baudouin de Cantorbéry — c'était un fidèle ami des Plantagenêts ; son premier geste, après son intronisation, avait été pour demander à Henri II d'adoucir la captivité d'Aliénor — lui fait sur la tête, la poitrine et les bras, les trois onctions signifiant la gloire, la science et la force nécessaires aux rois. On pose ensuite sur sa tête un voile de lin signifiant la pureté des intentions qui doivent l'animer, puis une sorte de calotte ou bonnet de soie qui sera sa coiffure ordinaire ; il revêt la tunique royale faite de brocart d'or et, par-dessus, une dalmatique taillée comme celle d'un diacre, signifiant que sa fonction tient du sacerdoce ; l'archevêque lui tend le glaive dont il doit écarter les ennemis de l'Église ; par-dessus ses sandales, on fixe les éperons d'or qui sont les insignes du chevalier ; enfin, on accroche à ses épaules le lourd manteau d'écarlate brodé d'or.

Superbe dans cet appareil, Richard, sa tête fauve bien dégagée, dominant des épaules ceux qui s'empressent autour de lui, s'avance d'un pas ferme vers l'autel et là, debout sur les marches, il s'arrête pour entendre la dernière et solennelle adjuration que lui lance l'archevêque Baudouin : « Je te conjure, au nom du Dieu vivant, de ne pas accepter cet honneur si tu ne te promets de garder inviolablement ton serment.

— Avec l'aide de Dieu, je le garderai sans fraude », répond Richard — d'une voix tonnante, car, avec lui, aucun cérémonial, si formaliste fût-il, ne demeurait figé.

Et c'est d'un geste assuré qu'il prend sur l'autel la lourde couronne, la tend à l'archevêque et s'agenouille tandis qu'on la lui pose sur la tête ; deux barons la soutiennent, tant à cause de son poids que pour indiquer que le roi féodal ne gouverne pas sans son Conseil. L'archevêque, alors, met dans sa main droite le sceptre royal surmonté d'une croix, et, dans la gauche, un autre sceptre, plus léger, surmonté d'une colombe qui indique que, dans sa fonction de juge, le roi doit implorer l'aide de l'Esprit-Saint. Et, ainsi revêtu de tout l'appareil de la majesté royale, Richard gagne son trône, précédé d'un clerc portant un cierge et des trois barons porteurs des trois glaives ; il s'assied et la messe commence.

*
* *

Pourquoi fallut-il que ce jour du couronnement fût marqué d'une note tragique ? La cérémonie s'était déroulée dans le calme et la grandeur. Richard, acclamé par les barons et le peuple, était venu déposer sur l'autel la couronne et les vêtements royaux pour revêtir un simple diadème d'or et une tunique de soie plus légère avant de se rendre dans la salle du festin. Dans le grand hall de Westminster qui existe encore de nos jours, le banquet réunissait prélats et barons sous l'œil d'Aliénor, tandis qu'empressés, les citoyens de Londres s'étaient offerts pour servir « de la bouteille », et ceux de Winchester, la cité royale, pour servir « de la cuisine ». Au-dehors, les victuailles avaient été largement prévues pour le peuple, et les tonneaux de bière se vidaient l'un après l'autre quand, tout à coup, dans le tumulte joyeux, des cris d'horreur se firent entendre. Les Juifs de la Cité avaient cru bien faire en choisissant cette heure des festivités pour venir offrir leurs présents au roi.

Mal leur en prit. Ils tombèrent sur une foule passablement excitée dans laquelle plus d'un comptait des débiteurs : les Juifs, à Londres comme dans beaucoup de villes commerçantes, étaient pour la plupart usuriers ou prêteurs sur gages ; le chroniqueur Richard de Devizes, en évoquant la triste scène, les qualifie de *sanguisugas* (sangsues). Des rixes éclatèrent, suivies d'une véritable chasse à l'homme. Ne furent sauvés, parmi ces malheureux, que ceux qui purent trouver refuge dans le palais de l'archevêque, leur asile traditionnel quand ils étaient menacés.

Le roi, dès le lendemain de son couronnement, devait faire rechercher et punir ceux qui avaient pris part au massacre. Et Richard de Devizes termine son récit en précisant que dans d'autres villes aussi les Juifs furent molestés, mais non à Winchester — sa ville — où, dit-il, on se conduit toujours en civilisé *(civiliter).*

Les Londoniens, qui avaient fait un accueil enthousiaste au roi Richard « le Poitevin » n'allaient pas tarder à se rendre compte que le souverain dont ils étaient fiers ne songeait qu'à quitter au plus tôt son royaume insulaire. C'était, il est vrai, pour une raison honorable : il n'avait d'autre idée en tête que son projet de croisade. Et bientôt, à son exemple, toute l'Angleterre se trouva faire des préparatifs de croisade. Cela impliquait d'abord la levée d'un impôt pour procurer des subsides aux combattants. En dépit du précédent fâcheux qu'avait été la dîme « saladine », laquelle, au lieu de servir contre Saladin, avait été détournée par Henri II à son profit personnel, cette nouvelle levée allait être faite sans trop de difficultés. Richard, dont l'imagination était fertile quand il s'agissait de se procurer des ressources, fit sans scrupules commerce des dignités seigneuriales. Il mit en vente, déclare l'un des chroniqueurs de son règne, Roger de Hoveden, châteaux, villes et domaines. «Je vendrais Londres même, déclarait le roi sans vergogne, si je pouvais lui trouver un acheteur.»

Mais, surtout, préparer la croisade signifie que dans tous les ports d'Angleterre on s'active à construire les nefs et les *buzzes*, qui sont les gros navires de transport où tiennent quatre-vingts chevaux et plus de trois cents passagers, sans compter les serviteurs et les matelots; que dans les villes on tisse des voiles et l'on tresse des cordages; que des armées de bûcherons abattent des arbres pour les mâts et les carènes tandis que, dans les clairières, les petits ateliers de forge travaillent sans arrêt : dans la seule forêt de Dean, 50 000 fers à cheval (de quoi équiper à neuf 12 500 chevaux) seront forgés à cette occasion, sans parler des armes et des armures, des cottes de mailles souples qui sont un travail délicat, et des casques ou des boucliers martelés à grands coups sur l'enclume, des flèches fines et des gros carreaux ou traits d'arbalètes, des bois durs que l'on trempe pour les machines de guerre, et des cuirs souples dont on façonne les selles et les harnais. Tous les métiers sont en haleine pour le service du roi. Sur leurs domaines, les hauts barons, gagnés par l'enthousiasme, se préparent eux aussi pour le voyage d'outre-mer, et le mouvement se propage jusque dans les villes où combien de petites gens se trouvent eux aussi volontaires pour la croisade. Un érudit de notre temps, William Urry, historien de sa cité de Cantorbéry dont il connaît, maison par maison, ceux qui l'habitèrent à l'époque d'Aliénor, a pu retrouver, dans le petit carrefour de la rue des Merciers et de la rue Haute au débouché du portail de la cathédrale, entre le Marché au Beurre et l'église Notre-Dame, cinq mentions de petites gens qui ont pris la croix. Il y a Hugues l'Orfèvre et Philippe de Mardres et, non loin, Vivien de Wiht ; il y a Adam de Tolwarth qui sera un proche compagnon du roi Richard au siège d'Acre, et la maison de Margaret Cauvel dont l'époux, un Londonien, joindra aussi l'expédition. Tous ces gens travaillent, s'agitent, s'endettent, vendent des terres pour acheter des armes. La croisade fait faire peau neuve, et l'élan pour Jérusalem se répercute jusque dans les foyers les plus humbles, jusque dans les chaumières de paysans où l'on tue le porc et l'on fume les bacons qui se vendent bon prix aux navigateurs.

Des deux côtés de la Manche, aussi bien dans les États du roi d'Angleterre que dans ceux du roi de France, c'est la même effervescence que jadis, quand Louis VII et Aliénor avaient pris la croix. L'enjeu était aujourd'hui infiniment plus important, les circonstances infiniment plus graves qu'elles ne l'avaient été quarante ans plus tôt. Lors de la chute d'Édesse, quarante-cinq mille chrétiens avaient été massacrés ou emmenés en esclavage, et la Syrie du Nord s'était trouvée ouverte aux attaques des Turcs. Mais aujourd'hui c'était bien autre chose : la Ville sainte elle-même retombée au pouvoir des musulmans. Après un siècle d'existence, le précaire royaume chrétien, maintenu jour après jour au prix de sacrifices souvent héroïques — comme celui du petit roi lépreux mort quatre ans auparavant et qui, dans les dernières années de sa courte vie, se faisait porter en litière sur le lieu des combats —, allait-il disparaître ? Tout le faisait prévoir.

La perte de Jérusalem, cela signifiait de longues files d'esclaves chrétiens acheminés vers les marchés d'Égypte et de Syrie sous escorte musulmane.

Pendant plus d'un mois, entre le 2 octobre et le 10 novembre 1187, s'était opéré, jour après jour, l'affreux triage qui vidait la Ville sainte de sa population franque et démembrait les familles : les officiers de Saladin laissaient passer vieillards et enfants pour refouler, entre la première et la deuxième enceinte de la cité, les jeunes gens et les jeunes filles. Il y en eut ainsi, selon les estimations les plus modérées, de onze à seize mille réduits en esclavage, dont cinq mille furent dirigés sur l'Égypte où ils fournirent la main-d'œuvre destinée au travail des fortifications. Le vainqueur, Saladin, s'était pourtant montré d'une exceptionnelle générosité ; il est vrai qu'il n'avait accordé à la ville une capitulation relativement honorable que sous la menace de la voir entièrement détruite, y compris cette mosquée d'Omar qui était un lieu saint musulman, par une population farouchement décidée à se défendre. Le désastre de Hâttin l'avait à peu près privée de défenseurs, mais l'un des seigneurs échappés au massacre, Balian d'Ibelin, avait hâtivement organisé la résistance ; il avait conféré la chevalerie à une soixantaine de bourgeois, transformés ainsi en combattants et qui, si peu préparés fussent-ils, n'en avaient pas moins infligé un échec à l'avant-garde de Saladin, lequel était loin de s'attendre à un pareil sursaut et croyait entrer dans une ville ouverte. Comprenant que les Francs de Jérusalem étaient prêts aux solutions désespérées, il avait finalement offert aux vaincus de se racheter moyennant rançon : dix besants pour un homme, cinq pour une femme, un par enfant. Mais deux pour cent seulement des Francs habitant Jérusalem disposaient d'une somme pareille (un besant valait environ douze francs-or). Balian obtint de libérer les plus pauvres pour un prix global : sept mille hommes pour trente mille besants, que payèrent, d'ailleurs sous la menace, Templiers et Hospitaliers. Et Saladin, dans un geste méritoire, ajouta à ce chiffre mille esclaves rachetés par lui et mille autres par son frère, Malik Al-Adil. Il devait aussi, ému par leur grand âge, autoriser deux vieillards à demeurer à Jérusalem : l'un d'eux, plus que centenaire, était un survivant de la première croisade, celle qui avait quitté l'Occident en 1096 pour parvenir, trois ans plus tard, à reconquérir les Lieux saints.

Toute la Syrie et la Palestine voyaient se multiplier semblables scènes d'exode et les réfugiés affluaient sur la côte, tandis que tombaient, l'une après l'autre, les forteresses franques qui, pendant un siècle, avaient réalisé ce miracle de défendre, contre les attaques venues de l'autre côté du Jourdain, la mince bande de territoire constituant le royaume de Jérusalem (quelque 360 kilomètres de frontières, 60 à 90 kilomètres dans sa plus grande largeur) : Châteauneuf, Saphet, Beauvoir, Beaufort. Cependant, le nouvel empereur byzantin, Isaac l'Ange, adressait ses félicitations à Saladin.

On pouvait croire que c'en était fait de toute présence chrétienne auprès des Lieux saints, sinon celle des Grecs, et qu'on en reviendrait au temps où le pèlerinage de Jérusalem représentait un périlleux exploit — entre les razzias des bandes de Bédouins, les menaces périodiquement renouvelées des Turcs et les exactions des gardiens byzantins préposés au Saint-Sépulcre. Semblable issue était d'ailleurs à prévoir dès le moment où, en la personne de Nour-ed-din, puis de Saladin, s'était réalisée l'unité du monde musulman, depuis les cataractes du Nil jusqu'à l'Euphrate, d'Alexandrie à Alep, Égypte et Syrie sous le commandement d'un seul homme.

Et pourtant, les royaumes francs allaient survivre pendant plus d'un siècle encore. Sous une forme très différente, il est vrai, de celle qu'avait déterminée la première croisade. Aux débris de leur principauté, quelques barons s'accrochaient comme à autant d'épaves : les murailles d'Antioche, celles de la forteresse proche de Marqab, confiée aux Hospitaliers, pouvaient supporter n'importe quel assaut, tout comme celles du Krak des chevaliers ou de Tortose qu'avaient fortifiée les Templiers. L'arrivée inattendue d'une escadre de Normands de Sicile que dirigeait le comte de Malte, Margarit de Brindisi, parvenait à sauver Tripoli sur la côte; celle d'un baron mi-allemand, mi-italien, Conrad de Montferrat, en faisait autant pour la cité et le port de Tyr, qu'il s'empressait de renforcer en prévision d'une prochaine attaque de Saladin.

Conrad était de ces hommes à l'esprit positif pour qui la fin compte plus que les moyens. Il était arrivé en vue de Tyr le 14 juillet 1187, dix jours seulement après Hâttin, à bord d'une escadre italienne qui comportait bon nombre de commerçants. Il confia à un Génois, Ansaldo Bonvicini, la charge de Châtelain de la cité qu'il avait entrepris de défendre à la prière de ses habitants, et se mit en devoir de la distribuer, quartier par quartier, aux colonies de marchands désireux d'avoir un comptoir fixe sur ce port bien situé pour amplifier leur trafic avec les Orientaux : aux Pisans, qui déjà y étaient installés, une partie de l'ancien domaine que s'était réservé le roi de Jérusalem, avec toutes sortes d'exemptions; l'une des sociétés commerciales de Pise, les Vermiglioni, demanda et obtint d'énormes privilèges non seulement à Tyr même, mais dans les cités comme Jaffa ou Acre qui restaient à reconquérir ; les gens de Barcelone reçurent une maison forte qu'on appelait le Palais Vert avec un four et des facilités pour commercer ; et Conrad en distribua autant à ceux de Saint-Gilles, de Montpellier, de Marseille.

Cette politique, qui donnait à la mainmise franque sur les ports de Palestine une destination d'ordre résolument économique, allait être imitée sur divers points de la côte. Comme l'a constaté René Grousset en notre temps : « Au point de vue moral, c'était la foi qui, dans les dernières années du XIe siècle, avait créé l'Orient latin ; ce fut la recherche des épices qui, au XIIIe siècle, le maintint debout. » A la solution chevaleresque se substituait la solution marchande ; et celle-ci mettra en échec, pour plusieurs siècles, la solution religieuse, celle qu'allait indiquer, en se présentant devant le sultan d'Égypte avec un seul compagnon, vêtu de bure et sans autre arme que la prière, le Pauvre d'Assise.

Mais ces conséquences lointaines restent imprévisibles au moment où le roi Richard d'Angleterre s'active dans ses préparatifs de départ, tandis que l'empereur Frédéric Barberousse et le roi de France Philippe-Auguste en font autant de leur côté. On sait seulement que le chevalier poitevin qui garde le titre désormais dérisoire de roi de Jérusalem, Guy de Lusignan, est venu, avec une poignée de compagnons, mettre le siège devant Saint-Jean d'Acre et qu'il est grand temps de le secourir, car ce siège, commencé le 28 août 1189, menace de tourner au tragique ; Saladin, en effet, s'est porté au secours de la place et les malheureux assiégeants vont être pris entre deux feux : entre la garnison musulmane d'Acre et les armées de secours ; les petits groupes de pèlerins qui débarquent de temps à autre, Italiens, Bourguignons, Flamands, jusqu'à des Danois quelquefois, peuvent à l'occasion lui prêter main-forte, mais pour tenter une action d'envergure, il est évident qu'il aura besoin des croisades royales ou de celle de l'empereur partie dès le mois de mai 1189.

Richard allait quitter l'Angleterre le 11 décembre suivant. Aliénor ne devait le rejoindre sur le continent que le 2 février 1190. Ensemble, ils avaient cru bon, pour « neutraliser » Jean, d'ajouter encore aux bienfaits que Richard lui avait octroyés lors de son couronnement : il recevait les comtés de Cornouailles, Devon, Dorset et Somerset ; Geoffroy le Bâtard avait été élu archevêque d'York ; sa consécration aurait lieu dès qu'il aurait été confirmé par le pape dans cette charge. De l'un comme de l'autre, Richard avait d'abord exigé le serment de ne pas revenir en Angleterre avant trois ans : sans doute se souvenait-il du sort de Robert Courteheuse, le fils de Guillaume le Conquérant, qui, pendant qu'il guerroyait en Terre sainte, avait été supplanté en Angleterre par son plus jeune frère, Henri Beauclerc. Cependant, sur la prière même de sa mère, Jean fut relevé de son serment. Il ne devait d'ailleurs recevoir aucune part dans le gouvernement de l'île ; les États de Richard demeuraient confiés à Aliénor ainsi qu'à celui qui avait été déjà chancelier du roi lorsqu'il n'était que comte de Poitiers, Guillaume Longchamp, lequel devenait chancelier et grand justicier d'Angleterre. C'était un curieux homme que ce Guillaume Longchamp : mal conformé, boiteux, bégayant, mais dont le regard perçant, sous ses sourcils broussailleux, décelait l'homme avisé et si habile qu'on disait couramment autour de lui qu'il avait deux mains droites ; il était clerc et, peu après le couronnement, allait se voir octroyer l'évêché d'Ely.

Les préparatifs de croisade impliquaient l'alliance avec le roi de France ; et celui-ci réclamait toujours le mariage de sa sœur Adélaïde. Richard le rencontra, en ce lieu de Gisors où, désormais, l'ombre du grand orme n'abritait plus les pourparlers de paix, et fut assez habile pour le persuader de remettre à plus tard leur différend.

Il est probable, que, dès ce moment, Aliénor nourrissait son projet personnel pour le mariage de Richard, mais rien n'en transpirait et l'on continuait à pousser plus activement que jamais les préparatifs de croisade. Les documents en portent trace, avec cette multitude de dons que l'on faisait traditionnellement en semblable occasion, aux monastères et établissements religieux : Richard fonde, non loin de Talmond, le monastère de Lieu-Dieu qu'il donne à des religieux augustins ; il fait des donations à l'abbaye de la Grâce-Dieu, dans les marais de la Sèvre, tandis qu'Aliénor octroie aux hospitaliers le petit port du Perrot, sur l'Océan, près de La Rochelle, pour leur permettre de desservir leurs hôpitaux du Poitou ; une autre fondation encore est faite à Gourfaille, près de Fontenay, et l'on ne s'étonne pas de voir Aliénor faire une place dans ses libéralités à l'abbaye de Fontevrault tandis que Richard confirme tous les biens que cette abbaye avait reçus de ses ancêtres et y ajoute diverses donations, dont une de trente-cinq livres à prendre sur l'Échiquier de Londres.

Cette donation date du 24 juin 1190, c'est-à-dire au moment même où, à Chinon, Richard prenait congé d'Aliénor ; sa flotte devait lui être amenée par mer dans un port méditerranéen, à Marseille ou en Italie ; lui-même, sans plus attendre, avait décidé de gagner Vézelay où se faisait le rassemblement des armées croisées.

Pourquoi fallut-il qu'au moment du départ, alors que, selon la coutume, on lui remettait les insignes traditionnels du pèlerin : la gourde et le bourdon (le bâton), ce bâton se brisât entre ses mains ?

XIX

LE CŒUR DE LION

Altas ondas que venez suz la mar,
Que fai lo vent çay e lay demenar,
De mon amic savez novas contar,
Qui lay passet, – no lo vei retornar!
Et ay, Deu d'amor!
Ad hora.m dona joy et ad hora dolor!

RAIMBAUT DE VAQUEYRAS.

Hautes ondes qui venez sur la mer,
Que le vent fait çà et là démener,
De mon ami nouvelles me contez
Qui vous passa, — et n'en vois
[retourner!
Hélas, Dieu d'amour,
Joie me donnez et douleur tour à tour.

ON aurait pu s'attendre à ce qu'Aliénor rentrât en
Angleterre aussitôt après le départ de Richard. Le
premier devoir qui lui incombait, n'était-ce pas de
lui conserver son royaume? Au contraire, on la
voit prendre la direction opposée : celle des
Pyrénées.

Le « passage outre-mer » des deux rois avait été
retardé à plusieurs reprises. Philippe-Auguste
avait perdu sa femme, Isabelle de Hainaut, morte
le 15 mars 1190 en donnant le jour à deux jumeaux

qui ne lui survécurent pas ; elle n'avait pas vingt ans et avait déjà donné un héritier au trône de France, le futur Louis VIII, né trois ans plus tôt. Le roi Philippe lui fit faire des funérailles solennelles dans le chœur tout neuf de Notre-Dame de Paris où l'on devait plus tard, lors des fouilles du XIXe siècle, retrouver sa tombe avec, à ses côtés, les deux minuscules cercueils de ses enfants. Il ne s'était guère conduit en prince courtois à son égard : lors de sa lutte contre Henri II Plantagenêt, il avait menacé de la répudier pour intimider son beau-père, Baudouin de Hainaut qui, avec le comte de Flandre, avait embrassé le parti du roi d'Angleterre.

Richard et Philippe s'étaient finalement retrouvés en Sicile, dans le port de Messine. Ils devaient y passer l'hiver de cette année 1190, prolongeant donc leur séjour dans l'île pendant six mois. Les historiens ne s'expliquent pas ce retard qui, très probablement, n'a été dû qu'à des vents contraires et aux dangers qu'auraient courus leurs flottes si elles s'étaient exposées aux tempêtes d'hiver. Traditionnellement, les derniers départs vers l'Orient avaient lieu au mois de novembre et l'on ne reprenait plus la mer avant la fin du mois de mars. La mer devait être particulièrement mauvaise cette année-là puisque Richard, au moment où il se trouvait à Marseille où il comptait s'embarquer, avait appris que les vaisseaux partis de Douvres ne pouvaient franchir le détroit de Gibraltar en raison des vents contraires. Si bien que, las d'attendre, il avait finalement accompli la traversée sur des bateaux pisans avec son entourage.

Il reste que ces délais n'étaient guère favorables au recouvrement de la Terre sainte. Les croisés émiettaient leurs forces qu'il eût fallu regrouper pour une action énergique. Déjà était parvenue en

Occident la nouvelle de la mort de l'empereur Frédéric Barberousse, noyé dans les eaux du Sélef le 10 juin 1190, ce qui, selon le mot du chroniqueur contemporain, l'Autrichien Ansbert, « décapitait » sa croisade ; seules quelques poignées d'Allemands avaient rejoint Guy de Lusignan sous les murs d'Acre. Le gendre d'Aliénor, Henri de Champagne, en avait fait autant de son côté. Mais ces secours en ordre dispersé n'étaient pas suffisants pour provoquer une solution décisive.

Quelqu'un pourtant mettait à profit le temps perdu et c'était la reine Aliénor dont la chevauchée jusqu'aux Pyrénées avait un but précis : « Oubliant son âge », elle avait affronté l'hiver, se rendant, selon quelques-uns, jusqu'à Bordeaux, selon d'autres, jusqu'en Navarre, et se mettait en devoir d'accomplir un long périple, passant les Alpes au col du Montgenèvre, traversant la Lombardie et, après avoir tenté succesivement de s'embarquer à Pise et à Naples, trouvant enfin des vaisseaux à Brindisi, pour aller en Sicile rejoindre son fils.

Elle n'était pas seule : une jeune fille l'accompagnait, Bérengère, fille du roi Sanche de Navarre. Aliénor s'était rappelé opportunément que, mandé à la cour de Pampelune pour un tournoi organisé par le frère de Bérengère, Richard lui avait jadis adressé des vers enflammés. Le chroniqueur Ambroise, qui accompagnait à la croisade le roi d'Angleterre, décrit la jeune fille comme « une sage pucelle, gentille femme et preue et belle ».

Adélaïde, sœur du roi de France, était demeurée à Rouen sous bonne garde : du mariage français, Aliénor ne voulait à aucun prix. Il était d'ailleurs impossible et Philippe lui-même avait fini par en convenir au cours des entretiens passablement orageux qu'il avait eus avec Richard durant leur séjour à Messine. Mais l'arrivée de Bérengère coupait court à toute négociation et Philippe le sentit si bien qu'il s'éclipsa avec sa flotte le 30 mars 1191, jour même où la nef envoyée par Richard à Reggio ramenait à Messine sa mère et sa fiancée.

On l'a fait remarquer, Aliénor, en accomplissant ce long et périlleux voyage — elle était presque septuagénaire — agissait alors « à la fois en mère et en reine » (Labande). Il était indispensable que le roi d'Angleterre eût un héritier légitime. Richard avait un bâtard nommé Philippe à qui il devait plus tard faire épouser la fille d'Hélie de Cognac, Amélie, dotée d'un beau domaine dans la région gasconne. Mais il lui fallait un fils auquel pourrait échoir sans conteste l'héritage Plantagenêt exposé aux prétentions de son frère Jean et de son neveu Arthur, qui n'étaient ni l'un ni l'autre des successeurs désirables aux yeux d'Aliénor. Et il lui fallait aussi une épouse capable de le maintenir dans le droit chemin, cet être incorrigible, agité de toutes les passions qui peuvent tourmenter un homme et dont les magnifiques qualités risquaient d'être étouffées par la violence d'un tempérament porté à tous les excès. Ce Richard, qui, pour l'Histoire, sera le « Cœur de Lion », méritait pleinement son surnom tant par sa crinière fauve que par cette vaillance et cette générosité qui sont demeurées légendaires. Délicat poète, musicien raffiné, on l'avait vu parfois, à l'église, quitter sa place pour mener lui-même le chœur des moines et rythmer leur chant. Partout, dans quelque circonstance qu'il se trouvât, il manifestait une curiosité, un appétit de savoir universel. En prenant contact avec la mer — c'était la première fois de sa vie, car ses expériences, jusqu'alors, s'étaient limitées à la traversée du « Channel » — il s'était soudain pris de passion pour la manœuvre de la voile et celle du gouvernail ; initié par les matelots italiens, il s'était révélé aussitôt marin comme par instinct : le sang normand, sans doute, qui se réveillait en lui. Ayant mis pied en Italie, il avait aussitôt entrepris de visiter les ruines romaines, aux alentours de Naples, comme mû par une curiosité d'archéologue. Il avait voulu faire l'ascension du Vésuve ; on l'avait vu s'approcher du cratère et ramasser des scories si hardiment que son entourage en avait le frisson. En Calabre, il avait entendu parler d'un vieil ermite, Joachim de Flore, lequel tirait, disait-on, de l'Apocalypse des interprétations inédites, et, tout aussitôt, il lui avait rendu visite : on avait pu voir ce spectacle surprenant du moine calabrais exposant ses théories quelque peu vaticinantes au roi d'Angleterre lequel, au dire de ses compagnons, « se délectait à l'écouter ». Joachim évoquait une Église nouvelle, l'Église de la charité, des contemplatifs, perpétuant l'esprit de saint Jean, laquelle, suivant des calculs assez déroutants, devait faire son apparition dans le monde en l'an 1260.

Tel était Richard qui, par ailleurs, se révélait un soldat hors pair, cavalier imbattable s'il le fallait et capable aussi de cheminer à pied des journées entières ; on allait le voir, lors du siège d'Acre, porter lui-même sur son dos les bois destinés aux machines de siège et qu'il avait choisis et désignés à ses bûcherons au préalable, comme pouvant fournir l'usage demandé. Son chroniqueur, Ambroise, racontant l'expédition dont il a été le témoin oculaire, nous a laissé le récit d'une curieuse conversation entre le sultan Saladin et l'évêque de Salisbury, Hubert Gautier, tous deux s'accordant à reconnaître que, si l'on avait pu réunir les qualités complémentaires des deux princes, le chrétien et le musulman, l'un avec ses prouesses et l'autre avec son sens de la mesure :

> *N'aurait un tel prince trouvé*
> *Si vaillant ni si éprouvé.*

Saladin avait eu l'occasion d'apprécier, chez Richard, tour à tour l'ennemi chevaleresque et le partenaire impulsif que la colère pouvait rendre féroce. N'avait-il pas, certain jour, impatienté de voir les pourparlers traîner en longueur à la manière orientale, fait massacrer, au mépris de sa parole, trois mille prisonniers faits à Saint-Jean d'Acre et que Saladin était disposé à racheter ?

Aliénor se conduisait en mère prudente, pensant que le mariage pourrait assagir ce fils terrible et séduisant. Était-elle au courant de la scène qui s'était déroulée quelques semaines plus tôt à Messine ? Richard s'était présenté devant une église desservie par le chapelain Renaud de Mayac et là, tête nue, épaules nues, ne gardant sur lui que ses braies, il s'était agenouillé pour une confession publique : il implorait le pardon pour les fautes contre nature auxquelles il s'était laissé aller. Cet être passionné ne reculait devant aucun dérèglement de la passion ; mais — et en cela il est bien de son temps — il savait se repentir aussi violemment qu'il avait péché. On le verra renouveler semblable pénitence publique pour la même raison cinq ans plus tard. Un ermite l'avait plusieurs fois admonesté en vain : « Souviens-toi de la chute de Sodome, abstiens-toi de ce qui est défendu, sinon le Seigneur en tirera une juste vengeance. » A quelque temps de là Richard était tombé malade. Cela se passait durant la Semaine sainte. Saisi de remords, il s'était amendé, avait rappelé sa femme et, le mardi de Pâques, faisait à nouveau une pénitence publique qu'il devait par la suite prolonger, fréquentant chaque jour l'église et faisant d'abondantes aumônes.

On imagine ce que pouvaient être les sentiments d'Aliénor lors de ce séjour en Sicile auprès de ce fils tant aimé, sur le point d'affronter l'aventure qu'elle-même avait affrontée dans sa jeunesse. En même temps que Richard, elle retrouvait sa fille Jeanne qu'elle n'avait plus revue depuis quatorze ans. C'était une très belle jeune femme de vingt-cinq ans, celle de ses filles qui lui ressemblait le plus. Elle était veuve depuis un an et l'arrivée de son frère avait représenté pour elle un secours inespéré dans les difficultés où l'avait laissée la mort de son époux, Guillaume le Bon : un bâtard du duc Roger (l'oncle de son époux), Tancrède de Lecce, s'était emparé du pouvoir avec l'appui de l'ex-chancelier de Guillaume, Matteo d'Ajello, et le soutien d'un fort parti sicilien ; le mouvement n'était d'ailleurs pas dirigé contre Jeanne elle-même, mais contre celle qui revendiquait l'héritage de Sicile, Constance, épouse de l'empereur d'Allemagne dont les Siciliens redoutaient les entreprises, non sans raison d'ailleurs. Tancrède, craignant que Richard ne manœuvrât contre lui, avait cru habile de s'assurer la personne de Jeanne et de la traiter en otage, la consignant dans la forteresse de Palerme au moment où la flotte du roi d'Angleterre faisait son entrée dans le port de Messine sous les acclamations frénétiques d'une population éblouie par la fière allure des vaisseaux anglais. Richard en apprenant que sa sœur était prisonnière était entré dans une de ses colères légendaires et Tancrède s'était empressé de libérer la princesse ; celle-ci était venue retrouver son frère dans son campement installé en dehors des remparts de la cité de Messine. Après quoi, tandis qu'il s'employait, avec quelques coups de main à l'appui, à lui faire rendre sa dot, de nouvelles complications avaient failli surgir ; Richard avait alors, en effet, de nombreux entretiens avec le roi de France, Philippe-Auguste ; Jeanne avait été invitée à prendre part à l'un d'entre eux et elle avait, de toute évidence, fait une forte impression sur Philippe. Aussitôt en sa présence, raconte un contemporain, il avait sursauté et un éclair de joie avait illuminé le visage généralement impassible du roi de France. Tout le premier, Richard s'en était aperçu. Dès le lendemain, par ses soins, Jeanne gagnait le château de La Bagnara, en Calabre, où elle se trouvait à l'abri des entreprises éventuelles de Philippe-Auguste et d'où elle était venue rejoindre, à Reggio, sa mère Aliénor.

Celle-ci n'allait passer que quatre jours en Sicile ; dès le 2 avril, elle prenait congé de ses enfants et se rembarquait en compagnie de l'archevêque de Rouen, Gautier de Coutances, et d'un chevalier commis à l'escorter, Gilbert Vascœuil. On avait décidé de profiter du beau temps et des vents favorables pour cingler vers la Terre sainte, où aurait lieu le mariage de Richard et de Bérengère. Et Aliénor, en dépit sans doute de ce qu'elle eût souhaité, tenait à regagner l'Angleterre au plus tôt, quitte à se priver du spectacle de son fils revêtu des splendides vêtements qu'elle lui avait fait faire pour son mariage : une tunique de samit rose, brodée de croissants d'argent, un chapel écarlate avec des plumes d'oiseaux retenues par une agrafe d'or, un baudrier de soie auquel pendait le fourreau, d'or et d'argent, de son épée, une selle dorée dont le troussequin s'ornait de deux lions affrontés.

Bérengère fut confiée à la garde de Jeanne et les deux jeunes femmes allaient, quelques jours après le départ d'Aliénor, s'embarquer à leur tour sur un lourd vaisseau de transport dirigé par un chevalier de la suite de Richard, Robert de Thornham. Personne ne se doutait alors que le mariage qu'on projetait de célébrer en Terre sainte aurait lieu à Limassol, dans l'île de Chypre, dont Richard devait s'emparer en un tournemain sur un accès de mauvaise humeur. L'empereur de Byzance, qui y résidait, avait cru réaliser un bon profit en faisant main basse sur le dromon — le vaisseau de transport — qui transportait les deux jeunes femmes et que la tempête avait poussé au large de Chypre avant l'arrivée de la nef du roi d'Angleterre. On juge de la fureur du roi quand, débarqué à son tour dans l'île après une traversée effroyable, il apprit que sa sœur et sa fiancée étaient prisonnières et leurs biens retenus par l'empereur, Isaac l'Ange. En trois semaines, la situation était retournée, l'empereur prisonnier dans l'une de ses propres forteresses et Chypre passée aux mains des Francs. Après quoi, laissant la garde de l'île à quelques hommes sûrs, Richard s'embarquait de nouveau, cette fois avec Bérengère devenue entretemps sa femme à la cathédrale de Limassol, pour arriver enfin, le 8 juin 1191, en vue de Saint-Jean d'Acre. Cette fois, la cité assiégée n'allait plus résister longtemps : le 17 juillet, après avoir fait des prodiges de valeur, Richard y pénétrait en vainqueur, éclipsant quelque peu le roi de France, lequel, il faut bien le dire, n'avait à son actif aucun des exploits guerriers qui venaient de consacrer, en Terre sainte, le prestige de Richard Cœur de Lion.

Si Aliénor s'était tant pressée de quitter Messine, ce n'était pas seulement à cause de ses inquiétudes touchant son fils Jean et des intrigues auxquelles il pourrait se livrer en Angleterre pendant l'absence de son frère. A peine arrivée en Sicile, en effet, elle avait appris la mort du pape Clément III. Or, sur son chemin, à Lodi, Aliénor avait croisé l'empereur d'Allemagne, Henvi VI, et sa femme, Constance de Sicile (elle était fille de Roger II, le grand-père de Guillaume le Bon, et sa dernière héritière); il n'était pas sans intérêt de suivre de près les événements.

Aliénor allait faire son entrée à Rome le jour de Pâques, 14 avril 1191; ce même jour, le nouveau pape — Hyacinthe Bobo — était consacré à Saint-Pierre sous le nom de Célestin III. Henri et Constance allaient de ses mains recevoir leur couronne impériale. Aliénor se souciait peu d'assister à la cérémonie et se contenta, après un entretien avec le nouveau pape qui se montrait bien disposé envers les Plantagenêts, de séjourner à Rome juste le temps nécessaire pour se procurer, auprès des changeurs de la ville, l'argent de son retour : huit cents marcs. Vers la Saint-Jean (24 juin), elle était de retour à Rouen et reprenait en main le royaume de son fils.

Très vite, comme on pouvait le prévoir, les difficultés éclatèrent. Jean sans Terre, au surnom désormais injustifié, mettait à profit sa situation et parcourait complaisamment l'Angleterre, se faisant connaître à tous, barons, prélats et bourgeois, et donnant à entendre que Richard ne reviendrait jamais de Terre sainte. Dans ses allées et venues comme dans ses prétentions, il ne rencontrait guère d'autre obstacle que la méfiance des partisans de son frère et la vigilance de Guillaume Longchamp, qui cumulait en sa personne les charges de chancelier et de grand justicier. Entre les deux hommes, les désaccords étaient inévitables ; un excès de zèle de la part de Guillaume allait les transformer en lutte ouverte. Geoffroy, le bâtard d'Henri II, avait été consacré dans sa charge d'archevêque d'York par l'archevêque de

Tours le 18 août précédent : Aliénor, en effet, rapportait de Rome l'approbation pontificale à son élection. Il voulut ensuite gagner son archevêché, mais, en raison du serment qu'il avait prêté à Richard avant son départ, de ne pas retourner en Angleterre pendant trois ans, il fut au moment où il débarquait à Douvres, arrêté par ordre du chancelier.

L'émotion fut grande parmi les clercs et le peuple : Guillaume Longchamp comptait beaucoup d'ennemis. L'archevêque Baudouin de Cantorbéry venait de mourir en Terre sainte et certains parmi les prélats l'accusaient de vouloir se faire nommer au siège primatial d'Angleterre. D'autre part, il avait la main dure et l'administration exigeante ; à Londres on le détestait. L'occasion était belle pour Jean de prendre la tête d'un mouvement qui le débarrasserait de l'arrogant chancelier. Il sut manœuvrer de telle façon que Guillaume Longchamp, qui s'était retranché pour plus de sûreté dans la Tour de Londres, se vit convoqué et appelé à rendre des comptes devant quelques milliers de Londoniens habilement excités par lui. Bravement, Guillaume fit face à la tempête ; il eut même le courage de dénoncer publiquement les manœuvres de Jean, l'accusant de vouloir supplanter son frère au moment où il se dépensait pour la défense de la Terre sainte ; mais il ne fut pas moins destitué par une assemblée réunie dans la cathédrale Saint-Paul et c'est, comme l'a écrit un historien de notre temps, « un curieux exemple de chute ministérielle au Moyen Age ». Après quoi, craignant pour sa vie, Guillaume Lonchamp quitta l'Angleterre, déguisé en vieille femme, et, une fois arrivé sur le continent, prit le chemin de Paris comme l'avaient fait avant lui tous ceux qui avaient à se plaindre des Plantagenêts. Là, il rencontra deux cardinaux,

Jourdain et Octavien, envoyés de Rome par le pape Célestin III, qu'il sut intéresser à son sort. Ceux-ci se dirigèrent vers la Normandie sans prendre la précaution de demander à la reine droit de passage ou sauf-conduit dans ses États ; ils virent se lever devant eux le pont-levis de la forteresse de Gisors que le sénéchal de Normandie refusa de baisser. Une situation extrêmement confuse s'ensuivit, marquée par une tempête d'excommunications lancées aussi bien par les cardinaux que par l'évêque d'Ely et par les prélats d'Angleterre, Geoffroy en tête.

La situation en était là, les fêtes de Noël 1191 approchaient et l'on ignorait quelle serait l'issue de cette lutte quand Aliénor, qui tenait sa cour à Bonneville-sur-Touques, eut vent d'une surprenante nouvelle : le roi de France avait quitté la Terre sainte ; il s'était fait relever de son vœu de croisade et venait d'arriver à Fontainebleau.

Sans perdre de temps, la reine se mit en devoir de faire fortifier les châteaux sur toute la frontière du royaume Plantagenêt et adressa à ses sénéchaux des messagers munis d'instructions à cette fin. La précaution n'était pas vaine, car, dès le 20 janvier, Philippe-Auguste se présentait devant Gisors et sommait le sénéchal de Normandie de lui remettre la place ; il arguait pour cela des accords conclus avec le roi Richard durant leur séjour en Sicile ; mais le sénéchal avait reçu des ordres précis de la reine et il était tout à fait contraire à la coutume de toucher aux biens d'un croisé pendant qu'il se trouvait en Terre sainte. Il refusa et Philippe-Auguste dut s'éloigner. Sur ces entrefaites, la reine apprit que son fils Jean concentrait une flotte à Southampton et recrutait des mercenaires ; on lui prêtait l'intention de venir faire hommage à Philippe-Auguste et d'en recevoir l'investiture du duché de Normandie en échange de la fameuse forteresse de Gisors ; tout comme le roi de France, il comptait mettre à profit la situation.

Dès le 11 février, Aliénor s'embarquait pour l'Angleterre. On la voit aussitôt réunir des assemblées de barons à Windsor, à Oxford, à Londres, à Winchester : il s'agissait, partout, de faire jurer fidélité à Richard, de dissiper les fausses nouvelles qu'on avait pu faire circuler, en particulier son intention prétendue de demeurer en Terre sainte et de se faire nommer roi de Jérusalem ; enfin et surtout, il 'agissait de couper les vivres à son plus jeune fils pour l'empêcher de passer la mer.

Aliénor y parvint et, au moins provisoirement, Jean dut remettre l'expédition qu'il projetait. Elle envoyait message sur message à Richard pour le prier de revenir dans ses États et recevait, en réponse, des détails sur ses prouesses. La gloire de Richard n'avait fait que croître non seulement dans sa propre armée, mais parmi les Français, qui reprochaient à leur roi d'avoir abandonné la croisade. Des négociations s'étaient engagées avec Saladin que la perte de la ville d'Acre rendait prudent. Un instant, on crut même pouvoir donner une solution romanesque aux conflits séculaires qui opposaient les chrétiens aux Turcs : Richard proposait de donner sa sœur Jeanne en mariage au frère de Saladin, Malik-al-Adil ; ils régneraient ensemble à Jérusalem, et les cités du littoral leur seraient cédées tandis qu'on échangerait de part et d'autre les prisonniers de guerre et que les ordres militaires, Templiers et Hospitaliers, se verraient attribuer des forteresses et des villages en garantie de l'exécution du traité. Grandiose perspective : une Plantagenêt à la tête d'un empire oriental tel qu'il ne s'en était jamais vu, où musulmans et chrétiens vivraient côte à côte en bonne intelligence, où les pèlerins pourraient circuler comme ils l'avaient fait de toute antiquité jusqu'au moment où la Terre sainte avait été conquise par les «Sarrasins»... Aliénor dut, si elle en fut informée à temps, être quelque temps séduite par ce grand rêve de domination orientale et de paix entre deux mondes, dont sa fille serait l'instrument... Mais, en tout état de cause, les messages suivants ne purent que la ramener du rêve à la réalité : Jeanne, en apprenant les pourparlers dont elle était l'objet, était entrée dans une colère digne, elle aussi, des Plantagenêts. On les avait engagés sans la consulter ; or jamais, au grand jamais, elle ne consentirait à épouser un musulman. A moins que le frère de Saladin ne se fît chrétien...

La guerre continua donc, avec cette succession de combats et de négociations qui la caractérisaient. Richard faillit être fait prisonnier en défendant le château de Blanche-Garde ; quelque temps après, il infligeait aux troupes de Saladin une sévère défaite à Ascalon ; ses exploits couraient de bouche en bouche à travers le pays et son renom de bravoure s'étendait aussi bien chez les musulmans que chez les chrétiens ; on racontait que les mères sarrasines, pour faire taire leur enfant, les menaçaient du roi Richard. A Jaffa, qu'il avait pu reconquérir en même temps que plusieurs cités côtières et où les ennemis comptaient le prendre par surprise, il avait combattu jambes nues, à peine armé, et, faisant alterner piquiers et arbalétriers, genou en terre, il avait réussi à mettre en déroute, à un contre dix, les troupes de Saladin.

Aliénor ne dut pas apprendre sans quelque émotion que son petit-fils, Henri de Champagne, le fils de Marie, qui combattait depuis deux ans en Terre sainte, avait été désigné par les barons pour porter la couronne de roi de Jérusalem. Couronne toute symbolique, à vrai dire, puisque Jérusalem n'était pas reconquise. Richard s'en était approché d'assez près pour apercevoir tout au moins les confins de la Ville sainte, mais il avait dû faire marche arrière. En somme, en dehors de la poignée de barons qui combattaient à ses côtés, ses ressources lui étaient fournies surtout par les commerçants italiens ou méditerranéens, gens de Venise, de Gênes ou de Pise, qui fréquentaient les ports de la côte. Et ceux-là ne se souciaient que de leurs comptoirs commerciaux ; Jérusalem ne devait jamais être reconquise. Le royaume subsistait, mais non sa raison d'être. Et l'on pouvait déjà entrevoir que la survie assurée par les colonies de commerçants installés dans les ports n'était que fiction : sans même que les croisés en fussent bien conscients, leurs expéditions tournaient à la guerre commerciale. La reconquête des Lieux saints faisait place à la lutte contre l'Islam, et c'étaient des marchés qu'on lui disputait. Un jour, ces croisés, dont la bonne foi ne peut guère être mise en doute, se verront amenés, par l'astuce des Vénitiens, à conquérir Constantinople, — la plupart d'entre eux ne comprenant même pas comment ils avaient pu en arriver là. Mais dans les grandes familles qui commençaient à faire élever alors les somptueux palais de la cité des Doges, tout le monde comprenait.

Richard, constatant, en ce qui le concernait, que son infériorité numérique le réduisait ou à peu près à l'impuissance devant les forces de Saladin, se contentait de maudire la défection du roi de France : il est évident que la mésentente entre les deux principaux chefs de l'expédition était pour beaucoup dans son demi-échec. Il finit par se résoudre, après une nouvelle victoire remportée devant Jaffa, à un compromis avec Saladin :

celui-ci reconnaissait aux Occidentaux la possession du littoral, de Tyr à Jaffa, et garantissait aux chrétiens la liberté des pèlerinages vers les Lieux saints. Le chroniqueur Ambroise a exprimé de façon touchante le désappointement des petites gens : «Vous auriez vu les gens bien affligés maudire la longue attente qu'ils avaient faite... car ils n'auraient pas demandé à vivre un jour de plus après avoir délivré Jérusalem !» Richard lui-même, quand on l'informa que le sultan lui proposait un sauf-conduit pour accomplir un pèlerinage dans la Ville sainte, devait refuser. Joinville, un siècle plus tard, se fera l'écho de l'anecdote qu'on racontait à ce sujet : Richard jeta sa cotte d'armes devant ses yeux tout en pleurant et dit à Notre-Seigneur : «Beau Sire Dieu, je te prie que tu ne souffres pas que je voie ta sainte Cité puisque je ne la puis délivrer des mains de tes ennemis !»

Aliénor devait enfin apprendre que, le jour de la Saint-Michel (29 septembre), le roi avait fait embarquer sa sœur Jeanne et sa femme, Bérengère, pour rentrer en Occident et que lui-même comptait prendre la mer quelques jours plus tard : il avait l'intention de passer Noël en Angleterre. La nouvelle dut lui apporter un immense soulagement : sa longue attente prenait fin, son fils allait recouvrer le royaume menacé.

Elle ne savait pas que, pour elle comme pour lui, les difficultés ne faisaient que commencer.

XX

LA REINE MÈRE

Or sais-je bien de voir (vrai)
                    [certainement
Que mort ou pris (prisonnier) n'a ami ni
                    [parent,
Quand on me lais(se) pour or ou pour
                    [argent.
Moult m'est de moi, mais plus m'est de
                    [mes gens :
Qu'après ma mort auront reproche
                    [grand
Si longuement suis pris !

RICHARD CŒUR DE LION.

L'AUTOMNE approchait, les croisés regagnaient l'Angleterre les uns après les autres, apportant des nouvelles de ceux qu'ils avaient devancés. Vers la fin de novembre, on apprenait en Angleterre que Jeanne et Bérengère avaient débarqué à Brindisi et gagnaient Rome où elles comptaient séjourner quelque temps. Un peu plus tard encore parvint la nouvelle que le roi d'Angleterre avait pris la mer le 9 octobre, mais sa flotte avait dû faire relâche à Corfou. On l'avait aperçue au large de Brindisi, cherchant un port par une mer démontée. Puis ce fut le silence.

On imagine, sur les côtes anglaises battues par les tempêtes de décembre, les guetteurs cherchant à percer le brouillard, croyant apercevoir au loin la nef royale. Mais non ; les jours passaient et l'on demeurait sans nouvelles du roi. La grisaille se faisait plus épaisse, noyant les tours et les châteaux un peu plus longtemps chaque matin, et les sergents, qui, à Winchester, à Windsor, à Oxford, attendaient l'arrivée des courriers, ne voyaient rien venir sur les sentiers détrempés par la pluie que de temps à autre, les charrois des paysans, n'entendaient rien que les cris des corneilles tournoyant autour des arbres dont les dernières feuilles tombaient l'une après l'autre. Dans les églises, dans les monastères, le clergé et le peuple s'assemblaient pour implorer le ciel en faveur du roi Richard. Les cierges brûlaient devant les reliquaires exposés sur les autels nuit et jour. Et la crainte s'emparait de tous à l'idée que le héros de la chrétienté avait pu périr misérablement dans quelque tempête sur les côtes de l'Adriatique.

Attente proprement crucifiante pour Aliénor ; pendant toute cette longue année, elle avait réussi à maintenir l'ordre dans le royaume. Elle avait fait lever les interdits ecclésiastiques ; elle avait apaisé les querelles et réussi, au moins provisoirement, à détourner Jean de toute entreprise contre son frère. Elle était parvenue à l'empêcher de se rendre en France «craignant, dit Richard de Devizes, que, dans son esprit léger, l'adolescent n'aille prêter l'oreille aux conseils des Français et comploter la ruine de son frère ; car elle était émue, ajoutait-il, et déchirée dans ses entrailles maternelles à l'idée du sort de ses fils aînés... et voulait qu'à présent la foi fût sauve entre ses enfants et qu'elle fût plus heureuse que leur père ne l'avait été en eux». Mieux que personne, cependant, elle savait combien était fragile l'équilibre qu'elle réussissait à maintenir, et qu'avec Jean paroles ni promesses ne pouvaient compter. Celui que le chroniqueur qualifie d'adolescent, bien qu'il eût alors vingt-cinq ans, donnait bien, en effet, l'impression de n'agir jamais que par coups de tête, de ne pouvoir parvenir à cette pleine maîtrise de soi-même qui fait l'être adulte. Et toute son histoire, par la suite, vérifiera cette impression : un adolescent inquiétant, instable, que ses contemporains considéreront de plus en plus, à mesure que ses actions le feront mieux connaître, comme un « ensorcelé ». Non qu'il fût dépourvu d'intelligence ; au contraire, il savait au besoin se montrer avisé, voire malin, il était capable de ténacité, mais, dans la volonté froide qu'il pouvait mettre à l'exécution de quelques-uns de ses desseins, il ressemblait plutôt à l'homme qui agit sous l'empire d'une idée fixe qu'à celui qui prend une décision après mûre réflexion. On le verra, au moment où son royaume s'en allait à vau-l'eau, refuser d'écouter les envoyés de la cité de Rouen, réduite au désespoir et implorant son secours, pour ne pas interrompre sa partie d'échecs. Ses cruautés font frémir, mais on verrait en lui, aujourd'hui, un irresponsable. On murmurait entre haut et bas, en son temps, qu'il y avait en lui une perversité diabolique : n'avait-il pas, depuis l'âge de sept ans, refusé de communier ? Il sera le seul roi d'Angleterre à ne pas recevoir la communion au jour de son couronnement. Si jamais il y eut un être pour lequel se vérifièrent les légendes de mauvais augure qui circulaient sur les Plantagenêts, c'est bien pour Jean sans Terre.

Au moment où l'angoisse de l'attente s'appesantissait parmi les partisans de Richard, on lui prêtait l'intention de divorcer d'avec sa femme, Havise de Gloucester, pour épouser Adélaïde de

France. Et, prélude manifeste à une action de plus grande envergure contre le pouvoir de son frère, il s'emparait, en subornant leurs châtelains, des deux châteaux royaux de Windsor et de Wallingford. C'est alors qu'on apprit que le roi Richard était prisonnier.

*
* *

Aliénor avait pasé, dans la tristesse que l'on imagine, les fêtes de Noël, quand, quelques jours plus tard, par les soins de l'archevêque de Rouen, lui fut adressé un pli scellé : il contenait la copie d'une lettre que le roi de France avait reçue le 28 décembre, adressée à lui par l'empereur d'Allemagne : «... Nous avons tenu à informer Votre Noblesse, par ces présentes lettres, que, au moment où l'ennemi de notre empire et le perturbateur de votre royaume, Richard, roi d'Angleterre, traversait la mer pour retourner dans ses domaines, il advint que les vents l'amenèrent, son navire ayant fait naufrage, dans la région d'Istrie... Les routes étant dûment surveillées et des gardes placés de toutes parts, notre cher et bienaimé cousin Léopold, duc d'Autriche, s'est emparé de la personne dudit roi dans une humble maison d'un village aux environs de Vienne... »

Mais, déjà, la nouvelle était colportée de bouche en bouche et avait répandu la consternation à Londres et dans toute l'Angleterre, aussi bien que dans les domaines continentaux des Plantagenêts. Le récit détaillé du retour du roi et des circonstances dans lesquelles il avait été retenu prisonnier a été fait par un témoin oculaire : Anselme, le chapelain de Richard, qui avait pris part à l'extraordinaire odyssée, mais qui, libéré presque aussitôt, avait regagné l'Angleterre. C'est un véritable roman d'aventures auquel ne manque même pas la note comique presque toujours mêlée aux tribulations de ce genre.

Le roi avait pris place sur sa galée, la *Franche-Nef,* avec son chapelain Anselme, son clerc Philippe, deux seigneurs : Baudouin de Béthune et Guillaume de l'Étang, et quelques chevaliers du Temple. La tempête les avait ballottés en Méditerranée pendant six semaines, au bout desquelles la nef se trouva en vue de Marseille. Il fut question d'y aborder, mais le roi préférait n'avoir pas à traverser les territoires du comte de Touloue, Raymond de Saint-Gilles, traître de tradition ; il donna l'ordre de revenir sur Corfou. De là, ils longèrent les rivages de l'Adriatique et, à Raguse, la nef ayant été trop malmenée pour pouvoir affronter de nouvelles tempêtes, s'abouchèrent avec des pirates qui devaient les ramener en Italie. De nouveau, la tempête se leva ; ils passèrent au large de Zara et Pola pour s'échouer finalement entre Aquilée et Venise. S'étant renseigné, Richard apprenait que la région était soumise à un châtelain, le comte Mainard de Görtz, lui-même vassal du duc Léopold d'Autriche. Coïncidence on ne peut plus fâcheuse, car Richard était au plus mal avec Léopold : certain jour, devant Acre, impatienté des allures fanfaronnes du duc d'Autriche, il avait jeté sa bannière dans les fossés ; le duc avait juré d'en tirer vengeance et on le savait. Richard résolut de payer d'audace. Il envoya Baudouin de Béthune avec deux compagnons demander au comte Mainard un sauf-conduit pour eux-mêmes et pour un certain marchand du nom de Hugues qui les accompagnait. Il crut habile, pour se faire bien voir, de lui faire offrir un anneau d'or dans lequel était serti un splendide rubis acheté à un joaillier pisan. Par quelle inspiration diabolique le comte Mainard fut-il alors visité ? Tournant et retournant l'anneau entre ses doigts, il déclarait aux trois messagers stupéfaits : « Ce n'est pas le marchand Hugues qui m'envoie ce don, c'est le roi Richard. J'avais juré, ajouta-t-il, de faire arrêter tous les pèlerins qui aborderaient sur mes rivages et de n'accepter d'eux aucun présent. Cependant, à cause de la richesse de ce don et de la haute condition de celui qui m'en honore, je lui renvoie cet anneau et lui donne la liberté de continuer son voyage. »

Une fois les messagers revenus — fort perplexes comme on le pense — on tint rapidement conseil. Cette clémence inusitée pouvait bien cacher quelque piège ; hâtivement, le roi et sa suite firent l'achat de chevaux aussi rapides qu'ils purent se les procurer et, la nuit même, ils quittaient le pays pour se diriger vers la Carinthie. De fait, le comte Mainard avait simplement hésité devant une occasion qui le prenait au dépourvu, et s'était empressé de prévenir son frère, Frédéric de Betesov, sur les territoires duquel les fugitifs devaient passer, pour qu'il envoyât des sergents armés prêts à emprisonner le roi d'Angleterre.

Au troisième jour de leur chevauchée, Richard et sa suite se trouvaient dans une petite ville du nom de Freisach ; ils s'étaient hébergés dans une simple maison de paysans. Richard, pour tenter de passer inaperçu, avait revêtu un costume d'écuyer et faisait mine de s'activer à la cuisine quand, pour leur consternation, on frappa à la porte. Il fallut ouvrir, un envoyé du comte de Betesov les en sommait. Depuis le matin, il fouillait l'une après l'autre les maisons du village. L'homme entra, laissant son escorte au-dehors. Richard pouvait bien faire mine, sous son costume d'écuyer, d'animer le feu du foyer : on l'eût reconnu jusque sous la mise d'un mendiant ! Sa haute taille, sa chevelure flamboyante, son allure royale étaient impossibles à dissimuler. Ses familiers attendaient, tremblants, quand, tout à coup, à leur stupeur, ils virent l'envoyé du comte se jeter aux genoux du roi et fondre en larmes tout en le suppliant, dans le plus pur langage normand, de fuir au plus vite. Il s'appelait Roger d'Argenton et se trouvait être l'homme de confiance du comte de Betesov, étant fixé dans ce pays depuis plus de vingt ans et ayant épousé sa nièce ; il avait pour mission d'arrêter le roi d'Angleterre, mais, pour rien au monde, il ne voudrait rompre la trêve de Dieu et arrêter le héros de la chrétienté ; il le conjurait de fuir au plus vite et pour cela lui fournirait lui-même un excellent cheval.

Sur quoi, Roger d'Argenton se retira avec son escorte, laissant le roi et ses compagnons interdits de l'épisode. Peu après, les chevaux promis étaient amenés et Richard prenait la route, accompagné de deux hommes seulement : Guillaume de l'Étang et un jeune clerc qui parlait l'allemand. Il pensait ainsi passer plus facilement inaperçu. Quant aux autres, ils quittaient ostensiblement Freisach le lendemain matin et, bientôt après, se trouvaient rejoints par les envoyés de Frédéric de Betesov : à celui-ci, Roger d'Argenton avait déclaré que Richard ne se trouvait pas parmi les pèlerins étrangers, qu'il n'avait reconnu que le comte Baudouin de Béthune et son escorte ; de fait, il dut se rendre à l'évidence : Baudouin et ses compagnons, arrêtés pendant deux jours, furent relâchés et purent continuer leur route.

Richard, cependant, avait chevauché à peu près sans arrêt pendant trois jours et trois nuits ; arrivés sur les bords du Danube, dans la petite cité de

Ginana, force avait été de s'arrêter. Le roi était épuisé de fatigue et la fièvre qu'il avait contractée en Terre sainte le secouait ; il fallait aussi laisser les chevaux se refaire un peu. Or, par une fatale coïncidence, le duc Léopold d'Autriche se trouvait résider précisément dans la même petite ville. Richard et Guillaume de l'Étang se tenaient cachés dans une chambre et envoyaient aux provisions le jeune garçon qui comprenait l'allemand. Au marché, faute de posséder d'autre monnaie, il exhiba un besant d'or. Sur quoi, les bonnes gens de la ville, qui n'en avaient jamais tant vu, commencent à le presser de questions ; il s'en tire en disant qu'il accompagne un riche marchand grec, s'esquive, et, revenu auprès du roi, le presse de s'en aller. Mais Richard était pris d'un de ces accès de fièvre quarte qui allaient le tourmenter dorénavant de temps à autre et, de toute évidence, il ne pouvait bouger. Retourné une autre fois en ville, le jeune imprudent avait trouvé bon, pour se protéger du froid, de prendre les gants fourrés de son maître : ils étaient brodés de deux beaux léopards d'or qui, de nouveau, attirèrent l'attention. On s'attroupa, des sergents du duc Léopold qui passaient par là lui mirent la main au collet au moment où il cherchait à s'enfuir. Le malheureux valet, frappé, menacé, plus mort que vif, dut, bon gré mal gré, indiquer l'endroit où résidait son maître et c'est une véritable meute hurlante qui, ce jour-là, envahit la pièce où se tenaient Richard et son compagnon, tandis qu'on envoyait en toute hâte chercher le duc Léopold. Ni fuite ni ruse n'étaient possibles ; Richard, se dressant de toute sa taille, fit face comme il savait le faire. « Je suis le roi d'Angleterre ; appelez votre maître : c'est à lui seul que je rendrai mon épée. » Sa fierté, sa prestance avaient fait reculer la foule, et, très maître de lui, il se rendit effectivement au duc accouru sur place, sans rien perdre de sa dignité.

Cela s'était passé le 20 décembre 1192. Aliénor en aura vraisemblablement entendu le récit de la bouche même d'Anselme lorsqu'il fut rentré en Angleterre au mois de mars 1193. Entre-temps, si éprouvée fût-elle lorsqu'elle apprit l'emprisonnement de son fils — Guillaume le Maréchal nous atteste que «grande fut sa douleur» — elle n'avait pas tardé à réagir avec son habituelle énergie. Quelques mois passèrent avant que l'on ait pu savoir où le duc d'Autriche avait consigné son prisonnier. Elle dépêcha immédiatement en Allemagne deux religieux, les abbés de Boxley et de Pontrobert, avec mission de visiter la Souabe et la Bavière et de s'enquérir du sort réservé à son fils. L'évêque de Bath, Savary, s'acheminait tout aussitôt vers la cour de l'empereur, Henri de Hohenstaufen. L'évêque de Salisbury, Hubert Gautier, que la nouvelle avait atteint en Italie au moment où il regagnait l'Angleterre, changea aussitôt de destination et se rendit en Allemagne pour tenter de retrouver son roi; Guillaume Longchamp lui-même, qui demeurait exilé, prit sans tarder le chemin du Saint Empire : plus rien ne comptait que la libération du roi d'Angleterre. L'émotion soulevée dans toute la chrétienté était d'ailleurs énorme. On s'indignait de l'impiété commise par le duc d'Autriche : les biens et la personne de tout croisé étaient inviolables, garantis qu'ils étaient par la trêve de Dieu; et le roi Richard s'était rendu populaire plus que quiconque par ses exploits en Terre sainte.

C'est alors que naquit la légende du troubadour Blondel — Blondel de Nesles — qui se mit en route, lui aussi, pour retrouver son maître et parcourut l'Allemagne sans autre bagage que sa viole, chantant les chansons qu'il avait composées avec Richard, jusqu'au jour où, au pied d'une forteresse, il entendit une voix bien connue reprendre avec lui le refrain. Selon certains, Blondel aurait été le surnom d'un chevalier artésien, célèbre pour sa beauté et sa chevelure blonde, Jean II de Nesles, qui était, effectivement, un poète estimé en son temps ; si bien que la légende ne serait pas sans quelque fondement.

On devait enfin apprendre que Richard avait été enfermé dans la forteresse de Dürrenstein ; il fut d'ailleurs, au cours de sa captivité, transféré dans divers châteaux avant d'être livré par Léopold à l'empereur qui le fit garder à Spire à dater du 23 mai. L'empereur, autant que son vassal, haïssait le roi d'Angleterre ; assez bassement, il se vengeait sur lui des perpétuelles rébellions de son beau-frère, Henri le Lion, duc de Saxe, contre le Saint Empire ; et il accusait aussi Richard d'avoir soutenu en Sicile les droits de Tancrède contre ceux de sa femme Constance. D'autre part, Philippe-Auguste, à son retour de Terre sainte, avait eu avec lui de longs entretiens au cours desquels il n'avait pu manquer d'exciter l'empereur contre le Plantagenêt ; peut-être même une alliance avait-elle été conclue entre eux.

En tout cas, ce roi Philippe semblait considérer qu'il avait désormais les mains libres. Quelque temps après Pâques, le 12 avril, il se présentait devant la forteresse de Gisors et cette fois le sénéchal, Gilbert Vascœuil, la lui livrait sans protestation. Cet acte de trahison, qui ouvrait au roi de France le Vexin normand, donnait la mesure de ce qu'on pouvait désormais attendre. De toute évidence, ses ennemis considéraient désormais

Richard comme hors de combat et son royaume comme une proie à conquérir.

C'est, en tout cas, de cette façon que l'entendait Jean sans Terre ; gagnant la Normandie, il avait aussitôt lancé des convocations aux barons les invitant à le reconnaître comme héritier du royaume ; mais l'assemblée qu'il avait tenté de réunir à Alençon fut un échec. Les seigneurs normands faisaient la sourde oreille. Et, à Rouen, le sénéchal — c'était Robert de Leicester à qui Aliénor avait naguère fait rendre ses terres — était, il le savait, inébranlable. Jean n'insista pas et se rendit à Paris où il s'empressa de faire hommage de ses terres à Philippe-Auguste en lui confirmant la possession du Vexin normand. Quelques semaines plus tard, Philippe, à son tour, se présentait devant la forteresse de Rouen, demandant la mise en possession immédiate de la cité et la libération de sa sœur Adélaïde. Robert lui fit savoir qu'il n'avait pour cela aucun ordre du roi, ajoutant qu'il acceptait volontiers de recevoir le roi de France seul et sans escorte et de le conduire auprès de la princesse.

A cette réponse, Philippe, dont l'imagination était vive, eut tôt fait de se représenter le bouleversement possible dans sa situation : une fois franchi ce pont-levis, courtoisement conduit dans la tour du donjon pour y retrouver sa sœur, quel excellent otage la vieille reine posséderait à échanger avec son cher Richard ! Il se retira plein de dépit.

C'est au milieu de ces circonstances dramatiques qu'Aliénor donne pleinement sa mesure. Sans cesse sur la brèche, expédiant lettre sur lettre, messager sur messager, se tenant en liaison avec les sénéchaux du continent comme avec les principaux barons d'Angleterre, elle réussit à la fois à déjouer les menaces que Philippe et Jean faisaient peser sur le royaume et à mettre tout en jeu pour la libération de son fils. Sur son ordre, les rivages d'Angleterre allaient être mis en état de défense et contrôlés pour empêcher toute tentative armée. Jean avait essayé de recruter des mercenaires gallois et écossais, mais le roi d'Écosse, à qui il s'était adressé, lui refusa son aide : comme Robert de Leicester, Guillaume était l'un des obligés de la reine. On possède trois lettres signées d'Aliénor et adressées au pape Célestin III. Elles ont été probablement rédigées par son chancelier Pierre de Blois, mais à travers cette rédaction officielle passe un accent d'indignation qui ne trompe pas. En effet, il était inadmissible que le pape n'eût rien tenté pour faire délivrer Richard, lui qui disposait des sanctions ecclésiastiques, toujours efficaces à l'époque, pour protéger le royal croisé. L'intitulé de ces lettres, à lui seul, est un cri de douleur : «Aliénor, par la colère de Dieu, reine d'Angleterre» — et leur contenu, une protestation véhémente qui va jusqu'à menacer la curie romaine :

«Ce qui afflige l'Église, fait murmurer le peuple et diminuer l'estime qu'il vous porte, c'est qu'en dépit des pleurs et des lamentations de provinces entières, vous n'avez pas envoyé un seul messager. Souvent, pour des choses de petite importance, vos cardinaux ont été envoyés aux extrémités de la terre avec souverains pouvoirs, mais, en une affaire aussi désespérante et déplorable, vous n'avez pas seulement dépêché le moindre sous-diacre, voire un acolyte. Les rois et princes de la terre ont conspiré contre mon fils ; loin du Seigneur, on le garde dans les chaînes tandis que d'autres ravagent ses terres ; on le tient au talon tandis que d'autres le flagellent. Et, durant tout ce temps, le glaive de saint Pierre reste dans le fourreau. Trois fois vous avez promis d'envoyer des légats et vous ne l'avez pas fait... Si mon fils connaissait la prospérité, nous les aurions vus courir à son appel, car ils savent bien avec quelle générosité il les aurait récompensés. Est-ce là ce que vous m'aviez promis à Châteauroux avec de telles protestations d'amitié et de bonne foi ? Hélas ! je sais à présent que les promesses des cardinaux ne sont que de simples mots... »

Et dans son emportement, Aliénor, tout en rappelant comment Henri, son époux, le père du présent roi, avait mis fin au schisme en se ralliant au pape Alexandre au moment où l'empereur d'Allemagne soutenait un antipape, allait jusqu'à menacer Célestin III d'une nouvelle séparation :

« Je vous le déclare, il n'est pas loin le jour prédit par l'Apôtre ; le moment fatal est proche où la tunique du Christ sera de nouveau jetée au sort, où les chaînes de saint Pierre seront brisées, l'unité catholique dissoute. »

En fait, le pape avait excommunié Léopold dès qu'il avait appris que Richard avait été par lui emprisonné ; il avait menacé d'interdit le roi de France s'il osait s'emparer des terres de son rival, et c'est sous la même menace d'interdit qu'en Angleterre, les églises comme les sujets mêmes du roi étaient tenus de lever l'aide exigée pour la rançon. Mais il hésitait à excommunier l'empereur. Il ne se souciait pas de renouer avec l'interminable série de querelles et de désaccords qui marquaient depuis plus d'un siècle les rapports entre le Saint-Siège et le Saint Empire.

Entre-temps, Aliénor avait reçu des nouvelles directes de son fils : une lettre datée du 19 avril 1193 lui avait été transmise par l'intermédiaire de Guillaume Longchamp : « Sachez, disait le roi, qu'après le départ d'Hubert, l'évêque de Salisbury, et de Guillaume de Sainte-Mère-Église, notre clerc, nous avons eu la visite de notre très cher chancelier, Guillaume, évêque d'Ely ; après une entrevue avec l'empereur, il a tant fait que, du château de Trifels où nous étions emprisonné, nous sommes allé trouver l'empereur à Haguenau et avons été reçu avec honneur par l'empereur lui-même et sa cour... » Et de poursuivre en précisant que désormais s'ouvrait à lui l'espoir d'être libéré contre rançon. Il demandait que l'on réunît de l'argent et des otages, précisant : « que l'argent rassemblé soit remis à ma mère et par elle à celui qu'elle désignera ».

Aliénor s'empressa de lever une aide ; la coutume l'y autorisait d'ailleurs : tout seigneur prisonnier pouvait attendre de ses vassaux qu'ils contribuassent à payer sa rançon. L'impôt était lourd : de tout homme libre, on exigeait un quart de ses revenus de l'année. Les églises se dépouillaient de leurs trésors, les monastères cisterciens, démunis d'or et d'argent, offraient toute la laine de leurs moutons pendant un an. C'est qu'en effet la rançon exigée était énorme. Après bien des pourparlers, elle fut fixée à 150 000 marcs d'argent ; 100 000 étaient exigés pour libérer le royal prisonnier ; 50 000 autres seraient versés plus tard, mais en échange deux cents otages devaient être livrés et retenus auprès de l'empereur. En tout 150 000 marcs d'argent de Cologne, ce qui représentait à l'époque 34 000 kilogrammes d'argent fin ou environ.

Telles étaient les conditions émises dans la bulle d'or que Guillaume Longchamp avait reçue des mains de l'empereur et qui fut présentée du 1er au 5 juin au conseil convoqué par Aliénor à Saint-Albans. Pour réunir la somme exigée, Aliénor désignait des responsables : Hubert Gautier, qui venait

312

d'être désigné pour le siège archiépiscopal de Cantorbéry et dont, avant la fin de l'année, elle devait faire le grand justicier d'Angleterre, Richard, l'évêque de Londres, deux seigneurs : Guillaume, comte d'Arundel, et Amelin, comte de Warenne ; et enfin, un simple bourgeois, Henri Fitz Aylwin, devenu maire de Londres depuis que la cité s'était érigée en commune, deux années plus tôt, à la faveur des troubles marqués par la déposition de Guillaume Longchamp. Choix significatif : Aliénor était attentive à la montée de la bourgeoisie et tenait à associer toutes les forces vives du royaume à la délivrance de son fils.

Désormais, les sacs d'or et d'argent, les vases précieux vinrent s'entasser dans la crypte de la cathédrale Saint-Paul sous l'œil vigilant d'Aliénor et de ses agents. Richard, pourtant, n'allait pas être de sitôt libéré. Au mois d'octobre seulement, les envoyés de l'empereur se présentaient à Londres : c'était pour vérifier le poids et la qualité de l'argent réuni pour sa rançon. Ils furent comblés d'égard et de présents : argenterie, vêtements précieux, fourrures, comme il était d'usage d'en offrir. Richard, qui séjournait désormais sur les bords du Rhin, à Spire ou à Worms, insistait pour qu'Aliénor vînt en personne escorter le précieux envoi, et, sous la direction de celui qui, quelques années plus tôt, avait conduit en Terre sainte la flotte royale — il s'appelait Alain Tranchemer — des vaisseaux furent réunir à Ipswich, Dunwich et Oxford et solidement équipés pour pouvoir affronter à la fois les tempêtes hivernales et les surprises toujours possibles : un pareil convoi était fait pour exciter l'avidité des pirates, sans parler de celle du roi de France dont il faudrait longer les côtes.

Aliénor prit la mer au mois de décembre avec

une escorte imposante; elle avait confié le royaume aux soins d'Hubert Gautier, devenu entre-temps archevêque de Cantorbéry; Gautier de Coutances, l'archevêque de Rouen, l'accompagnait ainsi que quelques fidèles, entre autres Saldebreuil que Richard devait s'empresser d'envoyer en Terre sainte pour réconforter par sa présence, son neveu Henri de Champagne; quelques Poitevins aussi faisaient partie de sa suite : Berlay de Montreuil, le vicomte de Thouars, Aimery, Hugues le Brun de Lusignan ainsi que le fidèle Baudouin de Béthune qui avait partagé avec le roi les anxiétés du retour et qui, disait-on, avait été, de tous ses barons, le plus empressé à se dépouiller de ses biens pour contribuer à la rançon, après avoir pour lui exposé sa personne. Enfin, on y voyait aussi Guillaume Longchamp, l'évêque d'Ely.

C'est à Cologne qu'Aliénor et sa suite passent les fêtes de l'Épiphanie, en 1194, reçus par l'archevêque Adolphe d'Altena. Mais contrairement à ce qu'espérait la reine, elle ne fut pas autorisée à revoir son fils. Sa libération, d'abord fixée au 17 janvier, fut renvoyée à plus tard. L'empereur semblait peu soucieux de rencontrer Aliénor et des rumeurs étranges circulaient : Philippe et Jean sans Terre auraient tenté de le circonvenir en lui offrant une somme plus forte encore que celle qu'apportait la reine d'Angleterre. On imagine ce que furent ces journées d'attente, avec la menace que faisaient peser ces honteux maquignonnages, pour cette femme de soixante-douze ans, après les années épuisantes qu'elle venait de vivre et la traversée d'hiver qu'elle avait affrontée.

Enfin, le 2 février 1194 — jour de la Chandeleur, où des milliers de cierges s'allumaient dans les églises pour rappeler le cantique de Siméon saluant la lumière venue parmi les hommes — une vaste assemblée fut réunie à Mayence au cours de laquelle, selon l'expression d'un chroniqueur, Gervais de Cantorbéry, Richard fut «rendu à sa mère et à sa liberté»; cette assemblée se tenait sous les auspices de l'archevêque de la ville, Conrad de Wittelsbach, à qui Pierre de Blois, qui le connaissait personnellement, avait adressé deux pressantes missives. L'empereur, Henri VI, avait à ses côtés le duc Léopold d'Autriche et la libération de leur prisonnier prenait l'allure d'un pacte d'alliance confirmé, comme toujours à l'époque, par des mariages entre les membres de ces familles autrefois ennemies. L'empereur Henri VI, qui volontiers se berçait de rêves chimériques et se flattait, nouveau Charlemagne, de régenter une Europe dont l'évolution politique lui échappait, avait exigé de Richard qu'il lui fît hommage de son royaume. Les chroniqueurs disent expressément que c'est sur le conseil de sa mère qu'il y consentit. Aliénor, avec son sens pratique jamais en défaut, comprenait qu'il importait avant tout d'obtenir la libération de son fils et qu'une fois celui-ci rentré en Angleterre, cette inféodation à un empire dont le pouvoir était plus théorique que réel ne pèserait pas très lourd. Richard remit donc, en signe de vassalité, son bonnet de cuir entre les mains de l'empereur qui le lui rendit aussitôt contre promesse d'un tribut annuel de cinq mille livres sterling. Le roi d'Angleterre était libre enfin et, dès le 4 février, il quittait Mayence, fêté et congratulé par tous les princes et les prélats qui avaient été mêlés aux événements.

Car Richard, ce prisonnier qu'on avait ballotté pendant plus d'un an d'une forteresse à l'autre, de Dürrenstein à Ochsenfurt, de Spire à Haguenau, s'était acquis une immense popularité parmi les princes allemands. Sa belle prestance, sa bonne humeur qu'aucune forteresse, si triste fût-elle, n'avait réussi à abattre, forçaient l'admiration. En véritable héritier de Guillaume le Troubadour, il n'avait pas cessé, durant cette interminable captivité, de composer poèmes et chansons, et sa générosité foncière trouvait encore à s'exercer, fût-ce en partageant avec ses geôliers le vin de sa table. Enfin, son éloquence naturelle ne lui avait pas été inutile : il était parvenu à réconcilier avec l'empereur son beau-frère Henri le Lion, et, par la même occasion, à dissoudre une coalition que quelques-uns des plus puissants feudataires de l'empereur, parmi eux les prélats de Mayence et de Cologne ainsi que le duc de Louvain, opposaient à Henri IV. Enfin, c'est en plaidant lui-même sa cause, avec une éloquence qui, dit-on, arrachait des larmes aux assistants, qu'en ces journées de la Chandeleur il avait, finalement, emporté la décision de l'empereur qui hésitait encore à se dessaisir du précieux otage grâce auquel il tenait en suspens à la fois le roi de France et les destinées mêmes du royaume des Plantagenêts.

Quand Aliénor et Richard, au sortir de ces entrevues angoissantes, s'embarquèrent sur le Rhin pour gagner la mer, ce fut au miieu des démonstrations d'amitié que les princes allemands leur prodiguaient. A Cologne, ils furent splendidement reçus par l'archevêque et, dans la cathédrale, par une délicate intention, la messe célébrée fut celle de saint Pierre-aux-liens : «Je sais à présent que le Seigneur m'a envoyé son ange et m'a délivré de la main d'Hérode...»; à Anvers, le duc de Louvain leur avait, lui aussi, préparé une réception solennelle. Loin d'affaiblir le prestige du roi d'Angleterre, sa longue détention lui valait presque l'auréole du martyre — et aussi, sur le plan pratique, des alliances qui pourraient quelque jour lui être profitables. L'un de ses neuveux, fils d'Henri le Lion, avait épousé une cousine de l'empereur (la fille du comte palatin du Rhin, Conrad de Hohenstaufen) et l'on projetait de faire épouser, au fils du duc d'Autriche lui-même, une nièce de Richard, la fille aînée de Geoffroy et Constance de Bretagne qui portait, elle aussi, le nom d'Aliénor.

*
* *

On raconte que, le jour où le navire de Richard aborda les côtes d'Angleterre à Sandwich — 12 mars 1194 — le soleil rayonna plus clair qu'auparavant tandis qu'une lueur inusitée, rouge et brillante comme un arc-en-ciel, resplendissait à l'horizon. Aussitôt débarqué, Richard se rendit à Cantorbéry pour se recueillir sur la tombe de Thomas Beckett : c'était désormais un geste traditionnel pour les rois d'Angleterre. Le lendemain, sur la route de Rochester, il rencontrait l'archevêque Hubert Gautier et tous deux s'embrassaient en pleurant. A Londres, le 23 mars, ce fut un triomphe. Toute la ville s'était portée à sa rencontre, le maire en tête ; Richard, ayant Aliénor à ses côtés, remonta du Strand à Saint-Paul sous les acclamations d'une foule en délire : pour tous, il était le champion de la guerre sainte, l'oint du Seigneur, le héros, l'idole. Et cette popularité allait traverser l'Histoire puisque le roi Richard, peut-être de tous les rois d'Angleterre celui qui aura le moins résidé dans son royaume, restera par excellence une figure populaire. Il suffit de rappeler ici les ballades fameuses dans lesquelles il intervient en même temps que Robin des Bois et ses joyeux compagnons de la forêt de Sherwood : l'une d'elles, que tout Anglais connaît par cœur, raconte que le roi Richard, à son retour, se serait déguisé en abbé de monastère et aurait été arrêté dans la forêt de Sherwood par les hors-la-loi ; ceux-ci, guidés par Robin des Bois, rançonnaient les abbayes pour pouvoir venir au secours des pauvres et demeurer fidèles au roi ; Robin, pourtant, se lie d'amitié avec l'« abbé » ; il l'invite à partager un festin avec ses compagnons qu'il a convoqués d'un coup de sifflet à travers la forêt et qui ont surgi de toutes parts, têtes hirsutes et vêtements en haillons ; ils s'installent au bord de la rivière, l'abbé et Robin portent un toast au retour du roi, après quoi celui-ci se fait reconnaître et emmène l'homme des bois à Londres où il le fait pair d'Angleterre.

De fait, au début d'avril, Richard passait quelques jours dans la forêt de Sherwood : naguère Aliénor avait libéré les usagers de ces droits de forestage qui pesaient si lourdement sur eux ; ainsi a pu naître la légende. Mais entre-temps, après s'être rendu à Westminster, puis avoir accompli un pèlerinage sur la tombe de saint Edmond, il avait, en un tournemain, repris le contrôle des châteaux anglais. En vain son frère Jean avait-il tenté, en apprenant sa libération, de lancer l'ordre à tous ses châtelains de se mettre en état de défense ; celui qu'il avait chargé du message, Adam de Saint-Edmond, l'un de ses hommes de main, avait été arrêté dès son arrivée à Londres par le maire de la ville, et, réunis en concile à Westminster, les prélats d'Angleterre avaient d'avance lancé l'excommunication contre quiconque ferait acte d'hostilité envers Richard, leur souverain légitime. Nulle part, il n'y eut une véritable résistance : le château de Marlborough se rendit aux injonctions de l'archevêque de Cantorbéry, celui de Lancaster fit de même acte de reddition devant Thibaud Gautier, le frère de l'archevêque ; de Huntingdon, où était venu le saluer Guillaume le Maréchal, Richard se rendit devant Nottingham qui lui ouvrait ses portes le 28 mars, au moment où il apprenait de l'évêque de Durham que les châtelains de Tickill avaient fait leur soumission ; et l'on racontait que, dans le lointain Mont Saint-Michel de Cornouailles, le châtelain, Hugues de La Pommeraye, était mort de saisissement en apprenant le retour du roi. Ainsi, une quinzaine de jours avaient suffi pour anéantir tous les complots, toutes les tentatives de rébellion qu'avait pu faire naître sa longue absence ; sans coup férir, Richard se retrouvait maître de son royaume, jusque dans les châteaux qui appartenaient à son frère. Restait à punir ses trahisons : Jean était cité à comparaître devant la cour royale avant le 10 mai, faute de quoi il serait considéré comme traître et banni du royaume.

Cependant, Aliénor, ausi active que jamais, s'employait à préparer une cérémonie destinée à effacer, si besoin était l'impression fâcheuse qu'avait pu faire l'acte d'allégeance du roi d'Angleterre envers l'empereur d'Allemagne. Un second couronnement, plus solennel encore que le premier, devait avoir lieu à Winchester, dans l'église Saint-Swithun, le 17 avril 1194. Comme la première fois, Richard, entouré des principaux prélats : l'évêque Jean de Dublin, Richard de Londres, Gilbert de Rochester — et, auprès d'eux, Guillaume Longchamp qui, désormais, se cantonnait dans son rôle d'évêque d'Ely — reçut la couronne des mains d'Hubert Gautier en présence des barons du royaume ; et les chroniqueurs notent qu'Aliénor, entourée de ses suivantes, lui faisait face dans la partie nord du chœur durant la cérémonie. Aliénor était reine d'Angleterre. N'y avait-il pas cependant une autre reine, cette même Bérengère de Navarre qu'elle était allée chercher au-delà des Pyrénées et qu'elle avait amenée à son fils en Sicile? Mais Bérengère était absente. Elle séjournait encore à Rome avec Jeanne, la sœur du roi. Et peut-être Aliénor n'était-elle pas très pressée de lui céder sa couronne ni sa place auprès de Richard.

Pourtant, le moment venait où elle allait songer au repos et à la retraite. Mais il semble bien qu'auparavant elle se soit employée à réconcilier entre eux les deux fils qui lui restaient. On ne savait trop où se cachait Jean, sans doute à la cour de Philippe-Auguste. Les deux compères, à présent, tremblaient de peur : « Prenez garde, le diable est lâché », avait écrit Philippe, et l'on raconte que, craignant que Richard ne le fît empoisonner, il ne prenait aucune nourriture sans en faire d'abord manger à ses chiens.

Richard, certes, ne pensait qu'à sa vengeance. Dès la fin du mois d'avril, il était à Portsmouth, impatient de s'embarquer pour la France. Les vents contraires allaient le retarder jusqu'au 12 mai suivant. Auparavant, il avait reçu la soumission de son demi-frère, Geoffroy, le bâtard de son père, et lui avait même octroyé deux châteaux en Anjou : Langeais et Beaugé; mais chacun se demandait quel sort serait réservé à Jean sans Terre, lequel ne pourrait longtemps lui échapper.

Le 12 mai, Richard débarquait en Normandie, à Barfleur; Aliénor étant à ses côtés ainsi que Guillaume le Maréchal. La foule normande l'accueillait avec autant d'enthousiasme que celle d'Angleterre : les paysans quittaient leur champ pour accourir et l'on se pressait tellement sur son passage qu'au dire des témoins, on n'aurait pu jeter une pomme dans les rangs sans qu'elle ne touchât quelqu'un avant de tomber à terre. Richard se dirigea vers Lisieux où il fut reçu ainsi que la reine par un de leurs fidèles, Jean, archidiacre de Lisieux. La scène qui se passa dans la soirée a été racontée par le biographe de Guillaume le Maréchal : le roi s'était installé chez l'archidiacre et se reposait avant dîner quand on vint appeler Jean d'Alençon qui resta un instant dehors et reparut le visage sombre.

« Pourquoi fais-tu cette mine ? » demanda Richard. Et comme Jean éludait la question : « Ne mens pas, je sais ce qu'il en est : tu as vu mon frère. Il a tort d'avoir peur : qu'il vienne sans crainte. Il est mon frère. S'il est vrai qu'il a agi follement, je ne le lui reprocherai pas. Quant à ceux qui l'ont poussé, ils ont déjà eu leur récompense ou ils l'auront plus tard. » Sur quoi Jean fut introduit ; il se jeta aux pieds de Richard ; celui-ci le releva avec bonté : « N'ayez crainte, Jean, vous êtes un enfant ; vous avez été en mauvaise garde. Ceux qui vous ont conseillé le paieront. Levez-vous. Allez manger. » A cet instant, se présentèrent chez l'archidiacre des bourgeois de la ville qui apportaient en présent un magnifique saumon ; le roi, retrouvant aussitôt sa gaieté, ordonna qu'on le fît cuire pour son frère.

Et le Maréchal ajoute que partout dans la cité c'étaient des rondes et des danses et que sonnaient les cloches des églises. Vieux et jeunes venaient en longues processions, disant : « Dieu est venu en sa puissance, tôt s'en ira le roi de France ! »

Cette clémence du roi, l'un des chroniqueurs les mieux renseignés sur les événements, Roger de Hoveden, nous dit expressément qu'elle était due à Aliénor. On la voit, en ses dernières années, se faire, toujours et partout, un instrument de paix. Elle ira jusqu'à tenter de faire évader, en usant du droit d'asile, l'un des prisonniers auxquels Richard tenait le plus : l'évêque de Beauvais, Philippe de Dreux, cousin du roi de France, qui avait été pris les armes à la main au cours des combats qui se déroulèrent en Normandie.

Car c'est en Normandie et dans le Berry que se dénouait désormais la rivalité entre Richard et Philippe-Auguste. Celui-ci avait, tout le premier, donné le signal des luttes en attaquant la ville de Verneuil ; la riposte du roi d'Angleterre allait être foudroyante puisque, dès le mois de juillet, Richard, ayant tour à tour soumis Évreux, Beaumont-le-Roger, Pont de l'Arche et Elbeuf, puis infligé à Fréteval, près de Vendôme, une défaite désastreuse aux armées de France (Philippe avait dû s'enfuir, abandonnant sur le terrain son trésor, sa vaisselle d'argent, ses tentes, ses pavillons, ses archives et jusqu'à son sceau personnel), réduisait son ennemi à implorer une trêve.

Mais à cette même époque, la nouvelle des événements ne parvenait plus qu'avec quelque recul à la reine d'Angleterre. Entre elle et les bruits du monde se dressaient à présent les murs de Fontevrault. Elle s'y était retirée, sans doute, dès son arrivée sur le continent, mettant à exécution un projet qu'elle avait dû former durant ces années d'angoisses et d'intense activité. A plusieurs reprises, on l'avait vue se tourner, au moins par la pensée, vers son abbaye de prédilection. Elle avait réglé les droits que les moniales possédaient à Saumur sur le minage des blés — la mine était une mesure pour les céréales — qui se faisait sur la place de la Bilange, puis, à deux reprises durant cette année 1193 pour elle si pleine d'anxiétés, elle avait sollicité leurs prières et renouvelé ses dons, une fois à Winchester et une autre à Westminster. Aujourd'hui où le royaume d'Angleterre était maintenu en paix sous la poigne solide d'Hubert

Gautier, où Richard poursuivait, sur le continent, son action victorieuse contre celui qui avait tenté lâchement de lui arracher son royaume pendant sa captivité, elle n'avait plus qu'à consacrer paisiblement à la prière, à la lecture, à la méditation, les années qui lui restaient à vivre. On disait communément dans son entourage, lors de ses précédentes randonnées vers la Sicile ou l'Allemagne, que la reine « oubliait son âge » ; il était temps, à présent, de s'en souvenir. Désormais, son nom n'apparaît plus que rarement sur les rôles de comptes et dans les chartes ; il s'agit alors de paiements qui lui sont dus en vertu de son douaire personnel ou de ses droits : ainsi, on lui remet « l'or de la reine » ; elle avait droit, en effet, à un marc d'or toutes les fois qu'une amende de cent marcs d'argent était payée au roi et cette redevance, qui ne lui était plus versée au moment où elle avait été prisonnière, l'avait été de nouveau dès l'instant où Richard était monté sur le trône ; celui-ci d'ailleurs avait fixé largement le montant des ressources personnelles dont sa mère devait jouir. On voit encore Aliénor intervenir, avec l'évêque de Rouen, Gautier de Coutances, en faveur des moines de Reading ; ou favoriser l'abbé de Bourgueil qui a quelques difficultés à faire payer la dîme du vin dans son terroir. Mais, en général, la reine n'est plus qu'une présence silencieuse sous les hautes voûtes de l'abbaye qu'a fondée jadis Robert d'Arbrissel.

Et les nouvelles qui lui seront parvenues durant cette retraite l'auront dédommagée des angoisses passées. Car Richard sort décidément vainqueur de cette épreuve de force avec le roi de France : avant la fin de l'année 1194, celle de sa libération, il a pu apprendre la mort de son ennemi, le duc Léopold d'Autriche, survenue à la suite d'un accident banal : une chute de cheval alors qu'il assié-geait, par jeu, un château de neige construit par les pages de sa cour ; il avait fallu amputer sa jambe brisée, mais la gangrène s'était mise à la blessure et il n'avait pas tardé à en mourir ; comme il demeurait sous le coup de l'excommunication que lui avait value la capture de Richard, il n'avait pu jouir de la sépulture religieuse, et son fils, pour éviter que ne se prolongent les sanctions ecclésiastiques, avait dû renvoyer les otages anglais qu'il détenait encore jusqu'à paiement complet de la rançon royale.

La situation se retournait décidément en sa faveur, et les années suivantes allaient lui ouvrir des perspectives inespérées. En effet, l'empereur Henri VI, toujours préoccupé de ses revendications sur la Sicile, mourut à Messine au mois de septembre 1197. Sur quoi, son frère, Philippe de Souabe, s'empressa de faire acte de candidature à l'Empire. Mais les princes allemands étaient quelque peu fatigués des ambitions des Hohenstaufen et gardaient un souvenir ébloui de la belle prestance et des manières magnifiques de Richard. Une députation vint lui proposer la couronne impériale. Les ambitions suprêmes de son père, Henri Plantagenêt, se trouvaient réalisées.

Toutefois, Richard ne se souciait guère d'échanger son Anjou et son Poitou contre des résidences qui lui rappelaient le sinistre souvenir du temps où il était prisonnier. Et d'ailleurs, il n'entendait pas laisser son royaume à la double convoitise du roi de France et de son frère Jean que sa présence seule maintenait en respect. Il refusa l'offre, mais, aux envoyés allemands, il suggéra le nom de son neveu, Otton de Brunswick — le fils de Mathilde et d'Henri le Lion (ce dernier mort deux ans plus tôt). Richard, comme sa mère, aimait ce neveu élevé à la cour des Plantagenêts et voyait même en lui un successeur possible : il l'avait investi du comté de Poitou et du duché d'Aquitaine. Le jeune homme se laissa convaincre, il abandonna ces deux titres et, le 10 juillet 1198, faisait son entrée à Aix-la-Chapelle pour épouser dès le lendemain Marie, fille du comte de Lorraine, et recevoir, deux jours plus tard, la couronne impériale. Le royaume de France se trouvait désormais enserré entre celui des Plantagenêts et les terres d'Empire qui, elles aussi, relevaient d'un Plantagenêt.

Avec cela, Richard s'était assuré l'alliance de Baudouin IX, comte de Flandre et de Hainaut — celle de Renaud de Dammartin, comte de Boulogne ; et il avait fait épouser, à sa sœur Jeanne, l'héritier du comte de Toulouse, Raymond VI, dont le père était mort en 1194. Ainsi, sur toutes ses frontières, Philippe-Auguste se voyait menacé, entouré d'ennemis ; cela, au moment où le roi de France était sous le coup des sanctions ecclésiastiques, son royaume mis en interdit en raison de sa conduite envers sa femme, Isambour ou Ingeborg, la fille du roi de Danemark, qu'il avait répudiée au lendemain même de son mariage.

Richard d'Angleterre gagnait décidément la partie. Philippe, qui, à plusieurs reprises, avait failli tomber entre ses mains, paraissait réduit aux abois, et, comme les populations de Normandie aspiraient à la paix, le clergé s'entremit pour qu'une trêve fût enfin signée. Une entrevue eut lieu entre les deux rois : Richard était monté sur une barque que l'on maintint immobile au centre de la Seine tandis que Philippe se tenait sur la berge, entre Vernon et les Andelys ; non loin de là se dressait la superbe forteresse nommée le Château-Gaillard que, par manière de défi, le roi d'Angleterre avait fait bâtir sur cette boucle de la Seine.

Sa construction tenait compte de tout ce que l'art militaire du temps pouvait exiger et on la considérait comme imprenable. De part et d'autre, les rois se promettaient cinq années de paix.

XXI

LA FIN D'UN ROYAUME

> *Reisme son, mas reis no ges,*
> *E comtat, mas no coms ni bar*
> *Las marchas son, mas nolh marques*
> *E.lh ric chastel e.lh bel estar*
> *Mas li chastela non i so.*
>
> BERTRAND DE BORN.

> Des royaumes, mais de roi plus,
> Comtés sans comtes ni barons
> Des marches, mais de marquis nuls,
> Beaux châteaux et belles maisons :
> Mais de châtelains il n'est plus.

C'EST un jour d'avril — le mois préféré des troubadours parce que les nuits y sont courtes et l'air léger, que la sève commence à gonfler les branches et que, dans les bourgeons, éclatent toutes les promesses du printemps.

Devant les portes de l'abbaye de Fontevrault, un messager s'est présenté. A sa requête, des pas précipités se sont fait entendre le long des murs, sous le cloître, et dans le sanctuaire où l'on chante laudes, une rumeur a pénétré, qui met un voile de tristesse dans la voix des moniales : le roi Richard est mourant; il a fait mander sa mère, la reine Aliénor.

Celle-ci s'est trouvée prête avec la promptitude qu'on lui connaît toutes les fois qu'il lui faut agir. Elle franchira « plus vite que le vent », disent les chroniqueurs contemporains, la distance qui sépare Fontevrault de cette petite cité de Châlus où son fils l'attend pour mourir. Sans doute a-t-elle remonté le cours de la Vienne — les transports par eau étant alors plus rapides que les transports par route; au matin du 6 avril, elle sera aux côtés de Richard, juste à temps pour écouter ses dernières volontés et recueillir son dernier souffle.

A l'origine du drame, un incident fortuit; quelques semaines auparavant, aux environs de Châlus, une étonnante découverte avait été faite par un paysan qui labourait son champ : une sorte de grand retable en or massif sur lequel on voyait, au dire des bonnes gens, un empereur assis avec sa femme, ses fils et ses filles, tous personnages admirablement sculptés et travaillés. Le brave homme était allé porter la trouvaille à son seigneur, le comte Aymar de Limoges. Le roi, mis au courant, en avait aussitôt, en tant que suzerain, réclamé sa part. Mais, comme le comte de Limoges faisait la sourde oreille — comme il le soupçonnait aussi de s'être laissé gagner par le roi de France et de prétendre à une indépendance à laquelle il ne pouvait avoir droit, Richard, dans un accès de fureur, avait mis le siège devant le château de Châlus. La paix réduisait à l'inaction les mercenaires qu'il avait précédemment engagés contre Philippe : des Gascons, sous la direction d'un fameux capitaine du nom de Mercadier.

Le soir même du jour où ce siège était entrepris, 25 mars 1199, Richard, après souper, était allé inspecter l'ouvrage de ses sapeurs qui avaient commencé à attaquer la base des fortifications. Soudain, une flèche avait vibré, lancée du haut des créneaux par quelqu'un qui, apparemment, savait viser juste : elle avait atteint le roi à l'épaule. Mais qu'était-ce qu'une flèche pour le roi Richard dont on disait, quand il était en Terre sainte, qu'il revenait du combat semblable à une pelote garnie d'épingles ? Cependant, quand, rentré sous sa tente, il voulut la faire extraire, force fut de constater que la flèche s'était profondément enfoncée dans le dos jusqu'à l'épine dorsale. A la lueur d'une lanterne, un « chirurgien » de la suite de Mercadier avait vainement travaillé les chairs tandis que le roi geignait de douleur, étendu sur sa couche ; en dépit de ses efforts, une partie du fer était resté dans la plaie. Richard, cependant, n'avait pas voulu tenir compte de la blessure. Incapable de se dominer comme de rester en place, il avait mené son existence habituelle : celle d'un jouisseur dont les repas étaient assaisonnés d'épices et de bons vins et les nuits égayées par les belles filles du Poitou. La plaie s'était envenimée, la fièvre l'avait pris et, en quelques jours, il avait fallu perdre tout espoir de le sauver.

C'est alors que Richard avait fait appeler sa mère, Aliénor. L'abbé de Turpenay s'était proposé pour l'escorter ; avant son départ, elle avait confié à l'abbesse de Fontevrault, Mathilde, le soin d'aller prévenir la reine Bérengère et Jean sans Terre.

Richard était assisté par son chapelain, Milon, l'abbé du Pin, dont il avait restauré l'abbaye ; c'était son habitude de donner largement à tous les établissements religieux et, en dépit de tous ses écarts et de ses passions forcenées, il n'avait jamais cessé de fréquenter l'église. A présent, devant la mort, cet être impétueux, qui, dans sa vie, avait connu tous les désordres, tous les vices même, témoignait d'une étonnante sérénité. Il avait entièrement confessé ses fautes et demandé à recevoir le Corps et le Sang du Seigneur qu'il n'avait plus osé recevoir depuis son retour de Terre sainte à cause de la grande haine qu'il portait au roi Philippe. Mais, à présent, toute haine était éteinte. Richard avait pardonné au roi de France, il avait pardonné à son meurtrier qu'il avait fait venir devant lui sous sa tente et à qui il avait laissé la vie sauve. Il se repentait d'avoir violé la trêve de carême en donnant l'assaut au château et déclarait accepter, en pénitence de ses énormes fautes, de rester en Purgatoire jusqu'au Jugement dernier. Il s'éteignit vers le soir dans les bras de sa mère après avoir demandé qu'on déposât son cœur à la cathédrale de Rouen et son corps dans l'abbaye de Fontevrault.

Et déjà des messagers galopaient sur les routes dans toutes les directions pour prévenir les familiers du roi. L'un d'entre eux, envoyé en Normandie, allait se rendre à Vaudreuil où se trouvait Guillaume le Maréchal. C'était à la veille des Rameaux ; Guillaume allait se mettre au lit ; il avait déjà retiré ses chausses, quand on le prévint de l'arrivée d'un messager porteur de la fatale nouvelle. Il se rhabilla et se rendit aussitôt à Notre-Dame-du-Pré où résidait alors l'archevêque de Cantorbéry, Hubert Gautier. Celui-ci venait, de son côté, d'être prévenu de la maladie du roi.

« Ah ! s'écria-t-il en voyant venir son hôte à cette heure tardive, je comprends ce qui vous amène : le roi est mort. Quel espoir nous reste-t-il ? Aucun, car, après lui, je ne vois personne qui puisse défendre le royaume. Je m'attends à voir les Français nous assaillir sans que personne ne puisse leur résister.

— Il faudrait, dit le Maréchal, nous hâter de choisir son successeur.

— A mon avis, répondit l'archevêque, nous devrions choisir Arthur de Bretagne.

— Ah! seigneur, reprit le Maréchal, ce serait mal. Arthur n'a eu que de mauvais conseillers, il est ombrageux et orgueilleux. Si nous le mettons à notre tête, il nous causera des ennuis, car il n'aime pas les Anglais. Mais voyons le comte Jean. En conscience, c'est le plus proche héritier de la terre de son père et de son frère.

— Maréchal, dit l'archevêque, le voulez-vous ainsi?

— Oui, c'est son droit. Le fils est plus près de la terre de son père que le neveu.

— Maréchal, il en sera selon votre désir, mais je vous dis que jamais, d'aucune chose que vous ayez faite, vous n'aurez autant à vous repentir.

— Soit, mais c'est cependant mon avis. »

*
* *

Cependant, le lendemain de ce jour, dimanche des Rameaux, 11 avril 1199, Aliénor se retrouvait à Fontevrault et c'était pour rendre à son fils les derniers devoirs. Hugues, le saint évêque de Lincoln, chantait pour lui la messe des morts, assisté des évêques de Poitiers et d'Angers; auprès de la reine se tenaient l'abbé de Turpenay, Lucas, qui l'avait assistée durant tout son voyage, et Pierre Milon, l'abbé du Pin, qui avait administré à son fils le dernier viatique.

Cette mort de Richard, c'était pour elle l'écroulement de tous ses espoirs. Son fils bien-aimé disparaissait en pleine force, à quarante et un ans, sans laisser d'héritier. La reine Bérengère n'avait jamais beaucoup compté pour lui, mais, tant qu'il était en vie, on pouvait espérer qu'un enfant viendrait quelque jour assurer l'avenir des Plantagenêts. Mais non, un sort cruel s'acharnait sur ce royaume. Fallait-il croire aux prédictions maléfiques qui pesaient sur la race angevine? Cinq fils et, sur les cinq, ne demeurait que le dernier, un être versatile, sans parole ni vigueur, et capable de tout sauf de porter dignement la couronne. La pensée est-elle venue à Aliénor de le laisser face à face avec lui-même et avec ses sujets, de s'enfoncer plus profondément dans sa retraite de Fontevrault? A soixante-dix-sept ans, pouvait-elle avoir encore une action efficace et n'était-il pas préférable de se retrancher d'un monde d'où était retranchée sa raison de vivre? Si cette pensée s'est présentée à elle, elle l'aura certainement repoussée comme la pire des tentations. La mort de Richard l'atteignait au plus intime de son être, mais le coup réveillait aussi en elle cet instinct de reine devenu une seconde nature et d'autant plus profond, semble-t-il, qu'aujourd'hui ce n'était plus l'ambition qui la guidait. Il fallait maintenir, il fallait transmettre ce qui avait été; c'est le rôle d'une femme, et, pour jouer ce rôle, il lui fallait agir, trouver la solution du jour, prévoir au besoin celle du lendemain; ni l'âge, ni la fatigue, ni l'immense chagrin qui venait secouer sa vieillesse ne l'en détourneraient.

Le jour même où elle vient d'assister aux funérailles solennelles de son fils, Aliénor fait à Fontevrault une nouvelle donation «pour l'âme de son très cher sire, le roi Richard» — Richard, dans ses chartes, est toujours le *carissimum*, le très cher; Jean est seulement *dilectum*, le terme ordinaire, simple formule de politesse. Pour qu'il puisse obtenir plus tôt, disait la charte, le pardon de Dieu grâce aux prières des moniales, elle octroyait à celles-ci cent livres angevines par an, qui seraient consacrées aux vêtements des religieuses.

Les jours suivants allaient voir un grand nombre de donations du même genre : à l'abbaye Notre-Dame de Turpenay, elle octroyait l'étang de Langeais, précisant dans l'acte « qu'elle a été présente à la mort de son très cher fils, le roi, lequel a placé toute sa confiance, après Dieu, en elle et qu'elle veut que ses volontés soient accomplies. Elle y veillera avec un soin maternel et compte notamment sur l'aide de l'abbé (Lucas) qui a été présent, dit-elle, à la maladie et aux funérailles de son cher fils, le roi, et a, plus que tout autre, pris part à ces événements ». Les familiers de son fils sont comblés de bienfaits. Adam, son cuisinier, et sa femme, Jeanne, reçoivent divers biens en Angleterre et se voient confirmer ceux que leur avait donnés « son très cher fils, Richard — soit son âme en paix pour toujours — », son bouteiller, Ingeran (Euguerrand), reçoit de même un village anglais, et l'on verra à plusieurs reprises par la suite revenir ainsi, dans les actes émis par Aliénor, les noms des serviteurs de Richard, comme un certain Renaud de Marin à qui elle concède un four à Poitiers « eu égard aux services fidèlement rendus à nous-même et à notre fils de bonne mémoire, le roi Richard ». De même à Roger le queux (un autre cuisinier), à Henri de Berneval, ou encore à la vieille Agathe, la gouvernante des enfants royaux, qui se voit gratifiée d'un manoir dans le Devonshire.

Mais ces témoignages donnés au souvenir, à la reconnaissance, à l'affection filiale ne l'empêchent pas de consacrer au présent et à l'avenir du royaume toute son activité. Les jours suivants allaient d'ailleurs amener à Fontevrault toute une foule de grands personnages parmi lesquels le légat du pape, Pierre de Capoue, venu présenter ses condoléances à la reine ; de même ses proches, entre autres la reine Bérengère et Mathilde de Saxe, devenue par son mariage la comtesse du Perche, la petite-fille d'Aliénor ; enfin, Jean sans Terre lui-même. Il se trouvait en Bretagne au moment de la mort de Richard et on l'accusait de conspirer contre son frère ; mais, en apprenant sa mort, il avait laissé là ses ténébreux projets et s'était empressé de se rendre à Chinon où se trouvait le trésor des rois d'Angleterre sur le continent ; le sénéchal d'Anjou, Robert de Thornham, le lui avait livré sans hésitation, mais tous les serviteurs de Richard et surtout les grands féodaux n'allaient pas manifester le même empressement. Jean se dirigeait vers Angers, lorsqu'il apprit, passant à Beaufort-la-Vallée, que la cité et son château avaient été livrés, par le seigneur angevin, Guillaume des Roches, à Constance de Bretagne et à son fils, Arthur, lequel prétendait à la succession de Richard. C'était une première brèche portée à l'unité du royaume, un premier défi lancé à Jean sans Terre. Il fallait agir sans tarder. Mercadier, le chef de bande, était toujours là avec ses Gascons ; il fut envoyé en Anjou avec mission de libérer la ville, tandis que Jean, tout en s'assurant au passage la possession du Mans, s'empressait de se rendre en Normandie où, dès le 25 avril, il ceignait l'épée et la couronne de roses d'or des ducs normands. Pendant ce temps, Hubert Gautier et Guillaume le Maréchal se rendaient en Angleterre faire les préparatifs d'un couronnement qui allait être célébré le jour de l'Ascension, 27 mai suivant.

Entre-temps, Aliénor elle-même avait entrepris, dans ses États du Poitou et d'Aquitaine, la plus surprenante chevauchée. On la voit visiter tour à tour Loudun, où elle est le 29 avril, Poitiers, le 4 mai, Montreuil-Bonnin dès le lendemain, 5 mai, puis Niort, Andilly, La Rochelle, Saint-Jean-d'Angély, Saintes, pour se trouver enfin à Bordeaux le 1er juillet et le 4 à Soulac. Comme l'a fait remarquer E.-R. Labande, cette rapidité de déplacement atteste non seulement l'incroyable force de volonté d'Aliénor, triomphant de la fatigue et n'écoutant que son souci de préserver du royaume Plantagenêt ce qui peut en être sauvé, mais aussi « l'excellence des routes et des relais de ses domaines ». On imagine le monde de souvenirs qui pouvaient assaillir la reine au moment où elle arpentait ainsi, à cinquante ans d'écart, le beau domaine qu'elle avait si souvent parcouru dans sa jeunesse. Sans doute son œil sagace mesurait-il les changements qu'y avait opérés ce demi-siècle, car le pays était en pleine transformation à l'époque. Si, à plusieurs reprises, la guerre avait ravagé les confins du Mans et certaines des régions angevines et normandes, l'Ouest de la France, du Poitou aux Pyrénées, avait joui d'une paix totale et se trouvait en pleine prospérité. Sur les cours d'eau, les moulins, que l'on ne comptait guère que par unités au début du siècle, se comptaient à présent par centaines. Et la force hydraulique ne servait pas seulement à faire mouvoir les meules à blé ou à moutarde, mais actionnait les soufflets et les martinets des forges, broyait le tan et les produits tinctoriaux comme le pastel, brassait la bière, battait le chanvre, foulait le drap, activait même les tours à bois et les scies des charpentiers. Ainsi, une foule de travaux qui jadis étaient faits de main d'homme s'accomplissaient grâce à la force motrice du courant, pour le plus grand profit des populations. Comme toujours, la prospérité se traduisait par une intense activité dans le bâtiment. On voyait s'élever partout les voûtes en arc brisé qui étaient la grande invention du temps. La hardiesse de l'abbé Suger, au temps où il reconstruisait son abbatiale de Saint-Denis, avait donné l'impulsion, et les nouvelles églises étaient de plus en plus hautes, de plus en plus claires ; on évidait hardiment les murs et jamais la pierre n'avait paru si légère, si maniable. Dans les domaines Plantagenêt, les princes avaient su donner l'exemple. Ils avaient comblé de biens les abbayes. S'ils avaient fait reconstruire la cathédrale de Poitiers et le Palais des Ducs et élever nombre de constructions militaires comme à Angers et au Château-Gaillard, ils avaient aussi à leur actif les halles de Saumur et, à Chinon, le pont sur la Vienne, des travaux d'art comme cette levée aux Ponts-de-Cé destinée à régulariser le cours de la Mayenne, quantité d'hôpitaux et souvent des villes entières comme celle que Richard avait bâtie à Saint-Rémy-de-la-Haye, sur la Creuse, ou la cité neuve qui s'élevait près de Château-Gaillard. Les bâtisseurs, dans la région de l'Ouest, faisaient preuve d'une grande habileté technique, et c'est un écolâtre de Saintes, un certain maître Isambert, qui allait, deux ans plus tard, entreprendre la reconstruction du grand pont de Londres.

Car tel était sans doute le trait le plus frappant du temps : l'expansion économique, la montée des villes et, parallèlement, la mise en valeur des campagnes. La population se multipliait à un rythme sans cesse accru ; mais sans cesse aussi, on se préoccupait de mieux utiliser les ressources naturelles ; on gagnait sur la friche ; on développait l'élevage des moutons ; on exploitait les ressources des forêts. Et c'est sans doute, avec le recul du temps, ce qui peut nous paraître le plus frappant que de voir, à l'époque, se multiplier les villes neuves : au lieu de laisser les cités déjà existantes s'agrandir démesurément, on en crée de nouvelles. Et elles se créent partout, réalisant une harmonieuse relation ville-campagne, au lieu de voir croître la disproportion qui fait les villes pléthoriques et les campagnes abandonnées.

Cette présence de la ville, dont les murailles rivalisent avec celles du château, c'est le fait majeur du temps. Et cela n'a pas échappé au jugement d'Aliénor. En général un certain recul est nécessaire pour pouvoir juger clairement d'une époque. Or, il est extraordinaire de constater ici combien cette femme fut présente à son propre temps et de quel œil critique elle a su en discerner les lignes de force. Car, au cours de cette tournée qu'elle accomplit dans son domaine, que voit-on ? La reine ne néglige certes pas ses devoirs féodaux ; elle fait, chemin faisant, rendre justice à ceux qui ont été lésés dans leur droit ; elle rend aux religieuses de Sainte-Croix de Montreuil les bois qu'on leur a usurpés pour la chasse ; elle apaise les litiges ; elle a même l'occasion d'opérer des transferts de suzeraineté, puisque, au seigneur Raoul de Mauléon, elle abandonne le domaine de Talmond pour qu'il se désiste en revanche de tous ses droits sur La Rochelle ; elle confirme, comme il est d'usage, les donations faites aux établissements religieux : à Montierneuf, à Sainte-Eutrope de Saintes, à La Sauve et à Sainte-Croix de Bordeaux. Mais surtout, et c'est là le trait frappant, elle distribue partout des chartes de commune et affranchit les bourgeois de leurs obligations envers leur seigneur. Toutes les principales villes, l'une après l'autre, se voient ainsi attribuer les libertés communales auxquelles la bourgeoisie attache un prix considérable, et Aliénor assiste elle-même à l'élection du premier maire de La Rochelle, Guillaume de Montmirail. Quelles réflexions a-t-elle pu se faire au moment où elle a concédé la commune de Poitiers, elle qui, soixante ans plus tôt, ou environ, s'était montrée indignée de l'arrogance de ses bourgeois et avait décrété de si dures sanctions contre les principales familles — jusqu'à vouloir emmener en otages deux cents jeunes gens et jeunes filles —, elle qui en avait tant voulu à l'abbé Suger et à son premier époux, le roi de France, quand, sur leur ordre, ces mesures avaient été rapportées ! A présent, c'était elle, Aliénor, qui prenait l'initiative d'octroyer semblables libertés. Mais rien sans doute ne marque mieux l'évolution que la vie lui a fait accomplir. Entre la jeune femme frivole et capricieuse et la vieille reine, il y a une longue suite d'expériences, les unes heureuses, la plupart douloureuses, dont aucune n'aura été perdue. Parvenue à un âge qui aurait pu être celui de l'abandon et du découragement si elle s'était confinée dans des regrets stériles, on la voit, au contraire, munie d'une sagesse qu'elle était loin de posséder en ses jeunes années, et capable, en se pliant aux leçons que l'existence lui a prodiguées, de mener une action efficace au moment même où, autour d'elle, toute son œuvre a paru s'écrouler :

« Nous concédons, à tous les hommes de La Rochelle et à leurs héritiers, une commune jurée à La Rochelle afin qu'ils puissent mieux défendre et plus intégralement garder leurs propres droits, sauve notre fidélité, et nous voulons que leurs libres coutumes... soient inviolablement observées et que, pour les maintenir et pour défendre leurs droits et les nôtres et ceux de nos héritiers, ils exercent et emploient la force et le pouvoir de leur commune quand ce sera nécessaire contre tout homme, sauve notre fidélité... »

On imagine la reine dictant, un mot après

l'autre, le texte à son chapelain Roger (un fidèle serviteur pour qui elle fondera, à Fontevrault, la chapellenie de Saint-Laurent), ou aux autres clercs qui l'accompagnent, Josselin et Renoul. Toutes les villes visitées, ainsi que l'île d'Oléron, reçoivent une charte semblable, inspirée des fameux *Établissements de Rouen* qui avaient donné à la cité normande, une trentaine d'années auparavant, les libertés dont elle était fière. Actes qui comblaient les vœux des bourgeois, mais qui représentaient en même temps, il faut le noter, une manœuvre des plus sages. Car, tout en se conciliant les villes, Aliénor obtenait d'elles des secours militaires très étendus ; elle les libérait des impositions exigées précédemment, mais leur imposait l'obligation de contribuer elles-mêmes à leur défense. Ainsi, à côté de la force féodale qui fournissait normalement les ressources militaires, Aliénor constituait, pour le royaume, une milice bourgeoise ; exemple si ingénieux que le roi de France, Philippe-Auguste, n'allait pas tarder à en faire son profit et à agir de même dans ses domaines : quand il concédera leur liberté aux habitants de Tournai, il leur précisera que ceux-ci doivent avoir « trois cents hommes de pied bien armés » dont il pourra requérir les services.

Aliénor était sans illusions sur les capacités de son fils comme sur les sentiments des seigneurs à son endroit. Le lien féodal est un lien personnel et la personne de Jean n'avait rien qui pût lui valoir cette fidélité que le seigneur attend du vassal. Le seul recours était de lui constituer cette réserve militaire que lui vaudrait son alliance avec la bourgeoisie des villes.

Elle allait faire plus encore. A la suite de cette extraordinaire randonnée politique qui lui permet de reprendre bien en main son domaine tout en se montrant la reine libérale qui distribue les franchises, elle devait, entre le 15 et le 20 juillet, se présenter en personne devant Philippe-Auguste, pour lui faire hommage de ses terres. Cet hommage féodal, elle le devait, sans conteste, à son suzerain, le roi de France. Mais le renouveler en de telles circonstances, c'était suprêmement habile. Elle donnait à entendre qu'entre les deux rivaux, dans ce jeu de préséance qui se jouait depuis si longtemps entre rois de France et rois d'Angleterre, il y avait sa personne à elle, Aliénor, maîtresse de tout l'Ouest de la France, ou à peu près, depuis la Loire jusqu'aux Pyrénées ; d'avance, en faisant le geste exigé, elle enlevait au roi Philippe-Auguste tout prétexte d'offensive envers cette partie importante des domaines Plantagenêt.

Les chroniques du temps ne nous ont retracé la scène qu'avec la plus grande sécheresse, sans donner aucun détail. On aimerait pourtant savoir comment se déroula le cérémonial, dans quel cadre, entourée de quels barons, Aliénor fit le geste qui était exigé d'elle et mit sa main fragile de vieille dame entre les mains rudes du roi qui aurait pu être son fils. Mais on imagine sans peine le regard qu'ils durent échanger lorsqu'elle se releva après qu'il eut, selon l'usage, baisé cette main.

Ni l'un ni l'autre n'étaient dupes. Il y avait entre eux un monde de calculs et d'ambitions. Le geste de la reine était un défi ; quant au roi de France, ses projets n'attendaient qu'une occasion pour se manifester.

Cependant, lorsqu'elle retrouva à Rouen, le 30 juillet, son fils Jean sans Terre, Aliénor pouvait se rendre cette justice d'avoir fait tout ce qui était humainement en son pouvoir pour lui conserver son royaume : tout, jusqu'à ce dépouillement d'amour-propre qu'avait necessité l'entrevue de Tours avec Philippe-Auguste.

Jean paraît d'ailleurs avoir mesuré la grandeur de ce dévouement maternel. La convention qu'il fait alors avec sa mère a un accent filial qui étonne chez lui : nous voulons, disait-il, « qu'elle ait tous les jours de sa vie le Poitou... et non seulement voulons qu'elle soit de toutes ces terres qui sont nôtres la Dame, mais aussi de nous et de toutes nos terres et nos possessions ».

Mais, pour le présent, un autre souci que celui des événements politiques étreignait la reine Aliénor. Elle avait reçu à Niort sa fille Jeanne. Celle-ci avait épousé, trois ans plus tôt, au mois d'octobre 1196, le comte de Toulouse, Raymond VI. Peut-être, dans ce mariage, Aliénor avait-elle vu le couronnement de l'une de ses plus anciennes ambitions : la suzeraineté du Toulousain. Mais, de toute façon, l'issue ne pouvait pas en être heureuse. Raymond VI, à l'exemple de son père, n'était qu'un triste personnage dont la vie publique non plus que les actions privées ne rappelaient en quoi que ce soit l'idéal du chevalier courtois. Jeanne était sa quatrième épouse. Il avait enterré la première, enfermé la seconde dans un couvent cathare, et répudié la troisième au bout de quelques mois seulement de mariage pour mettre plus facilement la main sur l'important douaire — la cité d'Agen et son territoire — que le roi Richard avait constitué à sa sœur. Après quoi, il était retourné à ses désordres habituels. Il menait une vie de débauche et se trouvait sans cesse en conteste avec l'un ou l'autre de ses vassaux, car le manque de parole était chez lui une tradition de famille. Jeanne lui avait donné un fils, le futur Raymond VII. Elle était enceinte pour la seconde fois quand il lui avait fallu, presque seule, mettre à la raison les sires de Saint-Félix dans le Lauraguais, tandis que son époux s'occupait à d'obscures besognes dans le haut Languedoc. L'affaire avait mal tourné : en faisant le siège du château de Cassès, elle s'était trouvée trahie par ses propres gens qui avaient mis le feu à son campement. Elle avait réussi à s'enfuir presque seule, et, sachant quel peu de fond elle pouvait faire sur le secours de son époux, l'idée lui était venue d'aller implorer l'aide de son frère, le roi Richard. En chemin, elle avait appris sa mort et c'est exténuée de fatigue et de chagrin qu'elle avait enfin rejoint Aliénor dans sa tournée poitevine. Celle-ci l'avait envoyée à Fontevrault pour se refaire un peu, puis Jeanne s'était dirigée vers Rouen. Presque aussitôt, elle avait dû s'aliter, avait fait son testament, puis, à la stupéfaction de son entourage, elle annonçait son intention de prendre le voile comme religieuse de Fontevrault. L'archevêque de Cantorbéry, Hubert Gautier, revenu à Rouen avec Jean sans Terre, tenta vainement de la faire renoncer à ce projet : Jeanne y mettait une telle obstination qu'il fallut bien aller prévenir l'abbesse de Fontevrault et, finalement, passer outre aux règles canoniques. Sa santé déclinait avec l'approche du terme de sa grossesse. Sur son lit de malade, elle reçut le voile et prononça ses vœux. Quelques jours plus tard, Aliénor lui fermait les yeux. On allait réussir, l'instant d'après sa mort, à l'accoucher de l'enfant qu'elle portait et qui vécut le temps d'être baptisé. Jeanne avait trente-quatre ans ; elle disparaissait cinq mois après Richard.

Un an auparavant, le 11 mars 1198, était morte Marie de Champagne. Ainsi, en ces deux années, Aliénor avait perdu les trois enfants qu'elle chérissait le plus. Alix de Blois était morte un peu plus tôt et elle venait de faire à sa petite-fille, portant le même nom d'Alix et qui était religieuse à Fontevrault, une donation en souvenir de sa mère. Ainsi, des dix enfants qu'elle avait portés, Aliénor n'avait plus que ce personnage inquiétant qu'on continuait à appeler Jean sans Terre et là-bas, mariée dans la lointaine Castille, la fille qui portait son nom.

XXII

LA REINE BLANCHE

Dieus, donatz mi saber et sen ab qu'ieu
                              [aprenda
Vostres sanhs mandamens e.ls auja
                              [e.ls entenda,
E vostra pietatz que.m gueris que.m
                              [defenda
  D'aquest segle terre
  Que no.m trabuc ab se;
  Quar ie.us ador e.us cre,
  Senher, e.us fauc ufrenda
  De me e de ma fe;
  Qu'aissi.s tanh e.s cove;
  Per so vos crit merce
  E de mes tortz esmenda.

     Folquet de Marseille.

Dieu, donnez-moi savoir et sens, que
     [puisse apprendre
Vos saints commandements, et les
     [sache comprendre,
Et que votre pitié me guérisse et défende
   De ce terrestre monde,
   Qu'en mal ne me confonde;
   Car je t'adore et crois en toi,
   Seigneur, et te fais offrande
   De moi et de ma foi;
   Ainsi convient, et nous mande.
   Pour ce viens merci demander
   Et que mes torts puisse amender.

On pourrait imaginer Aliénor brisée, anéantie, après cette année 1199 pour elle si tragique, si mouvementée ; rien ne lui avait été épargné, ni les souffrances personnelles ni les inquiétudes d'un horizon politique soudain assombri au-delà de tout ce qu'on avait pu craindre.

Et pourtant, à suivre sur les documents les traces de la reine, on la retrouve, au cœur de l'hiver suivant, de nouveau en voyage, franchissant les Pyrénées à quatre-vingts ans ou presque pour se rendre auprès de sa dernière fille, cette autre Aliénor qui avait épousé le roi de Castille.

Quelques mois en effet après la mort de Jeanne qui reposait à présent, elle aussi, sous les voûtes de Fontevrault, un projet avait pris corps et ce projet, Aliénor tenait visiblement à en voir l'exécution. Jean sans Terre avait eu une entrevue avec Philippe-Auguste ; celui-ci avait renoncé à poursuivre les hostilités entreprises par lui en Normandie et, de lui-même, avait proposé la paix. L'un des vassaux angevins sur lesquels il comptait, Guillaume des Roches, avait fait défection et rallié le parti des Plantagenêts, tandis que le comte de Flandre menaçait ses fiefs en Artois ; surtout, le roi de France avait de graves démêlés avec la papauté : sommé de reprendre avec lui son épouse, Isambour de Danemark, il s'y était jusqu'alors refusé et avait même contracté mariage avec la fille d'un prince de l'Empire, Agnès de Méranie. Le 13 janvier 1200, l'interdit avait été jeté sur le royaume de France. Ne se sentant pas en état de poursuivre la lutte, Philippe-Auguste s'était précipitamment réconcilié avec son adversaire.

Et l'on avait vu aussitôt Aliénor se mettre en route avec une escorte importante : l'archevêque de Bordeaux, Élie de Malemort, l'accompagnait et aussi Mercadier, le routier qui avait été le dernier compagnon de combat de son fils Richard. C'est qu'en effet les conclusions de paix entre France et Angleterre prévoyaient le mariage de Louis, héritier du trône de France, avec l'une des filles d'Aliénor de Castille; une première fois, semblable dessein avait été agité lors des ultimes pourparlers entre Richard et Philippe. Personne n'avait paru empressé d'y donner suite. Cette fois, au contraire, Aliénor se met en route au moment même de l'entrevue et son voyage est mené avec une rapidité surprenante puisque, avant la fin de janvier, elle se trouvait en Castille. Elle avait pourtant été arrêtée au cours de route par l'un des Lusignan, Hugues le Brun, qui, profitant des circonstances, ne l'avait laissée poursuivre son voyage à travers ses États qu'après s'être fait octroyer par elle le comté de la Marche.

Pourquoi cette hâte? Il est, certes, légitime de penser que, lorsqu'on porte un dessein en tête à quatre-vingts ans, il est sage de vouloir le faire aboutir au plus vite. Mais on ne peut qu'être frappé, pourtant, de l'empressement personnel qu'Aliénor met à la réalisation d'un projet qui ne paraissait guère, auparavant, avoir retenu son attention. Quand Richard avait proposé de marier l'une de ses nièces à l'héritier de France, elle ne s'en était pas préoccupée. Que le même projet soit ébauché par Jean et elle prend aussitôt la route elle-même, décidée à ramener l'une de ses petites-filles; alors que les projets matrimoniaux se réalisaient le plus souvent sous l'égide de quelque prélat et qu'un Élie de Malemort, dévoué partisan des Plantagenêts, eût été tout désigné pour s'acquitter de cette mission.

Peut-être Aliénor, après les deuils successifs qui venaient de l'accabler, était-elle heureuse de revoir la seule de ses filles qui lui restât. Mais on peut voir aussi, dans cette démarche entreprise dans des conditions si difficiles, autre chose que le simple désir de se retremper dans une atmosphère familiale. Comme jadis, lorsqu'elle était allée chercher Bérengère de Navarre et l'avait amenée en Sicile, Aliénor agit à la fois en mère et en reine. Et, dans son acte, apparaît clairement le souci de contribuer de toutes ses forces à la paix du royaume. Aussi longtemps que Richard était en vie, Philippe trouvait devant lui un adversaire de taille et le royaume Plantagenêt était en sécurité. Richard disparu, la situation se renversait et l'on pouvait tout craindre, tout redouter : en quelques années pouvait être anéanti le beau domaine qu'avait édifié l'union d'Aliénor et d'Henri. Son voyage au-delà des Pyrénées reste donc dans la ligne de tout ce qu'elle a accompli depuis près d'un an qu'elle a quitté sa retraite de Fontevrault. Pour maintenir le royaume, sauver ce qui pouvait en être sauvé, elle a fait surgir des alliés à son fils Jean chez ces bourgeois des villes affranchis par ses soins ; elle l'a réconcilié avec Guillaume des Roches ; elle a fait elle-même le geste qui, en reconnaissant la suzeraineté du roi de France, contraint en quelque sorte celui-ci à se faire le protecteur des domaines de Poitou et d'Aquitaine. Et à présent, elle s'empresse de concourir une fois de plus à la paix en ramenant le gage d'alliance le plus précieux qui soit, la fiancée de Louis de France.

L'historien anglais Powicke, qui a traité en pages magistrales ces divers épisodes de l'épopée des Plantagenêts, a mis en valeur, avec beaucoup de discernement, l'action des femmes en ce tournant décisif. Derrière la lutte qui se déroule entre Philippe et Jean, il y a celle que mènent, chacune de son côté, Aliénor et sa belle-fille, Constance de Bretagne. Car, pour prétexte à ses convoitises sur la Normandie, Philippe s'est fait le champion de son fils, le jeune Arthur de Bretagne. On a vu comment, à la mort de Richard, la question se posait pour les feudataires de choisir entre le dernier fils d'Henri ou son petit-fils. Guillaume le Maréchal l'avait résolue, pour sa part, suivant l'usage du temps. Mais Constance pouvait arguer de ce que Jean n'était que le cadet de son défunt époux, Geoffroy ; elle revendiquait, pour son fils posthume, Arthur, l'héritage entier. Figure assez singulière que cette Constance de Bretagne : quelque temps après la mort de Geoffroy, elle a épousé un seigneur anglais, Ranulf de Chester, lequel l'a ensuite répudiée dans des circonstances demeurées obscures, après l'avoir fait emprisonner quelque temps dans le château de Saint-James de Beuvron en Normandie. Constance a ensuite épousé, en 1199, peu après la mort de Richard, un seigneur poitevin, Guy de Thouars ; son fils Arthur a été élevé à la cour de France et l'antipathie qu'elle a toujours manifestée envers la famille de son premier époux seconde trop bien les intérêts de Philippe-Auguste pour que celui-ci néglige de s'en servir.

En arrière-plan, d'autres figures féminines influent sur les événements : avant tout, la silhouette d'Isambour, la malheureuse délaissée, qui proteste contre l'injustice de son sort et dont le pape en personne — c'est à présent l'énergique Innocent III — soutient la cause. Il y a aussi sa rivale, Agnès de Méranie, dont Philippe aura deux enfants, cet autre Philippe qu'on appelle Hurepel parce qu'il a, sans doute, hérité des cheveux hirsutes de son père, et Marie que Philippe-Auguste destine à l'héritier de Bretagne ; enfin, Bérengère de Navarre, l'épouse de Richard, figure un peu terne qui n'a pas su retenir son incorrigible époux et qui, aujourd'hui, réclame inlassablement son douaire que Jean finira par lui assurer : en l'espèce, mille marcs d'argent de rente annuelle, deux châteaux en Anjou et un à Bayeux.

Et deux autres personnages féminins vont entrer en scène : il y a cette fiancée castillane qu'Aliénor est allée chercher au-delà des Pyrénées, et il y a Isabelle d'Angoulême dont la présence va déterminer toute une cascade d'événements à la suite desquels le domaine Plantagenêt cessera d'exister.

Isabelle, en effet, était fiancée avec ce sire de Lusignan, Hugues le Brun, qui, profitant des circonstances, s'est fait octroyer le comté de la Marche par Aliénor lors de sa randonnée. Cet homme d'une quarantaine d'années doit recevoir, en même temps que sa petite fiancée de quatorze ans, la promesse d'hériter du comté d'Angoulême : autant dire que la fortune semble lui sourire. Or, il aura l'idée malencontreuse d'inviter à ses fiançailles son suzerain, le roi d'Angleterre. Jean sans Terre s'y rendra au moment où il est lui-même en pleine combinaison matrimoniale. Il a décidé, en effet, de rompre son mariage avec Havise de Gloucester, laquelle ne lui a pas donné d'enfant, et vient d'adresser une ambassade au roi du Portugal, Sanche, pour lui demander la main de l'une de ses filles. Au cours des fêtes données à Lusignan, Isabelle d'Angoulême lui est présentée. Deux mois plus tard, le 24 août 1200, on apprendra avec stupeur que Jean, après avoir éloigné Hugues le Brun en lui confiant une mission diplomatique en Angleterre, a épousé, avec l'assentiment du comte Aymar d'Angoulême son père, la jeune Isabelle.

On juge de l'effet que produira ce coup de tête auprès des barons poitevins si jaloux de leur indépendance et jamais à court de prétextes pour le manifester. L'affaire aura d'innombrables rebondissements dans l'Histoire, car Isabelle est l'une de ces fortes personnalités féminines qui, à l'époque féodale, sont si nombreuses à exercer leur influence sur les événements. Pour l'immédiat, ce mariage, qui ressemblait à un enlèvement — quoique accompli avec la complicité paternelle — sera le commencement de la dislocation du royaume : il va dénouer le lien personnel sur lequel repose la fidélité des vassaux et les barons, jusqu'alors indécis, deviendront résolument hostiles au roi d'Angleterre.

Mais, entre-temps, aura pris place un autre événement qui, lui aussi, était lourd de conséquences et devait amener, sur le trône de France, une autre forte personnalité féminine. Nous avions laissé Aliénor cheminant sur les routes de la Vieille-Castille. C'est à Burgos, probablement, ou dans quelque château fort des environs, qu'elle aura retrouvé sa fille et ses petits-enfants. Aliénor de Castille en avait eu onze de son époux Alphonse VIII ; leur cour était gaie et brillante ; on y retrouvait l'atmosphère de celle de Poitiers. La Castille était alors, comme la Catalogne, accueillante aux troubadours. L'un d'eux, Raimon Vidal de Bezalu, a laissé, dans ses vers, la description d'une réunion littéraire à la cour d'Alphonse VIII : Aliénor la jeune y préside. Elle est belle, modeste ; vêtue d'une robe de soie vermeille ourlée d'un fil d'argent, elle paraît devant la cour qui rassemble «maints chevaliers et maints jongleurs», s'incline devant le roi et prend place non loin de lui. Ensemble, ils écoutent le troubadour conter sa «nouvelle» ; elle est si belle qu'ensuite il n'y a personne à la cour «barons ni chevaliers, demoiseaux ni donzelles » qui ne la veuille savoir par cœur.

Alphonse et Aliénor comptaient parmi leurs commensaux Guilhem de Berguedan, sorte de don Juan avant la lettre, poète plein de talent et séducteur incorrigible qui avait, d'ailleurs inutilement, soupiré pour la reine ; on rencontrait aussi chez eux Folquet de Marseille qui devait entrer dans les ordres et devenir évêque de Toulouse — d'autres comme Perdigan, Peire Roger, Guiraut de Calanson et surtout Peire Vidal qui ne tarit pas d'éloges sur cette cour ouverte et sur la libéralité du roi et de la reine.

On aime à penser à ce séjour qui, pour Aliénor d'Angleterre, aura été une oasis, un havre de réconfort dans ses années de vieillesse secouées de tempêtes. A la cour de Castille, elle retrouvait une atmosphère de jeunesse, de fraîcheur et de poésie. Aussi la voit-on s'attarder plus de deux mois chez sa fille ; de toute façon, on ne célébrait pas les mariages en carême et, si pressée fût-elle de voir réaliser celui-là, elle n'avait aucune raison de regagner ses domaines avant Pâques qui, cette année, tombait le 9 avril. La surprise c'est que, lorsqu'elle repart et quitte l'heureuse cour de Castille, elle emmène une autre jeune fille que celle qu'elle était venue chercher. Aliénor la jeune, en effet, avait trois filles en âge de se marier — c'est-à-dire âgées de onze à quinze ans — : Bérengère, Urruca, et Blanca ; l'aînée, Bérengère, était déjà fiancée à l'héritier du royaume de Léon. C'est donc la seconde, Urraca, qui était promise à l'héritier du royaume de France. Or, c'est avec Blanca, la plus jeune, qu'Aliénor repassera les Pyrénées. Et les contemporains nous donnent nettement à entendre que ce choix qui substituait une fiancée à l'autre a été voulu par elle, par Aliénor d'Angleterre. Le prétexte donné n'est visiblement qu'un prétexte : l'entourage de la reine aurait soutenu que jamais les Français ne pourraient s'habituer à une princesse portant un nom aussi espagnol qu'Urraca alors que Blanca deviendrait facilement la reine Blanche ; raison vraiment spécieuse en un temps où la reine de France s'appelle Ingeburge ou Isambour et où la reine d'Angleterre porte un nom aussi peu anglais qu'Aliénor. Quoi qu'il en soit, le choix était fait et il fallut s'incliner ; Urraca fut promptement fiancée à l'héritier du Portugal, et Blanche, contre toute attente, prit le chemin de la France. Il paraît évident qu'en cette circonstance, Aliénor, qui aura eu le temps, au cours de son séjour, d'apprécier chacune de ses petites-filles à sa valeur, aura, une fois de plus, fait la preuve de son admirable perspicacité, aiguisée par l'âge et par l'expérience. Soit sympathie née d'une affinité naturelle — car on retrouvera, chez Blanche de Castille, plus d'un trait hérité de sa grand-mère —, soit jugement porté après mûre réflexion, c'est elle qui aura installé, sur le trône de France, celle qui devait s'y révéler reine énergique et mère admirable.

Le printemps s'annonçait, dans ces régions méridionales, quand Blanche prit avec Aliénor le chemin de son pays d'adoption. Ce que furent les entretiens de la vieille reine et de la jeune fille qui s'avançait vers des destinées si glorieuses en cette aube du XIIIᵉ siècle, nous n'en savons rien ; mais on peut penser qu'elle fut profonde, l'impression que fit sur Blanche la reine Aliénor, auréolée du double prestige de la couronne de France et de celle d'Angleterre, mère de deux rois, et dont les enfants et petits-enfants peuplaient les cours impériales aussi bien que celle d'Espagne.

Retour paisible en dépit de l'épisode tragique qui se déroule à Bordeaux où le routier Mercadier fut tué lors d'une rixe dans les rues de la ville tandis qu'Aliénor et sa petite-fille se reposaient dans le palais de l'Ombrière. Mercadier ne valait, certes, pas mieux que les autres mercenaires de son espèce, tous gens de sac et de corde que leurs pillages et leurs brutalités rendaient odieux ; l'emploi de mercenaires aura été l'une des tares de ce royaume Plantagenêt ; il contribua notablement à augmenter la brutalité de la guerre entre Richard et Philippe-Auguste ; ce sera un progrès sensible que de voir cette plaie disparaître au XIIIᵉ siècle. Pour en revenir au personnage, il avait montré sa férocité en faisant pendre, après l'avoir fait écorcher vif, le meurtrier du roi Richard, ce Pierre Basile à qui pourtant le roi, sur son lit de mort, avait ordonné de laisser la vie sauve.

Le mariage de Blanche de Castille et de Louis de France devait être célébré le 23 mai suivant dans la localité de Port-Mort, en Normandie : l'endroit le plus proche de la frontière française où aucune cérémonie religieuse ne pouvait être célébrée puisque le royaume se trouvait toujours sous le coup de l'interdit lancé par le pape. Mais Aliénor n'y assista pas. Sur le chemin du retour, elle s'était arrêtée à Fontevrault et là, avait confié à l'archevêque Élie de Bordeaux le soin d'escorter sa petite-fille ; sa mission à elle était remplie.

*
* *

On aimerait arrêter ici l'histoire d'Aliénor : finir cette vie si mouvementée sur cette marche triomphale vers le mariage de sa petite-fille avec l'héritier de France tandis que la silhouette de la reine s'estompe doucement dans l'ombre de Fontevrault.

Mais non, ce n'était pas encore le dernier épisode. Il a fallu qu'une fois encore, Aliénor renonçât à la paix de la retraite qu'elle s'était choisie, qu'à nouveau elle vînt occuper le devant de la scène, et dans des circonstances tragiques une fois de plus.

Pourtant, tout paraissait calme. Jean sans Terre couronnait sa jeune épouse à Westminster, le 8 octobre 1200, et son coup de tête paraissait même ratifié par le roi de France puisque, durant l'été 1201, le roi et la reine d'Angleterre étaient reçus par lui dans l'île de la Cité beaucoup plus cordialement (ce sont les témoins du temps qui le remarquent) que l'on n'eût osé l'espérer. Aliénor, d'ailleurs, n'était pas demeurée inactive. Inlassable, s'employant jusqu'au dernier souffle à assurer cette paix sans laquelle, elle le savait, le royaume ne pouvait subsister entre les mains de Jean, elle avait réussi à le réconcilier avec les vicomtes de Thouars : du moins avec Amaury, frère de Guy, et devenu, par conséquent, l'oncle par alliance d'Arthur de Bretagne. Au printemps de 1201, elle écrivait à Jean pour lui faire savoir comment celui-ci était venu la voir à Fontevrault sur ses instances. Elle était alors malade, mais s'était néanmoins entretenue avec Amaury de Thouars et, disait-elle, « le plaisir que j'ai eu de sa visite m'a fait du bien ». Il l'avait quittée sur la promesse de s'employer à maintenir la concorde et l'obéissance parmi les barons poitevins. Cette réconciliation s'opérait au moment même où la malheureuse Constance de Bretagne contractait la lèpre ; elle allait mourir au bout de quelques mois, le 4 septembre 1201. Quelque temps auparavant, était morte Agnès de Méranie et cette mort pouvait être l'occasion de libérer le royaume de France de l'interdit que faisait peser sur lui la conduite de son roi. Allait-on traverser une ère de paix et de détente générale ? En réalité, seules les complications au milieu desquelles se débattait Philippe-Auguste sous le coup des sanctions ecclésiastiques l'avaient jusqu'alors empêché de donner libre cours à ses convoitises sur la Normandie et l'ensemble du royaume Plantagenêt. Il connaissait suffisamment son adversaire pour savoir qu'il ne perdait rien pour attendre, et préférait choisir le moment propice pour jeter ses atouts, dont le principal se trouvait être le jeune Arthur de Bretagne, élevé à sa cour et soigneusement entretenu dans la perspective d'être un jour roi d'Angleterre. La mort de Constance privait le jeune garçon de conseils sans doute plus avisés et moins intéressés que ceux qu'il recevait journellement à Paris.

Le conflit allait éclater en 1202. Philippe-Auguste prit prétexte des appels des barons poitevins, les Lusignan en tête, mais aussi beaucoup d'autres dont Jean n'avait su ménager ni la susceptibilité ni les droits légitimes (il agissait sans égards pour les coutumes locales, se montrait inutilement arrogant avec ses vassaux et déplaçait les châtelains à sa fantaisie). Le roi de France, agissant en tant que suzerain, invitait donc le roi d'Angleterre à venir devant sa cour régler les différends dont ses barons se plaignaient. Sur son refus, le 28 avril, Jean était condamné par défaut ; un défi lui était lancé et la guerre déclarée. Quelque temps après, Arthur de Bretagne, armé chevalier par Philippe-Auguste, faisait solennellement hommage au roi de France non seulement pour la Bretagne, mais pour l'Anjou, le Maine, la Touraine et le Poitou ; ainsi, il n'était pas tenu compte de l'hommage qu'Aliénor avait rendu pour cette province qui faisait partie de son domaine personnel. Et le jeune Breton, insolemment, s'annexait le fief dont elle était détentrice en droit et en fait ; le royaume Plantagenêt était démantelé et l'on remarqua que, dans son hommage, Arthur de Bretagne n'avait pas fait mention de la Normandie : le roi de France se l'était par avance réservée.

Sur quoi, tandis que Philippe, passant immédiatement à l'action, s'emparait de plusieurs places dans la province convoitée : Eu, Aumale, Gournay, il envoyait Arthur, tout glorieux à l'idée de faire ses premières armes et muni par le roi de France de deux cents chevaliers d'élite, prendre possession du Poitou et joindre ses forces à celles des Lusignan. Dans sa retraite, Aliénor fut prévenue à temps et, jugeant qu'elle n'était pas en sûreté à Fontevrault, s'empressa, avec une petite escorte, de gagner Poitiers qui, à plusieurs reprises, au cours de son existence, avait été pour elle un asile sûr à l'abri des murailles fortifiées.

Mais si rapide qu'ait été sa décision, la reine a été devancée : Arthur, assisté du vicomte de Châtellerault, Hugues, a déjà quitté Tours et atteint Loudun. La reine n'a que le temps de se réfugier précipitamment dans le château de Mirebeau. La petite ville est aussitôt prise d'assaut, mais le donjon tient bon et Aliénor s'y trouve bloquée avec une poignée d'hommes. Va-t-elle tomber prisonnière entre les mains de son petit-fils ?

Aliénor, en la circonstance, ne s'est pas contentée de poster entre les créneaux et aux meurtrières les archers dont elle pouvait disposer, de renforcer les portes et les ponts et de placer des guetteurs sur les hautes tours de la forteresse ; elle a su amuser ses assiégeants par un semblant de négociation tandis qu'en toute hâte, elle parvenait à envoyer deux messagers, l'un à Guillaume des Roches qui se trouvait à Chinon, l'autre à Jean sans Terre lui-même qui était alors aux environs du Mans. Celui-ci allait accourir avec une rapidité surprenante : le messager lui parvint dans la nuit du 30 juillet; le 1er août au petit matin, il débouchait en vue de Mirebeau. Arthur et ses compagnons, avec une imprévoyance qui montre combien ils étaient sûrs de leur proie, avaient cru bien faire en faisant murer toutes les portes de la petite cité qu'ils occupaient : cela afin d'être sûrs qu'aucun des assiégés ne leur échapperait; une seule demeurait ouverte pour leur propre approvisionnement. On raconte que, parmi eux, l'un des chevaliers, Geoffroy de Lusignan, venait de se mettre à table et attaquait une couple de pigeons rôtis quand on lui signala qu'arrivait, toutes bannières déployées, la troupe du roi d'Angleterre. Il jura par plaisanterie qu'il n'allait pas s'émouvoir pour si peu et finirait d'abord son plat; mais il n'eut pas le temps d'en dire plus long : lui-même, Arthur et le millier d'hommes ou environ qui assiégeaient la forteresse furent littéralement pris comme dans une souricière sans avoir même eu le temps de se défendre.

Aliénor était libérée, saine et sauve. Mais personne, sans doute, ne pouvait prévoir l'atroce traitement qui attendait cette multitude de prisonniers. Jean sans Terre avait révélé, en cette occasion, qu'il pouvait, le cas échéant, agir avec la promptitude et l'habileté d'un véritable homme de guerre; la suite de l'histoire fait découvrir de quelle férocité satanique il était aussi capable; aucune humiliation n'allait être épargnée aux malheureux barons captifs que Jean fit attacher à des charrettes et promener ainsi dans leurs domaines propres jusque dans les donjons où il les fit enfermer.

Quant au jeune Arthur de Bretagne, il l'avait d'abord remis à l'un de ses familiers, Hubert de Bourgh, en lui ordonnant de l'aveugler et de le châtrer. Hubert de Bourgh refusa la criminelle besogne. Arthur allait demeurer prisonnier dans la tour de Rouen jusqu'au jour où — c'était le Jeudi saint, 3 avril 1203 — Jean, avec un seul compagnon, son homme de main Guillaume de Briouse, pénétra dans le cachot où le jeune homme était enfermé, le fit descendre avec lui dans une barque, l'égorgea et jeta son corps dans la Seine. Personne au monde ne connut le drame ; ce n'est que sept ans plus tard, vers 1210, que celui qui en avait été l'unique témoin, Guillaume de Briouse, devenu l'ennemi mortel de Jean, se réfugiera à la cour de France et en fera le récit.

Quelque temps après le crime, un messager, frère Jean de Valerant, se présentait devant Aliénor, porteur d'un message que Jean sans Terre expédiait de Falaise le 16 avril 1203 : « Grâce à Dieu, écrivait-il, les choses vont pour nous mieux que cet homme ne peut vous le dire... » Effarante missive qui donne la mesure de la perversité de l'homme, mais aussi de son inconscience, et l'on peut penser, puisque le messager lui-même n'était pas au courant du crime et que la reine ne revit jamais son fils, qu'elle est morte sans avoir su au juste l'horreur que recouvraient ces lignes.

Aliénor devait vivre un an encore : le temps de voir l'écroulement du royaume, la perte de cette Normandie qui avait été le premier et le plus beau fief des rois d'Angleterre. Désormais, Jean, par sa barbarie, avait dressé contre lui la plupart de ses vassaux et Philippe-Auguste avait la partie belle. C'est Guillaume des Roches lui-même qui lui livrera la Touraine et l'Anjou ; c'est Amaury de Thouars qui, après la mort d'Aliénor, lui soumettra une partie du Poitou. Jean, après une période d'activité, était retombé dans cette sorte d'apathie invincible dont le retour périodique caractérise les cyclothymiques. Tour à tour, il avait vu les principales cités de Normandie, Sées, Conches, Falaise, Domfront, Bayeux, Caen, Avranches, etc., tomber entre les mains de Philippe-Auguste ; et quand Rouen, la dernière à résister, envoya chercher du secours, il refusa, nous l'avons vu, d'interrompre sa partie d'échecs pour recevoir les envoyés.

Le 6 mars 1204, le roi de France s'était emparé de Château-Gaillard, la belle forteresse qui, quelques années auparavant, avait fait l'orgueil du roi Richard.

On a dit que ce coup fut celui dont Aliénor mourut, car elle est morte à Fontevrault quelques semaines plus tard, le 31 mars ou le 1er avril 1204. Mais peut-on penser qu'elle mourut désespérée ? Sa mort eût été alors en complet désaccord avec sa vie : car il n'est pas de mauvaise nouvelle, de revers, de chagrin qui ne l'aient trouvée debout, prête à réagir, à réparer la brèche, à renouer les fils rompus. Et l'on peut, certes, penser qu'en la circonstance son âge était trop avancé, son état de santé trop affaibli pour lui permettre un dernier sursaut.

Mais il est permis aussi de se dire que l'événement, pour cruel qu'il fût, ne l'a pas surprise : il était inévitable. Richard mort sans héritier, cela signifiait la fin du beau royaume Plantagenêt. Aliénor pouvait le prévoir mieux que personne. Si elle a fait son devoir de reine et de mère en ménageant à son fils toutes les alliances possibles — lui en inventant de nouvelles, au besoin, comme dans le cas de la bourgeoisie des villes —, ce devait être sans illusions : Jean n'avait pas l'étoffe d'un roi ; le royaume, entre ses mains, était voué à la dissolution. En revanche, s'il est un acte surprenant et fécond de la part d'Aliénor en ses dernières années, c'est bien cette démarche ultime qu'elle accomplit et que, visiblement, elle a tenu à faire elle-même, sans délai — acte où s'est exercé, pour la dernière fois, son jugement si raffiné, si riche d'expérience : le voyage de Castille. En accomplissant cette démarche, Aliénor ne faisait peut-être qu'obéir à sa volonté de paix en un temps où la paix était essentielle au maintien du royaume : il reste que c'est elle qui a littéralement installé Blanche de Castille sur le trône de France et qui l'a désignée, elle et non une autre, pour tenir la place qu'elle-même avait tenue.

Elle avait, en d'autres temps, couvé l'ambition de voir son fils Henri régner en France à son mariage avec la jeune Marguerite. Et voilà qu'à présent, sous la pression des événements, l'accord se réalisait, mais en sens contraire : c'était le futur roi de France qui épousait une princesse de son sang à elle ; quelque temps, on a pu croire que la fusion entre France et Angleterre s'accomplirait sous l'égide de la France : on verra un jour Louis de France, l'époux de Blanche de Castille, débarquer en Angleterre, avec l'appui d'un certain nombre de barons qui n'ont pu supporter la domination de ce sinistre maniaque qu'était Jean sans Terre. Mais, au-delà de ce jeu d'ambitions, c'était à leur fils, Louis IX, celui qui pour l'Histoire reste saint Louis, qu'il était réservé de trouver la solution juste — et cela par un dépassement dont l'Histoire n'offre guère d'exemples : le traité, qui, en 1259, mettra fin aux revendications anglaises sur la Normandie et sanctionnera le fait accompli, rendait en effet au roi d'Angleterre quelques provinces conquises sur l'héritage d'Aliénor, pour «mettre amour» entre ses héritiers. Ceux-ci, en l'occurrence, reconnaissaient leur unique filiation, et ainsi le souvenir d'Aliénor présidait-il à cette réconciliation des deux royaumes.

La forteresse de Château-Gaillard pouvait bien s'écrouler, les places fortes tomber l'une après l'autre ; tout cela, pour la reine revenue à sa solitude de Fontevrault, rendait concret le renoncement de la mort, l'inévitable abandon des possessions terrestres, en ces moments où plus rien ne comptait pour elle sinon ce dépouillement de soi qui permet, dans la nudité d'une seconde naissance, de se préparer à la suprême rencontre.

Mais l'adieu à la terre, loin de s'accomplir dans le désespoir, se faisait avec la vision rassurante d'une toute jeune fille, son rejeton à elle, Aliénor, capable d'assumer comme elle-même avait su le faire la tâche d'une femme, d'une reine, et, peut-être, de la mener, mieux qu'elle ne l'avait pu, à son accomplissement.

Avril s'annonçait ; après les rigueurs de l'hiver les arbres desséchés, autour de Fontevrault, sentaient monter la sève, et la brise d'Anjou apportait, dans le jardin des moniales, une promesse de renouveau.

*
* *

On peut formuler bien des critiques à l'endroit d'Aliénor, de sa personne et de son action : on ne s'en est d'ailleurs pas privé, jusqu'à voir en elle une prostituée publique, une femme démoniaque, une sorte de mégère dominée par la haine, etc. A la lumière du document historique, de tels jugements tombent d'eux-mêmes ; ce qui subsiste, dans la vérité de l'Histoire, c'est la silhouette d'une « femme incomparable » selon la remarque du chroniqueur Richard de Devizes — celle qu'a si bien rendue le sculpteur anonyme qui a légué à la postérité le gisant d'Aliénor. Grâce à lui, nous la retrouvons sous les voûtes de Fontevrault, cette abbatiale bien-aimée où la reine est venue, elle aussi, prendre le voile, comme sa fille Jeanne, comme sa petite-fille Alix de Blois, comme Mathilde et Bertrade et tant d'autres, vierges ou veuves, grandes dames ou prostituées, gagnées toutes à l'Amour en lequel tout amour se résume. Mieux inspiré que la plupart des historiens, écrivains ou littérateurs qui ont tenté de cerner la physionomie d'Aliénor, l'artiste nous l'a, d'emblée, restituée dans sa vie profonde : elle est là, drapée dans les plis de sa robe et de son manteau, le visage encadré du voile à mentonnière — et elle lit en un livre. C'est la reine lettrée qui, jusqu'au dernier jour, aura gardé intacte sa curiosité d'esprit, qui, jusqu'au dernier souffle, aura inspiré trouvères et troubadours et suscité cette vague poétique où nous retrouvons Tristan et Iseut, Érec et Énide, Lancelot, Perceval et toutes les richesses de l'amour courtois. C'est la reine vigilante dont ni la prison ni les deuils n'ont pu abattre le courage et qui aura, jusqu'au dernier jour, tenu son rôle de femme : maintenir, transmettre, donner au-delà d'elle-même, jusqu'à léguer, en fin de compte, plus qu'elle ne pouvait prévoir, cette fleur de courtoisie qui marquera le faîte de l'édifice féodal, saint Louis de France. C'est la Dame qui aura su triompher d'elle-même, vaincre en elle le caprice, la futilité, le goût du plaisir égoïste, et dépasser jusqu'à ses visées personnelles pour se rendre attentive aux autres et, selon l'expression du temps « aller de bien en mieux ».

Loin de nous apparaître dans les traits de la mort, elle nous semble vivante sous la couleur dont la pierre est revêtue; il est vrai qu'à l'époque on ne tombe pas dans le réalisme grossier de la Renaissance qui, de la mort, ne retient que le cadavre; toute sculpture appelle alors la couleur qui est la vie. Mais ce trait de son temps acquiert ici une signification particulière : ici, à Fontevrault, où Aliénor, qui a connu toutes les nuances de l'amour humain pour parvenir enfin à l'Amour qui transfigure, aura trouvé son visage de Ressuscitée — car à qui s'appliquerait-il mieux qu'à elle, le pardon promis à ceux qui ont beaucoup aimé ?

TABLEAUX GÉNÉALOGIQUES

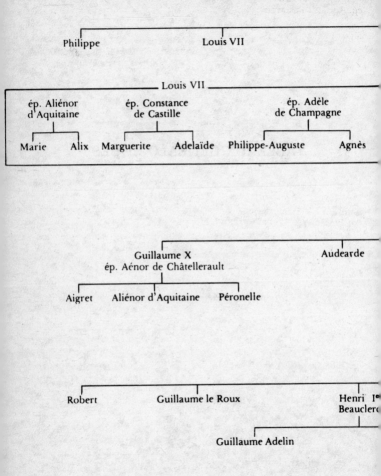

Philippe   Louis VII

Louis VII

ép. Aliénor d'Aquitaine	ép. Constance de Castille	ép. Adèle de Champagne
Marie Alix	Marguerite Adelaïde	Philippe-Auguste Agnès

Guillaume X
ép. Aénor de Châtellerault   Audearde

Aigret   Aliénor d'Aquitaine   Péronelle

Robert   Guillaume le Roux   Henri Iᵉʳ Beauclerc

Guillaume Adelin

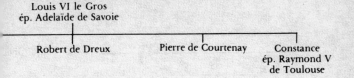

Louis VI le Gros
ép. Adelaïde de Savoie

Robert de Dreux   Pierre de Courtenay   Constance
ép. Raymond V
de Toulouse

Guillaume le Troubadour
ép. Philippa de Toulouse

Raymond de Poitiers
ép. Constance d'Antioche

Guillaume le Conquérant

Adèle
ép. Étienne de Blois

Mathilde
ép. Henry V empereur
ép. Geoffroy Plantagenêt

Henry II Plantagenêt

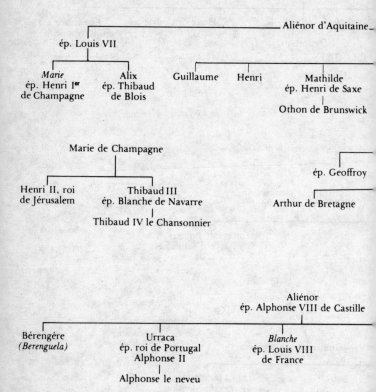

Aliénor d'Aquitaine

ép. Louis VII

Marie
ép. Henri Ier
de Champagne

Alix
ép. Thibaud
de Blois

Guillaume

Henri

Mathilde
ép. Henri de Saxe

Othon de Brunswick

Marie de Champagne

ép. Geoffroy

Henri II, roi
de Jérusalem

Thibaud III
ép. Blanche de Navarre

Thibaud IV le Chansonnier

Arthur de Bretagne

Aliénor
ép. Alphonse VIII de Castille

Bérengère
(Berenguela)

Urraca
ép. roi de Portugal
Alphonse II

Alphonse le neveu

Blanche
ép. Louis VIII
de France

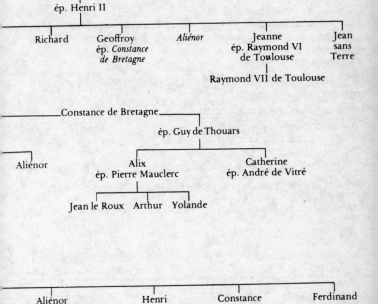

ép. Henri II

Richard   Geoffroy   *Aliénor*   Jeanne   Jean
ép. *Constance*   ép. Raymond VI   sans
de Bretagne   de Toulouse   Terre

Raymond VII de Toulouse

Constance de Bretagne

ép. Guy de Thouars

Aliénor   Alix   Catherine
ép. Pierre Mauclerc   ép. André de Vitré

Jean le Roux   Arthur   Yolande

Aliénor   Henri   Constance   Ferdinand
ép. Jaime d'Aragon   cistercienne

APERÇUS BIBLIOGRAPHIQUES

ON possède, sur Aliénor d'Aquitaine, une foule d'ouvrages extrêmement intéressants à lire : ainsi Isaac de LARREY, *Histoire d'Éléonore de Guyenne...* parue à Londres en 1788 ; — ou comtesse Palamède de MACHECO, même titre, Paris, 1822 ; — ou Louis de VILLEPREUX, même titre, Paris, 1862 ; pour n'en citer que trois parmi bien d'autres. Naturellement, l'intérêt de ces ouvrages porte surtout sur la mentalité de leurs auteurs, ou celle de leur époque. Leur trait commun, c'est d'avoir puisé à des sources littéraires, comme le facétieux Ménestrel de Reims, ou les Anecdotes d'Étienne de Bourbon ; ils n'ont eu ensuite qu'à broder (une imagination en vaut une autre) pour tracer d'Aliénor le portrait classique.

Disons d'ailleurs à la décharge des auteurs de vies trop romancées que nombre d' « historiens » du Moyen Age ne font pas mieux, en ce sens qu'ils se contentent, eux aussi, de lire les textes littéraires (d'un abord plus facile que les chartes ou les rôles de comptes) et de les transformer en sources historiques pour en tirer, avec un minimum de peine, des synthèses brillantes : on ne peut se défendre d'être inquiet lorsqu'on imagine le *Tableau des* *mœurs du XXe siècle* que pourra dresser, de même, l'universitaire de l'an 3000 d'après les écrits de Jean Genet et le théâtre d'Ionesco ; et pour peu qu'il ait retrouvé — l'Histoire a de ces hasards — la collection de *France-Dimanche*, quelle figure ferons-nous devant les générations futures...

Face à toute cette littérature, nous ne disposons que d'une seule œuvre, en français, pour étudier exactement la vie d'Aliénor, à l'aide des documents du temps, passés au crible d'une critique rigoureuse : il s'agit de l'étude d'E. R. LABANDE, *Pour une image véridique d'Aliénor d'Aquitaine.* Malheureusement, seuls les lecteurs du *Bulletin de la Société des Antiquaires de l'Ouest* (4e série, t. II ; 1952, 3e trimestre, pp. 175-234) auront pu bénéficier de cette œuvre véritablement magistrale, tirant des textes, avec la plus claire sobriété, un portrait inoubliable parce que vrai.

Situation très courante, au demeurant : combien de fois trouve-t-on, à propos des personnages, des événements, des mœurs du « Moyen Age », une masse imposante d'œuvres fantaisistes, alors que la ou les études exactes et consciencieuses demeurent à peu près ignorées du grand public, cachées qu'elles sont dans des revues qui n'atteignent qu'un nombre infime de lecteurs, en général déjà initiés. L'excessive modestie des chartistes est là en cause, et l'on ne peut se défendre de regretter leur horreur de toute vulgarisation, qui prive le grand nombre, de plus en plus intéressé aujourd'hui par son patrimoine médiéval, de l'information dont il sent le besoin. Leur effacement fait contraste avec la prolixité de tant d'autres, certains de pouvoir suppléer l'exploration des documents par les déductions et jugements qu'ils tirent de leur « tête bien faite », à la manière universitaire.

Hors de France, Aliénor a eu d'excellents historiens, entre autres l'Américaine Amy KELLY dont l'ouvrage, *Eleanor of Aquitaine and the four kings* (Harvard University Press, 1950, rééd. 1959), est absolument remarquable de solidité et de brio.

Nous n'avons eu qu'à suivre pas à pas ces deux œuvres, dont la première ne s'attache qu'à la vie d'Aliénor, tandis que la seconde traite de tout l'entourage : Louis VII, Henri II, Richard, etc., ce qui, en dépit de la maîtrise de l'auteur, amène parfois à perdre de vue le personnage principal.

Cependant ni l'une ni l'autre n'utilisent à fond les lettres et les chartes d'Aliénor — selon la remarque faite par H. G. RICHARDSON dans son article, aussi riche que pertinent, intitulé *The Letters and charters of Eleanor of Aquitaine* et paru dans l'*English historical review*, n° CCXCI, vol. LXXIV (1959), pp. 193-213. Lettres, chartes, et rôles de comptes fournissent une foule de détails puisés dans la vie même, et révèlent souvent toute une psychologie.

Le présent ouvrage doit beaucoup aussi aux articles, toujours attirants et pleins de remarques pénétrantes, de Rita LEJEUNE, notamment aux pages qu'elle a consacrées au *Rôle littéraire d'Aliénor d'Aquitaine*, dans *Cultura neolatina*, XIV (1954), p. 5-57. Et aussi, bien entendu, à cette somme que constituent les cinq volumes de Reto BEZZOLA, *Les Origines et la formation de la littérature courtoise en Occident (500-1200)*, Paris, 1958-1963.

Nous devrions en citer beaucoup d'autres : les ouvrages de J. BOUSSARD, ceux de R. FOREVILLE, de F. M. POWICKE, etc., aujourd'hui classiques sur l'histoire des Angevins et de la Normandie.

Mais nous nous en voudrions de ne pas rappeler aussi les noms des chroniqueurs et annalistes auxquels nous nous sommes le plus fréquemment et le plus volontiers reporté : William de Newburgh, Gervase de Canterbury, Roger de Hoveden, Richard de Devizes, Raoul de Coggeshall, Robert de Thorigny surtout, dont la chronique est un monument digne de celui qu'il fit édifier au Mont-Saint-Michel dont il était l'abbé. Tous ont été admirablement édités dans les *Chronicles and Memorials of Great Britain and Ireland during the Middle Ages* (Rolls Series, Londres, 1858-1899). Les lecteurs qui le désirent trouveront le plus complet appareil de références à ce sujet dans les deux ouvrages cités d'E.-R. Labande et d'Amy Kelly, ce qui nous dispense de les reprendre ici.

Convenons que notre travail présente une lacune : il ne comporte aucun de ces jugements péremptoires que l'on a coutume d'émettre lorsqu'on touche au Moyen Age. C'est pourtant une habitude consacrée par l'usage. Lorsqu'on traite, par exemple, de l'Antiquité ou du Grand Siècle, on rapporte sans sourciller les orgies impériales ou les scandales de cour ; au contraire, quand il s'agit du Moyen Age, il est nécessaire de marquer, par quelques phrases bien senties, qu'en dépit de la chevalerie, de la courtoisie et des cathédrales, les gens de cette époque étaient de tristes sires, brutaux et ignorants, que les seigneurs étaient cruels, le clergé dissolu, le peuple misérable et sous-alimenté [1]. Faute de quoi on passe pour naïf. Il y a probablement une grande naïveté à préférer le Mont-Saint-Michel à l'église Saint-Sulpice, ou la Madeleine de Vézelay à la Madeleine de Paris ; celui qui tombe dans ce travers s'entendra rappe-

---

1. Ou plutôt ne parlons même pas de « sous-alimentation », puisque à en croire certains auteurs modernes, c'est la notion même d'alimentation qui devait leur faire défaut...

ler, avec un indulgent sourire, que le Moyen Age était loin d'être une époque « idyllique ». Sur quoi on ne sait plus très bien où est la naïveté : car en somme, y eut-il jamais une époque qui puisse être qualifiée d'idyllique ? Montrer tel ou tel des dix siècles du « Moyen Age » sous des couleurs autres que celles des trop fameuses « ténèbres », est-ce sous-entendre que ces siècles n'ont pas connu le cortège de souffrances et de misères, d'injustices et de bassesses qui est le lot le plus courant de l'humanité depuis que le monde est monde ?

On pourrait tout au plus faire remarquer que ce qui distingue une époque d'une autre, c'est l'échelle de valeurs : ainsi, au XIXe siècle, le terme même de « valeurs » désigne des actions susceptibles d'être cotées en Bourse ; au Moyen Age, on appelle ainsi l'estime que ses exploits valent au chevalier, sa beauté, son courage, etc. Quant à dire que tous les chevaliers n'ont pas eu la « valeur » que suppose et exige la notion de chevalerie, n'est-ce pas simple truisme ? L'expérience de la vie quotidienne ne suffit-elle pas à nous apprendre qu'un homme est rarement parfait ?

Quoi qu'il en soit, nous nous sommes abstenu de prendre le ton du *censor morum*, et nous excusons de manquer ainsi aux usages. Le lecteur voudra bien y suppléer.

A moins que, mis en présence de ce que nous apportent les documents, il ne se sente, comme nous l'avons été nous-même, moins enclin à juger qu'à tenter de comprendre.

TABLE

DU MÊME AUTEUR

LES STATUTS MUNICIPAUX DE MARSEILLE, Édition critique du texte latin du XIIIᵉ siècle. Collection des Mémoires et documents historiques publiés sous les auspices de S.A.S. le prince de Monaco. Paris-Monaco, 1949; LXIX-289 pp.

LUMIÈRE DU MOYEN ÂGE, Grasset, Prix Femina Vacaresco, 1946. Rééd. 1981.

HISTOIRE DE LA BOURGEOISIE EN FRANCE, I. Des origines aux temps modernes; II. Les Temps modernes. Édition du Seuil, 1960-1962; 472-688 pp. Rééd. 1976. Points-Histoire 1981.

VIE ET MORT DE JEANNE D'ARC, Les témoignages du procès de réhabilitation 1450-1456. Hachette, 1953; 300 pp. Éd. Livre de Poche, 1953. Rééd. Marabout, 1982.

JEANNE D'ARC, Éditions du Seuil, 1981.

JEANNE D'ARC PAR ELLE-MÊME ET PAR SES TÉMOINS, Éditions du Seuil, 1962; 334 pp. Éd. Livre de vie, 1975.

JEANNE DEVANT LES CAUCHONS, Éditions du Seuil, 1970; 128 pp.

8 MAI 1429, La Libération d'Orléans. Coll. « Trente journées qui ont fait la France ». Gallimard, 1969; 340 pp.

LES CROISÉS, Hachette, 1959; 318 pp. Rééd. Tallandier, 1977. Rééd. Fayard, 1982.

LES CROISADES, Coll. « Il y a toujours un reporter », dirigée par Georges Pernoud. Julliard, 1960; 322 pp.

LES GAULOIS, Éditions du Seuil, 1980.

L'HISTOIRE RACONTÉE À MES NEVEUX, (couverture de Georges Mathieu), coll. Laurence Pernoud. Stock, 1969.

BEAUTÉ DU MOYEN ÂGE, Gautier-Languereau, 1971; 190 pp.

Plan et direction de l'ouvrage collectif LE SIÈCLE DE SAINT LOUIS, Hachette, 1970; 320 pp.

ALIÉNOR D'AQUITAINE, Albin Michel, 1966; 304 pp.

HÉLOÏSE ET ABÉLARD, Albin Michel, 1970; 304 pp.

LA REINE BLANCHE, Albin Michel, 1972; 368 pp.

LES TEMPLIERS, P.U.F., 1974; Rééd. 1977. Coll. « Que sais-je ? » n° 1557.

POUR EN FINIR AVEC LE MOYEN ÂGE, Éditions du Seuil, 1977; 162 pp.

SOURCES DE L'ART ROMAN, avec Madeleine Pernoud, Berg International, 1980.

LA FEMME AU TEMPS DES CATHÉDRALES, Stock, 1980.

CHRISTINE DE PISAN, Calmann-Lévy, 1982.

Composition réalisée par COMPOFAC - PARIS

IMPRIMÉ EN FRANCE PAR BRODARD ET TAUPIN
Usine de La Flèche (Sarthe).
LIBRAIRIE GÉNÉRALE FRANÇAISE - 6, rue Pierre-Sarrazin - 75006 Paris.

ISBN : 2 - 253 - 03129 - 1   ✧ 30/5731/2